VINGANÇA

OBRAS DA AUTORA PUBLICADAS PELA EDITORA RECORD

Série Vilões
Vilão
Vingança

Série Os Tons de Magia
Um tom mais escuro de magia
Um encontro de sombras
Uma conjuração de luz

Série A Guardiã de Histórias
A guardiã de histórias
A guardiã dos vazios

Série A Cidade dos Fantasmas
A cidade dos fantasmas
Túnel de ossos
Ponte das almas

A vida invisível de Addie LaRue

VINGANÇA

V. E. SCHWAB

Tradução de
Flavia de Lavor

7ª edição

Galera
RIO DE JANEIRO
2023

EDITORA-EXECUTIVA
Renata Pettengill

SUBGERENTE EDITORIAL
Mariana Ferreira

ASSISTENTE EDITORIAL
Pedro de Lima

AUXILIAR EDITORIAL
Juliana Brandt

REVISÃO
Glória Carvalho

CAPA
Layout adaptado do design original de
Julia Lloydd

DIAGRAMAÇÃO
Beatriz Carvalho

TÍTULO ORIGINAL
Vengeful

CIP-BRASIL. CATALOGAÇÃO NA PUBLICAÇÃO
SINDICATO NACIONAL DOS EDITORES DE LIVROS, RJ

Schwab, V. E., 1987-

S425v   Vingança / V. E. Schwab; tradução de Flavia de Lavor. – 7ª ed. –
7ª ed.   Rio de Janeiro: Galera Record, 2023.

Tradução de: Vengeful
Sequência de: Vilão
ISBN 978-85-01-11932-2

1. Ficção americana. I. Lavor, Flavia de. II. Título. III. Série.

CDD: 813
20-63020   CDU: 82-3(73)

Leandra Felix da Cruz Candido – Bibliotecária – CRB-7/6135

Copyright © 2018 by Victoria Schwab
Publicado mediante acordo com a autora, c/o BAROR INTERNATIONAL, INC.,
Armonk, Nova York, E.U.A.

Texto revisado segundo o novo Acordo Ortográfico da Língua Portuguesa.

Todos os direitos reservados. Proibida a reprodução, no todo ou em parte, através de
quaisquer meios. Os direitos morais da autora foram assegurados.

Direitos exclusivos de publicação em língua portuguesa somente para o Brasil
adquiridos pela
EDITORA GALERA RECORD LTDA.
Rua Argentina, 120 – Rio de Janeiro, RJ – 20921-380 – Tel.: (21) 2585-2000,
que se reserva a propriedade literária desta tradução.

Impresso no Brasil

ISBN 978-85-01-11932-2

Seja um leitor preferencial Record.
Cadastre-se no site www.record.com.br e
receba informações sobre nossos lançamentos
e nossas promoções.

Atendimento e venda direta ao leitor:
sac@record.com.br

Para minha mãe, Holly e Miriam, as mulheres mais poderosas que conheço.

Ao buscar vingança, cave dois túmulos —
um deles para si próprio.

Douglas Horton

GÊNESIS

SEIS SEMANAS ANTES

SUBÚRBIO DE MERIT

Na noite em que Marcella morreu, ela preparou o prato favorito do marido para o jantar.

Não porque fosse uma ocasião especial, mas porque *não* era — as pessoas viviam dizendo que o segredo do amor era a espontaneidade. Marcella não sabia se acreditava nisso; porém, estava disposta a tentar preparar uma comida caseira. Nada muito sofisticado — um bom bife selado com crosta de pimenta-do-reino, batata-doce assada em fogo baixo e uma garrafa de merlot.

Mas as seis horas chegaram e passaram, e Marcus ainda não estava em casa.

Marcella colocou a comida no forno para mantê-la aquecida e foi até o espelho do corredor conferir o batom. Desprendeu os longos cabelos pretos do coque bagunçado e os prendeu de novo, soltando algumas mechas antes de alisar o vestido evasê. As pessoas diziam que ela tinha uma beleza natural, mas a natureza tinha seus limites. A verdade era que Marcella passava duas horas na academia, seis vezes por semana, reduzindo, tonificando e alongando cada músculo definido do corpo esbelto de seu um metro e setenta e sete, e ela nunca saía do quarto sem a maquiagem bem-feita. Essa rotina não era fácil, mas ser casada com Marcus Andover Riggins — mais conhecido como Marc, o Tubarão, o braço direito de Tony Hutch — também não.

Não era fácil, mas valia a pena.

Sua mãe gostava de dizer que a filha tinha ido pescar e, de alguma maneira, apanhou um tubarão-branco. Mas o que a *mãe* não compreendia era que Marcella tinha jogado a isca já com o prêmio em mente. E que ela pegou *exatamente* o que queria.

O som do salto de seus sapatos altos vermelho-cereja no piso de madeira foi silenciado pelo tapete de seda enquanto ela terminava de pôr a mesa e acendia cada uma das vinte e quatro velas do par de candelabros de ferro que emoldurava a porta.

Marcus os odiava, mas, ao menos desta vez, Marcella não se importava. Ela adorava os candelabros, com os talos compridos e os galhos que se ramificavam — parecia o tipo de coisa que se encontraria em um castelo francês. Tornavam a casa luxuosa. Faziam dinheiro novo parecer herança de família.

Ela verificou as horas — sete, agora —, mas resistiu ao impulso de ligar para ele. O jeito mais rápido de apagar uma chama era sufocá-la. Além disso, se Marcus tinha negócios a tratar, então os negócios eram sempre prioridade.

Marcella se serviu de uma taça de vinho e se recostou na bancada, imaginando as mãos fortes de Marcus estrangulando alguém. Forçando uma cabeça a ficar debaixo da água, quebrando uma mandíbula. Uma vez, o marido chegou com sangue nas mãos e ela transou com ele ali mesmo na ilha de mármore, o cabo de metal da pistola ainda no coldre, o aço duro contra as costelas dela.

As pessoas achavam que Marcella amava o marido apesar do seu trabalho. A verdade era que ela o amava por causa do trabalho.

Entretanto, quando as sete horas se tornaram oito e as oito se aproximaram das nove, a empolgação de Marcella aos poucos se transformou em aborrecimento, e, quando a porta enfim foi aberta, o aborrecimento se intensificou até se transformar em raiva.

— Desculpa, querida.

A voz dele sempre mudava quando bebia, ficava arrastada e devagar. Era a única pista que o marido dava. Ele nunca tropeçava ou cambaleava, as mãos nunca tremiam. Não, Marcus Riggins era sólido feito uma rocha — mas também tinha seus defeitos.

— Tudo bem — respondeu Marcella, odiando a raiva no seu tom de voz.

Ela se virou para a cozinha, mas Marcus a agarrou pelo pulso e a puxou com tanta força que a fez perder o equilíbrio. Seus braços a envolveram, e ela ergueu os olhos para o marido.

É verdade que a cintura de Marcus se alargou um pouco ao passo que a dela se estreitou, aquele belo corpo de nadador ficava um pouco mais inchado a cada ano, mas seus cabelos castanhos e veranis não se tornaram mais ralos e seus olhos ainda eram do mesmo azul vigoroso da ardósia e das águas profundas. Marcus sempre foi bonito, embora ela não soubesse dizer o quanto da beleza advinha dos ternos feitos sob medida ou da maneira como ele se movia pelo mundo, como se esperasse que *o mundo* saísse do caminho, o que geralmente acontecia.

— Você está linda — sussurrou ele, e Marcella sentiu a urgência de Marcus, o desejo encostado nos seus quadris. Mas ela não estava no clima.

Ela estendeu o braço e passou as unhas por sua barba por fazer.

— Você está com fome, querido?

— Sempre — grunhiu ele no pescoço dela.

— Que bom — respondeu Marcella, afastando-se e alisando o vestido. — O jantar está pronto.

Uma gota de vinho tinto escorreu feito suor pela lateral da taça erguida, abrindo caminho até a toalha de mesa branca. Marcella a havia enchido demais, sua mão tinha perdido o controle com o crescente mau humor. Marcus não pareceu notar a mancha. Ele não parecia notar nada.

— À minha bela esposa.

Marcus nunca rezava antes das refeições, mas sempre fazia um brinde, desde a noite em que se conheceram. Não importava se ele tivesse uma plateia de vinte pessoas ou se estivessem jantando a sós. Ela havia achado isso adorável no primeiro jantar, mas, nos últimos tempos, parecia um gesto vazio, ensaiado. Com mais intenção de ser charmoso do que o era de fato. Porém, ele sempre dizia essas palavras, e talvez isso fosse um tipo de amor. Ou talvez Marcus fosse apenas metódico.

Marcella ergueu a taça.

— Ao meu marido elegante — respondeu ela de modo automático.

13

A borda da taça estava a caminho dos seus lábios quando ela notou a mancha no punho da camisa de Marcus. A princípio, achou que fosse apenas sangue, mas era uma cor muito viva, muito rosa.

Era batom.

Todas as conversas trocadas com as outras esposas vieram à tona.

O olhar dele já começou a perambular por aí?

Você está deixando ele de pau duro?

Todos os homens são lixo.

Marcus cortava o bife enquanto resmungava sobre seguros, mas Marcella não ouvia mais nada. Em sua mente, o marido passava o polegar sobre um par de lábios com batom, entreabrindo-os com o dedo.

Ela segurou a taça de vinho com força. Um calor fazia sua pele enrubescer ao mesmo tempo que ela sentia um frio no estômago.

— Que merda de clichê — disse ela.

Ele não parou de mastigar.

— O que foi que você disse?

— A sua manga.

O olhar de Marcus baixou lentamente para a mancha rosada. Ele nem teve a decência de fingir estar surpreso.

— Deve ser seu — comentou ele, como se alguma vez ela tivesse usado aquela cor ou possuísse algo tão brega e *delicadinho*...

— Quem é ela?

— Fala sério, Marce...

— *Quem* é ela? — exigiu saber Marcella, cerrando os dentes perfeitos.

Por fim, Marcus parou de comer e se recostou na cadeira, os olhos azuis fixos nela.

— Ninguém.

— Ah, quer dizer então que você está trepando com um fantasma?

Ele revirou os olhos, obviamente cansado do assunto, o que era irônico, considerando que Marcus costumava adorar qualquer conversa que fosse sobre *si mesmo*.

— Marcella, o ciúme realmente não cai bem em você.

—Doze anos, Marcus. Doze. E *agora* você não consegue mais manter o pau dentro das calças?

A surpresa atravessou o rosto dele, e a verdade a atingiu como um soco — é claro que essa não havia sido sua primeira traição. Era apenas a primeira vez que ele tinha sido *pego*.

—Quanto tempo? — perguntou ela com frieza.

—Deixa isso para lá, Marce.

Deixar para lá... como se a traição dele fosse como a taça de vinho que ela segurava, algo que tinha nas mãos por acaso e que poderia facilmente deixar de lado.

Não era a traição em si — ela poderia perdoar muita coisa pelo bem da vida que havia construído —, mas sim o olhar das outras mulheres, que Marcella sempre achou que fosse de inveja, os avisos resignados das primeiras esposas, o tremor no canto da boca sorridente, a percepção de que todo mundo *sabia*, sempre soube, só Deus sabe há quanto tempo, e que ela... não sabia.

Deixa pra lá.

Marcella pôs a taça de vinho na mesa. E pegou a faca de carne. E, ao vê-la fazer isso, o marido teve a coragem de desdenhar dela. Como se ela não soubesse o que fazer com aquilo. Como se não tivesse ouvido todas as histórias, não tivesse implorado para saber todos os detalhes. Como se ele não parasse de falar do trabalho quando estava bêbado. Como se ela não tivesse praticado com um travesseiro. Com um saco de farinha. Com um bife.

Marcus ergueu uma única sobrancelha.

—O que você planeja fazer agora? — perguntou ele, escorrendo condescendência da voz.

Ela deve parecer tão boba para ele, de unhas feitas e segurando o cabo da faca com um monograma aplicado.

—Bonequinha — entoou Marcus, e a palavra fez o sangue de Marcella ferver.

Bonequinha. Amorzinho. Querida. Era isso que ele achava dela depois de todo esse tempo? Uma coisa indefesa, frágil, fraca, *decorativa*, uma estátua de vidro feita para brilhar, reluzir e ficar bonita numa prateleira?

Quando percebeu que ela não ia largar a faca, o olhar de Marcus ficou sombrio.

— Não aponta essa faca para mim a menos que pretenda usá-la...

Talvez ela *fosse* de vidro.

Mas vidro só é frágil até quebrar.

Então se torna afiado.

— *Marcella*...

Ela investiu contra o marido e se sentiu estimulada ao ver os olhos dele se arregalarem um pouco de surpresa, derramando vinho quando se jogou para trás. Mas a faca de Marcella mal havia roçado na gravata de seda antes do punho de Marcus acertar sua boca. O sangue jorrou sobre sua língua, e os olhos de Marcella ficaram embaçados de lágrimas enquanto ela tombava sobre a mesa de carvalho, chacoalhando os pratos de cerâmica.

Ela ainda segurava a faca, porém Marcus apertava seu pulso com tanta força sobre a mesa que os ossos começaram a ranger.

Marcus já havia sido duro com ela antes, mas sempre no calor do momento, sinalizado por um pacto implícito, e Marcella avisava quando o marido passava do limite.

Isso era diferente.

Marcus tinha noventa quilos de força bruta, um homem que ganhava a vida quebrando coisas. E pessoas. Ele estalou a língua, como se ela estivesse sendo ridícula. Fazendo tempestade em copo de água. Como se ela o tivesse obrigado a fazer isso. Tivesse o obrigado a transar com outra mulher. Tivesse o obrigado a destruir tudo o que ela havia se esforçado tanto para construir.

— Ai, Marce, você sempre soube como me tirar do sério.

— Me *solta*! — sibilou ela.

Marcus aproximou seu rosto do dela, passou a mão pelos seus cabelos, segurou sua bochecha.

— Só se você for boazinha.

Ele estava sorrindo. *Sorrindo*. Como se aquilo fosse só mais um joguinho.

Marcella cuspiu sangue na cara dele.

O marido deu um suspiro longo e lamentoso. Então bateu a cabeça dela com força na mesa.

De súbito, o mundo de Marcella ficou branco. Não se lembrava de ter caído, mas, quando sua visão voltou, ela estava sobre o tapete de seda ao lado da cadeira, a cabeça latejando. Ela tentou se levantar, mas o cômodo girava violentamente. Sentiu o gosto de bile, rolou para o lado e vomitou.

— Você devia ter deixado pra lá — disse Marcus.

Escorreu sangue para dentro de um dos seus olhos, manchando a sala de jantar de vermelho, enquanto o marido estendia o braço e segurava o candelabro mais próximo.

— Eu sempre odiei essas coisas — comentou ele, torcendo a haste até o candelabro cair.

A chama tocou nas cortinas de seda antes de o candelabro chegar ao chão.

Marcella se esforçou para se apoiar com as mãos e com os joelhos. Parecia que ela estava debaixo de água. Devagar, muito devagar.

Marcus estava parado na soleira da porta, observando. Apenas observando.

Uma faca de carne brilhou no chão de madeira. Marcella se forçou a se levantar no ar pesado. Ela estava quase de pé quando sentiu o golpe atingi-la por trás. Marcus havia derrubado o segundo candelabro. Ele desceu a toda a velocidade, os braços de ferro a prenderam no chão.

Era desconcertante a rapidez com que o fogo havia se espalhado. Ele saltou da cortina para a poça de vinho, para a toalha de mesa e para o tapete. Já estava por todo lado.

A voz de Marcus soou em meio à névoa.

— A gente teve uma boa vida, Marce.

Aquele canalha desgraçado. Como se *alguma parte daquilo* tivesse sido ideia dele ou algo que ele tivesse feito.

— Você não é nada sem mim — declarou ela, a voz trêmula. — Eu fiz de você quem você é, Marcus. — Ela tentou se levantar, forçando o candelabro, que não se mexeu. — E eu vou desfazer.

— As pessoas falam todo tipo de coisa antes de morrer, querida. Eu já ouvi de tudo.

O calor dominou o cômodo, além dos pulmões e da mente de Marcella. Ela tossia, mas não conseguia respirar.

— Eu vou *destruir* você.

Não houve resposta.

— Você está me ouvindo, Marcus?

Nada, apenas silêncio.

— Eu vou destruir você!

Ela gritou essas palavras até sua garganta queimar, até a fumaça roubar sua visão e sua voz, e mesmo então elas ecoaram em sua mente, e seus últimos pensamentos a seguiram escuridão adentro.

Eu vou destruir você.
Eu vou destruir.
Eu vou.
Eu...

O policial Perry Carson estava travado na vigésima sétima fase de *Radical Raid* havia quase uma hora quando ouviu um motor acelerar. Ele ergueu os olhos a tempo de ver o sedã preto e polido de Marcus Riggins se afastar do semicírculo de ardósia que formava a entrada da garagem da mansão. O carro atravessou a rua a toda, uns bons cinquenta quilômetros por hora acima do limite de velocidade permitido nos subúrbios, mas Perry não estava na viatura e, mesmo se estivesse, não havia passado as últimas três semanas nessa tocaia de merda pedindo comida gordurosa só para prender Riggins por uma pequena infração de trânsito.

Não, o Departamento de Polícia de Merit precisava de algo *grande* — e não apenas Marc, o Tubarão. Eles precisavam de todo o oceano de criminosos.

Perry se ajeitou de novo no banco de couro surrado e voltou ao jogo, passando da vigésima sétima fase ao mesmo tempo que sentiu o cheiro de fumaça.

Com certeza era algum idiota acendendo uma fogueira perto da piscina sem autorização. Ele espiou pela janela — era tarde, já passava das dez e meia, o céu estava um breu a essa distância de Merit e a fumaça não se destacava da escuridão.

Mas o fogo, sim.

O policial saiu do carro e atravessou a rua quando as chamas iluminaram as janelas da frente da mansão Riggins. Ele relatou o incêndio assim que chegou à porta. Estava destrancada — graças a deus —, e ele a escancarou, já preparando o relatório na cabeça. Diria que a porta estava aberta, que ouviu alguém gritar por socorro, embora na verdade ele não tivesse ouvido *nada* a não ser o estalido da madeira queimando e o silvo das chamas subindo pelo saguão.

— Polícia! — gritou ele através da fumaça. — Tem alguém aqui?

Ele tinha visto Marcella Riggins chegar. Mas não a viu sair. O sedã havia passado por ele em alta velocidade, mas não tão rápido a ponto de deixar dúvidas — não havia ninguém no banco do carona.

Perry tossiu na manga da camisa. Já ouvia as sirenes soando ao longe. Ele sabia que devia voltar e esperar, lá fora, onde o ar era limpo, fresco e seguro.

No entanto, ele virou num canto e viu o corpo preso debaixo de uma espiral de ferro do tamanho de um cabideiro. As velas haviam derretido, mas Perry percebeu que era um candelabro. Que tipo de pessoa *tem* um candelabro?

Perry tocou a haste e logo afastou a mão — estava escaldante. Ele xingou a si mesmo. Os braços de metal já haviam queimado o vestido de Marcella nos pontos em que a tocavam, sua pele estava vermelha e em carne viva, mas a mulher não berrava nem gritava.

Ela não se mexia. Seus olhos estavam fechados e havia sangue grudado na lateral da sua cabeça, embaraçando os cabelos pretos no couro cabeludo.

Ele tentou sentir o coração dela e encontrou uma pulsação hesitante que pareceu diminuir sob seu toque. O fogo estava ficando cada vez mais quente. A fumaça estava mais espessa.

— Merda, merda, merda — murmurou Perry, examinando a sala enquanto as sirenes tocavam lá fora. Uma jarra de água havia se derramado sobre um guardanapo, fazendo com que o tecido não queimasse. Ele enrolou o tecido na mão e em seguida pegou o candelabro. O tecido úmido chiou e o calor subiu pelos seus dedos enquanto ele içava a barra de ferro com toda a sua força. Ela se ergueu e rolou para longe do corpo de Marcella ao mesmo tempo que vozes chegaram ao hall. Os bombeiros entraram a toda na casa.

— Aqui dentro! — ofegou ele, sufocando em meio à fumaça.

Dois bombeiros adentraram na névoa pouco antes de o teto rugir e de um lustre desabar. Ele se despedaçou na mesa da sala de jantar, que se quebrou e começou a lançar chamas. A próxima coisa que Perry se deu conta foi de ser puxado para fora do cômodo e da mansão em chamas, de volta à noite fresca.

Outro bombeiro seguiu logo atrás, com o corpo de Marcella jogado por sobre o ombro.

As chamas tomaram a casa, a mão dele latejava, os pulmões queimavam, e Perry não se importava com nada disso. A única coisa que importava para ele no momento era salvar a vida de Marcella Riggins. Marcella, que sempre lançava um sorriso amarelo e um aceno atrevido para os policiais que a seguiam. Marcella, que jamais deduraria o marido criminoso.

No entanto, levando em consideração o corte na cabeça, a casa em chamas e a partida apressada do marido, havia uma chance de ela ter mudado de opinião. E Perry não ia desperdiçar essa oportunidade.

As mangueiras lançavam jatos de água nas chamas, e Perry tossia e cuspia, mas se afastou de uma máscara de oxigênio quando dois paramédicos acomodaram Marcella em uma maca.

— Ela não está respirando — avisou um dos paramédicos, cortando o vestido dela.

Perry correu atrás dos paramédicos.

— Sem pulsação — acrescentou o outro, dando início à massagem cardíaca.

— Então a traga de volta! — gritou Perry, subindo na ambulância. Ele não poderia levar um cadáver como testemunha no tribunal.

— Os níveis de saturação de oxigênio estão despencando — disse o primeiro, colocando uma máscara de oxigênio em Marcella.

A temperatura dela estava muito alta, e o paramédico pegou uma pilha de bolsas térmicas instantâneas e começou a partir os selos, colocando-as sobre suas têmporas, seu pescoço e seus pulsos. Ele entregou a última bolsa térmica a Perry, que a aceitou de má vontade.

Os batimentos cardíacos de Marcella apareciam num monitor pequeno, uma linha sólida, reta e imóvel.

A van se afastou da mansão, que ficava cada vez menor na janela. Perry havia passado três semanas do lado de fora daquele lugar. Fazia três *anos* que ele tentava pegar a quadrilha de Tony Hutch. O destino tinha lhe dado a testemunha perfeita, e não havia a menor chance de devolvê-la sem lutar.

O terceiro paramédico tentou cuidar da mão queimada de Perry, mas ele se afastou.

— Se concentra nela — ordenou ele.

As sirenes soavam noite adentro enquanto os paramédicos trabalhavam, tentando forçar os pulmões de Marcella a respirar e o coração a bater. Tentando extrair vida das cinzas.

Mas não estava dando certo.

Marcella estava deitada ali, o corpo mole e sem vida, e a esperança de Perry começou a esvair, morrer.

E, então, entre uma massagem e outra, a terrível linha estática da sua pulsação deu um salto, um baque e, por fim, começou a emitir um bipe.

1

RESSUREIÇÃO

I

QUATRO SEMANAS ANTES

HALLOWAY

— Eu não vou repetir a pergunta — disse Victor Vale enquanto o mecânico se arrastava de costas no chão da oficina, afastando-se dele, como se alguns centímetros fossem fazer diferença.

Victor o seguiu lenta e continuamente, e ficou observando o homem recuar até um canto.

Jack Linden tinha 43 anos, uma barba por fazer, graxa sob as unhas e a habilidade de consertar as coisas.

— Eu já disse para você — respondeu Linden, saltando de nervoso quando as costas se chocaram em um motor meio montado. — Eu não consigo fazer isso...

— Não mente para mim — alertou Victor.

Ele flexionou os dedos em volta da pistola, e o ar estalou com a energia.

Linden estremeceu, suprimindo um grito.

— Eu não estou mentindo! — berrou o mecânico. — Eu conserto *carros*. Remonto *motores*. Não pessoas. Carros são fáceis. Parafusos, porcas e canos de combustível. As pessoas são feitas de *muito* mais coisas.

Victor não acreditava nisso. Jamais havia acreditado. Talvez pessoas fossem mais complexas, mais cheias de nuances, mas eram máquinas em sua essência.

Uma coisa que funcionava ou não; que podia quebrar e ser consertada. Elas *podiam* ser consertadas.

Ele fechou os olhos, medindo a corrente dentro de si. Já estava nos músculos, já corria pelos ossos, já a sentia no peito. A sensação era desagradável, mas nem de longe tão desagradável quanto o que aconteceria assim que a corrente atingisse o nível máximo.

— Eu juro — disse Linden. — Eu ajudaria você, se pudesse. — Mas Victor percebeu a mudança nele. Ouviu sua mão bater nas ferramentas espalhadas pelo chão. — Você tem que acreditar em mim... — continuou ele, os dedos se fechando em torno de algo metálico.

— Eu acredito — respondeu Victor, abrindo os olhos no instante em que Linden avançava sobre ele segurando uma chave inglesa. Mas, no meio do movimento, o corpo do mecânico diminuiu a velocidade, como se de repente uma força o puxasse na direção contrária, e Victor sacou a arma e atirou na cabeça dele.

O som ecoou pela oficina, ricocheteando no concreto e no aço enquanto o mecânico tombava.

Isso foi decepcionante, pensou Victor quando o sangue começou a escorrer pelo piso.

Ele enfiou a pistola no coldre e se virou para ir embora, mas só conseguiu dar três passos antes da primeira onda de dor o atingir em cheio, repentina e aguda. Ele cambaleou, usando as ferragens de um carro para se equilibrar enquanto a dor dilacerava seu peito.

Há cinco anos, seria o simples caso de girar aquele botão interno, desconectando a energia dos nervos e fugindo de toda a sensação.

Mas agora não havia como fugir daquele poder mortal.

Os nervos dele estalaram, a intensidade da dor aumentava como um botão girando. O ar zunia com a energia e as luzes piscavam acima de sua cabeça conforme ele se afastava com dificuldade do cadáver e atravessava a oficina seguindo para o portão de metal. Ele tentava se concentrar nos sintomas, reduzindo-os a fatos, estatísticas, quantidades mensuráveis e...

A corrente completou um arco dentro dele e Victor estremeceu, tirou um protetor bucal preto do casaco e o enfiou entre os dentes pouco antes de cair de joelhos, o corpo se curvando sob a pressão.

Victor lutou — ele sempre lutava —, mas, alguns instantes depois, ele estava deitado de costas no chão, os músculos ficando paralisados conforme a corrente atingia o nível máximo, então seu coração bateu num movimento súbito, perdeu o ritmo...

E ele morreu.

II

CINCO ANOS ANTES

CEMITÉRIO DE MERIT

Victor abriu os olhos e deparou com o ar fresco, a terra do túmulo e os cabelos loiros de Sydney emoldurados pela lua.

Sua primeira morte foi violenta, o mundo reduzido a uma mesa fria de metal, a vida a uma corrente e um botão que subia cada vez mais, a eletricidade queimando enquanto atravessava cada nervo até que ele por fim estalou, se despedaçou e se dissolveu no nada líquido e espesso. O processo da morte levou uma eternidade, mas a morte em si foi fugaz, um piscar de olhos, todo o ar e energia expulsos dos seus pulmões um instante antes de ele emergir de novo na água escura, cada parte do seu corpo gritando.

A segunda morte de Victor foi mais estranha. Não houve nenhum surto elétrico nem dor excruciante — ele tinha desligado o botão muito antes do fim. Houve apenas a crescente poça de sangue sob seus joelhos, a pressão entre as costelas quando Eli enfiou a faca, e o mundo cedendo à escuridão conforme ele perdia o equilíbrio e deslizava para a morte tão gentilmente que parecia que tinha adormecido.

Seguida por... *nada*. O tempo prolongado por um único segundo constante. Um acorde de silêncio perfeito. Infinito. E, então, interrompido. Como uma pedrinha interrompe um lago.

E ali estava ele. Respirando. Vivo.

Victor se sentou e Sydney o envolveu com seus bracinhos, e os dois ficaram parados ali por um bom tempo, um cadáver reanimado e uma menina ajoelhada em um caixão.

— Funcionou? — sussurrou ela.

Victor sabia que Sydney não estava falando da ressurreição em si. Ela nunca tinha revivido um EO sem consequências. Eles voltavam à vida, mas voltavam de um jeito errado, com os poderes adulterados, danificados. Victor testou as linhas do seu poder com cautela, procurando fios desencapados, interrupções na corrente, mas se sentiu... igual a antes. Intacto. Inteiro.

Era uma sensação maravilhosa.

— Sim — respondeu ele. — Funcionou.

Mitch apareceu ao lado do túmulo, a cabeça raspada brilhando de suor, os braços tatuados imundos de tanto cavar.

— Ei. — Ele jogou a pá na grama e ajudou Sydney e depois Victor a saírem do buraco.

Dol o cumprimentou, jogando seu peso na lateral de Victor, a enorme cabeça preta do cachorro aninhada sob a palma da sua mão em um gesto silencioso de boas-vindas.

O último integrante da equipe estava jogado em uma lápide. Dominic tinha a aparência agitada de um viciado em drogas, as pupilas dilatadas por causa do que quer que ele tenha tomado para anestesiar a dor crônica. Victor conseguia sentir os nervos do sujeito, fragilizados e faiscando como um fio em curto.

Os dois haviam feito um acordo: a ajuda do ex-soldado em troca de acabar com seu sofrimento. Com a ausência de Victor, Dominic obviamente não tinha sido capaz de ficar com sua parte do acordo. Victor estendeu o braço e desligou a dor do homem como se apagasse a luz. Imediatamente, o corpo de Dominic relaxou, a tensão escorrendo como suor do seu rosto.

Victor pegou a pá e a ofereceu ao soldado.

— Levanta.

Dominic obedeceu, alongando o pescoço e se pondo de pé. Em seguida, os quatro começaram a encher o túmulo de Victor.

Dois dias.

Foi o tempo que Victor passou morto.

Era uma duração bastante perturbadora. Tempo suficiente para os estágios iniciais de decomposição. Os outros haviam se escondido no apartamento de Dominic, dois homens, uma menina e um cachorro, esperando que seu corpo fosse enterrado.

— Não é grande coisa — comentou Dom ao abrir a porta de casa.

E não era mesmo — um cômodo pequeno e entulhado com um sofá velho, uma varanda de concreto e uma cozinha coberta por pouca louça suja —, mas era uma solução temporária para um dilema de longa duração, e Victor não estava em condições de encarar o futuro, não com terra de túmulo na calça e gosto de morte na boca.

Ele precisava de um banho.

Dom o conduziu até o quarto — estreito e escuro, com uma única prateleira de livros, medalhas deitadas e fotos viradas para baixo, muitas garrafas vazias no parapeito da janela.

O soldado arrumou uma camisa limpa de manga comprida, bordada com o logo de uma banda. Victor franziu o cenho.

— É a única roupa preta que eu tenho — explicou ele.

Dominic acendeu a luz do banheiro e se afastou, deixando Victor sozinho.

Victor se despiu, tirando as roupas com que havia sido enterrado — roupas que ele não reconhecia, que não tinha comprado —, e se olhou no espelho do banheiro, examinando o peito nu e os braços.

Não é como se ele não tivesse cicatrizes no corpo — bem longe disso —, mas nenhuma delas pertencia àquela noite no Falcon Price. Tiros ecoavam em sua mente, ricocheteando nas paredes inacabadas, o piso de concreto escorregadio por causa do sangue. Boa parte era dele. A maior parte, de Eli. Ele se lembrava de cada um dos ferimentos infligidos naquela noite — os cortes superficiais na barriga, o arame farpado afiado apertando seus pulsos, a faca de Eli sendo enfiada entre suas costelas —, mas eles não deixaram nenhuma marca.

O dom de Sydney era realmente extraordinário.

Victor ligou o chuveiro e entrou debaixo da água escaldante, lavando a morte da pele. Ele puxou os fios do seu poder, voltou o foco para si mesmo, como fez anos antes, quando foi preso. Durante o isolamento, incapaz de testar o novo poder em outra pessoa, Victor tinha usado o próprio corpo como cobaia, havia aprendido tudo o que podia sobre os limites da dor, sobre a complexa rede dos nervos. Agora, depois de se preparar emocionalmente, ele virou o botão na sua mente, primeiro para baixo, até não sentir mais nada, e depois para cima, até cada gota de água na sua pele nua parecer uma lâmina. Ele cerrou os dentes para controlar a dor e virou o botão de volta à posição original.

Fechou os olhos, repousou a cabeça na parede de azulejos e sorriu, a voz de Eli ecoando em sua mente.

Você não tem como vencer.

Mas ele *tinha vencido.*

O apartamento estava silencioso. Dominic fumava de pé na varanda estreita. Sydney se encolhia no sofá, dobrada como um pedaço de papel, com o cachorro, Dol, no chão ao seu lado, o focinho repousando em sua mão. Mitch estava à mesa, embaralhando e desembaralhando as cartas de um baralho.

Victor examinou a todos.

Eu continuo colecionando vira-latas.

— E agora? — perguntou Mitch.

Duas palavras simples.

Palavras tão simples jamais tiveram um peso tão grande. Victor passou os últimos dez anos concentrado na sua vingança. Na verdade, ele nunca planejou ver o outro lado, mas agora havia cumprido seu objetivo — Eli estava apodrecendo na cadeia — e continuava aqui. Continuava vivo. A vingança havia consumido todo o seu tempo. Sua ausência deixava Victor inquieto, insatisfeito.

E agora?

Ele poderia ir embora. Desaparecer. Era a decisão mais inteligente — um grupo, ainda mais um grupo tão estranho quanto esse, atrairia atenção de um jeito que uma pessoa sozinha dificilmente o faria. Mas o dom de Victor permitia que ele moldasse a atenção daqueles ao seu redor, que se debruçasse sobre seus nervos de modo que as pessoas sentissem uma aversão, sutil e abstrata, mas eficaz. E, até onde Stell sabia, Victor estava morto e enterrado.

Ele conhecia Mitch havia seis anos.

Ele conhecia Sydney havia seis dias.

Ele conhecia Dominic havia seis horas.

Cada um deles era um peso amarrado aos tornozelos de Victor. Seria melhor se libertar das correntes, abandoná-los.

Então vai embora, pensou ele. Seus pés não deram um único passo para a porta.

Dominic não era o problema. Eles tinham acabado de se conhecer — uma aliança forjada pela necessidade e pelas circunstâncias.

Sydney era uma questão diferente. Ela era responsabilidade sua. Victor havia se *certificado* disso quando matou Serena. Não tinha a ver com sentimentos — era uma simples relação transitiva. Um fator tinha passado de um quociente para outro.

E Mitch? Mitch era amaldiçoado, como ele mesmo dizia. Sem Victor, seria apenas questão de tempo até o homenzarrão voltar para a cadeia. Muito provavelmente para a mesma prisão de onde ele havia escapado com Victor. Por causa de Victor. E, apesar de tê-la conhecido há menos de uma semana, Victor tinha certeza de que Mitch não abandonaria Sydney. Ela, por sua vez, também parecia bastante apegada a ele.

E depois, é claro, havia o problema de Eli.

Eli estava preso, mas continuava vivo. Não havia nada que Victor pudesse fazer a respeito *disso*, levando em conta sua habilidade de regeneração. Mas, se algum dia ele saísse da cadeia...

— Victor? — interrompeu Mitch, como se pudesse sentir a mudança em seus pensamentos, a direção que estavam tomando.

— A gente vai embora.

Mitch assentiu, tentando, sem sucesso, ocultar o alívio evidente. Ele sempre foi um livro aberto, mesmo na prisão. Sydney se esticou no sofá. Ela rolou para o lado, os gélidos olhos azuis encontraram os de Victor na escuridão. Ele percebeu que ela não estava dormindo antes.

— Para onde a gente vai? — perguntou ela.

— Não sei — respondeu Victor. — Mas a gente não pode ficar aqui.

Dominic tinha se esgueirado para dentro do apartamento, criando uma corrente de ar frio e fumaça.

— Você vai embora? — perguntou ele, o pânico estampado em seu rosto. — E o nosso acordo?

— A distância não é um problema — respondeu Victor. Não era exatamente verdade: se Dominic ficasse fora de alcance, Victor não seria capaz de *alterar* o limite que havia estabelecido. Mas sua influência *deveria* se manter intacta. — O nosso acordo continua de pé — prosseguiu ele — enquanto você trabalhar para mim.

Dom logo assentiu.

— O que você precisar.

Victor se voltou para Mitch.

— Arruma um carro novo para a gente — pediu ele. — Eu quero sair de Merit quando amanhecer.

E assim eles fizeram.

Duas horas depois, quando a primeira luz surgiu no céu, Mitch apareceu num sedã preto. Dom ficou parado na soleira da porta, de braços cruzados, observando enquanto Sydney se acomodava no banco de trás, seguida por Dol. Victor se sentou no banco do passageiro.

33

— Você tem certeza de que está bem? — perguntou Mitch.

Victor baixou os olhos para as mãos, flexionou os dedos, sentiu o formigamento de energia sob a pele. Se pudesse falar de alguma mudança, era que ele se sentia ainda mais forte. Seu poder estava firme, definido, focado.

— Melhor que nunca.

III

QUATRO SEMANAS ANTES

HALLOWAY

Victor estremeceu ao voltar à vida no piso de concreto.

Por alguns segundos agonizantes, sua mente ficou vazia; seus pensamentos, desconexos. Era como sentir o efeito de uma droga pesada passar. Ele ficou à procura de lógica, de ordem, revirando os sentidos fragmentados — o gosto de cobre, o cheiro de gasolina, o brilho fraco dos postes além das janelas quebradas —, até que a cena, enfim, se apresentou diante dele.

A oficina do mecânico.

O corpo de Jack Linden, uma massa escura emoldurada por ferramentas caídas.

Victor retirou o protetor bucal dos dentes e se sentou, os membros lânguidos enquanto ele tirava o celular do bolso do casaco. Mitch o tinha equipado com um protetor improvisado contra curtos. O pequeno componente tinha explodido, mas o aparelho em si estava intacto. Ele religou o celular.

Havia recebido uma única mensagem de Dominic.

3 minutos e 49 segundos.

O tempo que ele havia passado morto.

Victor xingou baixinho.

Tempo demais.

A morte era perigosa. Cada segundo sem oxigênio, sem fluxo sanguíneo, podia causar um dano em potencial. Os órgãos poderiam permanecer estáveis por várias horas, mas o cérebro era frágil. Dependendo do indivíduo e da natureza do trauma, a maioria dos médicos estabelecia o limite para o início da degradação cerebral em quatro minutos, para outros em cinco, alguns poucos em seis. Victor não estava nem um pouco disposto a testar os limites mais elevados.

Mas de nada adiantava ignorar a curva sombria.

Victor estava morrendo com mais frequência. As mortes duravam mais tempo. E o dano... Ele baixou o olhar, viu as marcas de queimadura elétrica no concreto, o vidro das lâmpadas quebradas sobre sua cabeça.

Ele se levantou, apoiando-se no carro mais próximo para se equilibrar até que o cômodo parasse de girar. Ao menos o zumbido havia desaparecido por enquanto, substituído por um silêncio misericordioso — que foi interrompido quase que de imediato pelo som curto e breve do toque do celular.

Mitch.

Victor engoliu em seco, sentindo o gosto de sangue.

— Estou a caminho.

— Encontrou Linden?

— Encontrei. — Victor olhou de relance para o cadáver. — Mas não deu certo. Começa a procurar a próxima pista.

IV

CINCO ANOS ANTES

PERSHING

Duas semanas após sua ressurreição, começou o zumbido.

A princípio, era insignificante — um zunido fraco nos ouvidos, um tinido tão sutil que no começo Victor confundiu com uma lâmpada prestes a queimar, o motor de um carro, o murmúrio de vozes na televisão a alguns cômodos de distância. Mas ele não desapareceu.

Quase um mês depois, Victor se deu conta de que estava observando o saguão do hotel ao redor dele, tentando encontrar a fonte do som.

— O que foi? — perguntou Sydney.

— Você também está ouvindo?

Sydney franziu o cenho, confusa.

— Ouvindo o quê?

Victor percebeu que a pergunta dela não tinha sido a respeito do barulho, mas da sua distração. Ele balançou a cabeça.

— Nada — respondeu, voltando-se para a recepção.

— Sr. Stockbridge — disse a mulher para Victor —, vejo que o senhor ficará conosco pelas próximas três noites. Bem-vindo ao hotel Plaza.

Eles nunca ficavam muito tempo no mesmo lugar; em vez disso, pulavam de cidade em cidade; às vezes, escolhiam hotéis; às vezes, alugavam apartamentos. Nunca viajavam em linha reta, não ficavam nos lugares com nenhuma regularidade nem numa ordem em particular.

— Como o senhor gostaria de efetuar o pagamento?

Victor tirou um maço de notas do bolso.

— Em dinheiro.

Dinheiro não era problema — de acordo com Mitch, não passava de uma sequência de zeros e uns, uma moeda digital num banco fictício. Seu novo hobby preferido era extrair quantias insignificantes, centavos de dólar, consolidando o lucro em centenas de contas. Em vez de não deixar rastro, ele deixava rastros demais para serem seguidos. O resultado eram quartos grandes, camas luxuosas e espaço, do tipo que Victor havia ansiado e sentido falta demais quando esteve preso.

O som ficou um pouco mais alto.

— Você está bem? — perguntou Syd, estudando Victor.

Ela esteve prestando atenção nele desde que saíram do cemitério, analisando cada gesto, cada passo, como se ele pudesse desmoronar e se transformar em cinzas de repente.

— Estou, sim — mentiu Victor.

Mas o barulho o seguiu até o hall dos elevadores. Subiu com ele até o cômodo reservado, uma suíte elegante com dois quartos e um sofá. Seguiu-o até a cama e ficou mais alto de novo, mudando ligeiramente, passando de apenas um som para um som e uma sensação. Um formigamento leve nos membros. Não exatamente dor, algo mais desagradável, persistente. Ele o perseguia, o volume aumentando, ficando mais intenso, até que, num surto de irritação, Victor desligou os circuitos, virou o botão para nada, para o entorpecimento. O formigamento desapareceu, mas o zumbido apenas diminuiu, tornando-se uma estática débil e distante. Algo que ele quase conseguia ignorar.

Quase.

Ele se sentou na beira da cama, sentindo-se febril e doente. Quando foi a última vez que tinha ficado doente? Ele nem conseguia se lembrar. No entanto, a sensação piorava a cada minuto, até que Vitor por fim se levantou, atravessou a suíte e apanhou o casaco.

— Para onde você vai? — perguntou Sydney, encolhida no sofá com um livro.

— Tomar um pouco de ar — respondeu ele, já saindo porta afora.

Ele estava andando até elevador quando a sentiu.

Dor.

Ela veio do nada, afiada como uma faca rasgando seu peito. Ele arquejou e se apoiou na parede, lutando para conseguir continuar de pé quando outra onda tomou conta dele, repentina, intolerável e violentamente. O botão continuava desligado, seus nervos, abafados, mas isso não parecia importar. Havia alguma coisa passando por cima dos seus circuitos, do seu poder, da sua vontade.

As luzes ficaram mais intensas, tornando-se um halo conforme sua visão ficava turva. O corredor girava. Victor se esforçou para passar pelo elevador e seguir até as escadas. Ele não tinha nem passado pela porta quando seu corpo se iluminou de novo com a dor e ele caiu de joelhos, batendo com força no piso de concreto. Ele tentou se levantar, mas seus músculos sofreram espasmos, seu coração bateu muito forte e ele desabou no patamar da escada.

Victor cerrou a mandíbula enquanto a dor percorria seu corpo, diferente de tudo o que ele havia sentido em anos. Dez anos. O laboratório, a correia entre os dentes, o frio da mesa de metal, a dor excruciante da corrente que fritava seus nervos, despedaçava seus músculos, parava seu coração.

Victor tinha de se mover.

Mas ele não conseguia se levantar. Não conseguia falar. Não conseguia respirar. Uma mão invisível virou o botão para cima cada vez mais, até que, por fim, misericordiosamente, tudo se tornou escuridão.

Victor voltou a si no patamar da escada.

A primeira coisa que sentiu foi alívio — alívio pelo mundo enfim estar silencioso, pelo zumbido infernal ter desaparecido. A segunda coisa que sentiu foi a mão de Mitch segurando seu ombro e o sacudindo. Victor virou para o lado e vomitou bile, sangue e lembranças ruins no patamar.

Estava escuro, a lâmpada do teto queimada, e ele pôde apenas sentir o alívio no rosto de Mitch.

—Jesus! — exclamou ele, recostando-se. — Você não estava respirando. Não tinha pulso. Eu achei que você estivesse morto.

— Eu acho que estava mesmo — respondeu Victor, limpando a boca.

— Como assim? — questionou Mitch. — O que foi que aconteceu?

Victor balançou a cabeça devagar.

— Não sei.

Não era fácil para Victor não saber; sem dúvida não era algo que ele gostava de admitir. Ele se levantou, equilibrando-se na parede. Tinha sido um idiota ao acabar com a sensibilidade. Ele devia ter estudado o avanço dos sintomas. Devia ter medido o aumento da intensidade. Devia saber o que Sydney parecia pressentir: que ele estava com defeito, isso se não estivesse quebrado.

— Victor — começou Mitch.

— Como você me encontrou?

Mitch mostrou o celular para ele.

— Dominic. Ele me ligou, desesperado, dizendo que você tinha devolvido a dor dele, que estava igual a antes, quando você estava morto. Eu tentei te ligar, mas você não atendeu. Eu estava indo para o elevador quando vi a lâmpada da escada queimada. — Ele balançou a cabeça. — Tive um mau pressentimento...

O celular voltou a tocar. Victor o pegou da mão de Mitch e atendeu.

— Dominic.

— Você não pode *fazer isso* comigo — vociferou o ex-soldado. — A gente tinha um *trato*.

— Não foi de propósito — argumentou Victor lentamente, mas Dominic continuou berrando.

— Eu estava me sentindo bem, mas, de repente, estou de quatro no chão, tentando não desmaiar. Sem aviso, sem nada no meu organismo para atenuar a dor, você não faz ideia de como foi...

— Eu juro que faço, sim — afirmou Victor, apoiando a cabeça na parede de concreto. — Mas está tudo bem agora?

A respiração entrecortada.

— Sim, eu estou de volta à ativa.

— Quanto tempo durou?

— O quê? Não sei. Eu estava meio distraído.

Victor suspirou, fechando os olhos.

— Na próxima vez, presta atenção.

— *Próxima* vez?

Victor desligou. Abriu os olhos e percebeu que Mitch estava olhando para ele.

— Isso já aconteceu antes?

Antes. Victor sabia o que ele queria dizer. Uma vez sua vida havia sido dividida em duas pela noite no laboratório. Antes, um ser humano. Depois, um EO. Agora, ela estava dividida pela sua ressurreição. Antes, um EO. Depois... isso. O que significava que aquilo tinha sido obra de Sydney. *Essa* era a falha inevitável no poder dela, a rachadura no poder dele. Victor não conseguiu evitá-la no fim das contas. Ele simplesmente a ignorara.

Mitch xingou baixinho, passando as mãos na cabeça.

— A gente tem que contar para ela.

— Não.

— Ela vai descobrir.

— Não — repetiu Victor. — Ainda não.

— Então quando?

Quando Victor compreendesse o que estava acontecendo e soubesse como dar um jeito nisso. Quando tivesse um plano, uma solução para o problema.

— Quando fizer diferença — respondeu ele.

Mitch deu de ombros, derrotado.

— Pode ser que não aconteça mais — disse Victor.

— Pode ser — respondeu Mitch.

Nenhum dos dois acreditava nisso.

V

QUATRO ANOS E MEIO ANTES

FULTON

Aconteceu outra vez.

E mais outra.

Três episódios em menos de seis meses, o intervalo de tempo entre eles diminuindo um pouco, a duração da morte aumentando um pouco. Foi Mitch quem insistiu com ele que consultasse um especialista. Mitch encontrou o dr. Adam Porter, um homem parrudo de nariz aquilino e a reputação de ser um dos melhores neurologistas do país.

Victor nunca gostou de médicos.

Mesmo na época em que queria se *tornar* um, ele jamais havia se interessado em salvar os pacientes. Sentia-se atraído pelo campo da medicina por causa do conhecimento, da autoridade, do controle. Ele queria ser a mão que empunhava o bisturi, não a carne que se partia sob ele.

Agora, Victor estava sentado no consultório do dr. Porter, depois do expediente, o zumbido na cabeça começando a se infiltrar nos membros. Ele sabia que era arriscado esperar até o episódio estar na metástase, mas um diagnóstico preciso necessitava da apresentação dos sintomas.

Victor baixou os olhos para o questionário do paciente. Ele poderia fornecer os sintomas, mas os detalhes eram perigosos demais. Deslizou o pedaço de papel de volta sobre a mesa sem pegar a caneta.

O médico suspirou.

— Sr. Martin, você pagou uma boa soma pelos meus serviços. Sugiro que tire vantagem deles.

— Eu paguei aquela quantia pela privacidade.

O dr. Porter balançou a cabeça.

— Muito bem — disse ele, entrelaçando os dedos. — Qual é o problema que o senhor tem tido?

— Eu não tenho certeza absoluta — respondeu Victor. — Eu tenho tido uns *episódios*.

— Que tipo de episódios?

— Neurológicos — respondeu ele, ficando no limite entre a omissão e a mentira. — Começa com um som, um zumbido na minha cabeça. A intensidade dele aumenta, até eu sentir nos meus ossos. Como uma carga elétrica.

— E depois?

Eu morro, pensou Victor.

— Eu desmaio.

O médico franziu o cenho.

— Faz quanto tempo que isso tem acontecido?

— Cinco meses.

— O senhor sofreu algum trauma?

Sim.

— Não que eu saiba.

— Alguma mudança no estilo de vida?

— Não.

— Sente alguma fraqueza nos membros?

— Não.

— Alergias?

— Não.

— Você notou alguma causa específica? Enxaquecas podem ser causadas por cafeína, convulsões por luz forte, estresse, falta de...

— Eu não me importo com a causa — interrompeu Victor, perdendo a paciência. — Só preciso saber o que está acontecendo e como dar um jeito nisso.

O médico se inclinou para a frente.

— Muito bem, então. Vamos fazer alguns exames.

Victor observou as linhas formarem um gráfico no monitor, subindo como tremores de terra antes de um terremoto. O dr. Porter havia conectado vários eletrodos no seu couro cabeludo, e agora analisava o eletroencefalograma junto dele, uma ruga se aprofundando entre as sobrancelhas.

— O que foi? — perguntou Victor.

— O nível de atividade é anormal, mas o padrão não sugere epilepsia. Está vendo como as linhas estão próximas? — Ele tocou no monitor. — Esse grau de excitação neural... é quase como se houvesse uma condução exagerada dos nervos... um excesso de impulso elétrico.

Victor estudou as linhas. Talvez fosse um truque da sua mente, mas as linhas no monitor pareciam subir e descer de acordo com o tom do zumbido na sua cabeça, os picos ritmados aumentando com o formigamento sob sua pele.

O dr. Porter interrompeu o programa.

— Eu preciso de uma análise mais completa — informou ele, removendo os eletrodos do couro cabeludo de Victor. — Vamos fazer uma ressonância magnética.

Era uma sala vazia a não ser pelo equipamento ao centro — uma mesa flutuante que deslizava para dentro de um túnel de maquinário. Lentamente, Victor se deitou na mesa, a cabeça repousando num suporte baixo. Uma estrutura deslizou sobre seus olhos e o dr. Porter a travou, prendendo Victor dentro dela. Seus batimentos cardíacos aceleraram quando, com um apito mecânico, a mesa se moveu e a sala desapareceu, sendo substituída pelo teto baixo da máquina na frente do rosto de Victor.

Ele ouviu o médico sair, o clique da porta se fechando e, em seguida, a voz dele voltou, abafada pelo comunicador:

— *Tenta não se mexer.*

Por um minuto inteiro, nada aconteceu. E, então, um som grave de batidas ressoou pelo equipamento, um som baixo que abafava o barulho em sua mente. Abafava tudo.

A máquina chiava e apitava, e Victor tentou contar os segundos para se apoiar em alguma medida de tempo, mas perdeu a contagem várias vezes. Minutos se passaram, levando junto o seu controle. Ele sentia o formigamento nos ossos agora, as primeiras fisgadas de dor — uma dor que ele não conseguia suprimir — estalavam pela sua pele.

— Para esse exame — pediu ele, as palavras sufocadas pela máquina.

A voz do dr. Porter chegou a ele por meio do comunicador.

— *Estou quase acabando.*

Victor se esforçou para manter a respiração estável, mas não adiantou. O coração bateu forte. A visão ficou dobrada. A intensidade do terrível zumbido elétrico aumentou.

— *Para esse...*

A corrente atravessou o corpo de Victor, luminosa e ofuscante. Seus dedos apertaram a lateral da mesa, os músculos gritando conforme a primeira onda o atingia em cheio. Em sua mente, ele viu Angie, parada ao lado do painel elétrico.

— *Eu quero que você saiba* — *disse ela, quando começou a fixar os sensores em seu peito* — *que eu nunca, nunca vou te perdoar por isso.*

Os alarmes soaram.

O aparelho chiou, estremeceu, parou.

O dr. Porter estava em algum lugar do outro lado da máquina, falando num tom de voz baixo e urgente. A mesa começou a se afastar. Victor agarrou as faixas que prendiam sua cabeça. Sentiu-as se desprenderem. Ele tinha que se levantar. Tinha que...

A corrente atravessou seu corpo de novo, com tanta força que a sala se despedaçou — ele sentiu gosto de sangue na boca, o coração perdendo o ritmo, o dr. Porter, uma lanterna em forma de caneta iluminando o mundo, um grito abafado... e, então, a dor apagou tudo.

Victor acordou na mesa de exames.

As luzes do aparelho de ressonância magnética estavam apagadas, a entrada da máquina cheia de marcas de queimadura. Ele se sentou, a cabeça girando enquanto o mundo entrava em foco outra vez. O dr. Porter estava caído a vários metros dele, o corpo retorcido, como se estivesse preso num espasmo. Victor não precisava sentir o pulso ou os nervos vazios do sujeito para saber que ele estava morto.

Uma lembrança, de outra época, de outro laboratório, do corpo de Angie, retorcido do mesmo jeito não natural.

Merda.

Victor se levantou, estudando a sala. O cadáver. O dano.

Agora que seus sentidos haviam voltado, ele se sentia calmo e com a mente clara de novo. Era como a bonança depois da tempestade. Um momento de paz antes de o mau tempo voltar. Era apenas questão de tempo — e por isso cada segundo de silêncio contava.

Havia uma seringa no chão perto da mão do dr. Porter, ainda com a tampa. Victor a guardou no bolso e voltou para o corredor, onde tinha deixado o casaco. Pegou o celular assim que a mensagem de Dominic chegou.

1 minuto e 32 segundos.

Victor respirou fundo para se acalmar e examinou as salas vazias.

Refez seus passos até a sala de exames e recolheu cada tomografia e cada impressão dos exames do dr. Porter. No consultório do médico, ele apagou o registro da consulta, os dados digitais, rasgou a folha em que o médico havia feito suas anotações e, por segurança, a que ficava abaixo dela; Victor apagou sistematicamente todos os sinais de que esteve no prédio.

Todos os sinais, exceto o cadáver.

Não havia nada que pudesse fazer a respeito, a não ser atear fogo no lugar — opção que chegou a considerar e descartou. Incêndios eram temperamentais, imprevisíveis. Melhor deixar as coisas como estavam — parecendo um ataque cardíaco, um acidente estranho.

Victor vestiu o casaco e foi embora.

Na suíte do hotel, Sydney e Mitch estavam largados no sofá assistindo a um filme antigo, com Dol deitado aos seus pés. Mitch olhou nos olhos de Victor assim que ele entrou, as sobrancelhas erguidas numa pergunta, e Victor meneou a cabeça quase que imperceptivelmente.

Sydney rolou até se sentar.

— Onde você estava?

— Esticando as pernas — respondeu Victor.

Syd franziu o cenho. Nas últimas semanas, a expressão em seu rosto havia mudado de preocupação para algo mais cético.

— Você passou o dia todo fora.

— E eu passei anos preso — argumentou Victor, servindo-se de uma bebida. — Deixa qualquer um inquieto.

— Eu também fico inquieta — comentou Sydney. — É por isso que Mitch inventou um jogo de cartas. — Ela se virou para Mitch. — Por que Victor não tem que jogar?

Victor ergueu uma sobrancelha e tomou um gole da bebida.

— Como se joga?

Sydney pegou o baralho da mesa.

— Se você tirar um número, tem que ficar no hotel e estudar alguma coisa, mas, se tirar uma figura, pode sair. A maior parte do tempo só para ir até a pracinha ou o cinema, mas ainda é melhor que ficar confinada.

Victor olhou de relance para Mitch, que apenas deu de ombros, se levantou e foi para o banheiro.

— Experimenta — sugeriu Syd, estendendo o baralho para ele.

Victor olhou para ela por um momento, então ergueu a mão. Mas, em vez de tirar uma carta, ele jogou o baralho para longe da mão de Syd, espalhando as cartas pelo chão.

— Ei — disse Syd quando Victor se ajoelhou para estudar as opções. — Você está trapaceando.

— Você nunca disse que eu não podia trapacear. — Ele apanhou o rei de espadas do chão, onde estava virado para cima. — Aqui — disse Victor, oferecendo-lhe a carta. — Guarda na manga.

Sydney estudou a carta por um bom tempo, então a apanhou pouco antes de Mitch voltar. Os olhos dele foram de Syd para Victor.

— O que está acontecendo aqui?

— Nada — respondeu Sydney, sem um segundo de hesitação. — Victor estava me provocando.

Era desconcertante a facilidade com que ela mentia.

Syd voltou para o sofá, com Dol logo atrás dela, e Victor foi para a varanda. Alguns minutos depois, a porta da varanda se abriu e Mitch se juntou a ele.

— E aí? — perguntou Mitch. — O que o dr. Porter disse?

— Ele não tinha nenhuma resposta.

— Vamos encontrar outra pessoa então — sugeriu Mitch.

Victor assentiu.

— Avisa para Sydney que a gente vai partir pela manhã.

Mitch voltou para dentro da suíte e Victor deixou a bebida no parapeito. Retirou a seringa do bolso e leu a etiqueta. Lorazepam. Um anticonvulsivo. Ele esperava um diagnóstico, uma cura, mas, até lá, encontraria uma maneira de tratar os sintomas.

— Geralmente, eu não atendo pacientes depois do expediente.

Victor estava sentado à mesa em frente a uma jovem médica. Ela era magra e morena, com olhos inteligentes por trás das lentes dos óculos. Mas, apesar do interesse ou da suspeita dela, seu consultório ficava em Capstone, uma cidade com fortes laços com o governo, o tipo de lugar onde a privacidade era primordial e a discrição, obrigatória; onde uma língua solta podia acabar com uma carreira ou até mesmo com uma vida.

Victor deslizou o dinheiro pela mesa.

— Eu agradeço por abrir uma exceção.

Ela pegou o dinheiro e analisou as poucas linhas que ele havia preenchido na ficha de atendimento.

— Como posso ajudá-lo, sr.... Lassiter?

Victor tentava se concentrar apesar do crescente som na sua cabeça, conforme ela fazia as mesmas perguntas e ele dava as mesmas respostas. Ele detalhou os sintomas — o barulho, a dor, as convulsões, os desmaios —, omitindo sempre que podia, mentindo quando precisava. A médica o escutou, a caneta rabiscando o bloco de anotações enquanto ela refletia.

— Pode ser epilepsia, miastenia gravis, distonia... Às vezes, é difícil diagnosticar doenças neurológicas que apresentam sintomas semelhantes. Eu vou pedir alguns exames...

— Não — interrompeu Victor.

Ela ergueu o olhar das anotações.

— Sem saber exatamente o que...

— Eu já fiz os exames — argumentou ele. — Foram... inconclusivos. Eu estou aqui porque quero saber que medicamentos você me receitaria.

A dra. Clayton se endireitou na cadeira.

— Eu não dou receitas sem um diagnóstico, e eu não faço diagnósticos sem provas conclusivas. Não quero ofender o senhor, sr. Lassiter, mas a sua palavra não é suficiente.

Victor soltou o ar. Ele se inclinou para a frente. E, ao fazer isso, também se inclinou para perto dela. Não com as mãos, mas com os sentidos, causando uma pressão logo abaixo do limite da dor. Um desconforto sutil, o mesmo que fazia estranhos na rua se afastarem dele, que permitia a Victor passar despercebido por uma multidão. Mas a dra. Clayton não poderia escapar tão facilmente, por isso o desconforto foi percebido pelo que era: uma ameaça. Uma reação de luta ou fuga, simples e animalesca, do predador para a caça.

— Tem muitos médicos corruptos nessa cidade — começou Victor. — Mas, muitas vezes, a disposição para receitar medicamentos é inversamente proporcional à habilidade na medicina. E é por isso que eu estou aqui. Com você.

A dra. Clayton engoliu em seco.

— Com o diagnóstico errado — retrucou ela com firmeza —, o medicamento pode causar ainda mais danos.

— Esse é um risco — respondeu Victor — que estou disposto a correr.

A médica soltou o ar, trêmula. Ela balançou a cabeça, como se quisesse clarear os pensamentos.

— Eu vou receitar um anticonvulsivo e um betabloqueador. — A caneta dela rabiscou um pedaço de papel. — Se precisar de algo mais forte — continuou, rasgando a folha do bloco —, o senhor vai ter que se internar para ficar em observação.

Victor pegou a folha dela e se levantou.

— Obrigado, doutora.

Duas horas depois, ele deu um leve toque com o indicador nos comprimidos que estavam na palma da mão e os engoliu a seco.

Logo, Victor sentiu o ritmo do coração diminuir, o zumbido se aquietar, e achou que, talvez, tivesse encontrado a resposta. Por duas semanas, ele se sentiu melhor.

Então morreu mais uma vez.

VI

QUATRO SEMANAS ANTES
HALLOWAY

Victor estava atrasado e sabia disso.

O negócio com Linden havia demorado mais que o esperado — ele teve que aguardar a oficina ficar vazia para que os dois estivessem a sós. E depois, é claro, esperar todo o processo da morte que ele sabia que estava por vir para que ela não o seguisse até a casa onde estavam hospedados havia nove dias. Era alugada, mais um desses imóveis de temporada que se podia reservar por um dia, uma semana ou um mês.

Sydney a havia escolhido porque, como ela tinha dito, parecia um *lar*.

Quando Victor entrou, foi recebido pelo cheiro de queijo derretido e pelo estalo de uma explosão na enorme TV. Sydney estava empoleirada no braço do sofá, atirando grãos de pipoca para Dol, enquanto Mitch se mantinha de pé ao lado da bancada da cozinha, enfiando velas num bolo de chocolate.

A cena era extraordinariamente... normal.

O cachorro o avistou primeiro, o rabo deslizando de um lado para o outro no piso de madeira.

Mitch encontrou seu olhar, a testa franzida de preocupação, mas Victor fez um gesto para que deixasse o assunto para lá.

Syd olhou para ele por cima do ombro:

— Oi.

Cinco anos haviam se passado e, no geral, Sydney mantinha a mesma aparência. Ela ainda era baixa e franzina, com o mesmo rosto redondo e os olhos grandes que tinha no dia em que se conheceram na beira da estrada. A maior parte das diferenças era superficial — ela havia trocado as leggings de arco-íris por uma preta com estrelinhas brancas e o cabelo loiro curto estava constantemente escondido sob uma coleção de perucas, o cabelo mudando tanto quanto seu humor. Essa noite, ele estava azul-claro, da cor dos seus olhos.

Porém, em outros aspectos, Sydney tinha mudado tanto quanto os outros dois. O tom de voz, o olhar resoluto, o jeito de revirar os olhos — um gesto afetado que ela claramente adotou num esforço para enfatizar a idade, já que não era evidente à primeira vista. Ela ainda tinha o corpo de uma menina. Mas a atitude era de adolescente.

Ela olhou de relance para as mãos vazias de Victor e ele pôde ler a pergunta em seus olhos, a suspeita de que ele havia se esquecido do dia.

— Feliz aniversário, Sydney — disse Victor.

Era estranha a conjunção do aniversário de Syd com sua chegada à vida de Victor. Cada ano marcava não apenas a idade mas o tempo em que ela estava com ele. Com eles.

— Posso acender as velinhas? — perguntou Mitch.

Victor fez que não com a cabeça.

— Me dá cinco minutos para eu trocar de roupa — pediu ele, seguindo pelo corredor.

Victor fechou a porta ao entrar no quarto e deixou as luzes apagadas enquanto atravessava o cômodo. A mobília não tinha nada a ver com ele — as almofadas azuis e brancas, a pintura bucólica na parede, os livros na prateleira escolhidos pela aparência e não pelo conteúdo. Ao menos ele tinha encontrado uma utilidade para o último deles. Um belo livro de história estava aberto com uma caneta hidrográfica preta no meio. A essa altura, a página da esquerda estava totalmente coberta de preto e a da direita, até a última frase, como se Victor estivesse procurando uma palavra que ainda não tinha encontrado.

Ele se desvencilhou do casaco e entrou no banheiro, arregaçando as mangas. Abriu a torneira e molhou o rosto, o ruído branco da água jorrando combinando com a estática que já começava a soar de novo na sua cabeça. Ultimamente, o silêncio podia ser medido em minutos em vez de dias.

Victor passou a mão pelos cabelos loiros e curtos e estudou seu reflexo, os ferozes olhos azuis no rosto abatido.

Tinha perdido peso.

Ele sempre foi magro, mas agora, quando erguia o queixo, a luz incidia sobre a testa e as maçãs do rosto e provocava uma sombra na mandíbula, no vão da garganta.

Havia uma pequena fileira de frascos de remédios alinhada atrás da pia. Ele pegou o mais próximo e colocou um comprimido de Valium na palma da mão.

Victor nunca gostou muito de drogas.

É claro que a possibilidade de fuga tinha um apelo, mas ele jamais conseguiu ignorar a perda de *controle*. Na primeira vez em que havia comprado alguns narcóticos, em Lockland, ele sequer estava tentando se drogar. Ele queria apenas acabar com a própria vida para que pudesse voltar *melhor*.

A ironia das ironias, pensou Victor, engolindo o comprimido a seco.

VII

QUATROS ANOS ANTES

DRESDEN

Victor não costumava frequentar boates de strip-tease.

Ele jamais havia compreendido o apelo que tinham — jamais havia ficado excitado com corpos seminus, as formas contorcidas cobertas de óleo —, mas não tinha ido ao Glass Tower pelo show.

Estava procurando uma pessoa especial.

Enquanto esquadrinhava a boate enfumaçada, tentando não inalar a névoa de perfume, fumaça e suor, uma mão de unhas feitas dançou pelo seu ombro.

— Olá, querido — disse uma voz melosa. Victor olhou de relance e viu olhos castanho-escuros e lábios vermelhos. — Aposto que eu consigo colocar um sorriso nesse seu rosto.

Victor duvidava muito disso. Ele havia desejado muitas coisas — poder, vingança, controle —, mas sexo nunca esteve na lista. Mesmo com Angie... Ele a *queria*, é claro, queria a atenção, a devoção, até mesmo o amor. Victor se importava com ela, teria procurado maneiras de agradá-la — e talvez até encontrado prazer nisso —, mas, para ele, aquilo nunca teve nada a ver com sexo.

A dançarina olhou Victor de cima a baixo, confundindo sua falta de interesse com discrição, ou talvez achando que suas inclinações preferissem lugares menos femininos.

Ele afastou os dedos dela do seu ombro.

— Eu estou atrás de Malcolm Jones. — Pretenso empresário, especializado em tudo o que é ilícito. Armas. Sexo. Drogas.

A dançarina suspirou e apontou para uma porta vermelha nos fundos da boate.

— Lá embaixo.

Victor abriu caminho, e estava quase chegando à porta quando uma menina pequena e loira se chocou com ele, soltando uma enxurrada de desculpas numa cadência doce e animada quando ele a segurou para que não caísse. Seus olhares se cruzaram e algum pensamento atravessou o rosto dela, a mais breve palpitação de interesse — ele teria dito reconhecimento, mas estava certo de que nunca se encontraram antes. Victor se afastou, da mesma forma que ela, desaparecendo na multidão enquanto ele alcançava a porta vermelha.

A porta se fechou com um solavanco atrás dele, engolindo a vista da boate. Victor flexionou as mãos enquanto descia uma série de degraus de concreto até as entranhas do prédio. O corredor no fim da escada era estreito, com paredes pintadas de preto e o ar pesado de fumaça de charuto rançosa. Ouviam-se risadas vindas de uma sala ao fundo, mas a passagem de Victor estava bloqueada por um cara musculoso de camisa preta apertada.

— Vai para algum lugar?

— Sim — respondeu Victor.

O homem o estudou.

— Você tem cara de policial.

— Já me disseram isso — concordou Victor, abrindo os braços para ser revistado.

O homem o revistou e em seguida o levou até a sala.

Malcolm Jones estava a uma grande mesa de escritório, vestindo um terno caro e com um revólver prateado repousado no topo de uma pilha de contas ao lado do cotovelo. Havia outros três homens dispersos nas várias peças de mobília — um deles assistia à TV de tela plana instalada na parede, outro jogava no celular, e o terceiro observava a carreira de cocaína que Jones enfileirava na escrivaninha.

Nenhum deles pareceu muito preocupado com a chegada de Victor.

Apenas Jones se deu ao trabalho de erguer os olhos. Ele não era jovem, mas tinha aquele olhar voraz de quem está ascendendo na vida.

— Quem é você?

— Cliente novo — respondeu Victor, sem rodeios.

— Como você ficou sabendo de mim?

— Boca a boca.

Jones se envaideceu com isso, claramente lisonjeado por saber da sua crescente notoriedade. Ele fez um gesto indicando a cadeira vazia do outro lado da mesa.

— O que você está procurando?

Victor se ajeitou na cadeira.

— Drogas.

Jones fez uma rápida inspeção de Victor.

— Hum, achei que você fosse um cara das armas. A gente está falando de heroína? Cocaína?

Victor fez que não com a cabeça.

— Lícitas.

— Ah, nesse caso... — Jones acenou e um dos seus homens se levantou e abriu um cofre, exibindo uma variedade de frascos de remédios. — A gente tem oxicodona, fentanil, benzodiazepínicos, anfetamina... — recitou Jones enquanto o outro cara enfileirava os frascos na mesa.

Victor analisou as opções, imaginando por onde deveria começar.

Os episódios estavam se multiplicando, e nada que ele fazia parecia provocar qualquer diferença. Ele havia tentado evitar usar o poder, partindo da teoria de que era uma espécie de bateria que carregava com o uso. Quando isso não deu certo, Victor mudou de tática e tentou usar o poder ainda *mais*, assumindo a teoria de que talvez fosse uma carga que ele tivesse que *dispersar*. No entanto, essa abordagem gerou os mesmos resultados — a intensidade do zumbido aumentou de novo, ele se tornou físico de novo, e Victor morreu de novo.

Victor examinou a variedade de medicamentos.

Ele conseguia medir a progressão da corrente elétrica, mas não parecia conseguir alterá-la.

De uma perspectiva científica, isso era desastroso.

De uma psicológica, pior ainda.

Ele conseguia enganar a dor em si até certo ponto, mas ela era uma das facetas do sistema nervoso. E apenas um dos aspectos em que a maioria dos opiáceos atuava. Eles eram supressores, desenvolvidos não só para atenuar a dor, mas também a sensação, os batimentos cardíacos, a consciência — se um tipo não fosse suficiente, então ele precisaria de um coquetel de remédios.

— Vou levar — decidiu ele.

— Quais?

— Todos.

Jones sorriu com frieza.

— Calma aí, meu parceiro. A casa tem o limite de um frasco por cliente. Eu não posso te dar todo o meu estoque. Logo, logo, ele aparece custando o triplo ali na esquina...

— Eu não vou vender — disse Victor.

— Então você não precisa de tanto assim — retrucou Jones, fechando a cara. — Agora, como vai ser o pagamento...

— Eu disse que vou *levar*. — Victor se inclinou para a frente. — Eu nunca falei nada sobre pagamento.

Jones riu, um som bestial, sem humor, acompanhado em coro pelos capangas.

— Se estava planejando me roubar, você podia pelo menos ter trazido uma arma.

— Ah, mas eu trouxe — respondeu Victor, erguendo a mão. Lentamente, como se estivesse fazendo um truque de mágica, ele dobrou três dedos, deixando o polegar para cima e o indicador estendido. — Viu só? — continuou, apontando o dedo para Jones.

Jones parecia não estar mais se divertindo.

— Você é um tipo de...

— Bangue.

Não houve tiro nenhum — nada de eco ensurdecedor nem de cartucho usado ou de fumaça —, mas Jones soltou um berro gutural e desabou no chão como se tivesse sido atingido.

Os outros três homens levaram a mão à própria arma, mas a ação foi retardada pelo choque e, antes que pudessem atirar, Victor atingiu todos. Sem botão. Sem nuance. Pura força bruta. Naquele lugar além da dor, onde os nervos ficam em frangalhos, onde os fusíveis estouram.

Os homens desabaram no chão como marionetes cujas cordas foram cortadas, mas Jones continuava consciente. Ele ainda apertava o peito, procurando freneticamente um ferimento de bala, sangue, algum dano físico equivalente ao que suas terminações nervosas lhe diziam.

— Que merda... Que merda... — murmurou ele, olhando desesperado para todos os lados.

A dor, como Victor bem havia aprendido, transformava as pessoas em animais.

Ele pegou os comprimidos, jogando as sacolas e os frascos numa pasta de couro preta que havia encontrado encostada na mesa. Jones estremeceu no chão antes de se recuperar, a atenção voltada para o brilho do metal em cima da mesa. Ele fez menção de avançar até lá, mas Victor contraiu os dedos e Jones desabou, o corpo mole, inconsciente, perto da parede do outro lado da sala.

Victor apanhou a pistola que Jones planejou pegar, sopesando a arma. Ele não era muito chegado a armas — elas se tornaram, em grande medida, desnecessárias, levando em conta seu poder. Considerando sua condição atual, no entanto, poderia ser útil carregar algo... extrínseco. Além disso, não seria ruim possuir algo mais ostensivo que pudesse dissuadir as pessoas.

Victor guardou a pistola no bolso do casaco e fechou a pasta.

— Foi um prazer fazer negócios com você — disse ele para a sala silenciosa ao se virar para sair.

ENQUANTO ISSO...

June ajeitou o rabo de cavalo enquanto atravessava pela cortina de veludo que protegia a sala de dança particular. Harold Shelton já estava lá dentro, à espera, esfregando as mãos rosadas na calça, cheio de expectativa.

— Eu senti saudades, Jeannie.

Jeannie estava em casa, com intoxicação alimentar.

June estava apenas pegando o corpo emprestado.

— *Muitas* saudades? — perguntou ela, tentando soar suave e ofegante.

O tom de voz não parecia perfeito, nunca ficava. Afinal de contas, a voz era feita de natureza *e* prática, biologia e cultura. June conseguia acertar a entonação — acompanhava o corpo —, mas seu sotaque verdadeiro, com a ligeira cadência musical, sempre vinha sorrateiramente à tona. Não que Harold parecesse notar. Ele estava ocupado demais olhando com cobiça para os peitos de Jeannie por baixo da fantasia azul e branca de animadora de torcida.

Ela não fazia o tipo de June, mas não precisava.

Só precisava fazer o tipo dele.

Ela completou um círculo lento em volta de Harold, deixando as unhas com esmalte rosa roçarem seu ombro. Quando seus dedos tocaram a pele do homem, ela teve vislumbres da vida dele — não toda, somente as partes marcantes. Ela as deixou passar pela sua mente sem retê-las. Sabia que nunca pegaria o corpo dele emprestado, portanto não precisava saber mais.

Harold segurou seu pulso, puxando-a para o colo dele.

— Você conhece as regras, Harold — disse June, libertando-se dele.

As regras da boate eram simples: olhe, mas não toque. Mãos no colo. Nos joelhos. Debaixo da bunda. Não importava onde, contanto que não estivessem na menina.

— Você é uma sedutorazinha de merda — rosnou ele, aborrecido, excitado. Ele inclinou a cabeça para trás, olhos vidrados, o hálito rançoso. — Para que eu te pago mesmo?

June passou pelas costas dele e atirou os braços por cima dos seus ombros.

— Você não pode *me* tocar — sussurrou ela, inclinando-se até seus lábios roçarem na orelha de Harold. — Mas eu posso tocar em *você*.

Ele não viu o fio nas mãos dela, não percebeu nada até ela enrolá-lo no seu pescoço.

Harold começou a lutar, mas as cortinas eram grossas e a música estava alta, e, quanto mais a pessoa luta, mais rápido perde o fôlego.

June sempre gostou do garrote. Era rápido, eficiente, palpável.

Harold desperdiçou muita energia tentando agarrar o fio em vez de arranhar o rosto dela. Não que fosse fazer diferença.

— Não é nada pessoal, Harold — disse June enquanto ele firmava o pé no chão e tentava se contorcer para se livrar dela.

Era verdade — ele não estava na sua lista. Aquilo era só trabalho.

Ele desabou para a frente, sem vida, com um filete de cuspe pendurado na boca entreaberta.

June se endireitou, deixou o ar sair numa respiração curta e largou o fio. Ela examinou as mãos, que não eram *suas*. Estavam marcadas por linhas finas e profundas onde o fio a havia cortado. June não as sentia, mas sabia que a verdadeira Jeannie acordaria com esses vergões e com a dor que os acompanhava.

Desculpa, Jeannie, pensou ela, passando pela cortina e fechando-a bem ao sair. Harold esbanjava dinheiro. Ele tinha reservado uma hora com a jovem rainha Jeannie, o que deu a June cinquenta minutos para se afastar o máximo possível do cadáver.

Ela esfregava os vergões das mãos enquanto atravessava o saguão. Pelo menos, as colegas de quarto de Jeannie estavam em casa — ela teria um álibi. Ninguém tinha visto June entrar na sala de Harold e ninguém a viu sair de lá, portanto tudo o que ela precisava fazer era...

— Jeannie — chamou uma voz próxima, atrás dela —, você não devia estar trabalhando?

June xingou baixinho e se virou. E, ao se virar, ela *mudou* — depois de quatro anos colecionando todo mundo em quem tocava, tinha ficado com um guarda-roupa cheio e, num piscar de olhos, ela se despiu de Jeannie e vestiu outra pessoa, outra loira, com o mesmo tom de cabelo, o mesmo tamanho, mas com seios menores e rosto redondo, usando um vestidinho azul.

Foi uma obra de arte formidável, essa transformação, e o segurança piscou os olhos, confuso, mas June sabia por experiência própria que, quando as pessoas viam uma coisa que não entendiam, duvidavam de si mesmas. *Eu vi* se transformava em *Eu acho que vi* que se transformava em *Eu não posso ter visto isso* e então em *Eu não vi*. Os olhos eram volúveis. A mente, fraca.

— Só clientes e dançarinas podem vir aqui atrás, senhora.

— Eu não estava espiando — explicou-se June, deixando o sotaque deslizar com força e maciez pela língua. — Só procurando o banheiro feminino.

Max apontou para a porta à direita.

— É só voltar por onde você veio, do outro lado da boate.

— Agradecida — acrescentou ela com uma piscadela.

June manteve um ritmo constante e casual pela boate. Tudo o que ela queria agora era tomar banho. Boates de strip-tease eram assim mesmo. O cheiro de luxúria e suor, de bebidas baratas e notas sujas, era tão forte que cobria a sua pele, a seguia até em casa. Era só uma impressão — afinal de contas, June não podia sentir, nem cheirar, nem provar. Um corpo emprestado era apenas isso: emprestado.

Ela estava na metade do caminho quando se chocou com um homem, magro, loiro, todo de preto. Não era incomum num lugar desses, onde homens de negócio se misturavam com solteirões, mas June ficou abalada com o contato — quando tocou o braço dele, ela... *não viu nada*. Nenhum detalhe, nenhuma lembrança.

O homem mal a havia percebido, já estava se distanciando. Ele desapareceu atrás de uma porta vermelha nos fundos da boate e June se forçou a seguir em frente também, apesar de sentir que o seu mundo havia parado.

Qual era a probabilidade de isso acontecer?

Pouca, ela sabia, mas não impossível. Houve outro homem, alguns anos antes, um jovem que ela havia encontrado na rua numa noite de verão; havia esbarrado nele, para falar a verdade — ela estava olhando para o céu e ele, para o chão. Quando se tocaram, ela sentiu aquela mesma descarga de frio, o mesmo trecho de escuridão onde as lembranças deveriam estar. Depois de meses absorvendo aparências e formas com cada toque, a ausência de informação foi surpreendente, desconcertante. Na época, June não sabia o que aquilo significava — se a outra pessoa estava quebrada, ou se era ela quem estava, se aquilo era algum recurso ou falha técnica — até que ela seguiu o cara e o viu passar a mão pelo capô de um carro. Ela ouviu o ronco súbito do motor ligando sob seu toque e percebeu que ele era *diferente*.

Não diferente do mesmo jeito que *ela*, mas, ainda assim, a quilômetros de distância da normalidade.

Depois disso, ela começou a procurá-los.

June, que nunca foi muito chegada a contatos casuais e toques indesejados, agora encontrava todas as desculpas possíveis para roçar dedos ou beijar rostos, à procura daqueles elusivos fragmentos de escuridão. Ela não havia encontrado mais ninguém.

Até agora.

June se escondeu atrás de uma coluna, despindo a loira em troca de um homem de rosto comum. No bar, ela pediu uma bebida e esperou o estranho voltar.

Dez minutos depois, ele ressurgiu, carregando uma pasta preta. O homem se lançou à escuridão.

E June o seguiu de perto.

As ruas não estavam vazias nem cheias a ponto de encobrir uma perseguição. Toda vez que não estava sob a luz de um poste, ela mudava de aparência.

O que June faria se o homem de preto a notasse?

O que faria se não a notasse?

June não sabia *por que* estava seguindo o homem nem o que planejava fazer quando ele parasse de andar. Seria o instinto que a fazia seguir em frente ou apenas curiosidade? Ela nem sempre conseguia distinguir os dois. Antes...

Mas June não gostava de pensar no passado. Não queria pensar, não precisava. Ela pode até não ter permanecido morta, mas sua morte em si foi bastante real. Não fazia o menor sentido abrir esse caixão.

June — esse também não era seu nome verdadeiro, é claro. Ela o havia enterrado junto com todo o resto.

A única coisa que ela manteve foi o sotaque. *Manter* era uma palavra forte — aquela coisa teimosa não queria ir embora. Um sopro de lar num mundo estranho. Uma lembrança do verde, do cinza, dos desfiladeiros e do oceano... Talvez pudesse se livrar dele, jogar fora junto com tudo que a fazia ser quem ela *era*. Mas era tudo o que lhe restou. A última ligação.

Sentimental, repreendeu-se ela, acelerando o passo.

Por fim, June parou de se transformar e simplesmente seguiu o rastro do estranho.

Era esquisita a forma sutil como as pessoas se desviavam dele, saíam do caminho.

Elas o *viam*, June sabia disso pelo jeito que se moviam, que se esquivavam. Mas não pareciam *notar* sua presença.

Como um ímã, pensou ela. Todo mundo acha que os ímãs exercem atração, apelo, mas, se forem virados do outro lado, eles exercem repulsão. Seria possível passar horas tentando forçá-los a se unir, e quase conseguiria, mas, no fim das contas, eles se afastariam um do outro.

Ela se perguntou se o homem exercia aquele efeito sobre o mundo à sua volta, se isso fazia parte do seu poder.

Seja lá o que fosse, June não o sentia.

Mas, para ser sincera, ela não sentia nada.

Quem é você?, perguntou-se ela, aborrecida com a opacidade do sujeito. June se tornou mimada demais por conta do seu poder, do conhecimento fácil que o acompanhava. Não que ela visse tudo — isso seria um atalho para a completa loucura —, mas via o suficiente. Nomes. Idades. Lembranças também, mas só aquelas que realmente deixaram uma marca.

Uma pessoa, destilada em vários pedaços.

Ser privada disso agora era desconcertante.

Logo adiante, o homem parou na frente de um prédio residencial. Ele atravessou a porta giratória do saguão, e June ficou na penumbra do beiral do prédio e o observou entrar no elevador, viu o mostrador subir até o nono andar e então parar.

Ela mordeu o lábio, refletindo.

Era tarde.

Mas não *tão* tarde.

June revirou o guarda-roupa em sua mente. Talvez fosse muito tarde para uma entrega, mas não para um serviço de mensagens. Ela escolheu uma jovem — era mais inofensivo, principalmente à noite — usando roupas de ciclista azul-marinho, apanhou um envelope no saguão e chamou o elevador.

Havia quatro apartamentos no nono andar.

Quatro oportunidades.

Ela encostou o ouvido na primeira porta e ouviu o silêncio sepulcral de um apartamento vazio.

A mesma coisa na segunda porta.

Na terceira, ela ouviu passos e bateu, mas, quando a porta se abriu, June foi recebida não pelo homem de preto, mas por uma menina com um cachorro enorme ao lado.

A menina era pequena, com cabelos loiros platinados e límpidos olhos azuis. Vê-la desarmou June. Ela tinha uns 12, talvez 13 anos. A mesma idade de Madeline. Madeline pertencia ao Antes — *antes*, quando June tinha família, pais, irmãos, um mais velho e três mais novos, a mais nova tinha os mesmos cachos loiros...

— Posso ajudar? — perguntou a menina.

June percebeu que devia estar no lugar errado. Ela fez que não com a cabeça e começou a se afastar.

— Quem é? — perguntou uma voz calorosa, vinda de um cara grandalhão de braços tatuados e sorriso amigável.

— Entrega — respondeu a menina. Ela observava o pacote, com os dedos quase roçando nos de June, quando *ele* apareceu.

— Sydney — chamou o homem de preto. — Eu disse para você não atender à porta.

A menina retornou com o cachorro enorme logo atrás, e o homem deu um passo à frente, os olhos de um tom mais profundo e frio de azul examinando o pacote nas mãos de June.

64

— Endereço errado — disse ele, fechando a porta na cara dela.

June ficou parada no corredor, a mente dando voltas.

Ela esperava que ele fosse estar sozinho.

Pessoas como eles deveriam ser solitárias.

Será que os outros dois eram humanos, o grandalhão e a menina? Ou será que também tinham poderes?

June voltou no dia seguinte. Encostou a orelha na porta, mas... não ouviu nada. Ela se ajoelhou diante da fechadura e, pouco depois, a porta se abriu. O apartamento estava vazio. Não havia sinal da menina nem do cachorro, do grandalhão nem do estranho.

Eles simplesmente... se foram.

VIII

TRÊS ANOS ANTES

CAPITAL

Estava acontecendo de novo. E de novo. E de novo.

Victor se apoiou na cômoda para manter o equilíbrio, os comprimidos do suprimento de Malcolm Jones dispostos a sua frente, aquele zumbido sempre presente se transformando numa lamúria alta na sua mente. Ele examinou os rótulos mais uma vez, procurando alguma coisa que ainda não tivesse experimentado — oxicodona, morfina, fentanil —, mas já havia testado todos. Cada troca, cada combinação, e nada estava dando certo. Nenhum deles funcionava.

Ele suprimiu um rosnado de frustração e derrubou os frascos abertos da bancada. Os comprimidos caíram no chão como chuva enquanto Victor saía apressado do apartamento. Ele tinha que se afastar antes que a carga atingisse o auge.

— Para onde você vai? — perguntou Sydney quando Victor atravessou a sala.

— Sair — respondeu ele, com firmeza.

— Mas você acabou de voltar. E hoje é noite de filme. Você prometeu ver um filme com a gente.

Mitch pousou a mão no braço dela.

— Tenho certeza de que ele não vai demorar.

Sydney olhou para o espaço entre os dois, como se pudesse ver as omissões, as mentiras, o lugar de onde a verdade tinha sido arrancada.

— O que está acontecendo?

Victor pegou o casaco do cabideiro.

— Eu só preciso tomar um pouco de ar.

A carga já estava transbordando para o ar à sua volta, a energia crepitava em seus membros. Dol ganiu. Mitch estremeceu. Mas Sydney não recuou.

— Está chovendo — protestou ela.

— Eu não sou feito de açúcar.

Mas Sydney já estava apanhando o casaco.

— Tudo bem, eu vou com você então.

— Sydney...

Ela alcançou a porta antes dele.

— Sai do meu caminho — murmurou Victor entre os dentes.

— Não — retrucou ela, esticando o pequeno corpo na soleira da porta.

— Sai! — exclamou Victor, um desespero estranho se insinuando em sua voz.

Sydney, entretanto, não saiu do lugar.

— Não até você me contar o que está acontecendo. Eu sei que você está escondendo alguma coisa. Eu sei que você está mentindo, e isso não é justo, eu mereço...

— Sai — ordenou Victor.

Então, sem pensar — não havia espaço para mais nada além da carga que aumentava de intensidade, dos segundos que passavam, da necessidade de fugir dali —, Victor se apoderou de Sydney e empurrou não os nervos, mas o corpo inteiro. Ela tombou para o lado, como se tivesse sido golpeada, e Victor passou desenfreado por ela em direção à porta.

E estava quase lá quando o espasmo tomou conta dele.

Victor cambaleou, tentou se equilibrar apoiando-se na parede, um gemido baixo escapando por entre os dentes cerrados.

Sydney estava de quatro no chão ali perto. Quando ele tropeçou, toda a raiva em seu rosto foi substituída pelo medo.

— O que foi? Tem alguma coisa errada?

Victor baixou a cabeça, esforçando-se para conseguir respirar.

— Tira ela... daqui...

Mitch por fim chegou e puxou Sydney para trás, para longe de Victor.

— *O que está acontecendo com ele?* — perguntou ela, choramingando, lutando para se desvencilhar de Mitch.

Victor conseguiu abrir a porta e dar um único passo antes que a dor desabasse sobre ele como uma onda e ele caísse.

A última coisa que viu foi Sydney se libertando do abraço de Mitch. Sydney, correndo para ele.

E, então, a morte apagou tudo.

— Sydney?

Victor respirou com dificuldade.

— Sydney, você está me ouvindo?

Era a voz de Mitch, as palavras pronunciadas num tom baixo de súplica.

Victor se sentou e viu o homem se ajoelhando, curvado sobre uma forma pequena. Sydney. Ela estava deitada de costas, os cabelos pálidos formando uma poça ao redor da cabeça, a pele branca feito porcelana e o corpo imóvel. Mitch sacudiu os ombros dela, encostou o ouvido no seu peito.

E, então, Victor se levantou, a sala se inclinando sob seus pés. Ele sentia a cabeça pesada, os pensamentos lentos, como sempre acontecia depois de um episódio, e virou o próprio botão para cima, aguçou os sentidos até o ponto de sentir dor. Precisava disso para clarear a mente.

— Sai da frente — pediu ele, ajoelhando-se ao lado dela.

— Faz alguma coisa — exigiu Mitch.

A pele de Sydney estava fria — mas sempre estava. Ele tentou sentir a pulsação dela, e, depois de um tempo agonizante sem nada, percebeu a palpitação débil do coração da menina. Ele mal batia. Quando verificou a respiração, ela também estava muito lenta.

Victor pressionou a palma da mão no peito dela. Ele sentiu os nervos de Syd e tentou girar o botão o mais gentilmente que podia. Não muito, apenas o suficiente para estimular uma reação.

— Acorda.

Nada aconteceu.

Ele girou o botão mais um pouquinho.

Acorda.

Nada. Ela estava tão fria, tão imóvel.

Victor agarrou os ombros dela.

— Sydney, *acorda* — ordenou ele, enviando uma corrente para a forma diminuta.

Syd arfou, abriu os olhos de repente, e então virou para o lado e tossiu. Mitch se apressou em tranquilizá-la e Victor desabou para trás, de encontro à porta, o coração disparando no peito.

Porém, quando Sydney conseguiu se sentar, seu olhar passou direto por Mitch e se fixou em Victor; os olhos arregalados não de raiva, mas de tristeza. Ele conseguia ler a pergunta estampada no rosto dela. Era a mesma que fazia um estrondo na sua própria cabeça.

O que foi que eu fiz?

Victor se sentou na varanda e ficou observando a neve cair, os flocos brancos contra a escuridão.

Ele estava congelando. Podia ter colocado um casaco, desligado os nervos, entorpecido o frio, podia ter apagado todas as sensações. Em vez disso, ele saboreava o tempo frio, observava a própria respiração subir como uma pluma contra a noite, se agarrava ao breve período de silêncio.

As luzes voltaram a se acender, mas Victor não conseguia se forçar a entrar, não podia suportar a expressão no rosto de Sydney. Nem no de Mitch.

Ele podia ir embora.

Devia ir embora.

A distância não o salvaria, mas poderia protegê-los.

A porta deslizou atrás dele. Victor ouviu os passos leves de Sydney, que entrava de mansinho na varanda. Ela afundou na cadeira ao seu lado, levantando as pernas e encostando os joelhos no peito. Por alguns minutos, os dois permaneceram em silêncio.

Houve um tempo em que Victor prometeu a Sydney que não deixaria que ninguém a machucasse — que ele sempre os machucaria antes.

Ele havia quebrado essa promessa.

Estudou as próprias mãos, lembrando-se do momento *anterior* — quando tinha forçado Sydney a sair do caminho. Ele não havia tocado nos nervos dela, ou pelo menos não tinha girado o botão. No entanto, ele a fez se *mover* mesmo assim. Victor se levantou da cadeira, pensando nas implicações disso. Estava andando até a porta quando Sydney enfim quebrou o silêncio.

— Dói? — perguntou ela.

— Agora, não — respondeu ele, esquivando-se da pergunta.

— E quando acontece? — insistiu. — Aí dói?

Victor soltou o ar, formando uma nuvenzinha.

— Sim.

— Dói por quanto tempo? — perguntou ela. — Fica muito ruim? O que você sente quando...

— Sydney.

— Eu quero saber — retrucou ela, persistente. — Eu *preciso* saber.

— Por quê?

— Porque a culpa é minha. Porque eu fiz isso com você. — Victor começou a fazer que não com a cabeça, mas ela o interrompeu. — Me conta. Me conta a verdade. Você tem mentido para mim esse tempo todo, o mínimo que pode fazer é me contar como é.

— É como morrer.

Sydney perdeu o fôlego, como se tivesse levado um soco na barriga. Victor suspirou e foi até a beirada da varanda, sentindo o parapeito escorregadio pelo frio. Ele passou a mão pela superfície e a friagem fez seus dedos formigarem.

— Eu já contei para você como consegui os meus poderes?

Syd balançou a cabeça em negativa, os cabelos curtos sacudindo de um lado para o outro. Ele sabia que não tinha contado. Relatou a ela quais foram seus últimos pensamentos, mas nada além disso. Não era uma questão de confiança ou de falta de confiança, mas o simples fato de os dois terem deixado o passado para trás, com poucas coisas que queriam lembrar e muitas que queriam esquecer.

— A maioria dos EOS é fruto de um acidente — começou ele, examinando a neve. — Mas comigo e com Eli foi diferente. A gente decidiu encontrar um jeito de provocar a mudança. A propósito, é absurdamente difícil fazer isso. Ter a intenção de morrer, ressuscitar num ambiente controlado. Encontrar um jeito de acabar com a vida, mas não de forma definitiva, e isso tudo sem deixar o corpo imprestável. Além do mais, é preciso encontrar um método que retire controle suficiente da cobaia para que ela sinta medo, porque as propriedades químicas induzidas pelo medo e pela adrenalina são necessárias para causar uma mudança somática.

Victor esticou a cabeça e analisou o céu.

— Não era a minha primeira tentativa — continuou, baixinho. — A noite em que morri. Eu tinha tentado uma vez e falhado. Uma overdose, o que, no fim das contas, proporciona controle demais, mas não medo suficiente. Então eu decidi tentar de novo. Eli já havia sido bem-sucedido, e eu estava determinado a ser igual a ele. Eu criei uma situação na qual não ia poder retomar o controle. Uma situação na qual não existia nada *além* do medo. E da dor.

— Como? — sussurrou Sydney.

Victor fechou os olhos e viu Angie, com a mão sobre o painel de controle.

— Eu convenci uma pessoa a me torturar.

Syd exalou de surpresa atrás dele. Victor continuou a história.

— Eu fui amarrado a uma mesa de metal e conectado a uma corrente elétrica. Havia um botão e alguém para girá-lo, e a dor aumentava sempre que o botão subia, e eu pedi que fosse em frente até o meu coração parar. — Victor agarrou com força o parapeito gelado. — As pessoas fazem uma ideia do que seja a dor — continuou. — Acham que sabem o que ela é, e como é, mas é só uma noção. Quando ela se torna real, é muito diferente. — Ele se virou para Syd. — Então, quando você me pergunta o que eu sinto durante os episódios... eu sinto que estou morrendo de novo. É como se alguém estivesse girando o botão dentro de mim até eu me despedaçar.

O rosto de Sydney estava lívido.

— Eu fiz isso — disse ela entre os dentes, os dedos agarrando os joelhos com força. — Eu fiz isso com você.

Victor foi até a cadeira de Sydney e se ajoelhou diante dela.

— Sydney, eu estou vivo por sua causa — disse ele com firmeza. Lágrimas rolaram pelas bochechas de Syd. Victor pousou a mão no ombro da menina. — Você me salvou.

Foi então que ela ergueu o olhar para ele, com os olhos azuis entremeados de vermelho.

— Mas eu quebrei você.

— Não — recomeçou ele, então parou de falar.

Uma ideia lhe ocorreu. A primeira centelha de um pensamento; reluzente, mas instável. Ele protegeu seu calor frágil, tentando incitá-lo a se tornar algo mais forte, e, conforme a chama se acendia, percebeu...

Ele esteve procurando a resposta nos lugares errados. Procurando soluções comuns.

Mas Victor não era comum. O que havia acontecido com ele não era comum.

Um EO tinha quebrado o seu poder.

Ele precisava de um EO para consertá-lo.

IX

DOIS ANOS ANTES

SOUTH BROUGHTON

Era impressionante o que se passava por música.

Victor estava recostado no bar enquanto o som explodia no palco, onde um grupo de homens espancava os instrumentos. O lado bom, supôs, era que eles abafavam o som que ficava cada vez mais intenso dentro da sua cabeça. O lado ruim era a enxaqueca que começava a se formar em seu lugar.

— Ei! — gritou o bartender. — Quer uma bebida?

Will Connelly tinha um metro e noventa, queixo quadrado, cabelos pretos espetados e todas as características de um EO em potencial.

Victor tinha feito o dever de casa, havia instruído Mitch a reconstruir um mecanismo de busca, o mesmo que Eli e depois a polícia haviam usado para encontrar os EOS, o mesmo mecanismo que levou Victor até Dominic.

Ele tinha levado dois meses para rastrear a primeira pista — uma mulher do sul que tinha o poder de reverter a velhice, mas não ferimentos — e mais três para encontrar o segundo — um homem que podia quebrar as coisas e depois montá-las de volta, mas, infelizmente, a habilidade não se aplicava a seres vivos.

Encontrar outro EO já era bastante difícil.

Encontrar um EO específico, com habilidades de cura, era mais difícil ainda.

A última pista era Will Connelly, que tinha fugido de um leito de hospital sem ter recebido alta dois dias depois de se acidentar. Os médicos ficaram perplexos.

Isso sugeria uma habilidade de cura.

A questão era se ele poderia curar Victor.

Até o momento, ninguém pôde.

— E aí? — chamou Connelly sobre a música.

— Glen Ardoch — gritou Victor em resposta, apontando para a garrafa na parede ao fundo. Estava vazia.

— Tenho que buscar outra — avisou Connelly, acenando para outro bartender antes de se abaixar para sair do bar.

Victor aguardou um instante e, então, seguiu-o pelo corredor atrás do sujeito. Connelly estava com a mão na porta aberta da despensa quando Victor o alcançou.

— Mudei de ideia a respeito da bebida.

O bartender se virou e Victor lhe deu um único empurrão vigoroso, fazendo com que Connelly caísse por um lance de escada.

Não era uma queda muito grande, mas havia uma parede cheia de barris de metal lá embaixo e o garçom se chocou neles com um barulho que teria chamado a atenção se não fosse pela cacofonia da banda no andar de cima.

Victor foi atrás dele, descendo os degraus num ritmo casual enquanto o homem se endireitava, com a mão no cotovelo.

— Você quebrou a porra do meu braço!

— Bom, então — disse Victor — eu sugiro que você o conserte.

A expressão no rosto de Connelly mudou.

— O quê? Do que você está falan...

Victor estalou os dedos e o bartender cambaleou, suprimindo um grito.

Não havia a menor necessidade de silenciá-lo. A música vinda do bar lá em cima estava alta o bastante para encobrir um assassinato.

— Tá bom! — arfou Connelly. — Tá bom.

Victor diminuiu o controle sobre Connelly e o bartender se endireitou. Ele respirou fundo para se preparar e, em seguida, seu corpo inteiro estremeceu, o movimento tão curto e rápido que pareceu mais uma vibração que um arrepio. Foi como se ele estivesse *rebobinando*. Uma fração de segundo depois, o braço estava ileso e a dor desapareceu de seu rosto.

— Muito bem — disse Victor. — Agora *me* conserta.

O rosto de Connelly se retorceu em confusão.

— Não posso.

Victor flexionou os dedos e o homem cambaleou para perto dos caixotes e barris.

— Eu... *não consigo*... — arfou. — Você acha que... se eu pudesse ajudar outras pessoas... eu não faria isso? Caramba... eu seria... a porra de um messias. Não ia ficar trabalhando... nesse bar de merda.

Fazia sentido.

— Só funciona... comigo.

Merda, pensou Victor logo antes de o celular tocar. Ele pegou o aparelho do bolso e viu o nome de Dominic na tela.

Dom, que só ligava para Victor quando havia algum problema.

Ele atendeu.

— O que foi?

— Más notícias — respondeu o ex-soldado.

Na despensa, Connelly tinha apanhado uma garrafa da prateleira atrás dele e agora investia contra Victor. Ou queria investir... Victor ergueu a mão, e o corpo inteiro de Connelly parou de súbito conforme ele puxava os nervos do sujeito e os prendia no lugar. Vinha treinando desde a noite que moveu Sydney. Havia aprendido que tanto a dor quanto o movimento eram duas facetas do controle. Machucar um corpo era simples; paralisá-lo era bem mais difícil — mas Victor estava ficando bom nisso.

— Continua — pediu ele a Dom.

— Certo, como você sabe, muitos caras que saem do Exército vão trabalhar no setor privado. Segurança. Força-tarefa. Trabalho mercenário. Alguns trabalhos são legais. Outros, não. Mas sempre tem trabalho em algum ramo se você estiver disposto e for capaz.

75

Connelly continuava lutando contra o domínio de Victor, jogando todo o seu peso sobre ele como numa quebra de braço. Como se aquilo fosse uma batalha de força física e não de força de vontade.

— Então, eu estava bebendo com um camarada do Exército — prosseguiu Dom —, quero dizer, ele estava bebendo uísque, eu estava só na água com gás...

— Direto ao ponto — impeliu Victor, forçando o bartender a ficar de joelhos.

— Certo, desculpa. Aí ele me contou sobre essa nova vaga de trabalho. É debaixo dos panos... Sem anúncio nem publicidade em jornais ou posts na internet, só no boca a boca. Nenhum detalhe. Nada além de um nome. Letras, para falar a verdade. ONE.

Victor franziu o cenho.

— ONE?

Connelly tentou gritar, mas Victor travou sua mandíbula.

— É. ONE — confirmou Dom. — De Observação e Neutralização de ExtraOrdinários.

Victor ficou paralisado.

— É uma prisão.

— Ou algo do tipo. Estão procurando guardas, mas também treinando policiais para caçar pessoas como a gente.

Victor revirou a informação na mente.

— Seu amigo contou mais alguma coisa para você?

— Não muito. Mas ele me deu um cartão. Uma parada toda misteriosa. São só as três letras de um lado e um nome e um número de telefone do outro. Só isso.

— Qual é o nome? — perguntou Victor, muito embora tivesse um pressentimento de que já sabia a resposta.

— Diretor Joseph Stell.

Stell. O nome provocava arrepios em Victor. O primeiro policial que foi atrás dele em Lockland, no rastro da morte de Angie; o motivo de ele ter passado quatro anos na solitária e outros seis na cela comum; o mesmo homem que seguiu Eli até Merit uma década depois, até ser enfeitiçado pelos poderes de

Serena Clarke. Stell era como um cachorro que não largava o osso. E agora... isso. Uma organização projetada para caçar os EOS.

— Achei que você ia querer saber disso — disse Dominic.

— E estava certo. — Victor desligou.

Que bagunça, pensou ele, balançando a cabeça. Victor Vale estava morto e enterrado no Cemitério de Merit, mas bastava uma suspeita — ora, cadáveres são desenterrados por vários motivos diferentes. E ele havia deixado um caixão vazio para trás. O início de um rastro. Não muito óbvio, mas o suficiente para lhe causar problemas. Partindo disso, quanto tempo o ONE levaria para entender o que tinha acontecido? Para colocar as coisas em dia?

— Me *solta* — vociferou Connelly entre os dentes.

— Tudo bem — disse Victor, soltando-o de seu controle.

O bartender cambaleou, perdendo o equilíbrio com a súbita liberdade, e estava se levantando quando Victor sacou a arma e atirou na cabeça dele.

A música continuava tocando furiosamente no andar de cima, ininterrupta e imperturbável.

— Cinco marshmallows — disse Sydney, empoleirada na bancada da cozinha. Essa noite, o cabelo dela era de um roxo vibrante.

— É muito — disse Mitch, ao fogão.

— Tá bom, três — concordou Syd.

— Que tal quatro?

— Eu não gosto de números pares... Ei, Victor. — Syd sacudiu as pernas distraidamente. — Mitch está preparando chocolate quente.

— Tão caseiro da parte dele — comentou Victor enquanto se desvencilhava do casaco.

Eles não perguntaram sobre a noite dele, nem sobre Connelly, mas Victor sentia a tensão no ar como um fio esticado. O silêncio dele sobre o assunto já era uma resposta.

Ele encarou Mitch.

— Preciso que você descubra tudo o que puder sobre o ONE.

— O que é isso? — perguntou Mitch.

— Um problema. — Victor repetiu as informações de Dominic, observando o rosto de Sydney empalidecer e a expressão de Mitch mudar de surpresa para preocupação. Quando terminou, ele se voltou para a entrada do quarto. — Comecem a fazer as malas.

— Para onde a gente vai? — perguntou Syd.

— Fulton. Capstone. Dresden. A capital...

Mitch franziu o cenho.

— A gente já esteve em todos esses lugares.

— Eu sei — disse Victor. — A gente vai voltar. Precisamos limpar o nosso rastro.

Uma sombra passou pelo rosto de Sydney.

— Você vai matar todo mundo — comentou Syd. — Todo mundo com quem se encontrou...

— Eu não tenho escolha — declarou ele sem rodeios.

— Tem, sim — insistiu Sydney, cruzando os braços. — Por que você tem que...

— Algumas pessoas sabem da minha condição. Outras, sabem do meu poder. Mas *todas elas* viram o meu rosto. A partir de hoje, a gente não vai deixar rastro nenhum, e isso significa que, antes de seguir em frente, a gente tem que voltar.

Um rastro de corpos ou um rastro de testemunhas — essa era a escolha que tinham que fazer. Nenhuma dessas opções era a ideal, mas, pelo menos, cadáveres não podiam dar depoimentos. A solução de Victor era lógica, mas Sydney não ia aceitar isso.

— Se matar todos os EOS que encontrar — continuou ela —, você não é melhor que o Eli.

Victor cerrou os dentes.

— Eu também não gosto disso, Sydney, mas, se o ONE os encontrar, ela vai ficar a um passo de encontrar *a gente*. Você quer que isso aconteça?

— Não, mas...

78

— Você sabe o que eles vão fazer? Primeiro, vão matar o Dol; depois levar você, eu e Mitch, e a gente *nunca* mais vai ver a luz do dia, muito menos um ao outro, enquanto viver. — Sydney arregalou os olhos, mas Victor continuou: — Se tiver sorte, eles vão te prender numa jaula. Sozinha. Se não, eles vão fazer experimentos científicos com você...

— Victor — censurou Mitch, mas Victor se aproximou ainda mais da menina.

Sydney o encarou, os punhos fechados. Ele se ajoelhou para que pudesse olhar nos olhos dela.

— Você acha que eu estou agindo como Eli? Acha que estou brincando de Deus? Tudo bem, é a sua vez então, Sydney. Você decide, agora mesmo, quem deve viver. Nós ou eles.

Lágrimas pairaram em seus cílios. Ela não encarou Victor, mantendo o olhar fixo na camisa dele enquanto sua boca se movia, só um pouco e sem emitir som.

— O que foi que você disse? — perguntou ele.

Dessa vez, Victor ouviu.

— Nós.

X

QUATRO SEMANAS ANTES
HALLOWAY

Victor se apoiou na pia, esperando a droga fazer efeito no seu organismo, e se perguntou se os efeitos, a essa altura, eram de um placebo. Menos medicina e mais falsa esperança. De calma. Tempo. Controle.

Ele se afastou da bancada e voltou para o quarto, para a cômoda, para a pequena pilha de papéis com o rosto de Jack Linden logo no topo. Marcações pretas atravessavam o perfil, apagando linha após linha até que só restassem duas palavras. Dez letras distribuídas sem elegância pela página.

MECONSERTA

Victor encarou as palavras por um bom tempo, então amassou o papel e o atirou longe.

Eles estavam ficando sem pistas.

E ele, sem tempo.

3 minutos e 49 segundos.

— Victor! — chamou Sydney, impaciente.

Ele se empertigou.

— Já vou — gritou ele em resposta, tirando uma caixa azul rasa da primeira gaveta.

A sala de estar se encontrava escura.

Sydney estava ajoelhada em frente à mesinha de centro, onde um pequeno altar de presentes a aguardava ao lado do bolo. Havia dezoito velas acesas no topo, com as pontas soltando faíscas coloridas. Mitch cruzou os braços, parecendo satisfeito.

— Faz um pedido — disse ele.

Os olhos de Syd se moveram do bolo para Mitch antes de recaírem sobre Victor.

Uma sombra passou pelo seu rosto, um instante antes de ela soprar as velas.

Dezoito velas — Sydney ficou assustada com o número enquanto as enfileirava ao lado da metade que sobrou do bolo. Dezoito. Dol tentou lamber uma gota da cobertura de chocolate da mesa e Victor empurrou o focinho do cachorro para longe enquanto Mitch entregava o primeiro presente a Sydney. Ela pegou a caixa, balançou-a com um sorriso malicioso e então rasgou o papel e desembrulhou uma jaqueta *bomber* vermelha.

Ela a viu na vitrine de uma loja algumas cidades antes dali e havia parado para admirá-la, admirar como o manequim esguio parecia descolado com ela, a curva sinuosa do corpo, com as mãos no quadril dentro de bolsos fundos.

O que Sydney não tinha dito naquele momento era que ela queria o corpo do manequim tanto quanto as roupas dele. Nela, a jaqueta ficava grande demais — as mangas eram uns dez centímetros mais compridas que seus braços.

— Desculpa — disse Mitch. — Era o menor tamanho que tinha na loja.

Ela conseguiu sorrir.

— Tudo bem. Eu vou crescer e caber nela.

E supôs que podia ser verdade. Em algum momento.

Mitch entregou a segunda caixa para ela, um pacote com um endereço de Merit na etiqueta de devolução. Dominic. Ela sentia falta dele — Victor sempre falava com o ex-soldado ao telefone, mas nenhum deles o *viu* desde que foram embora de Merit. Era a única cidade para onde não voltaram.

Muitos esqueletos no armário, supunha ela.

No momento, Sydney cambaleava com o peso do presente de Dominic. Dentro da caixa havia um par de coturnos com ponteira de aço e solas de oito centímetros de altura. Syd se sentou no chão e os calçou. Quando voltou a ficar de pé, fez Mitch encarar seus olhos para saber se tinha ficado muito alta. Ela alcançava o esterno dele em vez da barriga, e ele afagou a peruca da menina alegremente.

Por fim, Victor estendeu a caixa azul para ela.

— Não sacode — avisou ele.

Syd se ajoelhou ao lado da mesa e prendeu a respiração enquanto erguia a tampa.

Dentro da caixa, aninhado em veludo, havia o esqueleto de um passarinho morto. Sem penas, nem pele ou músculos — apenas pouco mais de trinta ossinhos arrumados com perfeição nas estreitas dobras azuis.

Mitch estremeceu ao ver o pássaro, mas Sydney se levantou, segurando a caixa colada no corpo como se fosse um segredo.

— Obrigada — disse ela com um sorriso. — É perfeito.

XI

CINCO ANOS ANTES

MERIT

Na noite em que Victor morreu, Sydney não conseguiu dormir.

Dominic havia tomado um punhado de comprimidos, bebendo-os com uísque antes de desabar no sofá, e era só uma questão de minutos até que Mitch, ferido, ensanguentado e a quilômetros dali, mergulhasse em seu cochilo agitado.

Mas Syd ficou sentada, com Dol aos seus pés, pensando no corpo de Victor no necrotério, no corpo carbonizado de Serena no terreno do Falcon Price, até que ela enfim desistiu de dormir por completo, calçou as botas e saiu de fininho.

Estava quase amanhecendo quando Sydney chegou ao empreendimento Falcon Price. A parte mais escura da noite, como Serena costumava dizer. A hora em que monstros e fantasmas se revelam.

O terreno da construção estava isolado por fitas de cena do crime.

Sydney se curvou e passou por baixo da cerca de compensado, entrando no terreno de cascalho. A polícia havia ido embora, o barulho e as luzes não estavam mais lá, o caos da noite tinha sido reduzido a marcadores numerados, sangue seco e uma tenda de plástico branco.

Dentro da tenda via-se o corpo de Serena. O que restou dele. O fogo estava quente demais — o suficiente para reduzir a irmã a uma pele enegrecida e ossos quebradiços. Syd sabia que o fogo havia se apagado, porém, quando estendeu a mão para os restos chamuscados, em parte esperou que os ossos a queimassem. No entanto, não havia mais quentura, nem calor, nenhuma promessa de vida. Metade dos ossos já havia se despedaçado, outros ameaçavam se desfazer com o mais leve toque, mas aqui e ali alguns pedaços retinham sua força.

Sydney começou a cavar.

Ela queria algo simbólico, alguma coisa para se lembrar da irmã, algo que pudesse guardar. Foi só quando se viu enterrada até os cotovelos no monte carbonizado que percebeu o que estava fazendo de fato.

Procurando um jeito de trazer Serena de volta à vida.

Sydney começou a morrer, mas apenas nos próprios sonhos.

Os pesadelos começaram quando eles saíram de Merit. Noite após noite, ela fechava os olhos e se via de volta ao lago congelado, o mesmo lago que havia trincado, despedaçado e engolido a ela e à irmã três anos antes.

Nos sonhos, Serena era uma sombra na margem ao longe, de braços cruzados e à espera, observando, mas Syd nunca estava sozinha no gelo. Não a princípio. Dol estava por perto, lambendo o chão congelado, enquanto Dom, Mitch e Victor formavam um círculo em volta dela.

E, ao longe, andando na direção deles pelo lago, havia um homem de ombros largos e cabelos castanhos, com passos resolutos e um sorriso amigável.

Eli, que nunca envelhecia, nunca mudava, nunca morria.

Eli, que fazia cada fio de cabelo da sua nuca se arrepiar de uma maneira que o frio jamais fizera.

— Está tudo bem, menina — dizia Dom.

— A gente está aqui — completava Mitch.

— Eu não vou deixar ele te machucar — prometia Victor.

No fim das contas, os três estavam mentindo.

Não de propósito, mas porque não podiam garantir nada do que diziam.

O lago emitiu um ruído de galhos se partindo na floresta. O gelo começou a rachar sob seus pés.

— Volta! — gritou ela, e não sabia se estava falando com eles ou com Eli, mas não importava. Ninguém a escutava.

Eli abria caminho pelo lago para chegar até eles, para chegar até *ela*. O gelo permanecia liso e sólido debaixo dele, porém, a cada passo que dava, alguém desaparecia.

Passo.

O lago se esfacelou debaixo de Dominic.

Passo.

Mitch afundou feito uma pedra.

Passo.

Dol estalou e submergiu.

Passo.

Victor mergulhou no gelo.

Passo.

Um após o outro, eles se afogaram.

Passo.

E, então, ela estava sozinha.

Com *Eli.*

— Oi, Sydney — dizia ele.

Às vezes, ele tinha uma faca.

Às vezes, ele tinha uma arma.

Às vezes, ele tinha uma corda.

Mas Sydney estava sempre de mãos vazias.

Ela queria lutar com ele, queria se defender, enfrentar o monstro, mas seu corpo sempre a traía. Suas botas sempre se voltavam para a margem, deslizando e escorregando enquanto ela corria.

Às vezes, ela quase conseguia chegar lá.

Em outras, não chegava nem perto.

Mas, não importava o que fizesse, o sonho sempre acabava do mesmo jeito.

XII

QUATRO ANOS ANTES

DRESDEN

Syd se sentou arfando.

Ela havia acordado com o som do gelo se quebrando, o silvo e o estalo de um lago cedendo. Levou um instante para perceber que os sons não a tinham seguido para fora dos sonhos; eles vinham da cozinha.

O som de ovos se quebrando.

O silvo e o estalo do bacon numa frigideira.

Os pais de Sydney nunca preparavam o café da manhã. Sempre havia comida — ou, pelo menos, dinheiro numa jarra ao lado da pia para comprar comida —, mas não refeições em família — seria necessário que todos estivessem em casa ao mesmo tempo — e, diferentemente dos filmes de Hollywood, ninguém jamais acordava com o cheiro do café da manhã, nem na manhã de Natal, nem no aniversário, e muito menos numa terça-feira qualquer.

Sempre que Sydney acordava com o chiado do bacon ou com o estalo de uma torradeira, sabia que Serena estava em casa. Serena sempre preparava o café da manhã, um verdadeiro banquete com comida demais para as duas.

— Com fome, dorminhoca? — sempre perguntava Serena, servindo um copo de suco para ela.

E, por um momento grogue, antes que os detalhes do quarto entrassem em foco, Sydney quase pulou da cama para surpreender a irmã na cozinha.

O coração de Sydney bateu acelerado. Então ela viu as paredes do apartamento estranho e a lata de metal vermelha na mesa de cabeceira, que continha os restos de Serena Clarke, e a realidade voltou com tudo.

Dol ganiu baixinho na beira da cama, claramente dividido entre a lealdade a Syd e o amor canino por comida.

— Com fome, dorminhoco? — perguntou ela com delicadeza, afagando-o entre as orelhas.

Ele deu um uivo aliviado e se virou, abrindo a porta com o focinho. Sydney o seguiu pelo apartamento. Era alugado, o décimo primeiro apartamento em que se hospedavam, a quinta cidade. Era um lugar bacana — como sempre. Eles estavam na estrada — fugindo — havia quase seis meses, e ela continuava ansiosa, em parte esperando Victor mandá-la embora. Afinal, ele nunca disse que Sydney podia continuar com eles. Victor simplesmente nunca falou que ela devia ir embora, e ela nunca o pediu.

Mitch estava na cozinha preparando o café da manhã.

— Oi, garota — cumprimentou ele. Mitch era a única pessoa que ela deixava que a chamasse assim. — Quer comida?

Ele já estava dividindo os ovos em dois pratos, três para ele e um para ela (que sempre ganhava metade do bacon).

Ela deu uma garfada numa tira de bacon no prato e a dividiu com Dol, então observou o apartamento alugado.

Não é que ela se sentisse nostálgica.

Sydney não sentia falta dos pais. Sabia que devia ficar mal por isso, mas a verdade era que achava que já os havia perdido muito antes de ter sumido — suas primeiras lembranças eram malas arrumadas e babás, as últimas eram duas sombras sob a forma de pais deixando-a sozinha no hospital depois do acidente.

O que tinha agora parecia muito mais uma família do que sua mãe e seu pai.

— Cadê o Victor?

— Ah... — Mitcn exibia aquela expressão no rosto, aquele olhar cuidado-samente vazio que os adultos assumiam quando tentavam convencer alguém de que estava tudo bem. Eles pareciam achar que, se não *contassem* nada, ninguém saberia de nada. Mas isso não era verdade.

Serena costumava dizer que sabia quando alguém estava mentindo, porque todas as coisas não ditas ficavam pairando no ar, deixando-o pesado, como a pressão antes de uma tempestade.

Sydney podia não conhecer a extensão da mentira de Victor, mas aquela sensação de que havia algo errado continuava lá, ocupando espaço.

— Ele foi só dar uma caminhada — respondeu Mitch. — Tenho certeza de que volta logo.

Sydney sabia que Mitch também estava mentindo.

Ele empurrou o prato vazio para o lado.

— Certo — disse ele, estendendo o baralho. — Tira uma carta.

Era um jogo que faziam desde aqueles primeiros dias depois de Merit, quando a necessidade de serem discretos batia de frente com a vontade de sair e as ausências de Victor faziam com que Syd e Mitch passassem muito tempo juntos (e o ex-presidiário de bom coração claramente não tinha a menor ideia do que fazer com uma menina de 13 anos que podia ressuscitar os mortos).

— O que você estaria fazendo agora — começou ele — se estivesse em...

— Mitch não terminou a pergunta.

Sydney sabia que ele estava pensando em *casa*, mas ela completou com:

— Em Brighton? Provavelmente, na escola.

— Você gostava de ir para a escola?

Sydney deu de ombros.

— Eu gostava de aprender.

Mitch havia ficado animado ao ouvir aquilo.

— Eu também. Mas nunca consegui ficar no mesmo lugar por muito tem-po. Por causa do orfanato e tudo o mais. Por isso eu não gostava muito da *escola*... Mas ninguém precisa disso para aprender. Eu poderia te dar aulas...

— Sério?

Mitch enrubesceu de leve.

— Bem, tem muita coisa que eu não sei. Mas talvez a gente possa aprender junto. — Fora então que ele havia sacado o baralho do bolso. — O que você acha? Se sair copas, a gente estuda literatura. Paus é ciências. Ouros é história. Espadas é matemática. É um bom começo.

— E se saírem as figuras? — perguntou Sydney.

Mitch havia lançado à menina um sorriso conspiratório.

— Se saírem as figuras, a gente dá uma volta lá fora.

Agora, Sydney prendia a respiração e tirava uma carta do meio, esperando que fosse um rei ou uma dama.

Ela tirou um seis de paus.

— Mais sorte na próxima — disse Mitch, apanhando o laptop. — Certo, vamos ver que tipo de experimentos a gente pode fazer nessa cozinha...

Eles estavam no meio do processo de criação de uma lâmpada de lava quando a porta abriu de supetão e Victor entrou. Ele parecia *cansado*, o rosto tenso, como se sentisse dor. O ar pareceu ficar mais pesado sobre os ombros de Syd.

— Está com fome? — perguntou Mitch, mas Victor fez que não com um aceno e afundou numa cadeira à mesa da cozinha.

Ele pegou o tablet e começou a deslizar o dedo pela tela distraidamente. Mitch deixou uma caneca de café perto do cotovelo dele.

Sydney se empoleirou na bancada e examinou Victor.

Toda vez que ressuscitava um animal ou uma pessoa, ela visualizava um fio, algo que pairava na escuridão. Ela se imaginava agarrando o fio e o puxando, trazendo o ser de volta para a luz. Entretanto, quando tudo terminava, ela nunca largava o fio. Não sabia como, para falar a verdade. De modo que conseguia senti-lo agora, com Victor em casa, e quando ele saía pela cidade, não importava a distância que percorresse. Era como se sua energia, sua tensão, fizesse o fio invisível vibrar até o tremor chegar a ela.

Por causa disso, mesmo sem o ar pesado, a maneira com que Mitch olhava para Victor e que Victor evitava olhar para ela, Syd *sabia* que havia algo errado.

— O que foi, Sydney? — perguntou ele sem erguer o olhar.

Me diz a verdade, pensou ela. *Só me diz a verdade logo.*

— Tem certeza de que você está bem? — perguntou ela.

Os frios olhos azuis de Victor se ergueram e encontraram os dela.

Ele contraiu a boca num sorriso, como fazia quando estava mentindo.

— Nunca estive melhor.

XIII

TRÊS ANOS ANTES

CAPITAL

Sydney deu voltas na base da árvore, a pele sarapintada de luz do sol.

Havia tirado a dama de ouros, mas o tempo estava tão bom que ela teria usado a carta de espadas que Victor lhe deu só para sair do apartamento.

Victor.

Em sua mente, Sydney viu o corpo dele ceder de encontro à porta, viu-o tentar reprimir um grito enquanto se encolhia no chão. Também houve dor, um choque de alguma coisa que atravessou o peito dela, seguido pela escuridão, mas essa parte não a assombrava.

Victor a assombrava. A dor dele a assombrava. A morte dele a assombrava.

Porque era culpa dela.

Ele tinha confiado em Sydney, e ela o havia decepcionado.

Ela o trouxe de volta errado.

Quebrado.

Esse era o segredo. A mentira.

— *É como morrer.*

Sydney olhava para o chão coberto de musgo enquanto andava de um lado para o outro. Se alguém a visse, muito provavelmente acharia que estava procurando flores, mas já era o fim da primavera, a época em que os filhotes dos pássaros se lançavam dos ninhos e esperavam conseguir voar. Nem todos conseguiam. E Sydney estava sempre à procura de coisas que pudesse reviver. Cobaias para praticar.

Ela já sabia como atingir a essência de um corpo e puxá-lo de volta à vida. Mas e se a coisa estivesse morta há muito tempo? E se o corpo não estivesse inteiro? Quanto seria necessário para que ela encontrasse o fio? Quanto seria o mínimo?

Dol farejava a grama ali perto e, do outro lado do campo, Mitch estava sentado encostado num declive, um livro surrado aberto sobre um dos joelhos e um par de óculos no nariz.

Estavam na capital, que era tão montanhosa quanto Fulton era plana, um lugar com tantos parques quanto arranha-céus.

Ela gostava de lá. Adoraria que pudessem ficar. Sabia que não ficariam.

Só estavam ali porque Victor procurava uma pessoa. Outro EO. Alguém que pudesse consertar o que ela havia quebrado.

Algo estalou debaixo dos pés de Syd.

Ela baixou os olhos e viu o corpo esmagado de um jovem tentilhão. O pássaro estava ali havia um bom tempo, o suficiente para que o corpinho afundasse no musgo. Tempo suficiente para as penas caírem e uma das asas se soltar; os ossos quebradiços se despedaçaram como a casca de um ovo debaixo do sapato dela.

Syd se ajoelhou, agachando-se sobre o cadáver minúsculo.

Ela havia aprendido que soprar a vida de volta para um corpo era uma coisa, mas reconstruir o corpo em si era completamente diferente. Havia apenas uma chance — Sydney aprendeu do jeito mais difícil, com os fios se soltando, os ossos virando cinzas sob seu toque —, mas a única maneira de se aprimorar era praticando. E Sydney queria se aprimorar — ela *precisava* se aprimorar —, de modo que dobrou os dedos com delicadeza sobre os restos mortais do pássaro, fechou os olhos e procurou o fio.

O frio reverberou pelo seu corpo conforme ela procurava um fio, um filamento, uma faixa de luz em meio à escuridão. Estava ali, em algum lugar, tão frágil que ela não podia ver, pelo menos não ainda. Em vez disso, tinha que sentir. Seus pulmões doíam, mas ela continuou procurando, sabia que estava quase, quase...

Sydney sentiu o pássaro estremecer debaixo de sua mão.

Tremular, como se pulsasse.

E, então...

Os olhos de Sydney se abriram de súbito, uma débil névoa de frio roçando seus lábios enquanto o pássaro voava com asas instáveis, abrindo caminho para os galhos de uma árvore.

Syd quase caiu para trás e ofegou.

— Bem, esse foi um truque *e tanto*.

Ela jogou a cabeça para trás e, por um instante — não mais que um segundo —, se viu olhando para um fantasma. Cabelos loiros platinados e gélidos olhos azuis, com um sorriso sedutor estampado no rosto com formato de coração.

Mas não era Serena.

De perto, a menina tinha maçãs do rosto mais altas que as da irmã, queixo mais largo, olhos que dançavam com uma luz maliciosa. Dol exibiu um pouco os dentes, mas, quando a estranha estendeu a mão, o cachorro a farejou com cautela e se tranquilizou.

— Bom menino — disse a menina que não era Serena. Havia uma cadência na voz dela, algo musical. Seus olhos se voltaram para Sydney. — Assustei você?

— Não — foi o que ela conseguiu dizer com um aperto na garganta. — É que você se parece... com outra pessoa.

A estranha lhe lançou um sorriso melancólico.

— Uma pessoa legal, espero. — Ela apontou para os galhos. — Eu vi o que você fez. Com o pássaro.

O coração de Sydney começou a bater acelerado.

— Eu não fiz nada.

A menina riu, um som leve e arejado. Em seguida, ela passou por trás da árvore. Quando ressurgiu, era *outra pessoa*. Apenas um segundo tinha se passado, um passo, mas a menina loira havia desaparecido, e Sydney se deu conta de que estava olhando para o rosto familiar de Mitch.

— O mundo é muito grande, garota — disse ele. — Você não é a única com habilidades.

Syd sabia que não era ele de verdade. Não só porque o verdadeiro Mitch continuava lendo do outro lado do campo, mas por causa do leve sotaque em sua voz, mesmo agora.

A estranha deu um passo para perto de Sydney e, no meio do movimento, seu corpo mudou de novo. Mitch desapareceu e foi substituído por uma jovem esguia usando uma saia hippie, os cachos loiros presos num coque bagunçado.

A menina baixou os olhos para se ver.

— Essa é a minha preferida — disse ela, meio que para si mesma.

— Como você fez isso? — perguntou Syd.

A estranha ergueu uma sobrancelha.

— Eu não fiz nada — respondeu ela, repetindo as palavras de Syd. E, então, sorriu. — Viu? Não é bobeira mentir quando nós duas sabemos a verdade?

Sydney engoliu em seco.

— Você é uma EO.

— EO?

— ExtraOrdinária. É assim que eles chamam... a gente.

A menina refletiu por um momento.

— ExtraOrdinária. Gostei disso. — Ela baixou os olhos e vibrou de prazer. — Aqui — disse ela, recuperando o crânio de um passarinho da grama. — Você já viu o meu truque. Agora, me mostra o seu de novo.

Sydney apanhou o crânio, que não era maior que um anel. Não estava rachado nem manchado — mas não era o suficiente.

— Não posso — disse ela, devolvendo-o. — Tem muitas partes faltando.

— Syd? — chamou Mitch.

A estranha tirou um marcador de livro dobrado do bolso de trás e uma caneta dos cachos. Ela rabiscou alguma coisa no marcador e o estendeu para Syd.

— Para o caso de você precisar de uma amiga. — Ela se aproximou de Sydney. — Mulheres como nós têm que se unir — acrescentou com uma piscadinha.

Mitch gritou o nome de Sydney de novo.

— É melhor ir andando — disse a estranha. — Não ia gostar de deixar aquele grandalhão preocupado. — Ela passou os dedos pelo focinho de Dol. — Você toma conta da nossa garota — pediu ela para o cachorro.

— Até a próxima — despediu-se Syd.

— E pode apostar que vai ter uma próxima.

Mitch estava esperando por ela do outro lado do campo.

— Com quem você estava conversando? — perguntou ele.

Sydney deu de ombros.

— Só uma menina — respondeu, percebendo que não lhe perguntou o nome.

Ela olhou para trás e viu que a estranha continuava encostada na árvore, segurando o pequenino crânio branco na luz.

Naquela noite, Sydney adicionou o número na agenda.

No dia seguinte, mandou uma mensagem para a menina.

Eu me esqueci de dizer. Meu nome é Sydney.

Ela prendeu a respiração e esperou.

A resposta chegou alguns segundos depois.

Prazer em te conhecer, Sydney, dizia a mensagem.

Eu me chamo June.

XIV

QUATRO SEMANAS ANTES

HALLOWAY

Syd estava ajudando Mitch a guardar o bolo quando sentiu o celular vibrar no bolso de trás.

Ela pediu licença, foi para o quarto e fechou a porta antes de ler a mensagem.

June: Feliz aniversário, Syd. bjs.

Ela sentiu que estava sorrindo.

June: Ganhou algum presente legal?

Syd mandou para ela a foto da jaqueta.

Syd: Não deu em mim.

June: Ainda bem que roupas vintage nunca saem de moda. ;)

Sydney se virou para o espelho do armário, estudando seu reflexo.
Dezoito anos.

Oficialmente uma adulta, mesmo que não parecesse.

Ela examinou os coturnos. O cabelo azul. A jaqueta *bomber* — era mesmo grande demais. Quanto tempo demoraria até caber nela? Dez anos? Vinte?

Victor achava que o envelhecimento de Sydney — ou, melhor dizendo, sua ausência — tinha algo a ver com a forma como havia morrido, a água gelada que congelou seus membros e fez seu coração parar. Mesmo depois de todo esse tempo, os sinais vitais dela ainda eram lentos e sua pele, muito fria ao toque. Todo mundo estava mudando: Victor ficava mais magro e firme a cada ano que passava, surgiram rugas nos olhos de Mitch, e o focinho de Dol estava ficando grisalho.

Apenas Sydney parecia igual.

E Eli, pensou ela, com um arrepio. Mas ele estava longe dali. E ela devia parar de evocá-lo, de convidá-lo a habitar seus pensamentos.

Syd afundou na beira da cama.

Syd: Onde você está?

June: Acabei de chegar em Merit.

O pulso de Sydney se acelerou.

Syd: Sério? Quanto tempo você vai ficar aí?

June: Vim a trabalho. Estou de passagem.

Syd: Queria poder estar aí com você.

June: Você poderia estar ;)

Mas as duas sabiam que não era tão simples assim.

Sydney nunca abandonaria Victor e, para ele, Merit — e todos os seus esqueletos — pertenciam ao passado.

XV

DOIS ANOS ANTES

SOUTH BROUGHTON

O rato morto estava na mesa de Sydney, encolhido em cima de um pano de prato com estampa floral.

Era evidente que ele tinha sido pego por um gato — havia pedaços e partes faltando, sobrando mais da metade do corpo, mas não inteiro. O verão estava no fim, e Syd tinha deixado a janela aberta para evitar que o quarto ficasse empesteado com o cheiro.

Dol estava com o focinho apoiado no parapeito da janela, farejando o ar na saída de incêndio enquanto ela treinava. Mais de uma vez, Sydney ressuscitou um animal pequeno e ele escapou dos seus dedos e correu pelo apartamento, enfiando-se debaixo do sofá ou atrás do armário. Mais de uma vez, Mitch foi chamado para ajudar a libertá-lo. Victor notou o treinamento e até mesmo o encorajou; porém, tinha uma regra: ela não poderia ficar com nenhum dos animais que trouxesse de volta. Eles deveriam ser libertos. Ou descartados. (Dol, é claro, era a única exceção.)

No fim do corredor, alguém abriu e fechou uma porta, e as orelhas do cachorro se ergueram.

Victor estava de volta.

Sydney prendeu a respiração e ficou à escuta, esperando captar boas notícias no tom de voz de Victor ou na reação de Mitch. No entanto, em questão de segundos, ela soube: outro beco sem saída.

Sentiu um aperto no peito e voltou a atenção para o rato morto, mantendo as mãos em concha sobre o minúsculo cadáver peludo. Sua mochila estava na cama ao lado da mesa, a latinha vermelha em cima dela. Sydney olhou de relance para a lata, um ato quase supersticioso — como jogar sal sobre os ombros ou bater na madeira — e, em seguida, fechou os olhos, indo além do corpo, até a escuridão, atrás do fio. A cada segundo, o frio subia pelos seus dedos, espalhava-se pelos punhos e seguia para os cotovelos.

Então, por fim, ela sentiu o fio roçando em seus dedos, um espasmo na mão.

Syd suspirou e piscou os olhos, e o rato estava inteiro, vivo, correndo para longe das suas mãos por cima da mesa.

Ela se lançou e pegou o pequeno roedor, colocando-o na saída de incêndio e fechando a janela antes que ele a seguisse para dentro do apartamento. Syd se virou para o corredor, animada para contar a proeza a Victor e Mitch, por mais ínfima que fosse.

Mas, no meio do caminho, Syd diminuiu o passo e parou, detida por algo no tom de voz de Mitch.

— ... isso é mesmo necessário?

— É uma questão de cálculo — respondeu Victor com frieza. Houve uma pausa. O som do gelo se movendo dentro de um copo. — Você acha que eu *gosto* de matar pessoas?

— Não... Eu não sei... Eu sinto que, às vezes, você faz a escolha mais fácil em vez da certa.

Uma bufada de deboche.

— Se você ainda está neurótico com o que aconteceu com Serena...

Sydney parou de respirar ao ouvir o nome. Um nome que ninguém havia pronunciado em quase três anos.

— A gente podia ter encontrado outra solução — afirmou Mitch.

— Não tinha outra solução — vociferou Victor — e você sabe disso, mesmo que queira fingir que não.

Sydney tapou a boca com uma das mãos.

— Pode me pintar como o vilão daquela noite, Mitch. Pode lavar as mãos de qualquer culpa. Mas não vem agir como se Serena Clarke fosse uma mera vítima ou mesmo uma casualidade das circunstâncias. Ela era nossa inimiga, uma arma, e matá-la não foi só inteligente ou fácil. Foi o certo a fazer.

Os passos de Victor soaram no piso de madeira de lei enquanto ele atravessava o corredor.

Syd voltou apressadamente para o quarto. Foi até a janela, abriu-a e pulou para a escada de incêndio. Ela apoiou os cotovelos no parapeito de metal, tentando fingir que estava olhando para a cidade, distraída, em vez de cerrando os punhos com tanta força que os dedos doíam.

Mas Victor nem ao menos diminuiu o passo ao atravessar a porta de Sydney.

Ela desabou de joelhos quando ele saiu, encostando a cabeça nas grades.

Uma lembrança daquela noite voltou de repente. A voz de Serena em seus ouvidos pedindo a ela que não fugisse, sua mente ficando vazia e os membros bambos ao ouvir a ordem. A garagem fria e a pistola apontada para sua cabeça. A longa pausa e, então, a ordem da irmã — para que ela fugisse. Para que encontrasse algum lugar seguro. *Algum* lugar, o que naquele momento tinha sido *alguém*. Victor.

Mas Victor...

Uma parte dela sempre soube.

Não podia não saber.

Sydney sentiu que estava prestes a gritar. Em vez disso, ela foi embora. Desceu pela escada de incêndio de dois em dois degraus, sem se importar nem um pouco com o barulho dos passos conforme se espatifava um andar atrás do outro.

Ela chegou à rua e seguiu em frente.

Um quarteirão, três, cinco — Sydney não sabia para onde estava indo; só sabia que não podia voltar. Não poderia olhar nos olhos de Victor.

Ela tirou o celular do bolso de trás e ligou para June. Fazia quase um ano que elas enviavam mensagens uma para a outra, trocando experiências, histórias sobre os lugares em que estavam e sobre o que faziam, mas Syd nunca havia *ligado* para ela.

O telefone chamou várias e várias vezes.

Mas ninguém atendeu.

Sydney diminuiu o passo, a onda inicial de choque se assentando e se tornando algo mais pesado. Ela olhou em volta. Estava numa rua estreita, não exatamente um beco, mas também não era uma rua principal. Dizem que as cidades nunca dormem, mas elas ficam bem silenciosas. E escuras.

Volta, disse uma voz na sua cabeça, mas ela se parecia com a voz de Victor, por isso Sydney seguiu em frente.

O que foi um erro.

O problema com os erros é que nem sempre eles são grandes ou óbvios. Às vezes, eles são simples. Pequenos. A decisão de continuar andando. Virar à esquerda em vez de à direita. Aqueles poucos passos na direção errada.

Sydney estava tentando ligar para June de novo quando os viu — dois homens. Um deles usava uma jaqueta de couro preta, o outro tinha um lenço enrolado no pescoço.

Ela parou de andar, na dúvida se devia dar meia-volta, o que significaria virar as costas para os sujeitos, ou seguir em frente, o que significaria se aproximar deles. A princípio, eles não a tinham notado, ou ao menos fingiram não notar, mas agora olhavam para ela e sorriam.

Os homens não pareciam perigosos, não como nos filmes que Syd assistia com Mitch, mas ela sabia que isso não significava nada — todo mundo que já a havia ferido *parecia* inofensivo. E, quanto mais tempo permanecia ali parada, mais sentia a maldade emanando deles como um perfume barato. Algo que ela conseguia sentir tanto o cheiro quanto o gosto.

— Ei, menininha — disse um deles, andando na direção dela. — Está perdida?

— Não — respondeu Sydney. — E eu não sou uma menininha.

— São tempos diferentes — comentou o segundo. — Elas crescem tão rápido.

Syd não sabia como eles se aproximaram tanto dela tão rápido, mas, quando deu meia-volta para se afastar, um deles segurou a gola da sua camisa. O cara de jaqueta de couro a puxou para ele, envolvendo seus ombros com um braço.

— Qual é, vamos lá, não seja mal-educada.

— Tira as mãos de mim — rosnou Sydney, mas ele a apertava com força e ela não conseguia respirar nem pensar.

Então sentiu algo duro encostado nas suas costelas e percebeu que era uma arma. Syd se retorceu no aperto do homem, tentando pegá-la.

— Cuidado — disse o outro sujeito, aproximando-se. — Ela é corajosa.

Syd tentou chutar o outro cara, mas ele pulou para trás, fazendo que não com o indicador. Os dedos dela deslizaram pela arma, mas não conseguiram segurá-la.

Sentiu o hálito do primeiro homem quente e azedo na sua bochecha.

— Qual é, deixa disso, vamos nos divertir um pouco.

Syd bateu a cabeça com força no nariz dele — ou tentou, mas só alcançou o queixo do sujeito. Mesmo assim, ela atingiu algum osso, ouviu um dente se quebrar e se libertou, tropeçando até cair de quatro no chão, enquanto o homem cambaleava e a arma caía da cintura dele. Syd se lançou para a pistola, os dedos envolvendo o cabo um instante antes de um dos sujeitos a agarrar pelo tornozelo e *puxar*.

Ela ralou os cotovelos e raspou a canela no chão enquanto se virava e apontava a arma para o coração do homem.

— Me *deixa* — vociferou Sydney.

— Ai, merda — disse o sujeito com o lenço, mas o outro zombou dela, com sangue escorrendo da boca.

— É uma arma grande demais para uma menininha do seu tamanho.

— Me *deixa*.

— Você sequer sabe usar isso?

— Sei. — Ao dizer isso, Sydney puxou o gatilho, preparando-se para o coice, para o estrondo.

No entanto, nada aconteceu.

O homem riu, um som curto parecido com um latido, e tirou a pistola das mãos dela com um tabefe. A arma escorregou para longe.

— Sua piranhazinha — sibilou ele, erguendo o pé como se ela fosse um inseto, algo a ser esmagado.

Ele baixou o pé com toda a força. Ou, pelo menos, tentou baixar, mas sua perna ficou travada no meio do caminho. Em seguida, ele tombou com um som aterrorizante escapando por entre os dentes cerrados. Um instante depois, o segundo cara caiu, os membros paralisados, enquanto Victor andava na direção deles com a gola do casaco erguida para se proteger do frio.

O alívio tomou conta dela, misturado ao choque.

— O que você está fazendo aqui?

Os homens se contorciam numa agonia silenciosa no chão, com sangue escorrendo do nariz e veias estourando nos olhos.

Victor se ajoelhou para pegar a pistola descartada.

— Um agradecimento não ia fazer mal nenhum.

Ela se levantou com as pernas tremendo, a raiva voltando de uma vez só.

— Você me *seguiu*.

— Não vem tentar bancar a superior aqui, Sydney. Você fugiu.

— Eu quis ir embora. Não sou uma prisioneira.

— Você é uma *criança*, e eu prometi te proteger...

— Uma promessa que você não pode cumprir não passa de outra *mentira* — retrucou ela. Estava cansada das mentiras de todo mundo.

Mitch havia mentido quando lhe disse que Victor estava bem. Eli havia mentido quando disse que não a machucaria. Serena havia mentido quando disse que nunca iria embora. E Victor mente todo dia desde que voltou.

— Eu não quero que você me salve — continuou Sydney. — Quero salvar a mim mesma.

Victor sopesou a arma.

— Tudo bem — disse ele, estendendo a pistola para ela. — O primeiro passo é tirar a trava de segurança.

Sydney pegou a arma, assombrada com o peso em suas mãos. Era mais pesada do que esperava. Mais leve do que esperava. Ela deslizou o polegar pela trava na lateral.

— Se você quiser — ofereceu Victor enquanto se virava para o início da rua —, eu te ensino a atirar.

Sydney não estava pronta para a partida dele.

103

— Victor — chamou ela, segurando a pistola. — Foi você?

Victor diminuiu o passo até parar. Ele se voltou para ela.

— Eu o quê?

Sydney o encarou.

— Você matou Serena?

Victor se limitou a suspirar. A pergunta não pareceu pegá-lo de surpresa, mas, de qualquer modo, ele não a respondeu. Sydney ergueu a arma, mirando no peito de Victor.

— *Matou?*

— O que você acha?

Sydney segurou a pistola com mais força.

— Eu preciso que você diga.

Victor foi até ela com passos lentos e constantes.

— Quando te conheci, eu avisei que não era uma boa pessoa.

— *Diz* — exigiu Syd.

Victor parou perto dela, impedido de continuar apenas pela arma apontada para suas costelas. Ele baixou os olhos para Sydney.

— Sim. Eu matei Serena.

As palavras machucaram, mas era uma dor fraca e persistente. Não como um ferimento à faca ou um mergulho em água gelada, mas a mágoa profunda de um medo que se tornava realidade, de uma suspeita que virava verdade.

— Por quê? Por que você fez isso?

— Ela era instável e tinha um poder imensurável, era um perigo para todos que cruzassem seu caminho.

A maneira como Victor falava de Serena, ou de tudo mais, como se fossem apenas fatores de uma equação.

Mas Serena não era um fator, um problema a ser resolvido.

— Ela era minha irmã.

— Ela teria te matado.

— Não — sussurrou Syd.

— Se eu não tivesse matado Serena, a polícia continuaria sob o controle dela. Eli jamais teria sido preso. Ele ainda estaria livre.

104

Sydney estremeceu, a pistola tremendo na sua mão.

— Por que você queimou o corpo dela?

— Eu não podia correr o risco de você trazê-la de volta.

A mão de Victor foi até a arma. Ele envolveu o cano com os dedos, não com a firmeza necessária para impedir a ação caso ela puxasse o gatilho, mas apenas o suficiente para manter a arma firme.

— É isso que você quer? Me matar também não vai trazê-la de volta. Você vai se sentir mais segura se eu estiver morto? Pensa bem, Sydney. Todos temos que viver com as nossas escolhas.

Sydney estremeceu.

E largou a arma.

Victor pegou a arma antes que ela caísse. Ele retirou o cartucho e se ajoelhou para poder olhar nos olhos de Syd.

— Olha para mim — pediu ele com frieza, erguendo o queixo de Sydney. — Da próxima vez que você apontar uma arma para alguém, tenha certeza de que está pronta para puxar o gatilho.

Ele se endireitou, deixou a arma num caixote ali perto e se afastou.

Sydney abraçou as próprias costelas e caiu de joelhos na calçada.

Ela não sabia quanto tempo ficou sentada ali antes que seu celular enfim tocasse. Tirou o telefone do bolso com as mãos trêmulas e atendeu.

— Ei, garota — cumprimentou June, parecendo sem fôlego. — Foi mal, eu estava terminando um trabalho. O que aconteceu?

Dez minutos depois, Sydney estava sentada numa lanchonete — do tipo que fica aberta a noite toda —, segurando uma xícara de chá preto.

Tinha sido ideia de June.

A cadeira em frente à Sydney estava vazia, mas, se ela mantivesse os olhos no chá e os ouvidos atentos ao celular, poderia imaginar a outra menina sentada na sua frente no reservado. Os sons de outra lanchonete em outra cidade — a campainha de um pedido pronto para ser entregue, de uma colher dissolvendo o açúcar numa xícara — formavam uma leve cortina de ruído na linha.

— Você disse que estava trabalhando — começou Syd, puxando assunto. — O que você faz?

Houve uma pausa no outro lado da linha.

— Você quer mesmo saber?

— Quero.

— Eu mato pessoas.

Sydney engoliu em seco.

— Pessoas ruins?

— Claro, a maioria.

— Você gosta do seu trabalho?

Um som leve, algo entre um suspiro e uma risada.

— O que você acharia de mim se eu dissesse que sim?

Syd ergueu os olhos para o reservado vazio.

— Eu acharia que pelo menos você está sendo sincera.

— O que foi que aconteceu essa noite? — perguntou June. — Pode me contar.

E Sydney contou. As palavras saíram sem esforço algum. Ela mal podia acreditar em como era fácil conversar com June; como era bom, entre tantos segredos, partilhar um pouco da verdade. Ela não se sentia tão à vontade com alguém desde a morte de Serena. Era como respirar fundo depois de estar debaixo da água.

Conversar com June fazia com que ela se sentisse *normal*.

Syd contou a ela de Victor e Mitch. Da irmã e do dia em que se afogaram, de como voltaram; ela aos poucos e Serena de uma vez só. Contou dos poderes de Serena e de Eli.

— Ele é como a gente? — perguntou June.

— Não — vociferou Sydney. E respirou fundo. — Quero dizer, ele é um EO. Mas não é como a gente. Ele acha que a gente é um erro, que não devia existir. Por isso começou a nos matar. Ele matou dezenas de pessoas antes de Victor pará-lo. — Sydney baixou a voz até ser pouco mais que um sussurro.

— A minha irmã... Ela e Eli...

Mas a culpa não era só de Serena.

Sua irmã estava perdida havia muito tempo quando Eli a encontrou.

Sydney também esteve perdida, mas foi Victor quem *a* encontrou.

Não era culpa de Serena que Sydney tenha ficado com o caçador e ela com o lobo mau.

— Eu sei o que aconteceu com Serena — comentou June.

Sydney se retesou na cadeira.

— O quê?

Um suspiro.

— Para pegar a aparência de alguém — começou June —, eu tenho que tocar a pessoa. E, quando toco, eu vejo coisas. Não tudo... Não tem espaço na minha cabeça para tanta lembrança inútil, só as partes que fazem a pessoa ser quem ela é, as partes que mais importam. Amores, ódios, momentos importantes. Mitch... Eu toquei o braço dele naquele dia no parque, pouco antes de a gente se conhecer, e o vi parado diante de uma fogueira. Havia o corpo de uma menina nas chamas. Mas tudo o que pude sentir foi o remorso.

Sydney fechou os olhos e engoliu em seco.

— Mitch não matou Serena — afirmou ela. — Foi Victor.

— Por que ele faria uma coisa dessas? — perguntou June.

Sydney soltou o ar com a respiração entrecortada.

— A minha irmã podia controlar as pessoas. Serena tinha um domínio sobre elas. Podia mandar que fizessem tudo o que ela queria só de pronunciar algumas palavras. Ela era forte, poderosa. Mas... era como Eli. Serena achava que as pessoas iguais *à gente* estavam perdidas. Quebradas.

— Talvez ela estivesse certa — comentou June.

— Como você pode... — começou Sydney.

— Me escuta com atenção — insistiu June. — Talvez a gente tenha se quebrado. Mas nós nos remontamos. Nós *sobrevivemos*. É isso que torna a gente tão poderosa. E, sobre família... Bem, laço de sangue sempre significa família, mas família não precisa sempre ter algum laço de sangue.

Sydney se sentiu vazia, esgotada.

— E você? — perguntou ela. — Você tem família?

Houve uma longa pausa.

— Não — respondeu June com suavidade. — Não mais.

— O que aconteceu? Eles morreram?

— Não — respondeu June. — Mas eu, sim. — Outra longa pausa. — Você sabe... eles não conseguem me reconhecer.

— Mas você foi *você* primeiro. Não dá para... voltar a ser quem era?

— É complicado. O que eu posso fazer — explicou vagarosamente — me torna invencível. Mas só enquanto eu for outra pessoa. — June hesitou. — Eu enterrei alguém. Assim como a minha família. Não existiu um túmulo, mas eu morri mesmo assim. E as coisas têm que continuar desse jeito. Quando voltei, eu decidi que ninguém jamais me machucaria de novo. Eu desisti de tudo... e de todos em troca disso.

Sydney franziu o cenho.

— Valeu a pena?

Um longo silêncio.

E, então, June disse:

— Sim. — O som de uma caneca de café na mesa. — Mas, ei, é como eu disse: família nem sempre tem a ver com laços de sangue, né? Às vezes, a gente tem que encontrar uma família nova. Outras vezes, a gente dá sorte e é ela que encontra *a gente*.

Sydney baixou os olhos para o chá.

— Eu estou muito feliz de ter te conhecido.

— Eu também.

As duas permaneceram em silêncio por alguns minutos, o som ambiente das respectivas lanchonetes estreitava a distância. June cantarolava baixinho, e Syd desejou que ela estivesse ali de verdade, sentada do outro lado da mesa.

Ela fechou os olhos.

— Ei, June?

— Oi, Syd?

Sua voz saiu desafinada.

— Eu não sei o que fazer.

— Você pode ir embora.

Ela havia pensado nisso. Estava tão cansada de se mudar, de viver só com uma mochila, de perseguir pista atrás de pista só para descobrir que não levavam a lugar nenhum. Não aguentava mais ver Victor sofrer sabendo que era culpa dela. Mas era exatamente por isso que não podia ir embora. Sim, Victor tinha matado Serena, mas Sydney o estava matando. Repetidas vezes. Ela não podia abandoná-lo. *Jamais* abandonaria Mitch. Eles eram sua família. Eram tudo o que tinha — eles a acolheram e a encheram de esperança.

— Syd?

— Eu não posso.

— Bem, então... — disse June. Sydney ouviu as moedas caírem na mesa e June arrastar a cadeira para trás. — Eu sugiro que você vá para casa.

XVI

UM ANO ANTES

EDGEFIELD

Estava quente demais para o Halloween.

Eles estavam numa cidade universitária em algum lugar ao sul, o ar ainda abafado, as ruas cheias de grupos de adolescentes indo para festas, e Sydney tinha decidido sair.

Ela ficou diante do espelho do quarto, arrumou os curtos cabelos castanho-escuros, passou o batom mais escuro que encontrou e delineador preto nos olhos. Porém, quanto mais velha tentava parecer, mais ridícula se sentia. Syd arrancou a peruca e se jogou de volta na cama.

Sydney pegou o celular e leu as últimas mensagens de June.

June: Então sai de casa.

                                                    Syd: Não posso.

June: Quem disse?
June: Você tem 17 anos.
June: Você pode tomar as próprias decisões.
June: Eles não podem te impedir.

Syd se virou até ficar de pé e recomeçou.

Ela foi a uma loja de fantasias com Mitch no dia anterior e encontrou um uniforme genérico de colegial de anime. Se parecer mais velha não dava certo, talvez ela pudesse se passar por alguém *tentando* parecer mais nova.

Syd penteou os cabelos loiros, vestiu a saia plissada e ajeitou a gravata--borboleta. Guardou o revólver — ultimamente, não ia a lugar nenhum sem ele — numa mochilinha, então marchou apartamento adentro.

Victor lia sentado à mesa da cozinha alguns perfis com atenção, com Dol adormecido aos seus pés. Mitch estava no sofá assistindo a uma partida de futebol americano universitário. Ele se empertigou ao vê-la.

— Você está toda arrumada.

— É — disse ela, indo para a porta. — Eu vou sair.

Mitch cruzou os braços.

— Sozinha você não vai. — Ele já estava tirando o baralho do bolso de trás. A raiva tomou conta de Sydney quando ela avistou as cartas.

— Isso não é um jogo idiota — gritou ela. — É a minha vida.

— Sydney — interveio Mitch, uma firmeza nova na voz.

— Para de me tratar como criança.

— Então para de agir como criança — retrucou Victor sem erguer os olhos.

Mitch balançou a cabeça.

— O que deu em você?

— Nada — vociferou ela. — Eu só estou de saco cheio de ficar confinada.

— Deixe-a sair — disse Victor. — Ela está me dando dor de cabeça.

— Você não está ajudando — retorquiu Mitch.

— Ela sabe se cuidar. — Victor a encarou. — Não é mesmo, Syd? — Ela ficou furiosa ao ouvir essa provocação. — Então — desdenhou — o que você está esperando?

Sydney partiu enfurecida, batendo a porta ao sair. Ela chegou à rua, então parou e se sentou nos degraus.

O que deu em você?

Ela não sabia — mas estava certa de que não ia suportar nem mais um minuto naquele apartamento. Aquela cela. Aquela imitação da vida. Não era só o calor, ou as mudanças constantes, nem mesmo ter que assistir à força vital de Victor minguando como a chama de uma vela. Sydney só queria se sentir *normal* por uma noite. Humana.

Um carro passou a toda por ela, com uma adolescente pendurada na janela, exibindo o sorriso vazio de um esqueleto. Meninas riam enquanto andavam vestindo saias minúsculas e saltos enormes. Do outro lado da rua, rapazes usando máscara de lobo jogaram a cabeça para trás e uivaram.

Sydney se levantou e foi até a esquina, onde vários folhetos foram afixados a um poste de linha telefônica, anunciando festas em boates e fraternidades. *Baile dos Monstros!*, exclamava um deles. *Festival do Grito*, prometia outro, com as letras pingando sangue. *Heróis e Vilões*, anunciava o terceiro. Logo abaixo, em parênteses, a ressalva: *Nada de ajudantes.*

Sydney arrancou o último folheto do poste e começou a andar.

Ela conseguia ouvir a música da rua.

A batida pesada escapava pela porta aberta, onde um cara de capa dava uns amassos numa menina com uma máscara de chifres. A casa atrás deles estava cheia de luz estroboscópica, os clarões em *staccato* no ritmo da música, fazendo parecer que o lugar inteiro se movia.

Era o tipo de festa a que a irmã iria. O tipo de multidão que ela controlaria com facilidade. Esse era o problema de Serena. Quando obteve os poderes, ela já estava acostumada a estar no controle. Serena não se curvava diante do mundo. Ela fazia o mundo se curvar diante dela.

Mas, conforme Sydney subia os degraus, sua determinação vacilou. Ela não ficava entre tanta gente assim desde que visitou Serena na faculdade. Pouco antes de tudo dar errado.

Syd fechou os olhos, podia ver a irmã encostada na soleira da porta.

Você está crescendo.

Podia sentir o peso dos braços de Serena em volta dela.

Eu quero que você conheça o Eli.

O refrigerante gelado na sua mão.

Pode confiar nele.

O estrondo da pistola disparando na floresta.

— *Kawaii.*

Syd olhou ao redor e viu uma menina negra com sandálias gladiadoras empoleirada no parapeito da varanda, as pernas compridas balançando enquanto ela fumava.

— Ou seria *chibi?* — continuou ela, indicando com a cabeça a fantasia de Syd. — Não consigo me lembrar...

A menina lhe ofereceu o cigarro e Sydney estendeu a mão para pegá-lo. Nunca tinha fumado, mas já viu Serena fazer isso.

O truque é prender a fumaça na boca, assim.

A ponta do cigarro ficou vermelha, Serena contou até três com os dedos e então exalou uma névoa branca perfeita. Agora, Sydney fazia a mesma coisa.

A fumaça encheu sua boca, quente e pungente. Fez cócegas no nariz, desceu pela garganta, e ela logo a exalou antes que começasse a tossir.

Ela sentiu a cabeça enevoada, mas os nervos se tranquilizaram.

Syd devolveu o cigarro e entrou na festa.

A casa estava lotada de estudantes. Dançando, gritando, se movendo, espalhados por todo lado. Eram muitos. *Muitos.* Ela foi empurrada por cotovelos, ombros, capas, asas; sentiu-se presa num mar de corpos e de movimento.

Sydney recuou, tentando se afastar das ondas, e se chocou com um homem de máscara preta que cobria os olhos. O coração dela bateu forte. Eli. Os dedos voaram para a mochila — mas não era ele. É claro que não era ele. Esse rapaz era muito baixo, muito gordo, tinha a voz aguda demais quando passou por ela, chamando um amigo do outro lado da sala lotada.

Sydney estava começando a se acalmar quando alguém a segurou pelo pulso.

Ela se virou e deu de cara com um rapaz alto de capacete de metal e collant justo.

— Como foi que você entrou aqui? — Ele levantou o braço dela e o tom de voz ao mesmo tempo. — Quem foi que trouxe a irmã caçula?

Sydney sentiu o rosto corar conforme as pessoas se viravam para olhar para ela.

— Eu não sou uma *criança* — vociferou ela, livrando-se dele.

— Ah, tá bom, vamos lá — disse ele, empurrando-a para a porta da casa.

Sydney teria dado qualquer coisa para, naquele momento, ter o poder de Victor em vez do seu.

O universitário a empurrou para fora.

— Vai pedir doces em outro lugar.

Sydney ficou parada na varanda, o rosto queimando de vergonha, enquanto a festa continuava a toda atrás dela e mais rapazes e meninas seguiam para a casa.

Lágrimas ameaçavam rolar pelo seu rosto. Ela as suprimiu.

— Ei, você está bem? — perguntou um rapaz de capa, ajoelhando-se ao lado dela. — Quer ligar para alguém?

— Vai se foder — disse Sydney, descendo os degraus apressadamente, com o rosto vermelho de raiva.

Não podia ir para casa — ainda não. Tampouco tinha coragem de enviar uma mensagem para June, por isso Sydney perambulou sozinha pela cidade por uma hora, enquanto o calor abafado finalmente dava trégua e a multidão fantasiada se dispersava. Ela mantinha a mochila nas mãos, com o zíper entreaberto e a pistola ao seu alcance, caso alguém tentasse fazer alguma coisa.

Ninguém fez nada.

Quando por fim voltou para o apartamento, as luzes estavam todas apagadas.

Ela tirou os sapatos, ouviu o som leve de alguém se mexendo no sofá e se virou, achando que veria Mitch.

Mas era Victor, todo esticado, um braço em cima dos olhos, o peito subindo e descendo no ritmo lento e regular do sono.

Dol estava deitado no chão, ao lado dele, acordado, os olhos brilhando na escuridão, abanando o rabo devagar com a chegada dela.

Pouco tempo depois, ela ouviu o leve arranhar da mobília, o som de Victor se levantando, o ritmo suave dos seus passos enquanto ele passava diante da porta do quarto dela e fechava a do dele.

Foi então que Syd percebeu que ele não estava dormindo.

Victor estava apenas esperando que ela voltasse para casa.

XVII

QUATRO SEMANAS ANTES

HALLOWAY

Já era tarde, mas Sydney ainda não estava cansada — havia açúcar demais no seu sangue, pensamentos demais na sua cabeça — e, além do mais, ela precisava ver o fim do dia do aniversário tanto quanto o começo.

Era uma tradição.

Uma lembrança, como uma farpa... de Syd tentando permanecer acordada enquanto os minutos se aproximavam da meia-noite. Serena cutucando suas costelas toda vez que começava a cochilar.

Vamos, Syd. Você está quase lá. Dormir dá azar. Levanta e vem dançar comigo.

Sydney sacudiu a cabeça, tentando repelir a voz da irmã. Ela deu uma volta em frente ao espelho, deixando o cabelo azul se balançar pelo rosto e, em seguida, tirou a peruca e soltou as presilhas debaixo dela. Seu cabelo natural — uma cortina lisa e platinada — se soltou, chegando quase até os ombros.

Syd olhou para o reflexo de novo, mas, dessa vez, pelo canto do olho.

Às vezes, se ela estreitasse um pouco os olhos, quase, quase podia ver outra pessoa no espelho.

Uma pessoa com maçãs do rosto mais protuberantes, os lábios mais grossos, a boca num sorriso malicioso. O fantasma da irmã. Um eco. Mas, em seguida, a ilusão se quebrava e os olhos de Sydney voltavam a entrar em foco, então tudo o que ela via era uma menina brincando de se vestir de adulta.

Sydney tirou a jaqueta vermelha e desamarrou os coturnos com ponteira de aço, voltando a atenção para o presente de Victor. Ela pegou a caixa azul e a levou para a mesa do quarto. Dol ficou observando do chão enquanto ela erguia a tampa da caixa com cuidado, examinando o conteúdo. O pequeno esqueleto do pássaro estava imaculado, intacto. Parecia algo tirado de um museu de história natural — conhecendo Victor como ela o conhecia, era provável que fosse.

Syd se sentou, passou os dedos de leve pela asa do pássaro e se perguntou qual seria a idade dele. Tinha aprendido que, quanto maior o tempo que uma coisa estivesse morta, mais difícil era trazê-la de volta. E, se não tivesse restado muito, sua vida seria mais frágil. Mais propensa a desmoronar ou despedaçar e, quando isso acontecia, era para sempre. Não haveria uma segunda chance.

Nada para ela puxar de volta.

Sydney olhou de relance para a lata de metal vermelha ao lado da cama. Em seguida, pegou um par de pinças e começou a remover os ossos, apagando o pássaro um pedaço de cada vez, até que só restassem alguns poucos fragmentos. O osso comprido no topo da asa. Uma seção da coluna. O calcanhar de um dos pés.

Ela respirou fundo e fechou os olhos, pousando a mão sobre o esqueleto parcial.

E, então, ela procurou o fio.

A princípio, não sentiu nada além dos ossos sob a palma da mão. Mas ela se imaginou procurando mais longe, mais fundo, além do pássaro, da caixa e da mesa, mergulhando a mão no espaço vazio e gélido.

Seus pulmões começaram a doer. O frio se espalhou pelos seus dedos e subiu pelos braços, agudo e lancinante, e, quando ela soltou o ar, sentiu uma névoa fria como neblina sair de seus lábios. A luz dançou — fraca e distante

— em sua mente, e seus dedos roçaram em alguma coisa, o sinal mais ínfimo de um fio. Syd puxou com delicadeza e cautela. Ela continuou de olhos fechados, mas podia sentir o pequeno esqueleto começando a se reconstruir; o agitar dos músculos e da pele, o rubor das penas.

Quase...

Mas, então, ela puxou com *um pouco* mais de força.

O fio desapareceu.

A luz frágil se apagou na sua mente.

Sydney piscou, afastou a mão e olhou para os restos do pássaro, o esqueleto frágil agora sem chance de recuperação. Os ossos — dispostos com tanto cuidado sobre o veludo — estavam partidos e fraturados, a pilha que ela havia separado estava desmoronando, cedendo sobre o próprio peso.

Ela ainda não era forte o bastante.

Ainda não estava pronta.

Quando se mexeu para tocar os ossos, eles se desmantelaram, deixando apenas uma faixa de cinzas sobre o revestimento de veludo, uma pilha de pó sobre a mesa.

Destruído, pensou Sydney, jogando os restos na lixeira.

XVIII

QUATRO SEMANAS ANTES
HOSPITAL CENTRAL DE MERIT

Eu vou destruir você.
Eu vou destruir.
Eu vou.
Eu...
Marcella abriu os olhos.

Foi recebida por luzes fluorescentes estéreis, por um cheiro de desinfetante de superfícies que foram limpas e pelo tecido fino como papel dos lençóis do hospital. Marcella sabia que não devia estar ali, que sequer devia estar *viva*. No entanto, sua pulsação era registrada com uma linha verde que subia e descia na máquina ao lado da sua cabeça, uma prova inexorável de que estava viva. Ela respirou fundo e estremeceu. Seus pulmões e sua garganta pareciam estar em carne viva, uma dor de cabeça martelava seu crânio mesmo com todos os analgésicos bombeados na veia.

Marcella testou o movimento dos dedos das mãos e dos pés, virou a cabeça com cuidado para o lado com uma precisão serena e — ela elogiou a si mesma — um autocontrole surpreendente. Ela aprendeu havia muito tempo a compartimentalizar os sentimentos, a empurrar o que era inconveniente e impróprio para os recessos da mente como se fosse um vestido velho num guarda-roupa escuro.

Seus dedos rastejaram pelo lençol e ela tentou se levantar, porém, depois do menor movimento, foi atacada pelo próprio corpo — pelas costelas machucadas e quebradas, pela pele queimada e cheia de bolhas. Marcella também havia aprendido a aceitar as mais variadas fisgadas, dores e ardências que acompanhavam a manutenção da sua aparência.

Mas essa dor colocava as cirurgias cosméticas, aquelas inconveniências eletivas, no chinelo.

Essa dor se tornou parte integral da pele, dos ossos; ela se movia como lava derretida pelo sangue e pelos membros. Porém, em vez de se afastar da dor, Marcella se concentrou nela.

Certa vez, ela teve um professor de ioga que comparou a mente a uma casa. Marcella revirou os olhos na época, mas agora ela se imaginava andando de cômodo em cômodo apagando as luzes. Aqui está o medo, apague a luz. Aqui está o pânico, apague a luz. Aqui está a confusão, apague a luz.

Aqui está a dor.

Aqui está a raiva.

Aqui está o seu marido, aquele traidor desgraçado.

Aqui está ele batendo a cabeça dela na mesa.

Aqui está o braço dele derrubando as velas.

Aqui está a voz dela sumindo, os pulmões se enchendo de fumaça.

Aqui estão as costas dele quando ele foi embora e a abandonou à própria morte.

Essa luz ela deixou acesa. Ficou assombrada com o quanto ela brilhava na sua mente, com o calor que a acompanhava e reverberava pela sua pele. Seus dedos seguraram a grade da cama com força. O metal ficou macio sob a palma da sua mão e, em seguida, enferrujado, com uma mancha vermelha que se espalhava pelo aço. Quando ela se deu conta e largou a grade, uma parte do seu antebraço estava arruinada, descascando na cama.

Marcella ficou encarando aquilo sem entender.

Ela olhou da mão para o metal e do metal para a mão, ainda sentindo o calor emanando da pele. Ela se agarrou ao fino lençol, mas ele também virou pó, o tecido apodrecendo em um segundo, deixando para trás apenas uma camada de cinzas.

Marcella ergueu as mãos, não em rendição, mas fascinada; com as palmas viradas para o rosto, ela procurou alguma explicação, alguma mudança fundamental, mas encontrou apenas as unhas com o esmalte descascado, um hematoma no formato de uma mão familiar ficando esverdeado no pulso e uma pulseira branca de hospital com o nome errado impresso: *Melinda Pierce*.

Marcella franziu o cenho. Os demais detalhes estavam todos corretos — ela reconheceu a idade e a data de nascimento —, mas parece que alguém havia feito seu registro no sistema com um nome falso. O que significava que não queriam que Marcus soubesse que ela estava ali. Ou que estava viva. Uma escolha sensata, pensou, levando em conta os acontecimentos daquela noite. Ou já seria o dia seguinte? Estava perdida no tempo.

Os ferimentos pareciam bem recentes.

Sem o lençol, ela podia ver os curativos subindo pelas suas pernas, alastrando-se pela barriga e pelos ombros, a imagem espelhada do candelabro queimada a ferro e fogo nela...

Um rádio de polícia soou, a estática aguda fácil de distinguir em meio ao burburinho do hospital. Marcella voltou a atenção para a porta. Estava fechada, mas ela avistou a farda de um policial pelo vidro.

Bem devagar, conseguiu se levantar, apesar de todos os cabos e fios que a conectavam ao equipamento médico. Ela estendeu a mão para o suporte de medicação intravenosa, mas se lembrou do aço enferrujado, do lençol esfarelado. Hesitou, mas sua mão havia esfriado de novo e, quando os dedos envolveram o tubo de plástico, nada de terrível aconteceu. Marcella desconectou o cabo com cautela e, tomando o cuidado de não tirar o monitor cardíaco do lugar, decidiu tirar o fio da tomada.

As máquinas ficaram em silêncio; as telas, pretas.

A camisola hospitalar de Marcella estava larga, o que era uma bênção, já que não entrava em contato com a pele delicada, mas também um obstáculo: ela não podia fugir vestida com um lençol.

Havia um armário branco no canto. Ela foi até lá, esperando irracionalmente encontrar as roupas, a bolsa e as chaves ali dentro, mas é claro que estava vazio.

Ouviu uma voz rouca do outro lado da porta.

— ... ainda não acordou... Não, a gente manteve o assunto longe da imprensa... Eu já informei ao Programa de Proteção a Testemunhas...

Marcella desdenhou. Proteção a Testemunhas. Ela não havia planejado essa vida e construído um futuro vindo de lugar nenhum para passá-la se *escondendo*. E ela não ia desaparecer antes do marido de forma alguma. Marcella se virou para examinar o quarto, mas só havia aquela única porta e uma janela com vista para Merit a pelo menos seis andares de altura.

Um quarto, uma porta. Uma janela.

E duas paredes.

Marcella escolheu a parede oposta à cama, encostou a orelha nela e não ouviu nada — a não ser os bipes constantes dos equipamentos hospitalares.

Ela levou os dedos ao gesso, chegando bem perto.

Nada aconteceu.

Lentamente, Marcella pressionou a parede com a palma da mão estendida. Nada. Ela olhou para as mãos, as unhas quebradas nos pontos em que os dedos desesperados se cravaram no tapete com fios de seda e arranharam o piso de madeira...

Sua mão começou a brilhar. Marcella observou a parede se entortar e apodrecer sob seus dedos, o gesso se curvando como se tivesse sofrido a ação da umidade, da gravidade ou do tempo, até que um buraco amplo se abriu entre os quartos, grande o bastante para que ela pudesse atravessá-lo.

Marcella ficou maravilhada com a própria mão, com o estrago que havia causado. Quer dizer que não era uma questão de força, mas de sentimento.

Sem problema.

Marcella tinha muitos sentimentos.

Ela acendeu a luz no peito de novo, como se fosse a respiração. Ali ela ardia, não tanto como um fusível, mas como uma chama piloto. Estável e à espera.

Marcella atravessou a parede destruída para o quarto ao lado.

A porta do quarto estava aberta, e a mulher no leito — Alice Tolensky, de acordo com o prontuário — era oito centímetros mais baixa que Marcella e uns quinze quilos mais pesada.

As roupas dela estavam penduradas no pequeno armário do hospital.

Marcella torceu o nariz quando viu as sandálias de dedo, os babados na gola da blusa com estampa florida e a calça jeans com cintura de elástico.

Mas não era hora de ser exigente. Marcella ficou agradecida pelo espaço a mais na calça quando teve que vesti-la. Ela prendeu a respiração quando o jeans roçou nos curativos e então voltou a atenção para o armário.

Havia uma bolsa de couro falso jogada na prateleira. Marcella remexeu o conteúdo e encontrou cem dólares e um par de óculos.

Ela terminou de se vestir, prendeu o cabelo num coque baixo, ajeitou os óculos no rosto e foi para o corredor. O policial de vigia na sua porta estava cutucando um curativo na mão. Ele não ergueu o olhar enquanto Marcella se virava e saía.

Havia uma fila de táxis parados na frente do hospital.

Ela entrou no carro que estava mais perto.

— Endereço? — resmungou o motorista.

— Edifício Heights. — Era a primeira vez que ela falava, e sua voz estava áspera por causa da fumaça, um pouco mais grave e com uma pontada da rouquidão voluptuosa que muitas estrelas de cinema desejavam ter. — Na Grand.

O táxi seguiu viagem, e Marcella se recostou no banco de couro.

Ela sempre se portou bem quando estava sob pressão.

Outras mulheres podiam se dar ao luxo de entrar em pânico, mas uma esposa de mafioso precisava ser capaz de manter a compostura. O que significava permanecer calma. Ou, no mínimo, *fingir.*

No momento, Marcella não sentia que estava fingindo nada. Não havia medo nem dúvida. Sua cabeça não estava girando. Ela não se sentia perdida. Pelo contrário, a estrada que estava trilhando parecia reta e bem pavimentada, o fim iluminado por uma única luz ofuscante.

E sob essa luz estava Marcus Andover Riggins.

2

REVELAÇÃO

I

QUATORZE ANOS ANTES

UNIVERSIDADE DE MERIT

Estava todo mundo bêbado.

Marcella estava sentada na bancada da cozinha, os calcanhares batendo distraidamente no armário enquanto ela os observava cambaleando por aí, derramando bebida e gritando para serem ouvidos. A casa estava tomada por música, corpos, bebida rançosa e perfume barato, além de todas aquelas armadilhas vazias de uma festa de fraternidade. Suas amigas a convenceram a ir com o fraco argumento de que era isso que universitários *faziam*, de que haveria cerveja de graça e caras bonitos e de que seria *divertido*.

Essas mesmas meninas estavam perdidas em algum lugar na massa disforme de corpos. De vez em quando, ela achava que distinguia uma cabeleira loira familiar ou um rabo de cavalo castanho. Mas havia dezenas iguais. Estudantes universitárias pré-fabricadas. Mais preocupadas em se enturmar do que em se diferenciar.

Marcella Renee Morgan *não* estava se divertindo.

Ela segurava uma garrafa de cerveja sem beber e estava entediada — entediada com a música e com os rapazes que chegavam todos metidos para flertar com ela e depois iam embora, amuados, quando ela os recusava. Estava de saco cheio de ser chamada de linda e, logo depois, de louca. Adorável e, depois, arrogante. Uma delícia e depois uma devassa.

Marcella sempre havia sido bonita. O tipo de beleza que não passava despercebido. Olhos azuis reluzentes e cabelos pretos como a noite, um rosto em formato de coração com a silhueta esbelta de uma modelo. Seu pai lhe disse que ela nunca precisaria trabalhar. Sua mãe lhe disse que ela teria que trabalhar em dobro. De certa maneira, os dois estavam certos.

A primeira coisa que as pessoas viam era seu corpo.

Para a maioria, também parecia ser a única coisa.

— Você se acha que é melhor que eu, é? — balbuciou um veterano bêbado mais cedo.

Marcella havia olhado fixamente para ele, que tinha os olhos turvos enquanto os dela eram penetrantes, e simplesmente respondeu:

— Acho.

— Piranha — murmurou ele, saindo de perto enfurecido. Previsível.

Marcella tinha prometido às amigas que ficaria para tomar uma bebida. Ela virou a garrafa, querendo acabar logo com a cerveja.

— Vejo que você encontrou coisa boa — comentou uma voz grave e intensa, com um ligeiro sotaque do sul.

Ela ergueu o olhar e viu um rapaz reclinado sobre a ilha da cozinha. Marcella não entendeu do que ele estava falando até que, com a mão que segurava um copo de plástico, ele apontou para a garrafa de vidro nas mãos dela. Marcella apontou para a geladeira. Ele foi até lá e pegou mais duas garrafas. Abriu-as na beira da bancada e ofereceu uma a ela.

Marcella a aceitou, analisando-o por cima do gargalo.

Ele tinha olhos azul-escuros e cabelos queimados de sol, naquele tom quente entre o loiro e o castanho. Boa parte dos rapazes da festa ainda tinha cara de criança, o ensino médio grudado neles como roupa molhada; no entanto, a camisa preta dele salientava os ombros fortes, e sua mandíbula era pontuda, com uma covinha no queixo.

— Marcus — disse ele, apresentando-se.

Ela sabia quem ele era. Já o tinha visto no campus, mas foi Alice quem lhe contou que Marcus Riggins era sinônimo de problema. Não porque era bonito. Não porque era rico. Nada tão sem graça assim. Não, Marcus era sinônimo de problema por um simples e delicioso motivo: a família dele fazia parte da máfia. Alice disse isso como se fosse algo ruim, um impeditivo, mas, muito pelo contrário, só fez seu interesse aumentar.

— Marcella — apresentou-se ela, descruzando e cruzando as pernas.

Ele sorriu.

— Marcus e Marcella — repetiu ele, erguendo a bebida. — Parece um par.

Alguém aumentou o volume da música e as próximas palavras que ele pronunciou se perderam na batida.

— O que foi que você disse? — gritou ela acima da música, e ele aproveitou a oportunidade para diminuir a distância entre os dois.

Marcella afastou as pernas para o lado e Marcus se aproximou dela, com cheiro de maçãs e linho, limpo e intenso, uma mudança muito bem-vinda da sujeira grudenta e suada daqueles corpos preguiçosos e bêbados.

Ele deixou a cerveja na bancada, ao lado do braço dela, o vidro gelado roçou seu cotovelo e um arrepio percorreu o corpo dela. Um sorriso surgiu lentamente no rosto dele.

Ele se inclinou para perto dela, como se fosse lhe contar um segredo.

— *Vem comigo.*

E ele se afastou, levando consigo o cheiro de linho e o rubor do calor.

Marcus não a puxou da bancada, mas ela sentiu como se tivesse sido puxada, atraída em seu rastro enquanto ele se virava e desaparecia na multidão. Marcella foi atrás dele no meio da festa, escada acima e pelo corredor até a porta de um quarto.

— Ainda está vindo? — perguntou ele, olhando de relance para trás.

A porta se abriu para um quarto que não tinha nada em comum com o restante da casa da fraternidade. As roupas sujas dentro de um cesto, a mesa estava limpa e a cama, arrumada. A única bagunça era uma pilha de livros em cima do edredom.

Marcella ficou na soleira da porta, esperando para ver o que ele faria a seguir. Se iria ao encontro dela ou ela teria de ir até ele.

Em vez disso, Marcus foi até a janela, abriu-a, deslizando o vidro para cima, e subiu para o telhado. Uma brisa outonal soprou pelo quarto enquanto Marcella o seguia, tirando os sapatos de salto alto.

Marcus estendeu a mão e a ajudou a subir. A cidade girava abaixo deles, os edifícios escurecidos eram o céu; as luzes, as estrelas. Merit sempre pareceu mais imponente à noite.

Marcus tomou um gole da cerveja.

— Melhor assim?

Marcella sorriu.

— Melhor.

A música, irritantemente alta lá embaixo, era agora uma pulsação abafada às suas costas.

Marcus se recostou no parapeito de madeira.

— Você é daqui?

— De perto — respondeu ela. — E você?

— Nascido e criado. O que você está estudando?

— Administração — respondeu ela, sem dar detalhes. Marcella odiava papo furado porque muitas vezes soava como uma série de obrigações. Só barulho, palavras sem significado com a única intenção de preencher o vazio. — Por que você me trouxe até aqui em cima?

— Eu não trouxe — retrucou ele, fingindo inocência. — Você veio atrás de mim.

— Você pediu — retrucou ela, então se deu conta de que ele não havia pedido. Não houve pedido nenhum, apenas uma simples ordem.

— Você estava quase indo embora — disse Marcus. — E eu não queria que você fosse.

Marcella o analisou.

— Você está acostumado a conseguir tudo o que quer?

O vislumbre de um sorriso.

— Tenho um pressentimento de que nós dois estamos. — Ele lhe devolveu o olhar. — Marcella, a bacharel em administração. O que você quer da vida?

Marcella girou a garrafa de cerveja.

— Estar no comando.

Marcus riu. Um som leve, como se bufasse.

— Você acha que eu estou brincando?

— Não — respondeu ele. — Não acho.

— Como é que você sabe?

— Porque — começou ele, aproximando-se dela — a gente *é* um par.

Uma brisa soprou, gelada o bastante para fazê-la ficar arrepiada.

— É melhor a gente entrar — sugeriu Marcus, afastando-se.

Ele voltou para o quarto pela janela e estendeu a mão para Marcella. Dessa vez, entretanto, não seguiu na frente.

— Você primeiro — ofereceu ele, indicando a porta do quarto.

Ela continuava aberta e a música se infiltrava junto com as risadas da festa lá embaixo. Mas, quando Marcella chegou à porta, ela hesitou, os dedos na madeira. Podia imaginar Marcus alguns passos atrás dela, as mãos nos bolsos, esperando para ver o que ela faria.

Ela fechou a porta.

A fechadura travou com um clique suave, e Marcus já estava lá, como se tivesse sido convocado, a boca roçando na sua nuca. As mãos dele desceram, suaves como plumas, pelos seus ombros, pela sua cintura. O calor a invadiu com o toque levíssimo.

— Eu não sou de vidro — avisou ela, virando-se a tempo de tomar a boca de Marcus na sua.

Marcus apertou seu corpo no de Marcella, colocando-a contra a madeira. Ela cravou as unhas no braço dele enquanto ele desabotoava a própria camisa. Os dentes dele roçaram no ombro de Marcella quando a blusa dela caiu no chão. Eles acabaram com a organização do quarto espalhando as roupas, derrubando uma cadeira e depois um abajur, jogando os livros para fora da cama quando Marcus a colocou sobre os lençóis.

Eles se encaixavam perfeitamente.

Um par.

II

QUATRO SEMANAS ANTES

CENTRO DE MERIT

O táxi parou em frente ao edifício Heights, um pináculo de pedra clara no coração da cidade. Marcella pagou ao motorista em dinheiro e saiu do carro, sentindo a dor excruciante nos membros a cada passo.

Quando descobriu a existência do apartamento secreto — na porcaria de um extrato bancário —, ela imaginou o pior, mas Marcus afirmou que o lugar existia por razões puramente práticas. Um esconderijo. Ele até mesmo insistiu em levá-la até lá para exibir seu trabalho minucioso — havia equipado o closet com roupas do seu estilista preferido, a cozinha com sua marca favorita de café, o chuveiro com o xampu que ela usava.

E Marcella tinha acreditado nele.

Havia encontrado um jeito de fazer com que aquilo fosse um segredo dos *dois* e não só dele. De vez em quando, ela ligava para Marcus, insistindo que havia algum tipo de emergência, e Marcus mandava, com ar soturno, que ela fosse para o esconderijo, até que ele chegava e a encontrava o esperando vestida com apenas uma fita dourada cuidadosamente enrolada no corpo e com um laço na ponta.

Agora, a imagem do batom cor-de-rosa espalhafatoso irrompeu como dor na mente de Marcella.

Que idiota.

O porteiro se levantou na recepção para cumprimentá-la.

— Sra. Riggins — disse Ainsley, a surpresa iluminando o rosto dele.

Ele olhou de relance para as roupas muito largas e para os curativos visíveis acima da gola e saindo da manga da camisa, mas os moradores do Heights pagavam tanto pela discrição quanto pelas janelas que iam do chão ao teto (nesse momento, Marcella imaginou quantas vezes Ainsley usou essa mesma discrição com seu marido).

— Está... tudo bem? — aventurou-se ele.

Ela descartou a pergunta com um gesto.

— É uma longa história. — E, em seguida, depois de um instante: — Marcus não está aqui, está?

— Não, senhora — respondeu ele, solene.

— Ótimo. Acho que eu esqueci a chave.

Ainsley fez um leve aceno de cabeça e deu a volta na recepção para chamar o elevador. Quando as portas se abriram, ele entrou com ela. Enquanto o elevador subia, Marcella esfregou a testa, como se só estivesse cansada, e perguntou que dia era.

O porteiro respondeu e Marcella se retesou.

Ela havia passado quase *duas semanas* no hospital.

Mas isso não importava, não agora. O que importava é que era noite de sexta.

Ela sabia exatamente onde Marcus estava.

O elevador parou. Ainsley a acompanhou no décimo quarto andar, abriu a porta bege e desejou que tivesse uma noite agradável.

Marcella esperou até o porteiro ter ido embora, então entrou e acendeu as luzes.

— Querido, cheguei — disse ela num tom sedutor para o apartamento vazio.

Ela devia ter sentido alguma coisa — uma pontada de sofrimento ou de arrependimento —, mas havia somente a dor na pele e a crescente onda de raiva dentro de si. Quando estendeu a mão para pegar uma taça de vinho na bancada, o vidro se deformou com o toque e se transformou em areia. Milhares de grãos choveram por entre os dedos reluzentes de Marcella e foram parar no chão.

Ela encarou a própria mão, a palma suja com o que restava da taça. A luz estranha já mergulhava de volta na pele, e, quando pegou uma taça nova, ela permaneceu inteira sob o toque.

Havia uma garrafa gelada de chardonnay na geladeira. Marcella se serviu de um pouco da bebida, ligou a TV no noticiário — agora estava ansiosa para descobrir o que tinha perdido — e aumentou o volume enquanto ia até o quarto.

Havia uma camisa de Marcus esticada sobre a cama... junto de uma blusa dela. A taça ameaçou ceder na sua mão, então Marcella a deixou de lado. As portas do closet estavam escancaradas, os ternos escuros forravam uma das paredes enquanto o restante cedia espaço para uma variedade de vestidos de alta-costura, blusas, sapatos de salto alto.

Marcella olhou de relance mais uma vez para as roupas ainda entrelaçadas num abraço de amantes em cima da cama e sentiu a raiva subindo como vapor. Com os dedos brilhando, ela passou a mão pelo lado do marido do closet e ficou observando as roupas desbotarem e apodrecerem com o toque. Algodão, seda e lã definharam e caíram dos cabides, virando um monte de cinzas ao chegar ao chão.

O inferno não conhece fúria igual, pensou ela, limpando a poeira das mãos.

Satisfeita — não, não satisfeita, nem *perto* disso, mas momentaneamente apaziguada —, Marcella pegou a bebida e entrou no luxuoso banheiro, então deixou a taça na beira da pia de mármore e começou a tirar as roupas roubadas e desmazeladas. Ela se despiu até só restarem os curativos. As gazes brancas e estéreis não eram nem de longe tão sedutoras quanto as fitas douradas, mas pareciam traçar o mesmo caminho pelas pernas, pela barriga e pelos braços.

Marcavam-na. *Zombavam* dela.

As mãos de Marcella tremeram com o ímpeto repentino de tocar e destruir alguma coisa, qualquer coisa. Em vez disso, ela ficou parada e digeriu seu reflexo, cada ângulo, cada defeito, memorizou tudo enquanto esperava a raiva passar — não desaparecer, isso não; simplesmente se retrair, como as garras de um gato. Se esse novo poder fosse temporário, uma coisa com limitações, ela não queria desperdiçá-lo. Precisava das unhas bem afiadas.

O efeito dos analgésicos do hospital estava passando e a cabeça doía tanto que zumbia, por isso Marcella pegou dois comprimidos de Vicodin do suprimento de emergência debaixo da pia, tomou-os com o restinho do chardonnay e foi se arrumar.

III

OITO ANOS ANTES

UPTOWN

O celular tocava sem parar.

— Não atende — mandou Marcus, andando de um lado para o outro. Uma gravata escura desamarrada em volta do pescoço.

— Querido — disse Marcella, sentando-se na beira da cama —, você sabia que eles iam ligar.

Ele andava tenso havia dias, semanas, esperando o telefone tocar. Os dois sabiam quem era: Anthony Edward Hutch, um dos quatro chefões do crime organizado de Merit e benfeitor de longa data de *Jack* Riggins.

Marcus havia enfim contado a ela, é claro, o que o pai fazia. Como, para eles, a palavra *família* não era apenas um laço de sangue — era uma profissão. Ele contou a ela no último ano da faculdade, com uma expressão mortificada, e Marcella percebeu, no meio da refeição, que ele estava tentando terminar com ela.

— É igual a se juntar à Igreja? — perguntou ela, bebericando o vinho. — Você fez um voto de celibato?

— O quê? Não... — respondeu ele, confuso.

— Então por que a gente não pode enfrentar isso juntos?

Marcus balançou a cabeça.

— Eu estou tentando te proteger.

— Nunca ocorreu a você que eu mesma possa me proteger?

— Não é igual aos filmes, Marcella. O que a minha família faz é brutal e sangrento. Nesse mundo, no *meu* mundo, pessoas se machucam. Morrem.

Marcella piscou os olhos. Deixou a taça na mesa. Inclinou-se para perto dele.

— Pessoas morrem em *todos* os mundos, Marcus. Eu não vou a lugar nenhum.

Duas semanas depois, ele a havia pedido em casamento.

Marcella ajeitou o diamante no dedo quando o telefone parou de tocar.

Alguns segundos depois, voltou a tocar.

— Eu não vou atender.

— Então não atende.

— Eu não tenho escolha — vociferou ele, passando a mão pelo cabelo queimado de sol.

Marcella se levantou e segurou a mão dele.

— Hum — disse, erguendo-a entre os dois. — Eu não estou vendo corda nenhuma.

Marcus se soltou.

— Você não sabe como é ter outras pessoas decidindo quem você é e o que vai ser.

Marcella resistiu ao impulso de revirar os olhos. É claro que ela sabia. As pessoas olhavam para ela e faziam milhares de suposições. Que um rosto bonito significava uma cabeça vazia, que uma mulher como ela só estava atrás de uma vida fácil, que ela ficaria satisfeita com luxo em vez de poder — como se não fosse possível desejar os dois.

Sua própria mãe lhe disse que mirasse as estrelas, que jamais deveria se vender barato. (O ditado correto, é claro, era *por pouco*. Por exemplo: nunca se venda *por pouco*.) Mas Marcella não tinha se vendido barato *nem* por pouco. Ela havia escolhido Marcus Riggins. E ele iria escolher *isso*.

O celular continuou tocando.

135

— Atende a ligação.

— Se eu atender, eu aceito a oferta de trabalho. Se eu aceitar a oferta de trabalho, estou dentro. Não tem como sair depois.

Marcella o segurou pelos ombros, interrompendo o movimento de pêndulo que ele fazia. Marcus cambaleou e se recompôs um pouco enquanto ela envolvia os dedos na gravata de seda e o puxava para perto. Alguma coisa brilhou nos olhos dele — raiva, medo e violência —, e Marcella soube que ele podia fazer esse trabalho, e muito bem-feito. Marcus não era fraco, não era mole. Era apenas teimoso. Razão pela qual precisava dela. Porque, onde ele via uma armadilha, ela enxergava uma oportunidade.

— O que você quer da vida? — perguntou Marcella. A mesma pergunta que ele lhe fez na noite em que se conheceram. Uma pergunta que o próprio Marcus jamais havia respondido.

Ele a encarou, o olhar sombrio.

— Eu quero ser mais.

— Então *seja* mais. Isso — disse ela, virando o rosto dele para o telefone — é só uma porta. Uma entrada. — Ela arranhou a bochecha dele com as unhas. — Você quer ser mais, Marcus? Então prova. Atende essa ligação e atravessa a maldita porta.

O telefone parou de tocar e, no silêncio que se fez, ela pôde ouvir o pulso acelerado e a respiração entrecortada dele. O momento se prolongou, tenso, e então se rompeu. Eles se chocaram, Marcus a beijava com força, uma das mãos já deslizando entre as pernas dela e a outra afastando as unhas do seu rosto. Ele a fez ficar de quatro com as mãos apoiadas na cama.

Ele já estava duro.

Ela já estava molhada.

Marcella reprimiu um gemido de prazer, de *triunfo*, quando ele forçou o corpo contra o dela — dentro dela —, seus dedos afundando nos lençóis, o olhar voltado para o celular ao seu lado na cama.

E, quando tocou de novo, Marcus atendeu.

IV

QUATRO SEMANAS ANTES
EDIFÍCIO HEIGHTS

Marcella estava doida para tomar um banho quente, mas o primeiro contato com a água causou uma dor lancinante na sua pele delicada, por isso ela teve que se contentar com uma toalha úmida, que molhava na água morna da pia do banheiro.

A ponta dos seus cabelos estava chamuscada demais para ser recuperada, então ela pegou a tesoura mais afiada que encontrou e começou a cortar. Quando terminou, as ondas pretas roçavam de leve nos ombros. Ela cobriu a testa com uma mecha, escondendo a nova cicatriz acima da têmpora esquerda e emoldurando o rosto.

O rosto que havia escapado milagrosamente do pior da luta e do fogo. Ela passou máscara nos cílios e pintou uma nova camada de vermelho nos lábios. A dor acompanhava cada gesto — cada alongamento e dobra de pele ferida era um lembrete no formato do nome do marido —, mas, durante todo o tempo, a mente de Marcella permaneceu... calma. Suave. Fitas de seda em vez de nó de forca.

Ela voltou para o closet, passando os dedos de leve pela sinfonia de roupas que compunham seu guarda-roupa. Uma parte pequena e vingativa dela queria escolher algo revelador, para exibir as feridas, mas ela sabia que isso não era uma boa ideia. Era melhor esconder a fraqueza. No fim, ela escolheu calças pretas elegantes, uma blusa de seda que transpassava seu corpo esbelto e sapatos de salto agulha pretos, os saltos tão finos e cromados como uma adaga.

Ela estava terminando de fechar as presilhas do segundo sapato quando a voz de um âncora de jornal se elevou na televisão do outro cômodo.

— Novidades no caso do incêndio que devastou o condomínio de luxo em Brighton na semana passada...

Ela foi para o corredor a tempo de ver o próprio rosto na tela.

— ... e resultou na morte de Marcella Renee Riggins...

Quer dizer que ela estava certa. A polícia obviamente queria que Marcus acreditasse que ela estava morta. O que provavelmente era a única razão de ela não estar. Marcella pegou o controle remoto e aumentou o volume enquanto a câmera cortava para mostrar uma imagem da casa deles, o exterior todo chamuscado e exalando fumaça.

— Os bombeiros ainda não determinaram a causa do incêndio, mas acredita-se que tenha sido acidental.

Marcella segurou com força o controle remoto quando a câmera mostrou a imagem de Marcus passando a mão pelos cabelos, o próprio retrato do sofrimento.

— O marido, Marcus Riggins, admitiu para a polícia que o casal havia discutido naquela noite e que a esposa era propensa a acessos de raiva, mas negou a sugestão de que ela mesma teria iniciado o incêndio, alegando que ela nunca havia sido violenta nem destrutiva...

O controle remoto se desfez na sua mão, as pilhas se liquefazendo conforme o plástico se deformava e derretia.

Marcella deixou que aquela bagunça caísse de seus dedos e saiu à procura do marido.

V

TRÊS ANOS ANTES

CENTRO DE MERIT

Marcella sempre gostou do edifício National. Era uma obra de arte de vidro e aço, um prisma de trinta andares no coração da cidade. Ela o cobiçou da mesma maneira que se cobiça um diamante, e Tony Hutch era o proprietário do prédio, do mármore do saguão aos jardins da cobertura, onde ele dava suas festas.

Eles atravessaram a porta de entrada de braços dados, Marcus num terno preto e alinhado e Marcella num vestido dourado. Ela avistou um policial à paisana relaxando no saguão e lhe lançou uma piscadela de brincadeira. Metade do Departamento de Polícia de Merit estava na folha de pagamento de Hutch. A outra metade não conseguia chegar perto o suficiente para fazer nada.

O interior do elevador era tão bem polido que reluzia e, enquanto subia, Marcella se encostou em Marcus e examinou o reflexo dos dois. Ela adorava a visão do casal. Adorava o maxilar forte e as mãos brutas dele, adorava seus olhos azuis e duros e o modo como ele gemia o nome dela. Eram parceiros no crime. Um par perfeito.

— Oi, bonitão — disse Marcella, percebendo que ele olhava para ela.

Marcus sorriu.

— Oi, linda.

Sim, ela amava o marido.

Talvez mais do que deveria.

A porta do elevador se abriu para um terraço coberto de luzes, música e risadas. Hutch sempre soube dar uma festa. Havia tendas transparentes e sofás com várias almofadas empilhadas, mesas baixas de vidro e ouro, garçons deslizando pela multidão com taças de champanhe e canapés, mas o que atraiu a atenção de Marcella foi a cidade ao longe. A vista era inacreditável, o National era tão alto que ele parecia olhar para Merit inteira lá de cima.

Marcus a conduziu pela multidão agitada.

Enquanto andavam, Marcella sentia o olhar de cada homem e de metade das mulheres recair sobre ela. Seu vestido — feito de milhares de escamas douradas pálidas — abraçava cada curva e cintilava a cada passo. Seus sapatos de salto alto e suas unhas eram da mesma cor, assim como a rede dourada entrelaçada em seus cabelos pretos, decorando com minúsculas contas de ouro branco o penteado brilhoso. O único ponto de cor eram seus olhos de um azul vívido, emoldurados pelos cílios pretos, e os lábios, que ela havia pintado de carmim.

Marcus lhe pediu que caprichasse.

— De que adianta ter coisas bonitas — comentou ele — se elas não forem exibidas?

Agora, ele a conduzia para o centro do terraço, para a estrela de mármore incrustada no chão onde o próprio chefão fazia a corte.

Antony Hutch.

Ele podia até ter seus atrativos — magro e forte, com cabelos castanhos num tom quente e sempre bronzeado —, mas havia algo em Hutch que deixava Marcella enojada.

— Tony, você já conhece a minha esposa, Marcella.

A atenção de Hutch, assim que recaiu sobre ela, pareceu uma mão molhada sobre a pele nua.

— Meu Deus do céu, Marc! — exclamou ele. — Ela vem com um rótulo de advertência?

— Ela não vem, não — gracejou Marcella.

Mas Hutch apenas sorriu.

— Falando sério agora, como eu poderia me esquecer de tamanha beleza? — Ele se aproximou. — Marc está te tratando bem? Se precisar de alguma coisa, é só me avisar.

— Por quê? — perguntou Marcella com um sorriso malicioso. — Você está atrás de uma esposa?

Hutch deu uma gargalhada e abriu os braços.

— Infelizmente, eu prefiro pegar mulheres a ficar com elas.

— Isso só significa que — respondeu Marcella — você ainda não encontrou a mulher certa.

Hutch riu e se virou para Marcus.

— Essa é para casar.

Marcus enlaçou a cintura dela com um braço e deu um beijo em sua têmpora.

— Eu sei.

No entanto, ele já estava se afastando dela, e logo Marcella se viu empurrada para fora do círculo conforme o grupo de homens começava a falar de negócios.

— A gente está planejando ampliar o domínio na zona sul.

— Invasões de território são sempre perigosas.

— Caprese tem olho grande.

— Vocês poderiam se livrar dele de um jeito mais sutil — sugeriu Marcella. — Peguem os quarteirões em torno dele. Não seria um ataque direto, ou seja, não ia abrir brecha para uma retaliação, mas a mensagem seria clara.

A conversa desmoronou. Os homens ficaram em silêncio.

Depois de alguns segundos dolorosos, Marcus se limitou a sorrir.

— Minha esposa, a formada em administração — comentou ele, sem emoção.

Marcella sentiu o rosto corar enquanto os outros homens partilhavam um risinho de compreensão. Hutch olhou para ela, dando uma risada vazia, sem achar graça.

— Marcella, você deve estar ficando entediada aqui. Aposto que ia ficar melhor com as outras esposas.

Marcella tinha uma resposta na ponta da língua, mas Marcus a interrompeu antes.

— Vai lá, Marce — pediu ele, dando um beijo em sua bochecha. — Deixa os homens conversarem em paz.

Ela queria pegá-lo pelo queixo, cravar as unhas nele até sair sangue. Em vez disso, sorriu. Forçou no rosto uma máscara de serenidade. Aparência era tudo.

— É claro — acatou ela. — Vou deixar vocês em paz, rapazes.

Ela se virou e pegou champanhe da bandeja de um garçom que passava por perto, segurando a taça com tanta força que seus dedos doeram. Ela sentiu os olhos deles a seguirem pelo terraço.

De que adianta ter coisas bonitas se elas não forem exibidas?

Não percebeu na hora que Marcus se referiu a ela como uma *coisa*. O comentário tinha passado por ela como um vestido de seda, belo e leve, mas...

— Marcella! — chamou uma mulher com um tom de voz que subia e descia familiar. Usava saltos de quase quinze centímetros, o que provavelmente explicava por que estava sentada, fazendo a corte num vestido vermelho-escuro. A cor era perfeita: Grace era loira e pálida, e o vestido se destacava como sangue na sua pele.

— Você foi expulsa? — perguntou Theresa, que também estava sentada e bebericava num copo grande.

— Claro que não — mentiu Marcella. — Eles estavam me matando de tédio.

— Eles só sabem falar de compras — emendou Bethany, as pulseiras chacoalhando enquanto ela girava o pulso. Havia mais beleza que cérebro naquela ali, pensou Marcella, não pela primeira vez.

— Eles podem até achar que são os reis — afirmou Grace —, mas a gente é o verdadeiro poder por trás do trono.

Um tilintar de risadas soou ali perto.

Havia um segundo grupo de mulheres aglomerado em outro canto do terraço, de saltos mais altos e vestidos mais curtos. As namoradas. As segundas e terceiras esposas. As acompanhantes. Modelos mais novos, como Grace costumava dizer.

— Como o Marcus está? — perguntou Bethany. — Espero que você o mantenha com rédea curta.

— Ah — disse ela —, ele *jamais* iria me trair.

— Como você pode ter tanta certeza? — perguntou Theresa.

Marcella encontrou os olhos de Marcus do outro lado do terraço.

— Porque — respondeu ela, erguendo a taça — ele sabe que eu o mataria antes disso.

— Teve uma noite agradável? — perguntou Marcella mais tarde enquanto o carro se afastava da festa.

Marcus estava cheio de energia.

— Tudo correu sem problemas. Ninguém perdeu a cabeça. — Ele riu da própria piada. Marcella não. — Ele está começando a gostar de mim, eu sei que está. Disse que vai me ligar de manhã. Algo novo. Importante. — Ele a puxou para perto. — Você estava certa.

— Eu sempre estou certa — declarou ela distraidamente, olhando a paisagem. — Vamos ficar no centro essa noite.

— Boa ideia — concordou Marcus.

Ele deu um tapinha no vidro que os separava do motorista, forneceu o endereço do apartamento no Heights e pediu que fosse rápido. Em seguida, Marcus se recostou no banco, ficando colado nela.

— Eles não conseguiam tirar os olhos de você. Não os culpo. Eu também não consegui.

— Aqui, não — pediu ela, tentando colocar um pouco de bom humor no tom de voz. — Você vai estragar o meu vestido.

— Que se foda o seu vestido — sussurrou ele em seu ouvido. — Eu quero *você*.

Porém, Marcella o afastou.

— Qual é o problema? — perguntou ele.

Marcella voltou o olhar para ele.

— Minha esposa, a *formada em administração*?

Ele revirou os olhos.

— Marce.

— Deixa os homens *conversarem em paz*?

— Ah, qual é?

— Você me fez de idiota.

Ele emitiu um som muito parecido com uma risada.

— Você não acha que está exagerando?

Marcella cerrou os dentes.

— Você tem muita sorte de eu não ter *reagido* na hora.

Marcus azedou.

— Você não fica bem com essa postura, Marce.

O carro parou em frente ao Heights, e Marcella resistiu ao impulso de sair enfurecida. Ela abriu a porta e se levantou, alisando as escamas douradas do vestido enquanto esperava Marcus dar a volta no carro.

— Boa noite — cumprimentou o porteiro. — Tiveram uma noite agradável?

— Perfeita — respondeu Marcella, entrando bruscamente no elevador, com Marcus em seu rastro. Ele esperou até a porta se fechar para então suspirar e balançar a cabeça.

— Você sabe como aqueles caras são — resmungou ele. — Velha guarda. Dinheiro de família. Valores de antigamente. Você quis isso. Você queria que eu fizesse isso.

— *Comigo* — vociferou ela. — Eu queria que nós dois fizéssemos isso juntos. — Marcus tentou interrompê-la, mas ela não deixou. — Eu não sou a porcaria de um casaco, Marcus. Você não pode me deixar na chapelaria.

O elevador parou e ela saiu desabalada para o corredor, os saltos ressoando no piso de mármore. Ela alcançou a porta do apartamento, mas Marcus a pegou pela mão e a prendeu com as costas na madeira. Em uma noite normal, ela teria ficado excitada com a rápida demonstração de força, teria se contorcido de encontro ao corpo dele. Mas não estava no clima.

Deixa os homens conversarem em paz.

— Marcella.

A risada. Os sorrisos condescendentes.

— *Marcella* — repetiu Marcus, atraindo o rosto dela para o seu. O olhar dela para o seu.

E foi então que ela viu — ou talvez apenas *quisesse* ver — lá, além do azul--escuro monótono. Um vislumbre do Marcus que havia conhecido, jovem, ambicioso e perdidamente apaixonado por ela. O Marcus que a queria, que *precisava* dela.

A boca dele pairava a um centímetro da sua enquanto ele dizia:

— Aonde eu for, você vai. A gente está nessa junto. A cada passo.

Marcella queria acreditar nele, precisava acreditar nele, porque não estava disposta a desistir, não iria perder Marcus nem a tudo mais que havia construído.

Eles podem até achar que são os reis.

A gente é o verdadeiro poder por trás do trono.

Marcella se inclinou para perto dele e lhe deu um beijo demorado e profundo.

— Me mostra — pediu ela, levando-o para dentro do apartamento.

VI

QUATRO SEMANAS ANTES

SUBÚRBIO DE MERIT

Marcus Andover Riggins sempre foi um homem chegado à rotina.

Um espresso pela manhã, um bourbon antes de dormir. Toda segunda-feira, depois do café da manhã, ele recebia uma massagem; toda quarta-feira, na hora do almoço, ele nadava; e toda noite de sexta-feira, sem falta, do anoitecer ao amanhecer, ele jogava pôquer. Quatro ou cinco integrantes da gangue de Tony Hutch se reuniam semanalmente na casa de Sam McGuire, já que Sam era solteiro — ou, pelo menos, não era casado. Havia certa rotatividade — uma garota nova por semana e nenhuma delas ficava por muito tempo.

A casa de Sam era bastante agradável — eles *sempre* frequentavam lugares agradáveis —, mas ele tinha o péssimo hábito de deixar a porta dos fundos destrancada em vez de dar uma chave para a garota da semana. Marcella o havia precavido várias vezes — qualquer um poderia entrar na casa. Mas Sam apenas sorria e dizia que homem nenhum invadiria a casa de um membro da gangue de Tony Hutch.

Pode até ser o caso, mas Marcella Riggins não era um homem.

Ela entrou na casa.

A porta dos fundos dava para a cozinha, onde Marcella encontrou uma menina curvada, a bunda para o alto e a cabeça enfiada no freezer em que remexia para pegar um pouco de gelo. Ela oscilava nos sapatos de saltos altíssimos, as pulseiras batendo no freezer, mas a primeira coisa que Marcella notou foi o vestido da menina. De seda azul-marinho, com uma saia godê curta — o mesmo vestido que tinha passado mais de um ano pendurado no closet de Marcella no Heights.

A menina se endireitou e se virou, a boca formando um círculo perfeito pintado de rosa.

Bethany.

Bethany, que tinha duas vezes mais peitos que pensamentos.

Bethany, que perguntava sobre Marcus sempre que elas se encontravam.

Bethany, que parecia uma imitação barata de Marcella com aqueles brincos de diamante e aquele vestido roubado, que, é claro, não era roubado, já que o apartamento no centro também era mantido para *ela*.

Bethany arregalou os olhos.

— Marcella?

— Você sempre soube — perguntou ela a Marcus certa vez, desabotoando uma camisa suja de sangue — que tinha o que era preciso para matar alguém?

— Não até estar com a arma na mão — respondeu ele. — Eu achei que fosse ser difícil, mas, naquele momento, nada seria mais fácil.

Ele tinha razão.

No entanto, como ela acabou descobrindo, havia uma diferença crucial entre destruir *coisas* e destruir *pessoas*.

Pessoas *gritavam*.

Ou, no mínimo, tentavam. Bethany com certeza o teria feito se Marcella já não a tivesse segurado pela garganta, se não tivesse erodido suas cordas vocais antes que algo além de um engasgo fútil e curto pudesse escapar de lá.

E, mesmo assim, os homens na sala ao lado poderiam ter ouvido alguma coisa, se não estivessem rindo tão alto.

Não demorou muito.

Num instante, a boca de Bethany estava aberta num perfeito OH de surpresa; no outro, a pele viçosa se enrugou, o rosto se distorceu num sorriso de morte que rapidamente se alargou para exibir o crânio sob a superfície e, em seguida, até mesmo os ossos viraram cinzas enquanto tudo o que restou de Bethany desmoronava no chão da cozinha.

Tudo terminou muito rápido — mal houve tempo para Marcella saborear o que tinha feito e não houve tempo nenhum para pensar em todas as coisas que deveria estar sentindo, dadas as circunstâncias, ou até mesmo de se assombrar com a peculiar ausência dos tais sentimentos.

Foi *fácil* demais.

Como se tudo *desejasse* se desfazer.

Devia haver alguma lei a respeito disso.

A ordem abrindo espaço para o caos.

Marcella pegou um pano de prato e limpou a poeira dos dedos quando outra risada estridente ecoou pela casa. Foi então que uma voz familiar gritou:

— Boneca, cadê aquela bebida?

Marcella seguiu a voz pelo curto corredor que ligava a cozinha ao escritório, onde os homens estavam jogando.

— Cadê a porra da minha bebida? — berrou Marcus, arrastando a cadeira para trás. Ele estava de pé quando ela entrou.

— Oi, rapazes.

Marcus não precisou fingir surpresa, ele achava que ela estava morta de verdade. Ele ficou lívido — como era mesmo a expressão? Ah, sim: parecia ter visto um fantasma. Os outros quatro homens espicharam os olhos na névoa de álcool e fumaça de charuto.

— Marce? — disse o marido, a voz entremeada pelo choque.

Ah, ela ansiava *tanto* matá-lo, mas queria usar as próprias mãos e havia uma mesa entre os dois; além disso, Marcus se mantinha na defensiva, olhando para ela com uma mistura de suspeita e preocupação, de modo que Marcella soube o que precisava fazer. Ela começou a chorar. Foi fácil — tudo o que teve que fazer foi pensar na própria vida, que trabalhou tanto para construir, desfazendo-se em chamas.

— Eu estava tão preocupada — disse ela, prendendo a respiração. — Eu acordei no hospital e você não estava lá. A polícia me contou que teve um incêndio e eu achei... eu fiquei com medo... que eles não fossem me contar se você tivesse se ferido. Eles não me contavam *nada*.

A expressão dele mudou um pouco, Marcus pareceu indeciso de repente. Deu um passo para mais perto dela.

— Eu achei que você estava morta. — Uma gagueira forçada, uma emoção fingida. — A polícia não permitiu que eu visse o seu... Eu achei que talvez você... Do que você se lembra, querida?

Ele continuava com os apelidos.

Marcella balançou a cabeça.

— Eu me lembro de preparar o jantar. Depois disso, está tudo confuso.

Ela notou um vislumbre de esperança nos olhos dele — o espanto por se safar daquela situação, por poder ter o melhor dos dois mundos: matar a esposa *e* tê-la de volta.

Mas, em vez de andar até ela, Marcus afundou na cadeira.

— Quando eu cheguei em casa — começou ele —, o caminhão dos bombeiros já estava lá, a casa estava tomada pelas chamas. Eles não me deixaram entrar.

Marcus desabou nas costas da cadeira, como se estivesse revivendo o trauma. O sofrimento. Como se, dez minutos antes, ele não estivesse jogando pôquer e esperando que a amante — sua então amiga — lhe trouxesse uma bebida.

Marcella foi até o marido, deu a volta na cadeira e envolveu os ombros dele com os braços.

— Eu estou tão agradecida...

Ele pegou a mão dela e pressionou os lábios em seu pulso.

— Eu estou bem, boneca.

Ela aninhou o rosto no colarinho dele. Sentiu Marcus ficar mais calmo, os músculos se relaxando conforme ele percebia que tinha se safado.

— Rapazes — disse Marcus —, a partida está encerrada.

Os outros homens se remexeram, prestes a se levantar.

— Não — sussurrou ela com a voz mais doce possível. — Podem ficar. Isso não vai demorar muito.

Marcus inclinou a cabeça para trás, a testa franzida.

Marcella sorriu.

— Você nunca foi o tipo de pessoa que fica remoendo o passado, Marcus. Eu adorava isso, o jeito como as coisas simplesmente seguiam em frente.

Ela ergueu um copo vazio da mesa.

— Ao meu marido — brindou, um instante antes que a destruição corresse para seus dedos numa explosão de luz vermelha.

O copo se dissolveu e os grãos de areia choveram na mesa de feltro. Uma onda de choque percorreu a mesa, e Marcus se lançou para a frente, como se fosse se levantar, mas Marcella não tinha a menor intenção de soltá-lo.

— A gente teve uma boa vida — sussurrou ela no ouvido dele conforme a raiva, a mágoa e o ódio aumentavam como o calor.

Ela não se conteve.

O marido havia lhe contado centenas de histórias sobre como os homens morriam. Ninguém ficava de boca fechada, não no fim. No fim, eles imploravam e suplicavam, choravam e gritavam.

Marcus não foi exceção.

Não demorou muito — não por causa de uma súbita misericórdia, Marcella simplesmente não conseguia se controlar o suficiente para prolongar aquilo. Ela *realmente* teria gostado de saborear cada momento. Teria gostado da chance de memorizar o rosto horrorizado dele, mas, veja só, essa foi a primeira coisa a desaparecer.

Ela teve que se contentar com o choque e o horror no rosto dos outros homens.

É claro que isso também não demorou muito.

Dois deles — Sam, é claro, e outro sujeito que ela não reconheceu — começaram a se levantar desajeitadamente.

Marcella suspirou, os restos do marido desmoronando quando ela o empurrou para o lado e puxou Sam pela manga.

— Já vai embora? — perguntou Marcella, com a destruição explodindo em seus dedos.

Ele tropeçou e caiu, o corpo se quebrando ao chegar ao chão. O outro homem sacou uma faca de um bolso falso do casaco, mas, quando investiu contra Marcella, ela envolveu a lâmina com a mão reluzente. A faca se de-

150

compôs e se esfarelou, a destruição se espalhando em questão de segundos do metal para o cabo e em seguida para o braço do sujeito. Ele começou a gritar e recolheu a mão, mas o apodrecimento já percorria o corpo como incêndio numa floresta, e ele desmoronou enquanto tentava fugir dela.

Os dois últimos continuaram sentados à mesa de pôquer, as mãos erguidas e os rostos paralisados. Durante toda a sua vida, os homens olharam para ela com luxúria, desejo. Mas isso era diferente.

Isso era *medo*.

E era muito bom.

Ela se sentou na cadeira do marido, acomodando-se em meio às cinzas ainda mornas. Usou um lenço para limpar um pedaço dele da mesa de pôquer.

— E então? — perguntou Marcella depois de um bom tempo. — Me coloquem no jogo

VII

QUATRO SEMANAS ANTES

ZONA LESTE DE MERIT

Quando jovem, Dominic não era de acordar cedo.

Mas o Exército tinha feito dele o tipo de pessoa que levanta-logo-daí--quando-ouve-a-porra-do-alarme e, de qualquer maneira, ele não dormia bem desde o acidente, por isso Dom já estava de pé no terceiro toque do despertador, às quatro e meia da manhã. Ele tomou banho, limpou o espelho embaçado do banheiro e se viu refletido.

Cinco anos tinham lhe feito muito bem. Ele não tinha mais o olhar atormentado de alguém com uma dor constante, nem a aparência abatida de um homem que tentava em vão se automedicar. No lugar, havia um soldado com músculos torneados nos ombros largos, braços bronzeados, costas eretas e o cabelo cortado curto nas laterais e penteado para trás em cima.

Ele tinha dado um jeito na vida também.

As medalhas estavam emolduradas na parede e não mais enroladas de qualquer jeito no gargalo de garrafas de bebida vazias. Ao lado delas estava pendurada uma radiografia. Cada placa e cada barra de metal, cada porca e cada parafuso, de todas as formas que juntavam os pedaços de Dominic, brilhavam em branco contra o pano de fundo dos músculos e da pele.

A casa estava limpa.

E *Dom* estava limpo.

Ele não bebia nem se drogava desde a noite em que desenterraram Victor — gostaria de poder dizer *desde a noite em que se conheceram*, quando Victor apagou a dor, mas o desgraçado havia *morrido* e deixado Dom na pior, num mundo cheio de sofrimento. Foram duas noites sombrias que ele não gostava de lembrar, mas a força de vontade de Dominic não vacilou desde então.

Nem mesmo quando Victor entrava em curto e a dor voltava com força total. Dom a encarava de punhos cerrados, tentava tratar os episódios como um lembrete e o alívio, como um presente.

Afinal de contas, podia ser pior.

Tinha sido pior.

Dom engoliu uma caneca de café quente demais e um prato de ovos com gemas moles demais, jogou a jaqueta sobre os ombros, pegou o capacete ao lado da porta e saiu para encarar a manhã cinzenta antes de o sol nascer.

Ela estava no lugar de sempre — uma moto preta bem simples, nada muito sofisticado, mas o tipo de coisa que ele sempre quis ter quando adolescente e nunca pôde comprar. Dom secou o sereno do banco antes de passar a perna por cima da moto, deu a partida e tirou um instante para apreciar o ronco baixo do motor antes de dar a partida.

Ele dirigiu pelas ruas vazias enquanto Merit despertava ao seu redor. Assim tão cedo, a maioria dos sinais estava aberta para ele, e Dom deixou a cidade em dez minutos. Merit afunilava dos dois lados antes de abrir caminho para campos vazios. O sol nasceu às suas costas enquanto o motor rugia debaixo dele e o vento golpeava o capacete e, por quinze minutos, Dom se sentiu livre.

Ele pegou a saída da estrada e diminuiu a velocidade, seguindo por um caminho sem sinalização. Depois de cinco minutos, Dom passou por um portão aberto, reduzindo ainda mais a velocidade ao ver o prédio.

De fora, não parecia grande coisa. Um hospital talvez. Ou uma fábrica de processadores. Uma pilha de blocos brancos dispostos num formato nada interessante. O tipo de lugar pelo qual qualquer um passaria sem prestar atenção, a menos que soubesse do que se tratava.

Se soubesse do que se tratava, o prédio se tornava mil vezes mais sombrio.

Dominic estacionou e desceu da moto, subindo os degraus da frente. As portas se abriram para um saguão branco imaculado, tão estéril que parecia puro. Havia um oficial de cada lado, um deles operava uma máquina de raios x e o outro, um scanner.

— Eu tenho partes de metal — lembrou-lhes Dom, apontando para a lateral do corpo.

O cara assentiu, tamborilando sobre a tela enquanto Dominic colocava o celular, as chaves, a jaqueta e o capacete na bandeja. Ele passou pela máquina, esperando a faixa de luz branca escanear seu corpo de cima a baixo antes de recuperar os pertences do outro lado. Ele desempenhava cada tarefa com o desembaraço adquirido pelo costume. Era incrível como as coisas eram normalizadas, como as ações eram impressas na memória.

O vestiário ficava na primeira porta à direita. Dom deixou a jaqueta e o capacete numa prateleira e vestiu seu uniforme, uma camisa preta de gola alta e mangas compridas. Lavou o rosto, ajeitou o cabelo e deu um tapinha no bolso da frente para se assegurar de que estava com a chave de acesso.

Depois de atravessar o saguão e subir dois andares, ele entrou com a chave de acesso na sala de controle e mostrou o cartão ao oficial sênior, onde seu rosto estava impresso com detalhes holográficos logo abaixo da palavra ONE.

— Dominic Rusher — disse ele com um sorriso largo — se apresentando para o serviço.

VIII

QUATRO SEMANAS ANTES
SUBÚRBIO DE MERIT

Stell se abaixou para passar pela fita amarela da cena do crime.

Ele não mostrou o distintivo — não precisava. Todo mundo ali trabalhava para o ONE. Para ele.

O agente Holtz estava postado na porta dos fundos.

— Senhor — cumprimentou ele, entusiasmado, o tom alegre demais para aquela hora da manhã.

— Quem denunciou o crime? — perguntou Stell.

— Um bom samaritano chamou a polícia. A polícia chamou a gente.

— É tão óbvio assim?

— Ah, é, sim — respondeu Holtz, segurando a porta para ele.

A agente Rios já estava na cozinha. Alta, bronzeada e de olhar inteligente, ela era o braço direito de Stell havia quase quatro anos. Estava recostada na bancada, de braços cruzados, observando um técnico tirando uma foto de uma pilha de... alguma coisa... no piso de azulejos. Um enorme diamante reluzia em meio à bagunça.

— É o mesmo perfil do hospital? — perguntou Stell.

155

— É o que parece — respondeu Rios. — Marcella Riggins, 32 anos, passou os últimos treze dias em coma depois que o marido tentou atear fogo na casa... com ela dentro. Não posso culpá-la por estar com raiva.

— A raiva é compreensível — comentou Stell. — O assassinato é um problema. — Ele olhou em torno. — Quantos mortos?

Rios endireitou o corpo.

— A gente acha que são quatro. É meio difícil de saber. — Ela apontou para a porta da cozinha. — Um — contou e, em seguida, virou-se e o levou pelo corredor até uma sala com mesa de pôquer e uma cena bastante sinistra. — Dois — continuou, indicando com a cabeça um cadáver destruído no chão. — Três. — Ela apontou para uma forma definhada, vagamente humana. — E quatro — terminou, apontando para a pilha de pó que cobria o encosto de uma cadeira e se derramava pela mesa de feltro. — O inferno não conhece fúria igual...

Stell contou o número de cadeiras.

— Algum sobrevivente?

— Se houve alguém, não procurou a polícia. A casa pertence a Sam McGuire — informou Rios. — É possível supor que ele está aqui... em algum lugar.

Holtz assoviou da porta.

— Você já viu algo assim antes?

Stell refletiu sobre a pergunta. Tinha visto muita coisa desde que foi apresentado aos EOS quinze anos antes. Vale, com a habilidade de modular a dor; Cardale, com a habilidade de se regenerar; Clarke, com a habilidade de controlar — e esses eram só o começo. A ponta do iceberg. Desde então, ele deparou com alguns EOS que podiam controlar o tempo, atravessar paredes, atear fogo em si mesmos, transformar-se em pedra.

No entanto, Stell tinha que admitir que aquilo era novidade.

Ele passou a mão pela bagunça em cima do feltro.

— O que é isso? Cinzas?

— Até onde se sabe — comunicou Rios — é Marcus Riggins. O que restou dele. Ou talvez seja isso aqui. Ou aquilo ali.

— Certo — disse Stell, batendo a palma das mãos para limpar a poeira. — Faz uma compilação dos relatórios. Eu quero relatório de *tudo*. Tudo o que aconteceu no hospital. Tudo o que aconteceu aqui. Fotos e especificações de todos os cadáveres, de todas as salas, com todos os detalhes, mesmo os que você achar que não importam. Vai tudo para o arquivo.

Holtz ergueu a mão como um estudante. Era impossível esquecer que ele era novo no trabalho.

— Para quem é o arquivo?

— Para o nosso analista — respondeu Stell. Mas ele sabia como os agentes e os técnicos gostavam de fazer fofoca. — Você deve ter ouvido falar dele como "o cão de caça".

— Bem — disse Holtz, olhando em volta —, não seria mais fácil trazer o cão até a cena em vez de tentar levar a cena inteira até o cão?

— Talvez sim — concedeu Stell —, mas a coleira dele não é muito comprida.

As luzes no pavilhão de celas do ONE se acenderam todas de uma só vez.

Eli Ever abriu os olhos voltados para o teto espelhado da cela, e viu — a si mesmo. Como sempre. Pele clara, cabelos castanhos, queixo forte; uma cópia do rapaz que tinha sido em Lockland. O melhor aluno da turma de medicina, o auge das possibilidades do que poderia ser. Era como se o banho gelado não tivesse apenas feito seu coração parar mas também tivesse congelado o próprio tempo.

Quinze anos, e, embora o rosto e o corpo permanecessem imutáveis, Eli havia envelhecido de outras formas. A mente tinha ficado mais afiada, mais calejada. Ele se libertou de alguns dos ideais da juventude. Sobre si mesmo. Sobre Deus. Mas esse tipo de mudança não aparecia no vidro refletido.

Eli se levantou da cama, alongou-se e andou descalço pela cela particular que, havia quase cinco anos, marcava os limites de seu mundo. Foi até a pia e jogou água fria no rosto; em seguida, atravessou a cela até a prateleira baixa que se estendia ao longo de uma das paredes, com pastas empilhadas por toda a sua extensão. Eram todas bege e comuns, com a exceção de uma — um arquivo grosso e preto na ponta com um nome impresso na frente. O nome *dele*. Eli nunca pegava aquele arquivo. Não precisava, tinha memorizado o conteúdo. Em vez disso, os dedos dançaram pelas lombadas antes de repousar num arquivo consideravelmente mais grosso que os demais, sem marcação, exceto por um simples x preto.

Um dos seus poucos casos não solucionados. Uma espécie de projeto de estimação.

O Caçador.

Eli se sentou à mesa no meio da cela e abriu o arquivo, folheou as páginas, passando pelos relatórios dos assassinatos mais antigos até chegar ao mais recente.

O nome do EO era Jack Linden. Um mecânico que morava a quase quinhentos quilômetros de Merit. Ele havia escapado do algoritmo do ONE, mas, ao que tudo indicava, não do Caçador. Uma foto da cena do crime mostrava o EO deitado de costas em meio a um mar de ferramentas. Ele havia levado um tiro à queima-roupa. Eli passou o dedo distraidamente pelo ferimento à bala.

Um alarme para isolar o pavilhão soou ali perto e, alguns segundos depois, a parede oposta a Eli na cela ficou mais clara, passando de branco sólido para fibra de vidro. Um homem atarracado, de cabelos grisalhos, estava de pé do outro lado, carregando mais um arquivo e, como sempre, uma caneca de café. Os últimos quinze anos podiam até não ter transformado Eli, mas cada ano deixou sua marca em Stell.

O homem indicou com a cabeça a pasta bege nas mãos de Eli.

— Alguma teoria nova?

Eli deixou que o arquivo se fechasse.

— Não — respondeu ele, colocando-o de lado e se levantando. — O que posso fazer por você, diretor?

— Tenho um caso novo — avisou Stell, colocando o arquivo e a caneca no cubículo de fibra de vidro. — Quero que me diga o que acha.

Eli se aproximou da barreira e pegou ambos os presentes.

— Marcella Riggins — leu em voz alta, voltando para a cadeira e tomando um longo gole da bebida.

Eli não *precisava* de café, assim como não precisava comer nem dormir, mas alguns hábitos tinham um aspecto psicológico. A caneca fumegante provocava uma pequena mudança em um mundo estático. Uma concessão, um suporte, mas que permitia a ele fingir, mesmo que por apenas um instante, que ainda era humano.

Eli deixou o café de lado e começou a ler o arquivo. Não era o bastante — nunca era —, mas era tudo o que lhe dariam. Uma pilha de papéis e o poder de observação de Stell. De modo que ele folheou página por página, passando rapidamente pelas provas e por suas consequências antes de fazer uma pausa numa foto de restos humanos com um diamante reluzindo em meio às cinzas. Ele pôs o arquivo de lado e ergueu o olhar para Stell, que o encarava com expectativa.

— Certo — disse Eli. — Podemos começar?

IX

CINCO ANOS ANTES
LOCALIZAÇÃO DESCONHECIDA

Depois que ele matou Victor, foi uma confusão total.

Primeiro, o caos. As luzes vermelhas e azuis, as sirenes, os policiais invadindo o Falcon Price e o instante terrível de perceber que eles não estavam do *seu* lado.

Então vieram as algemas, tão apertadas que cortavam os pulsos, e o capuz preto, que engoliu a visão do cadáver de Victor e do concreto grudento de sangue; que abafou as vozes, as ordens e as portas fechadas; que apagou tudo com exceção da sua própria respiração, do seu coração batendo acelerado, das suas palavras desesperadas.

Queimem o corpo. Queimem o corpo. Queimem o corpo.

Então veio a cela — que mais parecia uma caixa de concreto que uma sala —, e Eli batendo os punhos na porta tantas vezes que quebrou os dedos, que se curaram, e se quebraram, e se curaram; o sangue que manchava o aço era a única prova do que tinha feito.

E então, por fim, veio o laboratório.

Mãos forçaram Eli a se deitar, ele sentiu o aço frio nas costas e as faixas que o amarravam tão apertado que lhe machucavam a pele. Paredes claras e estéreis, luzes brilhantes demais e o cheiro de desinfetante.

No meio disso tudo, havia um homem vestido de branco com o rosto pairando acima do seu. Olhos escuros e profundos atrás de óculos de armação preta. As mãos cobertas por luvas cirúrgicas.

— Meu nome — disse o homem — é dr. Haverty.

Ele escolheu um bisturi enquanto falava.

— Bem-vindo ao meu laboratório.

Chegou mais perto.

— A gente vai chegar a um acordo.

E, em seguida, ele começou a cortar. *Dissecção* era a palavra usada quando o sujeito estava morto. *Vivissecção* era a palavra usada quando as cobaias ainda estavam vivas. Mas e quando não podiam morrer?

Qual era a palavra para isso?

A fé de Eli vacilou naquela sala.

Ele foi até o inferno naquela sala.

E o único sinal de que Deus existia era que, não importava o que Haverty fazia, ele continuava vivo.

Independentemente da sua vontade.

O tempo se alongava no laboratório de Haverty.

Eli achava que conhecia a dor, mas, para ele, a dor havia se tornado uma coisa intensa e fugaz, um desconforto momentâneo. Nas mãos do médico, ela se tornou um estado sólido.

— Sua regeneração é mesmo formidável — comentou o dr. Haverty, recuperando o bisturi com as mãos enluvadas manchadas de sangue. — A gente deve descobrir qual é o limite?

Você não é abençoado, dissera-lhe Victor. *Você é um experimento científico.*

Essas palavras voltaram à mente de Eli.

Assim como Victor.

Eli o via no laboratório, observava-o dar a volta na mesa atrás de Haverty, entrando e saindo de seu campo de visão enquanto estudava os cortes feitos pelo médico.

— Talvez você esteja no inferno.

Você não acredita no inferno, pensou Eli.

O canto da boca de Victor tremeu.

— Mas você, sim.

Toda noite, Eli desabava na cama, tremendo e enjoado depois das horas amarrado à mesa de aço.

E, toda manhã, aquilo recomeçava.

O poder de Eli tinha uma única falha — e, dez anos depois de Victor tê-la descoberto, Haverty também a descobriu. O corpo de Eli, apesar de toda a capacidade de regeneração, não conseguia expulsar objetos estranhos; se fossem bem pequenos, ele se curava em volta deles. Se fossem muito grandes — uma faca, uma serra ou uma pinça —, o corpo simplesmente não se curava.

Na primeira vez que o dr. Haverty arrancou seu coração, ele achou que *finalmente* fosse morrer. O médico ergueu o órgão para que ele o visse antes de cortar a última artéria que o prendia a Eli e, por uma fração de segundo, a pulsação dele vacilou, parou, as máquinas apitaram. Porém, assim que Haverty depositou o coração na bandeja esterilizada, já havia outro batendo no peito aberto de Eli.

O médico deixou escapar uma única palavra.

— Extraordinário.

A pior parte, pensou Eli, era que o dr. Haverty gostava de *falar*.

Ele não parava de querer conversar enquanto serrava, fatiava, furava e quebrava. Em particular, era fascinado pelas cicatrizes de Eli, pelo ponto-cruz brutal nas costas dele. As únicas marcas que jamais desapareceriam.

— Me conta sobre as cicatrizes — pedia ele, enfiando uma agulha na coluna de Eli. — São trinta e duas ao todo — acrescentava, perfurando os ossos de Eli. — Eu contei — avisava, abrindo o peito de Eli. — Você pode falar comigo, Eli. Eu sou todo ouvidos.

Mas Eli não podia falar, mesmo se quisesse.

Era necessária toda a sua força de vontade para não gritar.

X

VINTE E CINCO ANOS ANTES

A PRIMEIRA CASA

Certa vez, quando as marcas nas costas de Eli ainda eram recentes, ele disse a si mesmo que criaria asas.

Afinal de contas, sua mãe achava que ele era um anjo, mesmo que o pai dissesse que ele tinha o diabo no corpo. Eli nunca havia dado motivo para o pastor achar algo do tipo, mas o homem afirmava poder ver a escuridão nos olhos do menino. E, toda vez que a vislumbrava, ele pegava o filho pelo braço e o levava para a capela particular que havia ao lado da casa de madeira.

Eli costumava adorar a pequena capela — tinha uma janela panorâmica que ele achava a coisa mais linda, com um vitral vermelho, azul e verde e vista para o leste de modo a captar a luz da manhã. O piso era de pedra — era frio sob os pés de Eli, mesmo no verão — e, no centro da capela, havia uma cruz de metal enfiada na própria fundação. Eli se lembrava de achar que parecia violento o jeito como a cruz rachava o piso, como se ela tivesse sido atirada de uma altura inimaginável.

Na primeira vez que seu pai viu a escuridão, ele pousou uma das mãos no ombro de Eli para andarem juntos enquanto com a outra segurava uma tira de couro enrolada. A mãe de Eli observou os dois se afastarem, torcendo uma toalha.

— John — chamou ela apenas uma vez, mas o pai de Eli não olhou para trás, não parou até eles terem atravessado o quintal estreito e a porta da capela se fechar atrás dos dois.

O pastor Cardale mandou Eli ir até a cruz e se apoiar na barra horizontal. A princípio, Eli se recusou, choramingando, implorando, tentando se desculpar por seja lá o que ele tivesse feito. Mas não adiantou nada. O pai amarrou as mãos de Eli e bateu nele com mais força ainda por tê-lo desafiado.

Eli tinha 9 anos.

Mais tarde naquela noite, sua mãe cuidou das marcas furiosas das chicotadas nas suas costas e lhe disse que fosse forte. Pois Deus os testava, assim como seu pai. As mangas da camisa de sua mãe subiram um pouco enquanto ela pendurava faixas de pano gelado nos ombros machucados do filho, e Eli viu a ponta de antigas cicatrizes na parte de trás dos seus braços enquanto ela lhe dizia que tudo ia ficar bem, que as coisas iam melhorar.

E, por um tempo, as coisas sempre melhoravam.

Eli fazia todo o possível para ser um menino bom, digno. Para evitar o olhar furioso do pai.

Mas a calmaria nunca durava. Mais cedo ou mais tarde, o pastor vislumbrava o diabo no filho outra vez e o levava até a capela. Às vezes, as surras eram intercaladas por meses. Outras vezes, por dias. Às vezes, Eli achava que merecia. Até mesmo que precisava delas. Ele andava até a cruz, dobrava os dedos em torno da cruz fria de metal e rezava — não a Deus, não no começo, mas ao pai. Ele rezava para que o pai parasse de ver seja lá o que fosse que ele via enquanto esculpia novas penas nas asas arrancadas das costas de Eli.

Eli aprendeu a não gritar, mas seus olhos ainda ficavam embaçados de lágrimas e as cores do vitral se embaralhavam até que tudo o que ele via era luz. Ele se apoiava naquilo tanto quanto na cruz de aço sob seus dedos.

Eli não sabia o que havia de errado com ele, mas queria ser curado.

Ele queria ser salvo.

XI

QUATRO ANOS ANTES

ALA DO LABORATÓRIO DO ONE

Stell bateu com os nós dos dedos na bancada.
— Eu estou aqui para ver uma das suas cobaias — anunciou ele. — Eli Cardale.
— Lamento, senhor, ele está participando de testes.
Stell franziu o cenho.
— De novo?
Era a terceira vez que ele vinha visitar Eli, e a terceira vez que o enrolavam.
Na primeira vez, a desculpa foi crível. Na segunda, inconveniente. Agora, era claramente mentira. Ele não tinha dado uma carteirada até o momento, mas só porque queria evitar a dor de cabeça ou esse tipo de reputação. O ONE ainda era uma empreitada nova, uma empreitada *sua* — tão nova que o prédio ao seu redor nem estava terminado —, mas também era sua *responsabilidade*, e Stell sentia que havia algo errado. A suspeita o fisgava como uma úlcera.
— Essa é a mesma resposta que vocês me deram da última vez.
A mulher — Stell não sabia dizer se ela era médica, cientista ou secretária — mordeu a boca.
— Isso aqui é um laboratório de *pesquisas*, senhor. Testes são um componente regular...

— Então você não vai se incomodar de interromper a sessão de hoje.

A mulher franziu a testa.

— Para um paciente como o sr. Ever...

— Cardale — corrigiu Stell.

Ever era um apelido que o próprio Eli tinha se dado, engrandecedor e arrogante (ainda que um tanto profético). O nome verdadeiro dele era Eliot — Eli — Cardale.

— Para um paciente como o sr. *Cardale* — emendou ela —, os testes requerem um enorme preparo. Finalizar um exame antes do tempo seria um desperdício dos recursos do ONE.

— E isso é um desperdício do meu tempo. — Ele beliscou a ponte do nariz. — Eu vou assistir à sessão até ela terminar.

Uma sombra passou pelo rosto dela.

— Talvez seja melhor o senhor aguardar aqui...

Ao ouvir isso, a suspeita de Stell se transformou em temor.

— Me leva até ele. *Agora*.

XII

VINTE E TRÊS ANOS ANTES

A PRIMEIRA CASA

Eli se sentou nos degraus da varanda e olhou para o céu.

Era uma bela noite, as luzes vermelhas e azuis pintavam a casa, o gramado, a capela. A ambulância e a van do legista estacionaram na grama. Uma era desnecessária, a outra estava à espera.

Ele apertou uma Bíblia velha contra o peito enquanto policiais e médicos gravitavam ao seu redor como se estivessem numa órbita; perto, mas sem jamais tocá-lo.

— O menino está em choque — comentou um policial.

Eli não achava que isso fosse verdade. Ele não se sentia abalado. Não sentia nada além de calma. Talvez *isso* fosse o choque. Ele ficou esperando a calma passar, o zumbido constante na cabeça dar lugar ao horror, à tristeza. Mas não passou.

— Quem pode culpá-lo? Ele perdeu a mãe um mês atrás. E, agora, isso.

Perdeu. Era uma palavra estranha. *Perder* sugeria algo fora do lugar, algo que poderia ser recuperado. Ele não tinha perdido a mãe. No fim das contas, foi ele quem a encontrou. Deitada na banheira. Boiando num vestido branco manchado de rosa pela água, com as palmas das mãos voltadas para cima em súplica, os antebraços abertos do cotovelo ao pulso. Não, ele não a perdeu.

Ela o abandonou.

Deixou Eli sozinho, preso dentro de casa com o pastor John Cardale.

Uma médica pousou a mão no ombro de Eli e ele se encolheu, tanto por causa da surpresa do toque quanto da dor dos vergões ainda recentes sob a camisa. Ela falou alguma coisa. Ele não estava prestando atenção. Alguns instantes depois, eles trouxeram o corpo na maca. A médica tentou bloquear a visão de Eli, porém não havia nada para ele ver, apenas um saco preto. A morte higienizada. Arrumada. Estéril.

Eli fechou os olhos e trouxe de volta a imagem do pai caído na base da escada. Uma poça rasa vermelha se estendia ao redor da cabeça do pastor como um halo, embora o sangue parecesse preto no porão escuro. Os olhos molhados, a boca se entreabrindo e fechando.

O que seu pai ia fazer lá embaixo?

Eli jamais descobriria. Ele abriu os olhos e, distraído, começou a folhear a Bíblia.

— Quantos anos você tem? — perguntou a médica.

Eli engoliu em seco.

— Doze.

— Você tem algum parente próximo?

Ele fez que não com a cabeça. Tinha uma tia em algum lugar. Um primo, talvez. Mas Eli não os conhecia. Seu mundo era ali. A igreja do pai. A congregação. Havia uma lista de telefones, pensou ele, uma rede de contatos usada para avisar aos outros quando havia uma festa, um nascimento — ou uma morte.

A mulher se afastou e foi conversar com os dois policiais. Ela falava baixo, mas Eli conseguiu distinguir o que dizia:

— O menino não tem nada.

Porém, mais uma vez ela estava errada.

Eli não tinha mãe, nem pai, nem uma casa onde morar, mas ainda tinha fé.

Não por causa das cicatrizes nas costas ou de quaisquer sermões menos físicos que o pastor Cardale lhe dera. Não, Eli tinha fé por causa da sensação de quando empurrou o pai escada abaixo. De quando a cabeça do pastor se chocou no piso do porão. De quando ele, por fim, parou de se mexer.

Naquele momento, Eli se sentiu em *paz*. Como se tivesse endireitado um pedacinho do mundo.

Algo — alguém — guiou as ações de Eli, lhe deu a coragem para espalmar a mão nas costas do pai e empurrar.

O pastor havia caído muito rápido, quicando feito uma bola pelos velhos degraus de madeira antes de aterrissar estatelado lá embaixo.

Eli o seguiu bem devagar, dando cada passo com bastante cuidado enquanto tirava o celular do bolso. Mas não fez ligação nenhuma, não apertou o botão de chamada.

Em vez disso, Eli se sentou no último degrau a uma distância segura do sangue, com o telefone nas mãos, e esperou.

Esperou até o peito do pai ficar imóvel, até a poça de sangue parar de aumentar, até os olhos do pastor ficarem vazios.

Foi então que Eli se lembrou de um dos sermões do pai.

Aqueles que não acreditam na alma nunca testemunharam quando ela abandona o corpo de alguém.

Ele tinha razão, pensou Eli, enfim ligando para a emergência.

Havia mesmo uma diferença.

— Não se preocupa — disse a médica, voltando para a varanda da frente. — A gente vai achar um lugar para você ir.

Ela se ajoelhou diante dele, um movimento com a intenção de fazer com que ele sentisse que eram iguais.

— Eu sei que é assustador — continuou ela, embora não fosse. — Mas vou dizer para você uma coisa que sempre me ajuda quando eu estou desesperada. Todo fim é um novo começo. — Ela se endireitou. — Vem, vamos sair daqui.

Eli se levantou e desceu os degraus da varanda, seguindo-a.

Ele ainda estava esperando a sensação de tranquilidade desaparecer, mas isso não aconteceu.

Não desapareceu quando eles o levaram para longe da casa. Nem quando o puseram sentado na beirada da ambulância não usada. Nem quando dirigiram para longe de lá. Eli olhou para trás uma única vez, para a casa e a capela, e, em seguida, ele se virou e olhou para a frente.

Todo fim é um novo começo.

XIII

QUATRO ANOS ANTES

ALA DO LABORATÓRIO DO ONE

Stell entrou na sala de observação a tempo de assistir a um homem de jaleco branco abrir o peito de Cardale. O paciente estava preso a uma mesa de aço e o cirurgião usava algum tipo de serra e uma coleção de pinças e parafusos de metal. Eli não apenas estava vivo — ele estava *acordado*.

Havia uma máscara sobre o nariz e a boca do EO, com uma mangueira conectada a uma máquina atrás da cabeça dele; porém, seja lá qual fosse o medicamento que Eli estivesse recebendo, não parecia ser de grande ajuda. A dor estava estampada em cada músculo, o corpo inteiro se retesava nas amarras, a pele nos pulsos e nos cotovelos estava branca por causa da pressão. Uma faixa prendia a cabeça de Eli à mesa de aço, impedindo que ele visse a própria dissecção, embora Stell duvidasse de que ele precisasse olhar para saber o que estava acontecendo. Gotas de suor escorriam pelo rosto de Eli e para o couro cabeludo enquanto o cirurgião ampliava o corte no peito.

Stell não sabia o que esperava descobrir, mas não era nada *disso*.

Quando o cirurgião terminou de serrar o esterno do paciente e puxou e prendeu a pele, Cardale rosnou, o som baixo e abafado pela máscara. O sangue escorria do peito aberto, deixando grudenta a mesa de metal, cuja borda era muito baixa para conter o fluxo interminável. Fitas vermelhas transbordavam pela lateral, pingando no chão.

Stell ficou enjoado.

— Ele é notável, não acha?

Stell se virou e deu de cara com um homem de aparência comum, que tirava as luvas ensopadas de sangue. Atrás dos óculos de armação redonda, os olhos fundos do médico brilhavam, as pupilas dilatadas com o prazer da descoberta.

— Que merda é essa que você está fazendo? — exigiu saber Stell.

— Eu estou aprendendo — respondeu o médico.

— Você o está torturando.

— Nós o estamos estudando.

— Com ele *consciente*.

— É uma necessidade — disse o médico com um sorriso paciente. — As habilidades de regeneração do sr. Cardale fazem com que qualquer tipo de anestesia seja inútil.

— Então por que ele está usando uma máscara?

— Ah — começou o médico —, esse foi um dos meus momentos de maior genialidade. Nós não somos capazes de *anestesiá-lo*, mas isso não significa que não possamos diminuir um pouco suas funções. A máscara faz parte de um sistema de privação de oxigênio. Ela reduz a quantidade de ar respirável para vinte e cinco por cento. Ele está usando todas as suas habilidades de regeneração para prevenir o dano causado às células pela falta de ar, o que faz com que tenhamos um pouco mais de tempo para explorar o restante do corpo antes que ele se regenere.

Stell olhou para o peito de Eli, que subia e descia com dificuldade. Desse ângulo, quase conseguia ver o coração dele.

— A gente nunca encontrou um EO como o sr. Cardale — prosseguiu o médico. — A habilidade dele, se descobrirmos uma maneira de controlá-la, pode revolucionar a medicina.

— As habilidades dos EOS não podem ser controladas — interveio Stell. — Elas não são transferíveis.

— Ainda não — retrucou o médico. — Mas, se conseguirmos entender...

— Basta — interrompeu Stell, petrificado pela visão do corpo de Eli destruído. — Mande-os parar.

O médico franziu o cenho.

— Se retirarem os grampos, ele vai se regenerar e vamos ter que recomeçar tudo. Eu insisto que...

— Qual é o seu nome?

— Haverty.

— Bem, dr. Haverty, eu sou o *diretor* Stell. E estou finalizando oficialmente esse experimento. Faça com que parem ou você vai perder o seu emprego.

O sorriso doentio desapareceu do rosto de Haverty. Ele pegou um microfone na parede da sala de observação e o ligou.

— Terminem a sessão — ordenou ele aos cirurgiões que ainda estavam na sala.

Os homens e as mulheres hesitaram.

— Eu já disse: terminem — repetiu Haverty, secamente.

Os cirurgiões começaram a remover metodicamente os diversos parafusos e pinças da cavidade torácica de Eli. No mesmo instante, o corpo do EO começou a relaxar. Suas costas mergulharam na mesa de metal e suas mãos se abriram, a cor voltava aos seus membros conforme o corpo se remontava. As costelas retornaram ao lugar. A pele se assentou e se fundiu. As rugas desapareceram do seu rosto. E a respiração, embora ainda ofegante (eles não tiraram a máscara), começou a se regularizar.

O único sinal de que algo horrível havia acontecido era a quantidade absurda de sangue formando uma poça na mesa e no chão.

— Está feliz agora? — resmungou o dr. Haverty.

— Estou muito longe de estar feliz — retrucou Stell, saindo enfurecido da sala de observação. — E você, dr. Haverty, está demitido.

174

— Encosta a testa na parede e coloca as mãos na abertura.

Eli fez o que mandaram, tateando em busca da abertura na fibra de vidro. Ele não conseguia enxergar nada — seu mundo se transformou numa parede sarapintada de preto desde que os soldados colocaram o capuz na sua cabeça e o arrastaram para fora da cela de concreto naquela manhã. Ele sabia, antes mesmo que eles chegassem, que havia algo errado — não, não errado, mas sem dúvida *diferente*. Haverty era um homem metódico, e, embora Eli não soubesse as horas com precisão, ele tinha a ligeira impressão de que a última sessão havia terminado de modo abrupto.

Ele encontrou a abertura na fibra de vidro, uma espécie de prateleira rasa, e pousou os pulsos na borda. Mãos o puxaram mais para dentro da abertura, mas, pouco depois, as algemas foram retiradas.

— Dá três passos para trás.

Eli recuou, esperando se chocar em outra parede, mas encontrou apenas mais espaço vazio.

— Pode tirar o capuz.

Eli o fez e foi pego de surpresa pela claridade repentina do espaço. Entretanto, ao contrário da luz estéril da sala de cirurgia, a dali era fria e clara, sem ser ofuscante. Ele estava de frente para uma parede de fibra de vidro do chão ao teto, perfurada por buracos e interrompida apenas pelo cubículo estreito em que havia colocado as mãos. Do outro lado, havia três soldados com equipamento de uma tropa de choque, o rosto oculto por um capacete. Dois deles empunhavam cassetetes — aguilhões, julgando pelo leve zumbido e pela corrente de luz azul. O terceiro estava enrolando as algemas descartadas.

— Por que eu estou aqui? — perguntou Eli, mas os soldados não responderam.

Eles simplesmente deram meia-volta e foram embora, os passos ecoando no chão conforme se retiravam. Em algum lugar, uma porta foi aberta, fechada e pressurizada e, ao fazer isso, o mundo do outro lado da fibra de vidro desapareceu; a parede, que era transparente até poucos segundos antes, ficou opaca.

Eli se virou, examinando os novos arredores.

A cela era um pouco maior que um grande cubo, mas, depois dos meses que passou preso a diversas superfícies e encarcerado numa cela pouco maior que um túmulo, Eli se sentia grato pela oportunidade de poder se *mover*. Ele traçou o perímetro da cela, contou os passos, observou cuidadosamente suas características assim como a falta delas.

Ele notou que havia quatro câmeras alinhadas no teto. Não havia janelas, nenhuma porta evidente (tinha escutado a barreira de fibra de vidro se retrair para dentro do chão e se erguer de novo atrás dele), só uma cama, uma mesa com uma cadeira e um canto equipado com vaso sanitário, pia e chuveiro. Um guarda-roupa que consistia apenas em algodão cinza estava dobrado numa prateleira.

O fantasma de Victor passou a mão pelas roupas dobradas.

— E assim o anjo troca o inferno pelo purgatório — filosofou o fantasma.

Eli não sabia o que era aquele lugar — sabia apenas que não estava amarrado nem sendo cortado, e isso já era uma melhora. Ele tirou as roupas e entrou no chuveiro, deleitando-se com a liberdade de poder abrir e fechar a água, e se livrou do cheiro de álcool, sangue e desinfetante, esperando que a água sob seus pés ficasse espessa com a imundície de um ano de tortura. No entanto, Haverty sempre foi meticuloso. Ele lavava Eli com uma mangueira toda manhã e toda noite, de modo que as únicas evidências fossem as cicatrizes invisíveis.

Eli se sentou na cama, encostou-se na parede e esperou.

XIV

VINTE E TRÊS ANOS ANTES

A SEGUNDA CASA

A rede de contatos funcionou.

Eli chegou à casa da família Russo naquela noite com uma mochila cheia de roupas e sabendo que a estadia seria temporária. Era um lugar onde poderia esperar até as autoridades encontrarem algum parente vivo disposto a buscá-lo.

A sra. Russo o recebeu à porta de robe. Era tarde, e os filhos — eram cinco ao todo, com idades variando de 6 a 16 anos — já estavam dormindo. Ela pegou a mochila de Eli e o levou para dentro. A casa era quente e acolhedora com os sinais de que havia gente morando nela, as superfícies exibiam arranhões, as quinas eram arredondadas.

— Coitadinho — comentou em voz baixa com ar maternal a sra. Russo enquanto levava Eli para a cozinha.

Ela fez um gesto para que ele se sentasse à mesa e continuou murmurando, mais para si mesma que para ele. O tom dela era muito diferente do de sua mãe, cujas palavras sussurradas sempre tiveram certo toque de desespero. *Meu anjo, meu anjo, você tem que ser bom, tem que ser iluminado.*

Eli se acomodou em uma cadeira bamba e baixou os olhos para as mãos, ainda esperando que o choque viesse ou fosse embora, seja lá o que sua mente escolhesse. A sra. Russo colocou uma caneca com um líquido quente na sua frente e ele a envolveu com os dedos. Estava quente — de modo desconfortável —, mas ele não a largou. A dor era familiar, quase bem-vinda.

E agora?, pensou Eli.

Todo fim é um novo começo.

A sra. Russo se sentou do outro lado da mesa. Ela estendeu os braços e envolveu as mãos dele com as suas. Eli se encolheu ao toque, tentou se afastar, mas ela o segurou firme.

— Você deve estar sofrendo muito — comentou ela.

E estava — a caneca estava queimando suas mãos, mas Eli sabia que a sra. Russo se referia a um tipo de dor mais profundo e significativo, e *essa* era uma dor que ele não sentia. A grande verdade é que fazia anos que Eli não se sentia tão leve.

— Deus nunca nos faz passar por algo que não podemos suportar — continuou ela. Eli se concentrou na pequena cruz de ouro pendurada no pescoço dela. — Mas somos nós que devemos encontrar o propósito na dor.

O propósito na dor.

— Vamos — chamou ela, dando tapinhas na mão dele. — Vou arrumar o sofá para você.

Eli nunca foi de dormir bem.

Ele passava metade da noite ouvindo o pai andando do outro lado da porta, como um lobo no bosque atrás da casa. Um predador se aproximando demais. Mas a casa da família Russo era silenciosa, calma, e Eli ficou acordado, maravilhado com como oito corpos sob um só teto podiam ocupar menos espaço que dois.

A calmaria não durou.

Em certo momento, Eli deve ter cochilado, porque acordou com o som de risadas estridentes, a luz da manhã e um par de grandes olhos verdes o observando do canto do sofá. A filha mais nova da família Russo estava empoleirada ali, olhando para ele com uma mistura de interesse e suspeita.

Quatro corpos barulhentos entraram de repente na sala, uma cacofonia de membros e sons. Era sábado, e os filhos dos Russo já estavam brincando pela casa. Eli passou a maior parte do tempo tentando ficar fora do caminho deles, mas essa era uma tarefa difícil numa casa tão cheia de gente.

— Esquisitão — disse um dos meninos, esbarrando nele nas escadas.

— Ele vai ficar quanto tempo? — perguntou outro.

— Seja cristão — pediu a sra. Russo.

— Ele me dá arrepios — disse o mais velho.

— Qual é o seu problema? — quis saber a mais nova.

— Nenhum — respondeu Eli, embora não soubesse ao certo se isso era verdade.

— Então age de um jeito normal — mandou ela, como se isso fosse muito simples.

— Como é ser normal? — perguntou ele e, nessa hora, a menina emitiu um som baixo e exasperado e saiu correndo dali.

Eli ficou esperando que alguém viesse buscá-lo para levá-lo para longe — embora não soubesse para onde iriam levá-lo —, mas o dia se passou, a noite caiu e ele continuou lá. A primeira noite foi a única que passou sozinho. Acomodaram-no no quarto dos meninos depois disso, num colchão enfiado num canto. Ele ficou lá deitado, ouvindo os outros meninos dormirem com uma mistura de aborrecimento e inveja, os nervos sensíveis demais para que pudesse descansar em meio a todo aquele barulho de movimento.

Por fim, ele se levantou e desceu a escada, esperando roubar algumas horas preciosas de silêncio no sofá.

O sr. e a sra. Russo estavam na cozinha, e Eli os ouviu conversando.

— Tem algo errado com aquele menino.

Eli ficou no corredor, prendendo a respiração.

— Ele é muito calado.

A sra. Russo suspirou.

— Ele passou por maus bocados, Alan. Ele vai ficar bem.

Eli voltou para o quarto dos meninos e se deitou no colchão. Lá, no escuro, as palavras se repetiram.

Calado. Esquisitão. Estranho.

Ele vai ficar bem.

Age de um jeito normal.

Eli não sabia o que era normal, nem mesmo qual era a aparência da normalidade. No entanto, ele passou a vida toda estudando as variações de humor do pai e os silêncios da mãe, a maneira como a atmosfera da casa mudava como o céu antes de uma tempestade. Agora, ele observava como os filhos da família Russo faziam algazarra e percebia a diferença sutil entre humor e agressão.

Ele analisava a confiança com que o mais velho — um menino de 16 anos — se movia entre os irmãos mais novos. Estudava a inocência fingida que o mais novo usava para conseguir o que queria. Examinava o modo como os rostos se contorciam numa pantomima de emoções como aborrecimento, nojo e raiva. Mais que tudo, estudava a alegria deles. O jeito como os olhos brilhavam quando eles estavam contentes, os variados tons das risadas, as dezenas de maneiras como os sorrisos reluziam ou se suavizavam, dependendo da natureza exata do deleite.

Eli jamais soube que havia tantos tipos de felicidade, muito menos tantas formas de expressá-la.

Porém, os estudos foram interrompidos quando, depois de apenas duas semanas com a família Russo, Eli se viu sem raízes de novo, colocado com outra família, em outra casa.

Age de um jeito normal, disse a menina Russo.

Então Eli tentou mais uma vez. Era um recomeço. Não foi uma imitação perfeita, nem de longe. Mas foi uma melhoria. As crianças ainda o xingavam na casa nova, mas os xingamentos eram outros.

Tímido, calado e *esquisitão* deram lugar a *estranho, curioso* e *intenso*.

Logo veio outra família, assim como outra chance.

Outra oportunidade para reinventar, modificar e ajustar alguns aspectos da atuação.

Eli testava seu teatro com as famílias como se elas fossem uma plateia e usava as críticas imediatas e constantes para aprimorar o desempenho.

Aos poucos, *estranho, curioso* e *intenso* foram refinados e aperfeiçoados para *charmoso, concentrado* e *esperto*.

Foi então que outra coisa mudou.

Outro carro parou e o levou para longe, mas, dessa vez, não o deixou com pessoas do rebanho do pai.

Dessa vez, o carro o levou até a *família*.

Patrick Cardale não acreditava em Deus.

Ele era um sobrinho afastado de John, filho de uma tia falecida que Eli nunca chegou a conhecer. Patrick era professor em uma universidade local, casado com uma pintora chamada Lisa. Eles não tinham filhos. Ninguém que Eli pudesse imitar. Nenhuma cortina de normalidade nem ruído em que pudesse se esconder.

Eli se sentou no sofá diante deles. Uma plateia cativa. Um monólogo.

— Quantos anos você tem? — perguntou Patrick. — Doze?

— Quase 13 — respondeu Eli. Já fazia mais de seis meses desde o acidente do pastor Cardale.

— Lamento que a gente tenha demorado tanto — desculpou-se Patrick, com as mãos entre os joelhos.

Lisa pousou a mão no ombro dele.

— A gente tem que ser sincero: não foi uma decisão simples.

Patrick se remexeu.

— Eu sabia que você tinha sido criado de determinada maneira. E sabia que não poderia lhe dar isso. John e eu não concordávamos em nada.

— Eu também não concordava com ele — acrescentou Eli.

Ele percebeu que os havia deixado desconfortáveis, então sorriu. Não um sorriso muito largo, mas o suficiente para que Patrick soubesse que ele estava bem.

— Vamos — chamou Lisa, levantando-se. — Vou levar você até o seu quarto.

Eli se pôs de pé para ir atrás dela.

— A gente pode encontrar uma igreja para você — acrescentou ela, guiando-o pelo corredor. — Se for importante.

Mas ele não precisava de igreja. Não porque tivesse desistido de Deus — mas porque a igreja era o único lugar em que Eli jamais O sentiu. Não, Deus esteve junto de Eli no alto da escada do porão. Deus lhe deu cada uma daquelas famílias para que pudesse aprender. Deus o guiou até aqui, até essa casa e esse casal, até essa nova chance.

Quando chegaram ao quarto, Eli viu que era confortável e limpo. Tinha uma cama de casal, um guarda-roupa e uma mesa. Havia dois quadros pendurados acima da mesa, desenhos anatômicos — um era de uma mão e o outro, o diagrama de um coração humano. Eli parou diante deles e ficou estudando as linhas, surpreso com a complexidade e a elegância.

— Pode tirá-los da parede se não gostar deles — ofereceu Lisa. — Pode fazer o que quiser com o quarto. Pendura pôsteres ou seja lá o que meninos da sua idade gostam.

Eli olhou de relance para ela.

— Eu vou ficar quanto tempo?

Lisa arregalou os olhos de surpresa. O rosto dela parecia um livro aberto — era essa a expressão que usavam. Eli nunca a havia entendido até olhar para Lisa.

— Pelo tempo que você quiser. Essa é a sua casa agora.

Eli não sabia como responder a isso. Esteve vivendo em parcelas de poucos dias ou semanas, o que não era uma vida de verdade, é claro. Agora, o futuro se estendia diante dele medido em meses, anos.

Eli sorriu e, dessa vez, o sorriso pareceu quase natural.

XV

QUATRO ANOS ANTES

ONE

Stell afundou na cadeira de escritório e aguardou a ligação.

A sala dele, assim como o restante do ONE, era composta de linhas limpas, esparsas e minimalistas. Três telas finas formavam um semicírculo sobre a mesa enquanto uma vasta grade de monitores na parede exibia imagens de cada corredor, ponto de acesso e cela.

As celas do ONE eram cubos de fibra de vidro de última geração, cada um deles flutuando no meio do próprio hangar de concreto. A maioria dos monitores na parede ainda estava desligada, já que as câmeras posicionavam-se em alas não finalizadas ou com vista para celas vazias, mas, no monitor central, Eli andava de um lado para o outro nos limites da cela como um leão traçando a fronteira da jaula.

E pensar que nada disso teria sido possível sem Eliot Cardale.

Eli Ever.

Stell pegou um cartão de visita e distraidamente o virou entre os dedos. A palavra ONE, impressa com verniz localizado, só era visível quando captava luz.

Sim, o ONE havia sido ideia de Stell, mas, a princípio, era uma proposta vaga, motivada pelo seu histórico com Vale e Cardale, pelo que ele conseguiu impedir, mas também pelo que não conseguiu. Pelo fato de que, dez anos antes, Stell prendeu Victor e deixou Eli solto, e, por causa dessa escolha — por ele não ter visto além do óbvio, por não ter percebido um pretexto mentiroso —, trinta e nove pessoas morreram. Isso o assombrava. Isso o atormentava.

Tinha que haver uma maneira de encontrar e conter os EOS. Talvez, algum dia, de usá-los. É verdade que os EOS eram perigosos, alguns de modo catastrófico, mas e se entre os perdidos e os loucos houvesse pessoas que podiam ser consertadas, ter um propósito na vida, tornarem-se seres completos? E se a morte não mudasse a natureza de uma pessoa, mas apenas a amplificasse?

Por essa lógica, um soldado ferido ainda poderia querer servir.

Esse era o foco, o ponto distinto no centro das ideias de Stell. Um mundo em que os EOS habilidosos poderiam ajudar a combater o crime em vez de cometer crimes. E onde o restante pudesse ser contido, impedido de cometer mais atrocidades.

Um toque alto e breve sinalizou a ligação recebida.

A curva de telas na mesa de Stell se iluminou.

Stell moveu os dedos pelo ar para atender a ligação e, segundos depois, uma sala de reunião surgiu diante dele, com cinco figuras austeras sentadas ao redor de uma longa mesa de madeira.

O conselho da diretoria.

Três homens e duas mulheres, todos de terno escuro — o uniforme tanto das agências governamentais como das particulares. Eles pareciam cópias uns dos outros. O mesmo cabelo preto, os mesmos olhos apertados, a mesma expressão de tédio.

— Diretor — começou um homem de terno grafite —, o senhor se importa de explicar por que retirou uma valiosa cobaia do laboratório e demitiu um dos nossos mais proeminentes e importantes cientistas?

— Ele estava *dissecando* um EO.

O silêncio que se seguiu não carregava tensão alguma; muito pelo contrário, era um silêncio vazio. Os membros da diretoria o encaravam como se ele não tivesse respondido à pergunta, como se não vissem problema nenhum.

— Até onde sei — disse Stell, juntando os dedos —, eu sou o diretor dessa instituição. Mudanças na equipe estão fora da minha alçada?

— É claro que não, *diretor* — disse uma mulher de azul-marinho. — O senhor tem uma compreensão profunda das necessidades e dos desafios do ramo. No entanto...

— O ONE pode ser uma operação sua — interrompeu um homem de preto —, mas somos nós que a financiamos.

— E, como fundo de financiamento — interveio o homem de grafite —, precisamos saber se o nosso dinheiro está sendo bem empregado. É de interesse da segurança nacional.

Esta última frase foi acrescentada de última hora, no improviso. Até parece que aqueles cinco lobos de terno escuro não estavam em busca de lucro.

— Os métodos de Haverty podem ter sido questionáveis — comentou a mulher de azul-marinho —, mas a pesquisa dele era promissora. E, por falar no seu EO, as habilidades dele o qualificavam de forma única para suportar aquela pesquisa. Agora, o senhor nos privou tanto do cientista *quanto* da cobaia.

— Vamos falar sobre o EO — entrou na conversa outra voz, vinda de uma mulher de preto. — Eliot Cardale. Apelido: Eli Ever. O que o senhor fez com ele?

— Ele foi realocado para uma cela na unidade de contenção.

— Com que finalidade?

— Para ser contido — respondeu Stell. — Eli Cardale matou quase quarenta pessoas.

Um homem de cinza se aproximou da mesa.

— Mas em sua maioria EOS, certo?

— E isso deveria melhorar a situação?

O homem fez um gesto com a mão que indicava que Stell não deveria se preocupar com isso.

— Eu só estou dizendo que a cobaia já tem uma habilidade comprovada.

— Matar EOS.

— Rastreá-los.

— Não é para isso que a *sua* organização existe? — perguntou a mulher de azul-marinho. — Encontrar e conter os EOS antes que eles possam ferir alguém?

— É, sim — concordou Stell entre os dentes.

— Então — acrescentou o homem de preto — sugiro que faça bom uso dele.

As luzes se apagaram e se acenderam de novo, e Eli continuava sozinho.

A noite passou e ninguém veio buscá-lo. Ninguém o arrastou da cela. Ele se perguntou se foi assim que Victor se sentiu na prisão. A espera interminável. A completa solidão.

Eli se inclinou para a frente, os cotovelos apoiados nos joelhos. Entrelaçou os dedos, mas, em vez de rezar, olhou sobre os nós dos dedos para a parede mais distante e apurou os ouvidos, aguçando os sentidos à procura de alguma pista. A única coisa que encontrou foi o silêncio abafado do covil.

— Vai ficar sentado aí sem fazer nada? — criticou Victor, de volta para assombrá-lo. — Tão complacente.

Eli se levantou e foi até a divisória de fibra de vidro, deu batidinhas na superfície com os nós dos dedos e, em seguida, espalmou a mão nela para testar o material.

— Posso garantir — disse uma voz familiar — que a cela é mais forte do que parece.

A parede clareou como uma cortina caindo de uma janela e do outro lado do vidro estava Joseph Stell. A última vez que Eli viu o policial foi no Falcon Price, de pé sobre o corpo de Victor enquanto a equipe da SWAT o arrastava para longe de lá.

— Detetive — cumprimentou ele.

— Na verdade, agora eu sou *diretor*.

— Parabéns — disse Eli com frieza. — Diretor do quê?

Stell estendeu as mãos.

— Desse lugar. Seu novo lar. O departamento de Observação e Neutralização de ExtraOrdinários. — Ele se aproximou do vidro. — Acho que o senhor vai admitir que é uma grande melhoria se comparada às suas circunstâncias anteriores.

— E, como *diretor*, presumo que você também fosse o responsável por elas.

A expressão de Stell ficou sombria.

— Eu não fui adequadamente informado sobre os métodos do laboratório. Se soubesse, aquilo não teria sido permitido. Assim que descobri, o senhor foi retirado de lá e a divisão de testes foi descontinuada. Se servir de consolo, Haverty também foi demitido.

— Consolo... — ecoou Eli, esticando os dedos na fibra de vidro.

— Devo avisá-lo — disse Stell — que, se o senhor tentar destruir alguma dessas paredes, um alarme soará e a superfície vai ficar eletrificada. Tente mais uma vez e, bem, nós dois sabemos que o senhor não vai morrer, mas vai doer bastante.

A mão de Eli se afastou.

— Você foi meticuloso.

— Eu já o subestimei uma vez, sr. Cardale. Não tenho a intenção de repetir o erro.

— Eu nunca representei perigo algum para você, diretor Stell. Sua energia e seus recursos não seriam mais bem empregados nos EOS que representam uma ameaça à população em geral?

A boca de Stell se contorceu num sorriso austero.

— O senhor matou trinta e nove pessoas. Até onde sabemos. O senhor é um assassino em massa.

A quantidade correta estava perto dos cinquenta, mas Eli não disse nada. Em vez disso, ele se virou e examinou a cela.

— E o que eu fiz para merecer tais acomodações?

Stell pegou uma pasta simples de cartolina e a passou pela abertura na fibra de vidro. Eli se virou e a pegou, folheando as páginas. Era um perfil, bastante parecido com aqueles que o Departamento de Polícia de Merit desenvolveu seguindo suas instruções.

— O senhor possui uma habilidade singular e comprovada — declarou Stell. — Está aqui para nos ajudar a rastrear e capturar outros...

Eli deu uma risada curta e sem humor.

— Se você queria que eu o ajudasse a caçar os EOS — desdenhou ele, jogando o perfil em cima da mesa —, não deveria ter me colocado numa cela.

— Ao contrário do senhor, nós tratamos a execução como último recurso.

— Meias medidas, então.

— Medidas *humanitárias*.

— A hipocrisia em ação. — Eli balançou a cabeça. — O que você está fazendo, o que o ONE está fazendo, não é nada mais que uma versão sem graça do meu trabalho. Então por que eu estou preso aqui? — Eli chegou o mais perto dele que podia com a fibra de vidro. — Discorde dos meus métodos, Stell. Duvide da minha motivação. Mas você é um tolo se acha que o que está fazendo é diferente. A única diferença entre nós é que você insiste de maneira ingênua em preservar algo que eu sei que deveria ser destruído. Você quer fazer de conta que capturar os EOS é um ato de misericórdia. Com que finalidade? Para conseguir dormir bem sem o sangue deles nas suas mãos? Ou para aumentar a coleção de espécimes e brincar de Deus com os corpos? Porque eu já brinquei de Deus uma vez, Stell, e não acabou nada bem. — Eli balançou nos calcanhares. — Eu passei dez anos tentando consertar o meu erro e desfazer os danos que causei. Sim, eu matei um monte de EO, mas não foi por crueldade, ou violência, ou inveja. Eu fiz aquilo para proteger as pessoas, seres humanos vivos e inocentes, dos monstros que encontrei na escuridão.

— O senhor tem tanta certeza assim de que eles são *todos* monstros? — desafiou Stell.

— Tenho — respondeu ele, com firmeza. Houve uma época em que Eli achava que esse rótulo não se aplicava a ele. Agora, tinha ciência da verdade. — Os EOS podem até parecer humanos, Stell, mas não pensam nem agem como pessoas.

Victor teria enumerado uma lista de sintomas — percepção alterada das consequências, falta de remorso, egocentrismo, comportamento e características mais acentuados —, mas Eli disse apenas:

— Eles não têm alma. — E balançou a cabeça. — Você quer salvar os EOS? Salve-os de si mesmos. Coloque-os no cemitério, que é onde deveriam estar. Se esse não for o seu plano, eu não tenho a menor intenção de ajudá-lo.

Em resposta, Stell colocou outra pasta na abertura na fibra de vidro, dessa vez preta.

Eli olhou de relance para o arquivo.

— Você não ouviu o que eu disse?

— Não é outro dossiê — corrigiu Stell. — É a outra opção que você tem.

Eli notou o próprio nome impresso na frente do arquivo. Não esticou a mão para pegar a pasta, não precisava — ele sabia o que era, o que significava.

— Tira o dia para pensar a respeito — sugeriu Stell. — Eu volto amanhã para ouvir a sua resposta.

Ele recuou e a parede se tornou sólida de novo em seu rastro, transformando a cela num túmulo. Eli cerrou os dentes. E, em seguida, tirou a pasta preta da bandeja e a levou até a mesa, onde já esperava o arquivo fino de papel pardo.

Eli afundou na cadeira e abriu o arquivo. A primeira coisa era uma radiografia em preto e branco, aparentemente inócua. Ele virou a página e viu uma ressonância magnética, o corpo iluminado em vermelho, azul e verde. Então virou mais uma página e sentiu a garganta se fechar ao ver a primeira foto. O peito de um homem — *seu* peito — mantido aberto por pinças de metal para exibir as costelas, os pulmões, um coração batendo.

Todo estudante de medicina praticava dissecções. Eli fez mais de dez no primeiro ano de faculdade, arrancou e prendeu a pele de pequenos animais para deixar o caminho livre para examinar os órgãos abaixo dela. As fotos na pasta preta o fizeram se lembrar daquilo. A única diferença, é claro, era que *Eli* estava vivo no processo.

Já não sentia mais a dor em si; porém, a lembrança dela estava gravada nas suas células nervosas, ecoava em seus ossos.

Eli queria jogar o arquivo longe, queria rasgá-lo em pedacinhos, mas sabia que estava sendo observado — já havia notado as câmeras dispostas no teto e imaginou Stell em algum tipo de sala de controle com uma expressão arrogante. Sendo assim, Eli permaneceu sentado e virou cada página do documento gráfico e medonho, estudando cada foto, cada diagrama, cada anotação rabiscada, cada aspecto da tortura descrito com detalhes estéreis, memorizando a pasta preta de modo a jamais precisar olhar para ela de novo.

Você não é abençoado, nem divino, nem tem uma missão. Você é um experimento científico.

Talvez Victor tivesse razão.

Talvez Eli fosse tão imperfeito, tão amaldiçoado quanto qualquer EO. É verdade que ele não havia sentido aquela presença na noite em que matou Victor. Não sentiu nada nem remotamente parecido com paz.

Mas isso não o eximia de sua tarefa.

Ele ainda tinha um propósito. Uma obrigação. De salvar outras pessoas, mesmo que não pudesse salvar a si mesmo.

XVI

VINTE ANOS ANTES
A QUINTA CASA

Eli passou os dedos pela capa do livro.

Era enorme, pesado, e cada página detalhava as maravilhas e os milagres do corpo humano.

— Eu achava que ia ser melhor se a gente te desse ingressos para algum jogo — disse Patrick —, mas Lisa insistiu...

— É perfeito — interrompeu Eli.

— Viu só? — disse Lisa, olhando por cima dos ombros de Patrick. — Ele quer ser médico. Tem que começar cedo para isso.

— Do sacerdócio à medicina — refletiu Patrick. — John deve estar se revirando no túmulo.

Eli riu, um som fácil, praticado à perfeição. A verdade era que ele não via as duas opções como coisas excludentes. Eli teve a visão de Deus no dia em que chegou, nas ilustrações penduradas na parede; via-O de novo agora, nas páginas desse livro, no encaixe perfeito dos ossos, na vasta complexidade do sistema nervoso, no cérebro — a centelha, assim como a fé, que transformava um corpo em um homem.

Patrick balançou a cabeça.

— Que menino de 15 anos ia preferir um livro...

— Você acharia melhor se eu tivesse pedido um carro? — perguntou Eli, lançando-lhe um sorriso enviesado.

Patrick deu um tapinha no seu ombro. Nessa época, Eli não se encolhia mais.

Ele voltou a atenção para o livro de anatomia. Talvez seu interesse não fosse estritamente normal, mas ele podia se dar ao luxo de ter essa pequena divergência.

Aos 15 anos, a personalidade que ele havia construído era quase perfeita. No dia seguinte à sua chegada, Patrick e Lisa o matricularam na escola, e Eli aprendeu da maneira mais difícil que um curso de seis meses em normalidade não era uma base muito sólida para o que ele precisaria para sobreviver. Porém, era uma escola grande, e Eli era bom aluno, e logo *charmoso*, *concentrado* e *esperto* não apenas foram consolidados como também acompanhados por *bonito*, *amigável* e *atlético*. Ele praticava corrida. Tirava notas altas. Tinha o sorriso de uma pessoa bem-sucedida e uma risada fácil, e ninguém sabia das cicatrizes nas suas costas ou das sombras no seu passado. Ninguém sabia que era tudo atuação, que nada daquilo lhe vinha de forma natural.

A risada de Lisa ecoava pela casa como um sino.

Eli conseguia ouvi-la mesmo com a música clássica que escutava nos fones de ouvido enquanto fazia o dever de casa de química. Alguns instantes depois, Patrick bateu à porta e Eli pausou a música.

— Vocês vão sair?

— Vamos — respondeu Patrick. — O show começa às sete, então a gente não deve voltar muito tarde. Não estuda demais.

— Diz o professor ao aluno.

— Ei, estudos mostram que a variação faz bem para a retenção do conhecimento.

— Vamos lá! — chamou Lisa.

— Deixei dinheiro na bancada — avisou Patrick. — Pelo menos pede uma pizza, rouba uma cerveja da geladeira.

— Pode deixar — disse Eli distraidamente, já apertando o play.

Patrick falou mais alguma coisa, mas Eli não conseguiu ouvir com o concerto tocando. Às nove, ele terminou o dever de casa e foi comer as sobras do almoço na bancada da cozinha. Às dez, saiu para dar uma corrida. Às onze, foi dormir.

E, quinze minutos depois, o celular tocou, um número desconhecido com uma voz que ele não sabia de quem era.

— É Eliot Cardale? — perguntou um homem.

Uma quietude se formou no peito de Eli. Não do tipo que ele sentiu quando havia empurrado o pai escada abaixo. Não, essa era mais fria, mais pesada. Como o peso de encontrar a mãe boiando na banheira. Como a exaustão de cair feito uma pedra no chão da capela.

— Eu sinto muito — continuou o homem —, mas houve um acidente.

Eli ficou se perguntando se *aquilo* era choque. Ele estava sentado numa cadeira de plástico bamba com uma assistente social ao lado, o médico na sua frente e um policial pairando por perto como uma sombra. A polícia foi até a casa e o levou para o hospital, embora não houvesse nada a ser visto ou feito. Eles já chegaram mortos. No *impacto*, de acordo com o médico.

— Eu sinto muito, filho — disse o policial.

Deus nunca nos faz passar por algo que não podemos suportar.

Eli entrelaçou os dedos, baixou a cabeça.

Somos nós que devemos encontrar o propósito na dor.

— O motorista não sobreviveu — continuou o policial. — Ainda não temos os resultados dos exames toxicológicos, mas acreditamos que ele estava bêbado.

— Como eles morreram?

Eli percebeu, tarde demais, que havia feito a pergunta errada. Uma sombra passou pelo rosto do médico.

— Me desculpa — acrescentou ele, rápido. — Eu não... É só que... eu vou ser cirurgião um dia. Eu quero *salvar* vidas. Eu só... preciso entender. — Ele fechou as mãos em punhos. — Se você não me contar, eu vou passar a noite acordado pensando nisso. Acho que prefiro saber.

O médico suspirou.

— Patrick sofreu uma fratura cervical das vértebras c2 e c3 — explicou ele, tocando os ossos no topo do próprio pescoço. — Lisa sofreu uma concussão severa que causou uma hemorragia intracraniana. Em ambos os casos, a morte deve ter sido quase instantânea.

Eli ficou grato por eles não terem sofrido.

— Certo. Obrigado.

— Eles não nomearam um tutor — comentou a assistente social. — Você sabe se pode ficar com alguém até resolvermos a sua situação?

— Sim — mentiu ele, pegando o telefone. — Vou ligar para um amigo.

Eli se levantou e se afastou um pouco pelo corredor, mas não perdeu tempo ligando para ninguém. Não havia nenhuma rede de contatos dessa vez. E não valia a pena fingir. Eli era popular, querido, mas sempre tomou o cuidado de manter certa distância das pessoas. De perto, alguém poderia ver as rachaduras na fachada, o esforço sutil, mas constante, do fingimento. Era melhor ser amigável do que ter amigos.

Eli voltou até a assistente social e o policial. O médico já havia ido embora.

— Preciso buscar algumas coisas em casa — avisou ele. — Você pode me dar uma carona até lá?

Ele entrou na casa e ouviu o som da viatura se afastando antes de fechar a porta. Ficou parado um bom tempo no hall escuro.

E então se virou e deu um soco na parede.

A dor subiu lancinante pela mão de Eli até o braço, e ele golpeou a parede repetidamente até as juntas se abrirem, o sangue gotejar pelo pulso e ele conseguir respirar.

As pernas cederam sob seu peso e ele desabou no chão.

Depois de tudo o que havia acontecido, estava sozinho outra vez.

Deus nunca nos faz passar por algo que não podemos suportar.

Eli disse a si mesmo que havia um plano, mesmo que ele não conseguisse enxergar. Havia um propósito para aquela dor. Ele baixou os olhos para o próprio sangue.

Idiota, pensou.

Seria difícil se esconder das inevitáveis assistentes sociais, da escola, das centenas de olhos propensos a se agarrar a cada passo em falso, a cada falha na sua personalidade.

Eli se levantou e foi para o banheiro, onde lavou as juntas feridas na pia e fez um curativo nas mãos com precisão, calma e dedos firmes. Encontrou o próprio olhar no espelho e forçou as linhas do rosto a voltarem para a ordem apropriada.

Em seguida, Eli foi para o quarto e começou a fazer as malas.

DEZENOVE ANOS ANTES

A SEXTA E ÚLTIMA CASA

— Chegamos.

Eli ficou parado à porta, segurando uma caixa de livros. O quarto era simples, sem nada a não ser uma janela, uma cama estreita e uma mesa.

— Não é muito, eu sei — comentou a locatária, que insistiu para que ele a chamasse de Maggie. — Mas as janelas têm vidro duplo e o chuveiro no fim do corredor tem água quente. — Ela olhou para ele, estudando o rapaz. — Você não é muito novo para morar sozinho?

— Eu sou emancipado — explicou Eli.

Foi a saída mais fácil. Ele tinha quase 16 anos. Poucas pessoas queriam abrigar um adolescente, e Eli não tinha o menor interesse em ser tutelado pelo Estado. Seus pais estavam mortos. Patrick e Lisa estavam mortos. Os primeiros lhe deixaram apenas cicatrizes, mas os últimos lhe deixaram um pouco de dinheiro — não muito, mas o suficiente para pagar as despesas com moradia para que ele pudesse se concentrar em terminar o ensino médio. Para entrar numa boa universidade.

— Obrigado, Maggie — disse ele, entrando no quarto.

— Tudo bem, Eliot. Me avisa se precisar de alguma coisa.

O piso de madeira estalou sob os pés de Maggie quando ela saiu com passos lentos, e estalou sob os pés dele quando colocou a caixa sobre a mesa e tirou os pertences de dentro, arrumando os livros da escola numa pilha organizada.

— A gente sente muito, Eliot — disse o diretor.

— Nós temos psicólogos — acrescentou o coordenador dos estudantes.

— Nos diz como podemos ajudar você — ecoaram os professores.

— Por favor — implorou Eli toda vez —, não contem para ninguém.

Normal era uma coisa tão frágil, tão fácil de ser perturbada mesmo pelas melhores intenções.

E, então, sob o pretexto de que Eli queria passar pelo luto em paz, eles mantiveram o segredo.

Eli tirou os dois últimos livros da caixa — a Bíblia velha e o livro de anatomia. Ele deixou a King James de lado e afundou na cadeira, puxando o livro de medicina para perto.

Somos nós, pensou ele, *que devemos encontrar o propósito na dor...*

Eli abriu o pesado tomo e folheou as páginas até encontrar as ilustrações da cabeça, do pescoço, o arabesco do cérebro, a delicada coluna da espinha vertebral.

Encontrar o propósito.

Ele começou a fazer anotações.

XVII

QUATRO ANOS ANTES

ONE

Quando Stell voltou, no dia seguinte, Eli não olhou para ele.

Manteve a cabeça voltada para o arquivo que estava estudando; havia passado quase a noite inteira estudando.

— Vejo que o senhor decidiu cooperar.

Eli arrumou os papéis numa pequena pilha.

— Eu preciso de um computador — pediu ele.

— De jeito nenhum.

Eli se levantou e levou o arquivo para a abertura na fibra de vidro.

— Eu passava *meses* pesquisando os meus alvos. Confirmando quais eram suas habilidades. Seguindo os seus movimentos. — Ele deixou o arquivo cair por entre os dedos, os papéis se espalhando pelo chão. — Você quer que eu faça o mesmo trabalho de dentro de uma caixa de concreto com nada além de informações básicas. Isso — acrescentou, apontando para as folhas aos seus pés — não é o suficiente.

— É tudo o que temos.

— Então você não está fazendo a pesquisa direito — vociferou Eli. Ele voltou a atenção para uma foto no chão. — Tabitha Dahl — disse, olhando para o papel de relance. — Dezenove anos. Atleta universitária, jovem, sociável, ativa, aventureira. Sofreu um ataque cardíaco bem sério causado por uma reação alérgica enquanto estava fazendo trilha. A amiga conseguiu ressuscitá-la. Ela chegou ao hospital. E então desapareceu. Os pais prestaram queixa do desaparecimento há duas semanas. — Eli ergueu o olhar. — Para onde ela iria? Como chegaria lá? Por que não tem nada aqui sobre a amiga que estava com ela? Como ela se sentiu logo depois do acidente?

— Como é que a gente conseguiria esse tipo de informação? — perguntou Stell.

Eli jogou as mãos para o alto.

— Ela tem 19 anos. Começa pelas redes sociais. Arruma as mensagens que ela enviou para os amigos. Entrem na vida dela. Na cabeça dela. Um EO não é só o produto do seu catalisador. Ele também é o produto da pessoa que era antes. Não só as circunstâncias mas também a psique. Posso ajudar você a encontrar Tabitha Dahl. Com os conhecimentos certos, posso tentar adivinhar com uma boa chance de sucesso qual é o poder dela, mas não consigo fazer nada disso com cinco folhas de papel.

Houve um longo silêncio. Eli esperou pacientemente que Stell o quebrasse. Ele o fez.

— Vou arrumar um computador para o senhor. Mas o acesso será restrito e o sistema interligado. Eu vou ver todas as suas pesquisas assim que fizer a busca. Se sair da linha, o senhor vai perder bem mais que os seus privilégios tecnológicos. Estamos de acordo?

— Eu poderia fazer mais do que levantar hipóteses — disse Eli, ajoelhando--se para recuperar os papéis — se você me deixasse sair...

— Sr. Cardale — interrompeu Stell —, quero deixar uma coisa bem clara. O senhor pode nos ajudar de dentro dessa cela ou de dentro do laboratório, mas o senhor *nunca mais* vai deixar essas instalações.

Eli se levantou, mas o diretor já estava se afastando.

XVIII

DEZESSETE ANOS ANTES

UNIVERSIDADE DE HAVERFORD

Eli andou pelo campus com a gola erguida por causa do frio do outono.

Haverford era uma boa universidade — não a melhor, mas certamente a melhor que ele podia pagar, além de ser perto da pensão. Também era imensa, com uma população que poderia competir com a da maioria das cidades e um campus tão grande que, mesmo depois de dois meses, ele ainda descobria novos prédios.

Talvez fosse por isso que ele não tinha visto a capela antes.

Ou talvez, até agora, as árvores a tivessem ocultado atrás das folhas vermelhas e douradas, que obscureciam as linhas clássicas, o pináculo simples, o telhado branco inclinado.

Eli diminuiu o passo ao avistar a construção. Mas não deu meia-volta. A atração era sutil, mas persistente, e ele se deixou ser levado até os degraus.

Ele não pisava numa igreja havia anos, desde que Deus se tornou mais... pessoal.

Agora, enquanto atravessava a porta dupla, a primeira coisa que avistou foi o vitral. Luzes vermelhas, azuis e verdes dançavam pelo chão. E ali, diante da janela, havia uma cruz de pedra. Suas mãos começaram a formigar. Eli fechou os olhos, forçando-se a se esquecer da lembrança de uma voz grave, do silvo do cinto de couro.

— É incrível, não é? — disse uma voz despreocupada.

Eli piscou, olhou para o lado e viu uma menina. Magra e bonita, com grandes olhos castanhos e cabelos loiros como mel.

— Eu nunca fui religiosa — continuou a menina —, mas eu adoro a aparência das igrejas. E você?

— Eu não sou muito fã de igrejas — disse ele com um sorriso irônico —, mas sempre fui muito religioso.

Ela fez um beicinho e balançou a cabeça.

— Ah, não, o nosso relacionamento nunca vai dar certo. — A tristeza fingida se rompeu com um sorriso. — Me desculpa, eu não quis interromper, é que você parecia tão triste.

— É mesmo? — Eli deve ter se descuidado e deixado a verdade transparecer. Mas se recuperou em questão de segundos e voltou toda a sua atenção e charme ensaiados para a menina. — Você estava olhando para mim ou para a igreja?

A luz dançou nos olhos da menina.

— Eu posso muito bem admirar os dois. — Ela estendeu a mão. — Eu me chamo Charlotte

Ele sorriu.

— Eli. — Os sinos tocaram uma vez ao redor deles, e Eli estendeu a mão. — Você já almoçou?

Maggie havia aparecido na porta do quarto de Eli na semana anterior com um cesto de roupa suja apoiado no quadril.

— É noite de sexta, Eliot.

— E?

— E você está sentado aqui estudando matemática.

— Biologia — corrigiu ele.

Maggie balançou a cabeça.

— Para um menino da sua idade, estudar tanto sem se divertir não é normal.

Essa palavra. *Normal*. A linha central do seu ajuste.

Eli ergueu os olhos do dever de casa.

— O que eu *devia* fazer? — perguntou ele, com uma sobrancelha erguida para esconder a sinceridade da pergunta.

— Ir a festas! — respondeu Maggie. — Beber cerveja barata! Fazer escolhas erradas! Namorar meninas bonitas!

Ele voltou a se recostar na cadeira.

— As meninas bonitas contam como escolhas erradas ou são coisas separadas?

Maggie revirou os olhos e se afastou, e Eli voltou ao trabalho, mas ele tinha prestado atenção ao que ela lhe disse. Ele foi a uma ou duas festas de fraternidade, botou um sorriso preguiçoso no rosto e bebericou uma cerveja horrível (o que sinceramente lhe pareceu uma escolha errada).

Mas agora ele tinha Charlotte.

Eli havia aprendido que um relacionamento era uma comunicação universal de *normalidade*. Um selo de aprovação da sociedade. Namorar Charlotte Shelton, em especial, era como receber uma medalha de ouro. Ela vinha de uma família rica, a ascendência tão profunda que Charlotte nem se dava conta de como influenciava quem ela era.

Ela era alegre, bonita e mimada — morava no dormitório da faculdade, mas só porque queria viver a experiência *autêntica* da universidade. Não era como se esse desejo por autenticidade se estendesse para além de duas camas de solteiro e de um refeitório.

Charlotte foi até a pensão de Eli uma única vez e por insistência dela própria. Ela sabia que ele era órfão (uma palavra que parecia gerar nela um intenso instinto protetor), mas a verdade nua e crua não era tão romântica. Ele viu a pena disfarçada de simpatia.

— Eu não te amo pelo que você *tem* — insistiu ela. — Eu tenho o suficiente para nós dois.

Porém, depois disso, eles não *partilharam* mais a vida — Charlotte simplesmente levou Eli para a vida dela.

E ele deixou.

Era fácil.

Simples.

Ela o adorava.

E ele gostava da atenção.

Charlotte gostava de dizer que eles eram um casal perfeito. Eli sabia que isso não era verdade, mas só ele via as incongruências, os espaços vazios.

— Como eu estou? — perguntou ela enquanto eles subiam os degraus da casa... da mansão dos pais dela no Dia de Ação de Graças no fim do segundo ano de faculdade.

— Deslumbrante — respondeu Eli de modo automático, complementando a palavra com uma piscadela.

Charlotte ajeitou a gravata dele. Passou os dedos pelos seus cabelos escuros e ele deixou, enquanto tocava o queixo dela de leve, erguendo seu rosto para poder beijá-la.

— Não fica nervoso — sussurrou ela.

Eli não estava.

A porta se abriu e ele se virou, meio que esperando ver um mordomo, um velho rabugento de fraque, mas, em vez disso, viu uma versão mais velha e elegante de Charlotte.

— Você deve ser Eli! — cumprimentou, animada, a mulher enquanto um homem esbelto e austero, usando um terno com excelente caimento, surgia atrás dela.

— Obrigado por me receberem — disse Eli, estendendo uma torta.

— É claro — disse a sra. Shelton calorosamente. — Quando Charlotte disse que você não tinha planos, nós fizemos questão.

— Além disso — acrescentou o sr. Shelton, lançando um olhar à Charlotte —, já passou da hora de conhecermos o rapaz de quem a nossa filha tanto gosta. — Charlotte e a mãe começaram a andar pelo hall de braços dados. — Eli — e o sr. Shelton, colocando a mão no seu ombro —, que tal conhecer a casa enquanto as senhoras colocam a conversa em dia?

Não era uma pergunta.

— Claro — respondeu Eli, seguindo o homem, que o conduziu por portas duplas que davam para um escritório particular.

— Na verdade, esse — disse ele — é o único cômodo que interessa.

O sr. Shelton abriu um armário e se serviu de uma bebida.

— Eu entendo por que Charlotte gosta de você — comentou ele, inclinando-se por cima da mesa. — Ela sempre teve um fraco por causas humanitárias. Em especial, quando são atraentes.

Eli se retesou, sua tranquilidade se endurecendo um pouco.

— Se o senhor acha que estou com Charlotte por causa do seu dinheiro ou da sua posição...

— A verdade não importa, sr. Cardale, apenas a aparência. E não parece nada bom. Eu pesquisei a sua vida. Tantas tragédias... você lida com elas com elegância. Embora eu admire as suas conquistas, o fato é que você está sujando a minha casa de lama.

Eli cerrou os dentes.

— Não podemos moldar o nosso passado — argumentou ele. — Só o futuro.

O pai de Charlotte sorriu.

— Bem colocado. E é isso o que eu lhe ofereço. Um futuro brilhante. Mas não com a minha filha. Eu vi as suas notas. Você é um jovem inteligente, Eliot. Ambicioso também, pelo que Charlotte me disse. Quer ser médico. Haverford é uma boa universidade, mas não é a melhor. Eu sei que você passou para outras faculdades. Melhores. Presumo que não possa pagar por elas.

Eli o encarou, surpreso. Ele estava sendo *subornado*.

O sr. Shelton se afastou da mesa.

— Sei que você gosta da minha filha. Ora, você pode até mesmo achar que a ama...

Mas Eli não a amava.

Se o sr. Shelton fosse melhor em ler as pessoas — ou se Eli não tivesse se tornado tão difícil de decifrar —, poderia ter percebido a verdade pura e simples. Que Eli não precisava ser persuadido. Que, para ele, Charlotte Shelton

203

sempre foi um veículo. Um meio de se deslocar pelo mundo numa trajetória ascendente. O que o pai dela lhe oferecia, caso estivesse realmente oferecendo, era uma oportunidade real de mudança significativa, um ganho substancial em troca de uma perda secundária.

Porém, precisava ser muito delicado na manobra seguinte.

— Sr. Shelton — começou Eli, contorcendo o rosto numa expressão de desafio bem controlado —, a sua filha e eu...

O homem ergueu a mão.

— Antes que você banque o nobre e insista que não pode ser comprado, lembre-se de que vocês dois são muito jovens, o amor é fugaz, e o que você sente por Charlotte pode parecer verdadeiro, mas não vai durar.

Eli soltou o ar e baixou os olhos, como se estivesse envergonhado. Deixou que suas feições assumissem uma aparência de resignação.

— O que o senhor quer que eu faça?

— Hoje à noite? Nada. Aproveite o jantar. Daqui a alguns dias? Termine com ela. Escolha uma universidade melhor. Chester ou Lockland. Peça transferência. O dinheiro não será um problema.

— Rapazes! — chamou a sra. Shelton da cozinha. — O peru está pronto.

O sr. Shelton deu um tapinha no ombro de Eli.

— Vamos — disse ele, animado. — Eu estou morrendo de fome.

— Pai — ralhou Charlotte quando eles a encontraram na sala de jantar —, você não o torturou, né?

— Só um pouco. — O sr. Shelton deu um beijo no rosto da filha. — É meu dever meter medo em qualquer um que você traga aqui em casa.

Ela voltou o olhar caloroso para Eli.

— Espero que ele não tenha sido muito duro com você.

Eli deu uma leve risadinha e balançou a cabeça.

— Nem um pouco.

Eles se sentaram e a conversa fluiu com facilidade — muito era falado, mas pouco era dito — enquanto passavam as bandejas e tigelas pela mesa.

E, quando Eli e Charlotte foram até o carro no fim da noite, ela lhe deu o braço.

— Está tudo bem?

Eli olhou de relance para a porta da casa, onde estava o sr. Shelton, observando os dois.

— Sim — respondeu ele, dando-lhe um beijo na testa. — Está tudo perfeito.

XIX

DOIS ANOS ANTES

ONE

Eli correu os dedos pela prateleira onde guardava os arquivos de casos antigos. A pasta preta com o arquivo dele parecia uma mancha no fim da fileira, como um sinal de pontuação que era mudado de lugar para se encaixar numa frase que se alongava. Dezenove EOs rastreados, caçados e capturados num período de menos de dois anos. Nada mau, levando em conta suas limitações.

Eli insistiu em guardar os velhos arquivos, dizendo a Stell que o trabalho concluído serviria de fonte para os casos futuros.

Era uma meia-verdade — havia certos padrões entre os EOs, características em comum, a mesma sombra lançada sobre rostos diferentes. Mas a verdade em si era simples: Eli sentia satisfação em encontrar os marcadores. Não era tão satisfatório quanto apertar o pescoço de um EO, como sentir o coração vacilar e parar sob os dedos. Mas um eco daquela velha tranquilidade ainda acompanhava cada caso concluído, a sensação agradável de endireitar as coisas.

Essa coleção ainda tinha outra faceta, uma verdade sombria exposta pelo simples número de pastas.

— O que foi que a gente fez? — murmurou Eli para si mesmo.

Porém, foi Victor quem respondeu.

— O que o faz achar que foi *a gente* que fez qualquer coisa?

Ele ergueu o olhar e viu o fantasma loiro e magro encostado na fibra de vidro.

— A quantidade de EOS — disse Eli, apontando para a prateleira — cresceu consideravelmente na última década. E se a gente for responsável por isso? E se a gente tiver rasgado um pedaço do tecido que compõe o universo? E se a gente tiver feito algo acontecer?

Victor revirou os olhos.

— Nós não somos deuses, Eli

— Mas *brincamos* de Deus.

— E se *Deus* brincou de Deus? — Victor se afastou da parede. — E se os EOS fossem parte do plano d'Ele? E se essas pessoas que você passou a vida toda abatendo *tivessem* que voltar à vida? E se você estiver tentando desfazer o trabalho do poder divino que tanto idolatra?

— Você nunca se pergunta se nós somos os culpados?

Victor inclinou a cabeça.

— Me diz uma coisa: é blasfêmia ou apenas arrogância levar o crédito pelo trabalho de Deus?

Eli balançou a cabeça.

— Você nunca entendeu.

Ele ouviu o som de passos ali perto.

— Com quem você está conversando? — perguntou Stell.

— Comigo mesmo — resmungou Eli, livrando-se do fantasma de Victor como se fosse uma nuvem de fumaça. — Eu estive pensando naquele adolescente com poderes eletrocinéticos... — Ele ergueu o olhar. Stell estava vestido para trabalho de campo, o corpo largo apertado numa farda preta reforçada.

— Como foi a extração? — perguntou Eli, conseguindo evitar que o desdém se infiltrasse na voz.

Ele havia passado duas semanas pesquisando a EO — Helen Andreas, de 41 anos, com a habilidade de desmontar e reconstruir estruturas com apenas um toque. Eli forneceu aos agentes do ONE o maior número de informações que pôde reunir levando em conta as restrições da situação em que se encontrava.

— Nada boa — respondeu Stell, sombrio. — Andreas estava morta quando a gente chegou lá.

Eli franziu o cenho. Os EOS, apesar das tendências destrutivas, raramente escolhiam o suicídio. O senso de autopreservação era forte demais.

— Foi um acidente?

— Não é provável — respondeu Stell, encostando uma foto na fibra de vidro. Nela, Andreas aparecia deitada no chão sobre uma poça de sangue com um pequeno círculo escuro cravado na testa.

— Interessante — comentou Eli. — Alguma pista?

— Não... — Stell hesitou. Havia alguma coisa que ele não estava contando. Eli esperou que ele se decidisse. Depois de um longo tempo, o homem enfim se abriu. — Não foi um incidente isolado. Dois meses atrás, outro suspeito de ser um EO foi encontrado da mesma maneira, no porão de uma boate. — Stell passou as duas páginas pela abertura. — Will Connelly. Ele ainda estava sendo monitorado, já que a gente não tinha informações suficientes para definir a natureza exata de sua habilidade e determinar o nível de prioridade, mas havia uma suspeita de que fosse regenerativa. Claramente, não era um poder tão eficiente quanto o seu, mas algo do tipo. Na época, achamos que a morte dele tivesse sido causada por uma briga, um desentendimento com as pessoas erradas, com alguém a quem ele devesse dinheiro. Agora...

— Uma vez é acaso, duas vezes é coincidência — disse Eli. — Na terceira vez, você tem um padrão. — Ele ergueu os olhos do documento. — A arma?

— Não registrada.

— De qualquer forma, mantém os resultados da balística no arquivo. Se ele, ou ela, estiver caçando os EOS ativamente, vai ser só questão de tempo antes de atacar de novo. Para falar a verdade, pesquisa todos os assassinatos com esse *modus operandi* nos últimos... — Eli refletiu um pouco e concluiu: — três anos.

— Três? É um número estranhamente específico.

E era mesmo. Três anos — era o tempo que Eli estava no ONE. O tempo que ele estava sem trabalhar. Se houvesse outro caçador no seu tempo na ativa, ele saberia.

O que significava que alguém novo havia tomado seu lugar.

XX

DEZESSEIS ANOS ANTES

UNIVERSIDADE DE LOCKLAND

Eli chegou a Lockland quase uma semana antes do início do primeiro semestre.

Ele não havia escolhido uma universidade *qualquer* — se era o pai de Charlotte quem ia pagar, Eli tinha a intenção de aumentar ao máximo o valor da conta. Lockland tinha um dos programas mais conceituados do país. Agora, ele atravessava o campus intimista, apreciando a extensão silenciosa dos gramados. Faltava uma boa semana para o início das aulas e o lugar estava agradavelmente vazio.

No entanto, ficou desolado quando chegou ao dormitório. Esperava conseguir um quarto só para ele. Em vez disso, encontrou uma configuração diferente: duas mesas e duas camas com uma janela no meio. Uma das camas estava vazia. Na outra, havia uma figura esbelta deitada com a cabeça apoiada em um braço e um livro no outro.

Ao ouvir os passos de Eli, ele deixou o livro cair, revelando um rosto fino com olhos azuis vorazes e cabelos loiros e lisos.

— Você deve ser o Eliot.

— Eli — corrigiu ele, deixando a mochila no chão.

O outro rapaz colocou as pernas para fora da cama e se levantou. Ele era uns quatro ou cinco centímetros mais alto que Eli, mas era magricela.

— Victor — apresentou-se ele, colocando as mãos nos bolsos. — Vale.

Eli abriu um sorriso.

— Com um nome desses, você devia ser um super-herói.

Victor apontou para si mesmo. Ele estava de calça jeans preta e camisa polo também preta.

— Você consegue mesmo me imaginar de collant? — Os olhos azuis se voltaram para a única mala de Eli, com a caixa equilibrada no topo. — Você não trouxe muita coisa.

Eli acenou com a cabeça para o lado de Victor no quarto.

— Você chegou cedo.

Victor deu de ombros.

— Família só é bom em pequenas doses.

Eli não sabia como responder a essa afirmação, por isso não disse nada. O silêncio se prolongou entre os dois e então Victor inclinou a cabeça de um jeito lupino e disse:

— Está com fome?

Victor garfou outro pedaço de brócolis.

— Então, o que você vai estudar?

Eles estavam sentados num amplo refeitório do campus, cada restaurante disposto ao longo das paredes uma amostra da culinária de um país.

— Medicina — respondeu Eli.

— Você também? — Victor apunhalou um pedaço de bife. — E o que te deixou atraído na disciplina?

Victor ergueu os olhos para Eli, que se sentiu... exposto. Era desconcertante o modo como aquele olhar pálido recaía sobre ele. Não era exatamente curioso, mas penetrante.

Eli baixou os olhos para o prato.

— A mesma coisa que a maioria das pessoas — respondeu ele. — Acho que senti um chamado. E você?

— Me pareceu uma escolha óbvia — disse Victor. — Eu sempre fui bom em matemática e ciências, qualquer coisa que possa ser condensada em equações, causa e efeito, absolutos.

Eli enrolou a massa no garfo.

— Mas medicina não segue regras absolutas. A vida não é uma equação. As pessoas são mais que a soma das suas partes.

— São mesmo? — questionou Victor. Sua expressão era firme; a voz, monótona.

Era enervante — Eli estava tão acostumado a desarmar as pessoas, a persuadi-las a lhes fornecer deixas emocionais, a lhes dar algo com que jogar.

Mas Victor não demonstrava o menor interesse em joguinhos.

— É claro que sim — insistiu Eli. — As partes em si, músculos, órgãos, ossos, sangue, compõem o corpo, mas não a pessoa. Sem uma centelha divina, sem uma alma, as pessoas não passam de carne.

Victor estalou a língua em desaprovação.

— Quer dizer que você é religioso.

— Eu acredito em Deus — declarou Eli com firmeza.

— Bem — disse Victor, empurrando o prato para longe —, pode ficar com o paraíso. Eu prefiro a esfera terrena.

Uma menina apareceu e se sentou ao lado de Victor.

— O que temos aqui? — Ela bagunçou o cabelo dele com uma intimidade claramente nascida do hábito. Interessante. Victor não parecia o tipo de pessoa que gostava de contato físico; porém, ele não se afastou, apenas lhe lançou um sorriso entediado.

— Angie — apresentou Victor —, esse é o Eli.

Ela sorriu para ele e Eli se sentiu como um espelho virado para o sol, aliviado por ter uma fonte de luz que pudesse refletir.

— A gente estava discutindo qual é o lugar de Deus na medicina — disse Victor. — Se importa de dar a sua opinião?

— Tô fora. — Ela pegou um pedaço de brócolis do prato dele.

— É falta de educação roubar comida dos outros.

— Você nunca come tudo. Seus pais não te ensinaram a comer os vegetais?

— Não — respondeu Victor, sem emoção —, eles me disseram para explorar a minha psique e descobrir as verdades do meu potencial. Vegetais nunca foram tópico de conversa.

Angie lançou um olhar conspiratório a Eli.

— Os pais de Victor são gurus de autoajuda.

— Os pais de Victor — emendou Victor — são charlatões.

Angie riu, um som curto e carinhoso.

— Às vezes você é tão esquisito.

— Só às vezes? — perguntou Victor. — Vou ter que me esforçar mais. — Aqueles olhos azuis se voltaram para Eli. — A normalidade é superestimada.

Eli se retesou — uma pequena tensão, interior, que não chegou ao rosto. *A normalidade é superestimada.* Dito por alguém que não precisava se esforçar tanto para parecer normal. Que não precisava ser *normal* para sobreviver.

Victor pigarreou.

— A Angie é a aluna mais brilhante do departamento de engenharia.

Ela revirou os olhos.

— Victor é orgulhoso demais para tentar conseguir elogios, mas ele é o melhor aluno de medicina.

— Ah, mas você ainda não sabe — disse Victor, sério. — Eli vai me dar trabalho.

Angie passou a analisar o rapaz com interesse.

— É sério?

Eli sorriu.

— Vou fazer o meu melhor.

XXI

DOIS ANOS ANTES

ONE

— Você estava certo — avisou Stell.

Eli se levantou da cama.

— Não fique tão desapontado.

— Nós pesquisamos os assassinatos com o mesmo *modus operandi* e então passamos as mortes pelo sistema para ver se alguma das vítimas tinha marcadores de EO. — Stell colocou uma folha na abertura da parede. — Esse é Justin Gladwell.

Eli pegou o documento e examinou o perfil pouco detalhado, com a foto três por quatro de um homem de cerca de 30 anos e uma barba de dois dias.

— Baleado há quase um ano. Habilidades desconhecidas. Ele nem ao menos estava no nosso radar.

— Ele está deixando você para trás — comentou Eli, espalhando os três perfis sobre a mesa. Will Connelly. Helen Andreas. Justin Gladwell. — Parabéns. Parece que você tem um novo caçador.

— E você — interveio Stell — parece ter um imitador.

Eli ficou um pouco irritado. Não gostava nada da ideia de ter um substituto.

— Não — afirmou ele, analisando a série de cadáveres. — Eu teria personalizado as mortes. Teria feito com que parecessem... orgânicas. Essa pessoa... — ele tamborilou sobre a mesa — está preocupada com outra coisa.

— O que você quer dizer?

— Eu quero dizer — disse Eli — que o assassino enxerga a execução como algo necessário, mas duvido que seja o único objetivo.

— Temos que encontrá-lo o quanto antes — concluiu Stell.

— Você quer que eu cace um caçador.

Stell ergueu uma sobrancelha.

— Isso vai ser um problema para você?

— Pelo contrário — retrucou Eli —, eu estava louco por um desafio. — Ele cruzou os braços, estudando as fotos. — Uma coisa é quase certa.

— O quê?

— O seu caçador é um EO.

Stell se retesou.

— Como você sabe disso?

— Bem, eu não *sei* — admitiu Eli. — É só uma hipótese. Mas qual é a probabilidade de um ser humano comum executar com sucesso três EOS distintos sem deixar nenhum sinal de resistência? — Eli encostou a foto de Gladwell na fibra de vidro. — Um único tiro à queima-roupa na cabeça, no mesmo ponto, nos três casos. Um nível de precisão que só pode significar de duas uma: ou o atirador é exímio na mira ou as vítimas não ofereceram resistência. Os respingos de sangue sugerem que elas estavam conscientes e de pé quando foram baleadas. O que quer dizer que não se moveram. Você conhece muitas pessoas *comuns* que poderiam convencer ou obrigar uma pessoa a aceitar a morte de bom grado?

Eli não esperou uma resposta. Ele balançou a cabeça, analisando as fotos com a mente a mil. Uma semana. Dois meses. Nove meses.

— Essas mortes são bem espaçadas — refletiu. — O que sugere que o seu caçador não é muito bom em encontrar EOS *ou* que ele não está procurando *todos* os EOS.

214

— Você acha que ele está atrás de pessoas específicas?

— Ou de habilidades específicas — sugeriu Eli.

— Alguma ideia de quais?

Eli juntou as mãos.

Determinar a habilidade de um EO post-mortem era uma tarefa impossível. As habilidades eram muito específicas, explicadas não apenas pelo modo como o EO havia morrido, mas também pela sua razão para querer continuar vivo. Ele poderia especular — mas Eli detestava fazer isso. Era perigoso e ineficaz. Uma suposição fundamentada ainda era uma suposição, não um substituto para a experiência em primeira mão. Pistas no papel tinham um limite para o quanto poderiam contar — tome como exemplo Sydney e Serena Clarke. A mesma experiência de quase morte — um mergulho profundo num lago congelado — resultando em duas habilidades completamente diferentes. As pessoas são individuais. A psicologia é exclusiva. O truque, então, era mirar nas formas mais vagas. Concentrar-se apenas nas linhas gerais, nas condições mais abrangentes, e coletar informação o bastante para conseguir encontrar o padrão, o quadro completo.

— Me dá tudo que você puder sobre esses três — pediu ele, passando a mão sobre as fotos. — Podem estar mortos, mas isso não quer dizer que não tenham mais segredos para contar. — Eli apontou para uma caixa aos pés de Stell. — O que é isso?

Stell cutucou a caixa com o sapato.

— Esses são os assassinatos que correspondem ao *modus operandi* do caçador, mas *não* ao perfil dos EOS.

Humanos. É claro. Ele não cogitou que o alcance do caçador pudesse se estender além dos EOS. Mas isso porque ele mesmo não o fez. Que suposição mais descuidada.

— Posso dar uma olhada?

A caixa era grande demais para o cubículo na fibra de vidro, de modo que Stell teve que colocar os papéis ali aos poucos, um punhado de cada vez.

— O que você acha? — perguntou Stell enquanto Eli arrumava a resma de papel na mesa.

Os pontos flutuavam na sua mente, mudando de posição conforme ele tentava encontrar as linhas retas entre eles.

— Existe um padrão aqui — respondeu Eli. — Ainda não sei qual, mas vou descobrir.

XXII

QUINZE ANOS ANTES

UNIVERSIDADE DE LOCKLAND

— Ver um mundo num grão de areia...

O estrondo do trovão ao longe, os lampejos azuis nas nuvens. Era o início do último ano e, depois de desfazerem as malas, eles subiram até o telhado para ver a tempestade se desenrolar.

— ... e um céu numa flor silvestre — continuou Eli.

Ele ergueu a mão espalmada até ela parecer descansar logo abaixo dos raios.

— Ter o infinito na palma da sua mão...

— Sinceramente, Eli — disse Victor, empoleirado numa das cadeiras reclináveis espalhadas pelo terraço improvisado —, me poupa das escrituras.

Eli baixou a mão.

— Não é da Bíblia — explicou ele, impaciente. — É Blake. Você precisa de um pouco de cultura. — Ele arrancou a garrafa de uísque de Victor. — E reafirmo o meu ponto de vista. Não tem mal nenhum em ver o criador por trás da criação.

— Tem, sim, se você se propõe a estudar uma *ciência*.

Eli balançou a cabeça. Victor não entendia — jamais entenderia — que não era uma questão de fé *ou* ciência. As duas eram inseparáveis.

Com cuidado, Eli tomou um gole da garrafa roubada e afundou numa segunda cadeira conforme a tempestade se aproximava. Era a primeira noite desde que tinham voltado, a primeira noite no novo apartamento compartilhado. Victor passou o verão evitando os pais nas férias de família em algum lugar remoto enquanto adiantava o estudo de química orgânica. Eli ficou em Lockland fazendo um estágio com o professor Lyne. Ele olhou de relance para o amigo, que se sentava inclinado para a frente, com os cotovelos apoiados nos joelhos, e parecia fascinado pelos raios distantes.

A princípio, Victor representava um dilema. A personalidade de Eli Cardale, construída com tanto cuidado no decorrer da última década, não encontrava uma plateia entusiasmada no sóbrio colega de quarto. Não havia necessidade de sorrisos constantes, de afabilidade, da tranquilidade fingida. Nada disso era necessário porque Victor parecia totalmente desinteressado. Não, *desinteressado* não era a palavra certa — a atenção de Victor era permanente e aguçada —, porém, quanto mais charmoso Eli tentava ser, menos Victor respondia a ele. Na verdade, ele parecia *aborrecido* com o esforço. Como se Victor soubesse que não passava disso. Esforço. Fingimento. Eli precisou selecionar os ornamentos desnecessários e reduzir a personalidade ao essencial.

E, assim que o fez, Victor começou a gostar dele.

Ele se voltou para Eli como um rosto na frente de um espelho. De um semelhante ao outro. Ser visto, e ver a si mesmo refletido, amedrontava e fascinava Eli. Não era *todo* ele — os dois ainda eram muito diferentes —, mas havia algo vital, o âmago do mesmo metal precioso que cintilava na rocha.

Um raio lançou veias azuis sobre o terraço e, instantes depois, o mundo à sua volta tremeu com a força do impacto. Eli sentiu a vibração nos ossos. Ele adorava tempestades — faziam com que se sentisse pequeno, como um pontinho num padrão vasto, uma gota numa enchente.

Momentos depois, começou a chover.

Em questão de segundos, as primeiras gotas se tornaram um aguaceiro.

— Merda — resmungou Victor, levantando-se de um salto da cadeira.

Ele correu até a porta do terraço.

Eli também se levantou, mas não o seguiu. Em pouco tempo, ficou ensopado.

— Você não vem? — gritou Victor na chuva.

— Pode ir na frente — disse Eli, o aguaceiro engolindo sua voz.

Ele jogou a cabeça para trás e se deixou ser engolido pela tempestade.

Uma hora mais tarde, Eli entrou descalço no apartamento com a água da chuva pingando do seu corpo.

A porta de Victor estava fechada, as luzes apagadas.

Depois de chegar ao seu quarto, Eli tirou as roupas ensopadas e afundou na cadeira enquanto a tempestade se acalmava além das janelas.

Duas da madrugada, as aulas começavam no dia seguinte, mas ele continuava sem sono.

O celular estava na mesa cheio de mensagens de Angie, mas Eli não estava com ânimo para responder e, de qualquer modo, ela devia estar dormindo a essa hora. Ele passou a mão pelo cabelo molhado, penteando-o para trás, e ligou o laptop.

Uma ideia havia ficado em sua mente desde o terraço. A imagem do raio na palma da mão. Eli passou a maior parte do verão estudando o eletromagnetismo no corpo humano. A centelha literal e metafórica da vida. Agora, à deriva naquele espaço exaustivo da madrugada, com o quarto no escuro e a luz artificial do laptop mantendo-o consciente, se não totalmente desperto, ele deslizou os dedos pelo teclado e começou a busca.

Não sabia muito bem o que procurava.

Uma tela, uma página, um site, depois outro, a atenção de Eli vagueava entre artigos, teses e fóruns como uma mente perdida em um sonho. No entanto, ele não estava perdido. Tentava apenas encontrar o fio da meada. Havia descoberto a teoria algumas semanas antes em outra noite de insônia. No decorrer do mês anterior, ela havia criado raízes e se alimentado do seu foco.

Eli ainda não sabia o que o fez encaixar aquela primeira peça. Victor teria posto a culpa na curiosidade ou no cansaço, mas, no estado de transe em que Eli se encontrava, aquilo parecia curiosamente familiar. Uma mão pousada sobre a dele. Uma bênção. Um empurrão.

A teoria que Eli descobriu era esta: que um trauma extremo e repentino poderia causar uma mudança devastadora e até mesmo permanente na natureza e na habilidade física. Que, por meio de um trauma de vida ou morte, as pessoas podiam ser reconectadas, refeitas.

Era pseudociência na melhor das hipóteses.

Mas pseudociência não era *automaticamente* incorreta. Era apenas uma teoria que ainda não tinha sido adequadamente comprovada. E se pudesse ser? Afinal de contas, as pessoas faziam coisas extraordinárias sob pressão. Supostas proezas físicas, momentos de habilidade exacerbada. Será que o salto era tão grande assim? Será que alguma coisa poderia ocorrer naquele instante de vida ou morte, naquele túnel entre a luz e a escuridão? Seria loucura acreditar que sim? Ou seria arrogância não acreditar?

A página carregou e o coração de Eli bateu acelerado quando ele viu a palavra no alto da tela.

ExtraOrdinário.

XXIII

UM ANO E MEIO ANTES

ONE

Eli se ajoelhou no chão da cela com várias páginas dispostas diante dele. Reduziu a enorme pilha de assassinatos a trinta. Depois, a vinte. E agora, por fim, a seis.

Malcolm Jones. Theodore Goslin. Ian Hausbender. Amy Tao. Alice Clayton. Ethan Barrymore.

Três traficantes de drogas, duas médicas e um farmacêutico.

Ele passou as três primeiras folhas pela abertura.

— Compara os resultados da balística desses três com os dos EOS executados.

Stell revirou os documentos.

— Tem centenas de assassinatos relacionados a gangues e cartéis nessa pilha. Por que esses três?

— Um mágico nunca revela os seus truques — respondeu Eli, sem emoção.

— Mas você não é um mágico, você é um assassino.

Eli suspirou.

— Como eu pude me esquecer? — Ele indicou com a cabeça a enorme pilha de onde havia selecionado os seis nomes. — Tem cento e sete assassinatos relacionados a gangues e cartéis aqui para ser exato. Podemos excluir oitenta e três de cara, porque não se encaixam no *modus operandi* de execução à queima-roupa que eu solicitei. Dos vinte e quatro restantes, quatorze tinham ficha criminal por tráfico de armas ilegais e dez por drogas ilícitas. Como o seu alvo usou a mesma pistola em todas as execuções, decidi presumir que ele não está à procura de armas. Podemos reduzir a lista mais ainda porque as execuções de Jones, Goslin e Hausbender tiveram o envolvimento de outras vítimas, o que, além de confirmar a minha teoria de que o homem que você está procurando utiliza algum método sobrenatural de coerção sobre as vítimas, nega a necessidade de coletar diversas amostras de cada cena do crime, e assim sobram três dos dez com que começamos.

— Você tem certeza de que se trata de um homem?

— Eu não tenho *certeza* de nada — respondeu Eli —, mas a probabilidade de o assassino ser homem é maior. Mulheres assassinas são mais incomuns e elas costumam preferir sujar as mãos.

— E você acha que ele está atrás de traficantes de drogas? — perguntou Stell.

Eli fez que não com a cabeça.

— Acho que ele está atrás de *drogas*. — Ele pegou os outros três perfis do chão. — De acordo com a minha teoria, o seu assassino é um viciado ou está muito doente. O que nos leva a esses aqui: Amy Tao, Alice Clayton e Ethan Barrymore. As duas primeiras são médicas e o terceiro é farmacêutico.

Stell perambulava do outro lado da parede de fibra de vidro.

— E os EOS mortos? Como eles entram nessa equação?

— Mantenho a minha teoria de que o nosso caçador estava, e provavelmente ainda está, à procura de habilidades específicas. A de Andreas era destrutiva, mas também restauradora. A de Connelly era regenerativa.

— O que corrobora a sua teoria de que ele está doente.

Havia um respeito relutante no tom de voz de Stell, pensou Eli.

— Ainda é só uma teoria — disse ele, com modéstia. — Vamos começar com os resultados da balística.

Os resultados ficaram prontos dois dias depois.

Alice Clayton e Malcolm Jones.

Uma médica e um traficante acrescentados ao registro de três EOS mortos. O quadro de Eli estava aumentando. Mas ainda faltava alguma coisa.

Ele sempre voltava a pensar na arma.

O caçador era metódico, preciso — ele com certeza sabia que variar o *modus operandi* ajudaria a encobrir o rastro. E, no entanto, tinha escolhido seguir uma única técnica. Havia motivos pelos quais as pessoas seguiam determinado padrão — às vezes, era uma assinatura; outras, uma questão de conforto ou precisão; mas, nesse caso, Eli tinha um pressentimento de que o assassino não queria sujar as próprias mãos. Um tiro era frio, eficiente e distante. Mas também limpo. Estéril. Podia ser dado a distância, sem o risco de deixar traços biológicos na cena do crime. A arma que o assassino escolheu, apesar de ter as desvantagens inerentes ao padrão, sugeria que ele se importava mais em manter o anonimato que em ocultar a trilha de cadáveres. O que, por sua vez, sugeria que o DNA do assassino já estava no sistema.

Um EO conhecido pelas autoridades.

A pulsação de Eli acelerava conforme as peças se encaixavam na sua mente.

Era loucura. Irracional. Impulsiva. Mas Eli sentiu de novo aquela leve pressão nas costas, conduzindo-o enquanto ele ligava o computador e começava a procurar por mortes de médicos estranhas ou súbitas.

Eli passou as quarenta e oito horas seguintes lendo superficialmente cada banco de dados, cada obituário e cada matéria de jornal. Sabia que podia estar tirando conclusões precipitadas, mas o contexto favorecia essa linha de raciocínio. Por isso, em vez de ser prudente, Eli agarrou a linha e torceu para ela não se arrebentar.

E então, por fim, ele encontrou o obituário do dr. Adam Porter. Um neurologista renomado que foi encontrado morto depois do expediente num consultório particular. Sofreu um ataque cardíaco de acordo com o relatório do legista, mas não quando estava em sua mesa, nem a caminho do carro, ou na segurança do próprio lar. Não, o corpo foi encontrado no piso de linóleo do consultório, ao lado de um aparelho de ressonância magnética em curto, com o fusível queimado.

Um acidente muito estranho.

Uma corrente muito forte.

As anotações sobre o paciente daquela noite haviam desaparecido, deixando um buraco entalhado na agenda lotada, mas Eli conseguia ler as linhas gerais pelo esboço que ele tinha deixado para trás.

Ele conhecia aquela forma.

Já a viu antes.

O corpo de Angie, contorcido no chão do laboratório em Lockland, com as costas arqueadas e a boca aberta, os últimos segundos de vida imortalizados pela dor.

Um ataque cardíaco, foi o que disseram.

Um acidente muito estranho.

Uma corrente muito forte.

E, no centro de ambos os acidentes, havia um EO com habilidade de caça, de manipular o corpo das vítimas. Alguém que já estava no sistema — porque supostamente deveria estar morto.

— Eu te matei — resmungou Eli.

Victor surgiu outra vez como se tivesse sido convocado. Olhos azuis e frios e um sorriso malicioso.

— É verdade.

— Então como...?

— Você precisa mesmo fazer essa pergunta?

Eli cerrou os dentes.

Sydney Clarke.

Serena havia insistido em acabar ela mesma com a vida da irmã. Era evidente que sua determinação fraquejara. Sydney ainda estava viva.

A menina que tinha o péssimo hábito de trazer pessoas *de volta à vida*. E de trazer EOS de volta com defeito. Eli viu por si mesmo quando Sydney ressuscitou um EO que ele havia matado; ela o devolveu como um brinquedo quebrado, com um bilhete de Victor nas mãos.

Eu fiz um amigo.

Eli se levantou e ergueu os olhos para a câmera mais próxima.

— Stell? — chamou ele, primeiro baixinho e depois mais alto.

Uma voz fria respondeu pelo interfone.

— O diretor não está disponível.

— Quando ele volta? — exigiu saber, mas a voz não respondeu.

Eli ficou irritado. Precisava ver Stell, tinha que olhar nos olhos dele e perguntar como pôde ser tão idiota, tinha que perguntar por que ele não havia queimado o corpo.

Ele procurou algo ao redor que pudesse usar, algum jeito de atrair a atenção do diretor.

Mas tudo era aparafusado. Exceto, é claro, ele mesmo. Eli golpeou a parede de fibra de vidro com os punhos.

Um ruído baixo passou a soar quando as paredes começaram a carregar.

— Detento — ordenou a voz sem corpo. — Abaixe-se.

Eli não obedeceu. Ele golpeou a fibra de vidro uma segunda vez. Um alarme soou e, um instante depois, uma explosão de eletricidade subiu pelo braço de Eli, que cambaleou para trás com uma única batida do coração descompassada antes de se regularizar. Ele investiu contra a parede uma terceira vez, mas, antes que o punho a alcançasse, as luzes foram apagadas e Eli foi mergulhado na mais completa escuridão.

A privação de sentidos foi tão repentina, a escuridão tão absoluta, que Eli sentiu que estava caindo. Ele estendeu a mão para se equilibrar em alguma coisa e tropeçou, procurou a cadeira de metal por alguns instantes e desabou nela para esperar.

Por que você não queimou o corpo?

Por que você não...

No entanto, enquanto Eli estava sentado no escuro, repetindo mentalmente a pergunta diversas vezes, ele sentiu aquela mão invisível, que havia sido sua guia por tanto tempo, agora fazendo com que ele recuasse. Se Eli entregasse Victor a Stell, ao ONE, eles o manteriam *vivo*. Prenderiam Victor numa cela. Não. Ele não iria — não poderia — permitir meias medidas. Victor era perigoso demais, ele tinha que ser abatido, e Stell já havia falhado antes.

Eli não confiaria a tarefa a ele uma segunda vez.

As luzes voltaram a se acender, a parede mais distante clareou e o diretor surgiu do nada, usando um terno preto com ótimo caimento, a gravata ao pescoço.

— Que merda foi essa? — exigiu saber Stell. — É melhor você ter uma revelação incrível depois dessa palhaçada.

Eli vacilou por apenas um segundo e então se empertigou, comprometido com o rumo que decidiu tomar.

— Para falar a verdade — respondeu ele com frieza —, eu estou num *beco sem saída*.

Não era mentira.

A suspeita ficou estampada no rosto de Stell.

— Estou surpreso, porque eu vi como foi a última semana. O senhor parecia estar avançando.

Eli xingou baixinho. Tinha ficado tão atordoado com a descoberta, tão ansioso pelo confronto e tão perplexo com a própria retratação que não considerou as ramificações da mudança de ideia. O efeito chicote. Uma falha no padrão.

— Quando foi que tudo desmoronou? — insistiu Stell.

— Não desmoronou — respondeu Eli. — Eu simplesmente não tenho mais pistas.

— Então por que me chamou, *cacete*? — exigiu saber o diretor.

Eli havia cometido um erro. Não estava acostumado a cometer erros, a não ser quando envolvia Victor Vale. Victor sempre teve a capacidade enervante de tirar Eli do sério, de comprometer sua concentração. E agora Eli tinha que perturbar a concentração de Stell, tinha que encontrar uma maneira de redirecionar a atenção dele, de transformar a suspeita em... **algo** mais fácil. Raiva — essa era uma emoção bem intensa.

— Acho — disse Eli, inserindo o máximo de escárnio possível no tom de voz — que eu queria ver o que você faria. Agora, eu sei.

Stell olhou para ele com a boca aberta de surpresa. E, em seguida, como esperado, ele se retorceu de raiva.

— *Quer* que eu te mande de volta para o laboratório?

— Essa ameaça já está ficando velha.

Stell recuou, como se tivesse levado um soco.

— É mesmo? — disse ele com ar sombrio. — Permita que eu refresque a sua memória.

Eli ficou tenso quando Stell levou o relógio de pulso à boca e falou em um radiocomunicador oculto, baixo demais para que ele pudesse distinguir as palavras.

— Espera — começou Eli, a voz interrompida por um ruído metálico acima dele.

Quatro pequenos sprinklers emergiram do teto na frente da cela. Uma água gelada começou a cair sobre ele, deixando Eli ensopado em questão de segundos.

Ele começou a se afastar, mas a voz de Stell o fez parar.

— Não se atreva a recuar.

Eli não se mexeu mais.

— Tudo bem. — Ele olhou para as mãos e então para Stell. — Eu não vou derreter.

— Eu sei disso — comentou o diretor, soturno.

Eli quase não ouviu o zumbido abafado pelo barulho da água. Ele percebeu tarde demais o que estava acontecendo e conseguiu dar apenas um passo na direção da fibra de vidro antes que a corrente o atingisse.

Estava por todo o lugar. Rasgando as pernas, formando um arco elétrico no peito, iluminando cada célula nervosa. Eli desabou de joelhos conforme a eletricidade o despedaçava, conduzida pela água. A voltagem era alta o bastante para matar um animal de pequeno porte, mas a habilidade de regeneração de Eli o mantinha consciente, preso num estado suspenso em que era eletrocutado.

Ele cerrou a mandíbula, um som baixo e animalesco escapava por entre os dentes.

Stell se virou e saiu enfurecido, erguendo a mão num movimento quase desdenhoso. A parede se tornou sólida, branca e, longos e terríveis segundos depois, a corrente enfim parou. Eli desabou de lado no chão grudento enquanto o fluxo de água dos sprinklers diminuía até parar.

Ele se virou para ficar de costas no chão, o peito subindo e descendo.

Em seguida, bem devagar, Eli se levantou, foi até a mesa e afundou na cadeira diante do computador. Como o sistema era interligado ao de Stell, o diretor poderia saber tudo e ler tudo, talvez até mesmo as entrelinhas.

Eli começou a buscar outras mortes, outras causas, outras pistas. Não podia enterrar a pesquisa que o levou a Adam Porter, aquele elo perdido, mas podia evitar que Stell seguisse o padrão claro dos seus pensamentos. Com cada busca subsequente, Eli desgastava o fio da meada, se aventurava por um curso que havia abandonado antes. Com sorte, ia parecer que estava frustrado com o próprio fracasso, uma necessidade furiosa de encontrar a verdade.

Porém, enquanto os dedos voavam pelo teclado, criando uma teia emaranhada de pistas falsas e becos sem saída, seus pensamentos se fundiram em um único objetivo.

Eli cuidaria de Victor sozinho.

XXIV

QUATRO SEMANAS ANTES

ONE

Eli havia passado quase uma hora inteira ouvindo Stell falar do novo alvo. Marcella Renee Riggins, esposa da máfia que se tornou assassina. Ele folheou as páginas do arquivo enquanto o diretor falava, deixando de lado os recortes de jornal e o histórico fornecido pelo ONE e, em vez disso, concentrando-se nas fotos da cena do crime no hospital — a cama com a grade enferrujada, os lençóis destruídos e o mais impressionante: o buraco na parede do quarto.

— ... quase morreu num incêndio, parece queimar tudo e todos que ela toca...

— Ela não está queimando nada — comentou Eli, dando uma olhada rápida nas fotos.

— A pilha de cinzas diz o contrário.

Eli traçou o dedo ao longo do buraco na parede e voltou para o close dos restos no chão da cozinha.

Ele se levantou e encostou a foto na fibra de vidro.

— Está vendo isso? As bordas do diamante?

Stell semicerrou os olhos.

— Parece sujeira. O que faz sentido, já que está no meio de uma pilha de restos humanos.

— Não é sujeira — retrucou Eli. — É grafite.

— Não entendi.

É claro que não.

— Marcella não queima as coisas. Ela as *corrói*. Se ela estivesse usando calor, você poderia combater a habilidade com frio extremo. Mas, com uma habilidade corrosiva desse tipo, é melhor matá-la de uma vez.

Stell cruzou os braços.

— Esse é o único conselho que você pode me dar?

— Nesse caso, sem dúvida é o *melhor* — enfatizou Eli. Ele já presenciou um poder como o de Marcella antes. Bruto, destrutivo, sem limites. Não havia lugar para um poder como esse no mundo. Ela trilharia um caminho de caos até ser abatida. — Você sabe qual é a meia-vida do carbono?

— De cabeça? — perguntou Stell.

— É de quase seis mil anos. Quanto tempo você acha que ela levou para matar a pessoa que estava usando o diamante? Quanto tempo você acha que ela vai levar para penetrar seja lá qual for a armadura que os seus homens usarem?

— Não vai ser a primeira vez que os meus agentes enfrentam alguém com uma habilidade com base no toque.

— E, presumindo que consiga capturá-la, você ao menos tem uma cela que seja capaz de conter alguém com poderes assim?

— Todo poder tem seus limites.

— Só me escuta...

— Eu não preciso — interrompeu Stell. — A sua filosofia dificilmente é um mistério a essa altura, Eli. Se dependesse de você, o ONE jamais ia poupar alguém.

— Em parte, é *por minha causa* que você poupou os últimos vinte e dois EOS. Então me escuta quando eu digo que alguém tão poderoso assim devia estar no cemitério.

— Você conhece a nossa política.

— Eu sei que você quer acreditar que todos os EOS são dignos de salvação, mas não somos.

— Não é nosso papel decidir quem vive e quem morre — resumiu Stell. — Não condenamos os EOS sem uma confrontação.

— Quem é que está deixando os ideais atrapalharem a razão agora?

— Vamos oferecer a Marcella a mesma oportunidade que oferecemos a todo EO que enfrentamos: de se apresentar de boa vontade. Se ela se recusar e a equipe local não for capaz de capturá-la com segurança...

— *Segurança?* — vociferou Eli. — Essa mulher é capaz de reduzir pessoas a cinzas com um só toque. Ela consegue deteriorar metais e rochas. Você valoriza mais a vida de um EO que a de um ser humano? Porque você vai mandar os seus agentes numa missão suicida para satisfazer o seu orgulho...

— Baixa esse tom de voz — ordenou Stell.

Eli soltou o ar por entre os dentes cerrados.

— Se não matar essa mulher agora, você vai se arrepender depois.

Stell se virou para sair dali.

— Se você não tiver outra sugestão...

— Me manda junto.

Stell olhou para trás, erguendo uma sobrancelha grossa.

— O que foi que você disse?

— Você quer outras opções? Que não vão fazer seres humanos inocentes serem mortos? — Eli estendeu os braços. — As nossas habilidades são complementares. Ela destrói. Eu regenero. Há certa elegância cósmica nisso, não acha?

— E se o poder dela for mais rápido que o seu? — perguntou Stell.

Eli baixou os braços.

— Então eu morro — respondeu ele com simplicidade.

Houve uma época em que acreditava que tinha sobrevivido porque Deus assim o quis. Que era invencível porque Ele tinha um propósito para Eli. Agora, Eli não sabia mais no que acreditava, mas ainda esperava, fervorosa e desesperadamente, que houvesse alguma razão para tudo isso.

Stell abriu um sorriso sombrio.

— Agradeço a sua proposta, sr. Cardale. Mas não vou deixá-lo sair daqui tão facilmente.

A parede ficou sólida, engolindo o diretor do seu campo de visão. Eli suspirou e andou até a cama. Ele afundou nela, os cotovelos apoiados nos joelhos, os dedos entrelaçados e a cabeça baixa. Como se estivesse rezando.

É claro que Eli não esperava que Stell fosse concordar com aquilo.

Mas tinha plantado a semente. Vira-a criar raízes na mente de Stell. Agora, precisava apenas esperar que ela crescesse.

XXV

QUATRO ANOS ANTES

ALA DO LABORATÓRIO DO ONE

Thomas Haverty era um homem de visão.

Por isso não ficou nem um pouco surpreso quando Stell o demitiu da sua função no ONE. Não se surpreendeu quando os seguranças o acompanharam para fora do laboratório, tiraram seu cartão de acesso, os arquivos e o jaleco branco impecável de limpo. Muitos gênios foram impedidos de continuar com o trabalho por tolos sem visão. Cientistas condenados antes de serem enaltecidos. Deuses crucificados antes de serem idolatrados.

— Por aqui, sr. Haverty — disse um soldado de farda preta.

— *Doutor* — corrigiu ele enquanto passava pelo scanner, estendia os braços e os deixava revistar as roupas, a pele, o esqueleto, tudo para se certificarem de que ele não havia roubado nada do laboratório. Como se Haverty fosse fazer algo tão idiota, tão óbvio.

Eles o acompanharam por todo o caminho até o estacionamento e começaram a revistar também o carro antes de lhe devolverem as chaves e sinalizarem ao posto de segurança que já podiam deixá-lo ir. Os portões se fecharam atrás dele como um final dramático.

Haverty dirigiu os quarenta quilômetros de volta até o limite de Merit, até um pequeno apartamento na zona sul da cidade. Ele entrou, colocou as chaves numa bandeja que deixava perto da porta para isso, tirou o casaco e os sapatos e arregaçou as mangas.

Algumas poucas gotas de sangue do sr. Cardale ainda manchavam a parte interna do seu pulso, ultrapassando a proteção das luvas de látex. Haverty estudou os pontos por um momento; o estranho padrão parecia um punhado de estrelas, uma constelação esperando ser descoberta.

Ele estendeu o pulso e entrou no escritório. Um cômodo sem janelas, estéril, branco e repleto de prateleiras refrigeradas de amostras, frascos de sangue, potes de vidro contendo várias drogas diferentes e pasta após pasta de anotações copiadas à mão.

Não, Haverty não foi tolo de roubar o ONE na saída. Pelo contrário, fez isso todo dia. Roubou a pesquisa aos poucos. Uma única amostra. Uma lâmina. Uma ampola. Cada souvenir pequeno o bastante para que pudesse alegar ter sido um acidente, caso fosse pego. Uma distração. A paciência era realmente a maior das virtudes. E o progresso era algo a ser alcançado um passo lento de cada vez.

Toda noite — ou manhã —, quando voltava para casa, Haverty pegava um bloco de notas e reescrevia palavra por palavra cada anotação que havia feito no santuário do complexo do ONE.

Homens à frente do seu tempo sempre estavam, por definição, fora de sintonia com o próprio tempo.

Com Haverty não era diferente. Stell não via as coisas dessa forma — o ONE não via as coisas dessa forma —, mas *ele* sabia que os fins justificariam os meios. Ele provaria a eles. Descobriria o código ExtraOrdinário e alteraria os rumos da ciência, e então o receberiam de volta de braços abertos. Ele seria idolatrado.

Atravessou o laboratório e pegou uma pequena lâmina de vidro da gaveta de cima, junto com um bisturi, e raspou delicadamente as gotas secas do sangue vermelho amarronzado de Eliot Cardale.

Tinha muito trabalho pela frente.

XXVI

QUATRO SEMANAS ANTES

ZONA SUL DE MERIT

Nick Folsetti afundou no banco ao lado do vestiário e começou a desenrolar a faixa das mãos. Passou a língua pelo interior da bochecha — ainda sentia o gosto de sangue onde o oponente havia acertado um soco.

A última parte da faixa se soltou e Nick flexionou os dedos, observando a pele nas juntas se retesar e endurecer até virar algo similar a uma pedra. Não *era* uma pedra, é claro, nem nada do tipo. Parecia mais que toda a maciez o abandonou. Toda a fraqueza se apagou. Ele flexionou os dedos de novo, e eles receberam uma súbita explosão de cor conforme se suavizavam até voltarem a ser de carne e osso.

Nick só era capaz de endurecer algumas partes — mãos, costelas, calcanhares, mandíbula — e, mesmo assim, era algo consciente.

Mas era bem impressionante.

Tinha ouvido os rumores sobre os soldados que procuravam pessoas iguais a ele. Desceu a toca do coelho on-line, desenterrou tudo o que havia conseguido encontrar sobre os ExtraOrdinários naqueles primeiros dias antes de se dar conta de que aquilo devia ser um alerta vermelho dos grandes, então passou a fazer as pesquisas no modo anônimo em computadores públicos.

ONE — era assim que eles se chamavam. Ele imaginava que fossem como as pessoas que aparecem nos programas de TV, aquelas que acreditavam em fantasmas, monstros ou alienígenas. Nick nunca foi ingênuo, ele não achava que eles existiam *de verdade*, esses tais caçadores.

Entretanto, até seis meses antes, quando Nick, recém-saído do hospital, socou uma parede e a única coisa que quebrou foi a *parede*, também não acreditava que havia pessoas como ele.

O agenciador de apostas, Tavish, assoviou da porta com um palito de dentes novo na boca.

— Para um cara do seu tamanho, você sabe mesmo dar um soco. — Ele ergueu o queixo indicando o corredor, o salão, o ringue. — Existem lugares maiores que esse aqui, como você bem sabe.

— Quer que eu dê o fora? — perguntou Nick.

— Não foi isso que eu disse — respondeu Tavish, mudando o palito de dentes de posição. — Só estou dizendo que, se você quiser subir na vida, eu posso ajudá-lo... por uma comissão.

— Eu não estou em busca de mais atenção — disse Nick. — Só de dinheiro.

— Como quiser.

O envelope fez um arco no ar e aterrissou no banco ao lado dele. Não era muito grosso, mas o dinheiro não podia ser rastreado e era mais que o suficiente para ele se virar até a próxima luta. Que era tudo o que Nick precisava.

— Vejo você daqui a três noites — disse Tavish, desaparecendo no corredor.

Nick passou o polegar pelas notas, enfiou-as no casaco e saiu.

O poste de luz acima da porta estava em curto de novo, o beco era um emaranhado de sombras, do tipo que pregava peças nos olhos tão tarde da noite.

Nick acendeu um cigarro, a ponta vermelha dançava diante dele na escuridão.

Havia uma festinha em um dos armazéns ali perto, a batida pesada da música da boate encobrindo as ruas. Nick não conseguia ouvir o próprio coração por causa do barulho da batida, muito menos os passos que o seguiam logo atrás.

Ele não sabia que havia alguém perto até sentir a súbita explosão de dor na lateral do corpo. Ela o pegou desprevenido e, por um instante, Nick achou que tivesse sido baleado, mas, quando baixou os olhos, viu um dardo de metal enfiado no meio das costelas. Um frasco vazio.

Ele se virou, atordoado, esperando encontrar um policial, um criminoso, ou até mesmo um soldado do ONE, mas havia apenas um homem, baixo e careca, de óculos de armação redonda e jaleco branco de laboratório.

Foi a última coisa que Nick viu antes que a visão ficasse turva e as pernas cedessem sob seu peso, então tudo ficou escuro.

Nick despertou em um quarto de aço — um contêiner de navio ou talvez um armário de depósito, ele não sabia ao certo. Seus olhos entravam e saíam de foco e sua cabeça latejava. A memória voltou. O dardo. O frasco.

Ele tentou se mexer e sentiu o puxão das amarras nos pulsos e nas canelas, o barulho do forro de plástico sob a cabeça.

Nick se alongou, endurecendo os pulsos, mas de nada adiantou. Solidez não era a mesma coisa que força. As amarras eram bem elásticas e não se romperam. Em seguida, ele lutou, debatendo-se na mesa até que alguém estalou a língua.

— Nós regredimos tão rápido — disse uma voz atrás dele. — As pessoas viram animais no instante em que são enjauladas.

Nick se contorceu, esticando o pescoço até conseguir ver a ponta de um jaleco branco.

— Peço desculpas pelo estado do meu laboratório — continuou a voz. — Sei que não é o ideal, mas a ciência não se curva à estética.

— *Quem* é você, caralho? — exigiu saber Nick, revirando-se desesperadamente nas amarras.

O jaleco branco se aproximou da mesa e se tornou um homem. Magro. Careca. De óculos de armação redonda e olhos fundos cor de ardósia.

— Meu nome — disse o homem, ajeitando as luvas de látex — é dr. Haverty.
— Algo fino, prateado e afiado brilhou na sua mão. Um bisturi. — Prometo que tudo o que está prestes a acontecer é no interesse do progresso.

O homem se inclinou e pousou a lâmina sobre o olho esquerdo de Nick. A ponta entrou em foco, perto o bastante para roçar em seus cílios, enquanto o médico virava um borrão branco logo atrás.

Nick cerrou os dentes e tentou se afastar do bisturi, mas não havia para onde ir, de modo que, em vez disso, ele forçou toda a sua concentração para endurecer o olho esquerdo. O bisturi tocou o olho com o tinido de metal em gelo.

O borrão que era o rosto do médico se abriu num sorriso.

— Fascinante.

O bisturi desapareceu e o médico saiu de seu campo de visão. Nick ouviu um arranhar de ferramentas e, em seguida, Haverty ressurgiu, segurando uma seringa com um líquido viscoso de um azul vibrante.

— O que você quer? — implorou Nick enquanto a seringa saía do seu campo de visão.

Pouco depois, ele sentiu uma dor atravessar a base do crânio. O frio começou a inundar seus membros.

— O que eu quero? — repetiu Haverty enquanto Nick se arrepiava, tremia e sofria convulsões. — O que todos os cientistas querem. Aprender.

3

ASCENSÃO

I

TRÊS SEMANAS ANTES

ONE

— E você, Rush?

Dominic piscou. Ele estava sentado a uma mesa no segundo andar do refeitório, com Holtz de um lado e Bara do outro. Depois de arrumar o emprego para Dom, Holtz ficou por perto e o ajudou a se ajustar ao ONE. Era um menino loiro e animado — Dom não conseguia deixar de pensar nele dessa forma, embora Holtz fosse um ano mais velho —, com um sorriso malicioso e um bom humor constante. Eles haviam servido juntos por duas temporadas antes que Dom pisasse numa mina subterrânea e se aposentasse. Era bom passar um intervalo de turno com ele, apesar da presença de Bara.

Rios estava sentada sozinha na mesa ao lado como sempre fazia, com um livro aberto ao lado da comida. Toda vez que um soldado se aproximava, ela fazia uma cara feia e ele se afastava.

— E eu *o quê*? — perguntou Dom.

— Se você fosse um EO — perguntou Bara, a boca cheia de sanduíche —, qual seria o seu poder?

Era uma pergunta inocente — até mesmo inevitável naquele ambiente. Mas, ainda assim, a boca de Dom ficou seca.

— Eu... não sei.

— Ora, vamos — insistiu Bara. — Não vai me dizer que nunca pensou nisso.

— Eu gostaria de ter visão de raios x — disse Holtz. — Ou a habilidade de voar. Ou de transformar o meu carro em outros modelos toda vez que ficasse entediado.

Rios olhou para ele da mesa em que estava sentada.

— A sua mente — começou ela — é mesmo uma maravilha. — Holtz ficou todo contente, como se o comentário tivesse sido um elogio. — Mas — continuou —, se você tivesse se dado ao trabalho de ler os documentos de avaliação, saberia que o poder de um EO está conectado à EQM e ao estado de espírito na hora do acidente. Então me diz — perguntou ela, virando-se na cadeira — que tipo de acidente lhe daria o poder de mudar o modelo do seu carro?

Holtz fez uma careta engraçada, como se estivesse de fato tentando resolver esse enigma, mas Bara ficou evidentemente aborrecido.

— E você, Rios? — devolveu ele. — Qual seria o *seu* poder?

Ela voltou a atenção para o livro.

— Eu ficaria com a habilidade de criar silêncio.

Holtz deixou escapar uma risadinha nervosa.

Dominic passou os olhos pelo grupo.

Ele não havia esperado que isso fosse ficar mais fácil — não *queria* que ficasse —, mas foi o que aconteceu. Era incrível com o que se conseguia se acostumar, a rapidez com que o estranho se tornava mundano e o extraordinário, normal. Depois de sair do Exército, ele sentiu falta da camaradagem, dos interesses em comum. Ora, ele sentiu falta até da farda, das ordens, da rotina.

Mas Dominic jamais conseguiria se acostumar com as *celas* do ONE. Ou, melhor dizendo, com as pessoas aprisionadas nelas.

As paredes brancas limpíssimas do complexo haviam se tornado familiares — o labirinto obscuro foi reduzido a linhas claras de memória muscular —, mas nunca haveria nada de confortável no propósito do lugar. Se em algum momento Dom se esquecesse da verdadeira função do prédio, tudo o que tinha que fazer era ver as gravações das câmeras de segurança, passar pelas imagens de umas trinta celas.

242

De vez em quando, durante seu turno, Dom andava perto daquelas celas, entregava refeições, ouvia os EOS do outro lado da fibra de vidro implorando para que os deixasse sair dali. Às vezes, quando fazia as avaliações, precisava se sentar diante deles — os prisioneiros dentro das celas e Dominic em seu disfarce de ser humano — e perguntar sobre suas vidas, suas mortes, suas lembranças, suas mentes. Ele precisava fingir que não entendia o que eles queriam dizer quando falavam daqueles momentos finais, dos pensamentos desesperados que os acompanhavam na escuridão, os mesmos pensamentos que os traziam de volta à vida.

Do outro lado da mesa, Holtz e Bara continuavam escolhendo poderes hipotéticos enquanto Rios tinha voltado a ler, mas Dominic ficou olhando para a comida, sem o menor apetite.

II

DOIS ANOS ANTES

APARTAMENTO DE DOMINIC

Ele virou o cartão de visita nas mãos, esperando que Victor retornasse a ligação.

O verniz captou a luz, iluminando as três letras.

ONE.

Dez minutos depois, o telefone, enfim, tocou.

— Aceita a oferta de trabalho.

Dominic congelou.

— Você não pode estar falando sério. — Mas, pelo silêncio que se seguiu, ele soube que Victor estava. — Esses são os caras que caçam, capturam e matam a gente. E você quer que eu *trabalhe para eles*?

— Você tem os antecedentes, as qualificações...

— E se eles descobrirem que eu sou um EO?

Um suspiro breve e impaciente.

— Você tem a habilidade de se mover pelo tempo, Dominic. Se não puder evitar a captura...

— Eu posso me mover pelo tempo — repetiu Dominic —, mas eu não atravesso paredes. Não destranco portas. — Dom alisou os cabelos. — Com todo o respeito...

— Essa expressão geralmente precede um não — interveio Victor, com frieza.

— O que você está me pedindo...

— Eu não estou pedindo.

Victor estava a quase duzentos quilômetros dali, mas, mesmo assim, Dominic se encolheu ao ouvir a ameaça. Ele devia tudo a Victor, e ambos sabiam disso.

— Certo.

Victor desligou, e Dom ficou encarando o telefone por um longo tempo antes de virar o cartão e ligar.

Uma van preta veio buscá-lo ao amanhecer.

Dominic estava à espera no meio-fio e viu quando um homem à paisana desceu do carro e abriu as portas traseiras. Dom se forçou a andar. Seus passos eram lentos, um corpo tentando não ser arrastado.

Ele não queria fazer isso. Cada célula de autopreservação do seu corpo lhe dizia que não fizesse isso. Não sabia no que Victor estava pensando, nem quais eram os planos. Para Dom, Victor se comportava como se o mundo fosse um enorme tabuleiro de xadrez. Ele cutucava as pessoas e dizia: "Você é um peão, você é um cavaleiro, você é uma torre."

Dom ficou um pouco irritado ao pensar nisso, mas havia aprendido a não fazer perguntas quando serviu no Exército, a confiar nas ordens que recebia, tendo consciência de que não podia ver o panorama geral. A guerra precisava dos dois tipos de pessoas: as estrategistas e as operacionais.

Victor pertencia ao primeiro grupo.

Dominic pertencia ao segundo.

Isso não fazia dele um peão.

Fazia dele um bom soldado.

Ele forçou o corpo a seguir na direção da van. Mas, antes que pudesse entrar no veículo, o homem lhe estendeu um saco plástico com lacre.

— Celular, relógio, qualquer coisa que transmita dados e que não esteja conectada ao seu corpo.

Dominic foi cuidadoso — havia poucos números gravados no celular e nenhum deles tinha o nome do contato; Victor era o *chefão*, Mitch era o *grandalhão* e Syd era o *terror em miniatura* —, mas, mesmo assim, sentiu uma pontada de nervosismo quando perdeu o saco de vista e foi empurrado para dentro da van.

Ela não estava vazia.

Havia quatro pessoas — três homens e uma mulher — sentadas lá dentro, com as costas na parede de metal sem janelas. Dom se sentou enquanto as portas se fechavam e a van arrancava. Ninguém disse uma palavra, mas ele logo percebeu que os outros eram militares — ou ex-militares — pela postura dos ombros, os cabelos cortados rente ou totalmente raspados, a expressão vazia no rosto. Um deles tinha uma prótese no lugar do braço — uma elaborada peça biotecnológica do cotovelo para baixo — e Dom ficou observando o homem tamborilar os dedos mecânicos distraidamente sobre a perna.

Eles buscaram mais uma pessoa — uma jovem negra —, então o chão sob os pneus mudou e o mundo lá fora foi abafado pelo som do motor conforme a van ganhava velocidade.

Dom havia passado metade da carreira em comboios como esse, sendo transportado de uma base para outra.

Um dos homens olhou para o pulso antes de lembrar que o relógio tinha sido confiscado. Dominic não se importava com as horas — ele podia esperar.

O tempo se movia de uma forma estranha para Dom.

Ou, no mínimo, ele se movia de uma forma estranha pelo tempo.

Nos documentos, ele só tinha 33 anos, mas sentia que estava vivo havia mais tempo — e achava que, de certo modo, estava mesmo. Dom podia sair do fluxo do tempo e entrar nas sombras, onde o mundo se tornava uma pintura em tons de cinza, uma escuridão entre os mundos, um lugar que não existia, onde ele era a única coisa que se movia.

Dom nunca havia feito os cálculos, mas acreditava já ter passado semanas — ou talvez meses — do outro lado, o lado *de fora*, onde sua própria linha do tempo se prolongava e perdia a forma.

Certa vez Dom fez um experimento: ele foi para as sombras e permaneceu lá, curioso para saber quanto tempo conseguiria ficar fora do tempo. Era como prender a respiração e, ao mesmo tempo, não era — havia oxigênio no espaço entre os mundos, mas também havia peso e pressão — uma pressão que quase o destruiu antes, quando cada passo era doloroso. Uma pressão que agora ele sentia como uma resistência — desafiadora, mas de modo algum impermeável.

Desde então, toda manhã e toda noite, Dominic passava um tempo fora do tempo. Às vezes ele se movia apenas pelo apartamento, enquanto outras ele saía por aí, medindo a distância que conseguia cobrir em vez de os segundos que se passavam.

Quando a van de transporte começou a diminuir a velocidade, a atenção de Dom se voltou mais uma vez para o banco de metal, a carroceria escurecida e os outros corpos que aguardavam.

Poucos minutos depois, a van, enfim, parou. As portas se abriram e eles desceram para o asfalto liso. Dominic semicerrou os olhos, desorientado pela repentina luz da manhã. Estavam parados diante de uma construção que só podia ser o ONE.

Do lado de fora, parecia... inofensivo. Sem graça, até. Um muro cercava o perímetro, mas não havia arame farpado nem guaritas.

O grupo alcançou as portas da frente, que se abriram com o silvo de uma câmara de ar comprimido. O saguão — se é que aquilo podia ser chamado assim — era polido e aberto, mas entre as portas e aquele espaço havia um posto de segurança. Um de cada vez, os seis foram chamados pelo nome e instruídos a esvaziar os bolsos e passar pelo scanner.

Klinberg. Matthews. Linfield.

O coração de Dominic bateu acelerado.

Bara. Plinetti.

Victor disse que eles não seriam capazes de mantê-lo preso, mas ele não *sabia* se isso era verdade, não com certeza. O principal trabalho dessas pessoas era capturar outros iguais a ele. Sem dúvida, a tecnologia havia sido adaptada para a tarefa. E se eles tivessem descoberto uma maneira de medir a diferença entre um ser humano e um EO? E se eles conseguissem detectar pessoas iguais a ele?

— Rusher — chamou o segurança, pedindo a Dominic que fosse em frente.

Ele soltou o ar baixinho e passou pelo aparelho.

Um som de erro — um alarme sonoro — ecoou pelo saguão.

Dom cambaleou, dando um passo para trás e saindo do scanner, e se preparou para que as paredes se abrissem e soldados de preto chegassem aos montes. Estava prestes a sair do mundo e adentrar as sombras, prestes a sacrificar sua identidade, seu anonimato, a porra toda, e enfrentar a fúria de Victor, quando o segurança apenas revirou os olhos.

— Você tem peças de metal?

— O quê? — perguntou Dominic, atordoado.

— Metal. No corpo. Você precisa nos avisar desse tipo de coisa antes de entrar. — O soldado digitou rapidamente uma nova série de comandos. — Certo. Pode passar.

Dom se forçou a passar de novo pelo aparelho, rezando para que o scanner não conseguisse captar seu pânico.

— Fique imóvel.

Ele sentiu como se estivesse sendo xerocado. Uma faixa brilhante de luz branca subiu e desceu pelo seu corpo.

— Pode sair.

Dominic saiu, esforçando-se para que ninguém percebesse que ele tremia.

Um dos outros caras — Bara — espalmou a mão sobre seu ombro.

— Nossa, cara, como você está tenso!

Dom conseguiu dar uma risadinha nervosa.

— Não sou chegado a barulhos altos — explicou ele. — Culpa de uma mina terrestre.

— Que azar, cara. — Ele afrouxou a mão. — Mas deram um jeito em você.

Dom assentiu.

— Dá para o gasto.

Eles foram levados até uma sala sem cadeiras nem lugar para se sentar, sem nenhum sinal de conforto. Só paredes e chão vazios. A porta foi fechada atrás deles. E trancada.

— Vocês acham que é um teste? — perguntou uma das mulheres, Plinetti, depois de trinta minutos.

— Se for, é um teste péssimo — comentou Matthews, alongando-se no chão. — É preciso muito mais que uma caixa branca para foder com a minha cabeça.

Dom balançou sobre os calcanhares, encostando os ombros na parede.

— Um café não cairia mal — disse Bara com um bocejo.

O último cara — Klinberg — opinou.

— Ei — disse ele, fingindo sussurrar —, vocês já viram um?

— Um o quê? — perguntou a outra mulher. Linfield.

— Você sabe. Uma dessas coisas que eles prendem aqui.

Coisas, disse ele. Não *pessoas*. Dom resistiu ao impulso de corrigi-lo no instante em que a porta se abriu e uma soldado entrou na sala. Ela era alta e magra, com a pele morena e os cabelos pretos e curtos. A maioria dos recrutas se levantou de uma só vez — a continência era um hábito difícil de largar —, mas o cara deitado no chão se levantou devagar, quase com preguiça.

— Eu sou a agente Rios — disse a soldado — e vou guiá-los pelo treinamento de hoje. — Ela andou por toda a extensão da sala. — Alguns de vocês estão se perguntando o que fazemos aqui. O ONE é dividido em Contenção, Observação e Neutralização. As equipes de Contenção se dedicam a localizar, perseguir e capturar os EOS. A Observação desses EOS é feita aqui na base.

Klinberg ergueu a mão.

— Qual é a equipe responsável por matá-los?

Dominic sentiu um aperto no peito, mas a expressão de Rios não se alterou.

— A Neutralização é o último recurso e a equipe é formada por aqueles que se destacaram em outros departamentos. Posso lhe assegurar, Klinberg, que *você* não vai matar EOS tão cedo. Se isso for um empecilho para você, me avise para que eu possa dar atenção aos cinco candidatos restantes sem mais distrações.

Klinberg teve o bom senso de fechar a boca.

— Antes de começarmos — continuou Rios —, vocês devem assinar um contrato de confidencialidade. Se quebrarem o contrato, vocês não vão ser presos. Nem processados. — Ela deu um sorriso sombrio. — Vocês vão simplesmente *desaparecer*.

Rios passou um tablet entre eles e cada um pressionou o polegar na tela. Quando o aparelho retornou para suas mãos, ela voltou a falar.

— A maioria de vocês já conhece o termo EO. E grande parte muito provavelmente é cética. Mas o jeito mais rápido de acabar com qualquer dúvida que vocês tenham é com uma demonstração. — As portas se abriram atrás dela. — Por aqui.

— Mantenham as mãos dentro do carrinho — sussurrou Klinberg conforme eles formavam uma fila no saguão.

Lembre-se desse lugar, pensou Dominic quando entrou na fila. *Lembre-se de tudo.* Porém, aquilo era um labirinto branco, estéril, uniforme e desorientador. Eles passaram por várias portas, todas trancadas, e que só eram abertas com o cartão de acesso da agente Rios.

— Ei — sussurrou Bara. — Ouvi dizer que aquele assassino está preso aqui. Aquele que deu um fim em, sei lá, centenas de EOS. Você acha que é verdade?

Dom não respondeu. Será que Eli estava realmente em algum lugar desse complexo?

A agente Rios deu uma batidinha no radiocomunicador em seu ombro.

— Cela 8, status?

— *Irritável* — respondeu a pessoa do outro lado.

Um sorriso sombrio surgiu em seus lábios.

— Perfeito.

Ela abriu a última porta para eles e Dominic sentiu o coração bater mais forte. Eles estavam num hangar vazio, exceto por uma cela no meio. Era um cubo feito de fibra de vidro e, aprisionada lá dentro, como um vaga-lume num pote, havia uma mulher.

Ela estava ajoelhada no meio no piso, usando uma espécie de macacão de tecido brilhoso, como se fosse coberto de resina.

— Tabitha — chamou a agente Rios, com a voz firme.

— Me deixa sair.

Os recrutas se moveram ao redor do cubo, como se ela fosse uma obra de arte, ou um espécime, algo a ser examinado por todos os ângulos.

Matthews até bateu com os nós dos dedos no vidro, como se estivesse num jardim zoológico.

— Não alimente os animais — murmurou ele.

Dominic se sentiu enojado.

A prisioneira se levantou.

— Me deixa *sair*.

— Pede com educação — respondeu Rios.

A prisioneira estava começando a brilhar, a luz vinha de baixo de sua pele, um vermelho alaranjado feito metal aquecido.

— *Me deixa sair!* — gritou ela, a voz falhando.

E, em seguida, ela pegou fogo.

As chamas lamberam sua pele, engolfando-a dos pés à cabeça, e os cabelos ficaram de pé numa coluna de luz branco-azulada, como a ponta de um fósforo.

Alguns recrutas se encolheram. Um deles cobriu a boca com a mão. Outros ficaram olhando, fascinados. Surpresos. Com medo.

Dominic fingiu estar chocado, mas o medo era real. Ele rastejava pelos seus membros como um aviso, aquele velho instinto que lhe dizia *errado, errado, errado* — como fez um segundo antes do pé de Dom pisar na mina terrestre, um instante antes do seu mundo mudar para sempre. Um medo que tinha menos a ver com a mulher em chamas e mais com a cela que a aprisionava, com o calor que nem ao menos penetrava a fibra de vidro de trinta centímetros.

Rios apertou um botão na parede e sprinklers foram ligados dentro da cela, seguidos pelo silvo do fogo extinto. O cubo se encheu de vapor e, quando a água parou de cair e a fumaça branca se dissipou, a prisioneira surgiu sentada no chão da cela, encharcada e ofegante.

— Certo — disse Rios —, a hora da demonstração acabou. — Ela se virou para os recrutas. — Alguma pergunta?

A van preta estava à espera deles no fim do dia.

Por todo o caminho de volta à cidade os outros recrutas conversaram, falando trivialidades, mas Dom fechou os olhos e se concentrou na própria respiração.

A "demonstração" foi seguida por uma entrevista, uma explicação acerca do protocolo de treinamento e uma avaliação psicológica; cada procedimento executado de maneira tão direta, tão corriqueira, que ficava evidente que haviam sido desenvolvidos de modo a fazer com que os candidatos esquecessem a estranheza do propósito do ONE.

No entanto, Dominic não conseguia esquecer. Ele continuava abalado pela visão da mulher em chamas e estava certo de que nunca escaparia de lá com seu segredo intacto, por isso ficou surpreso — e desconfiado — quando, ao fim de tudo, Rios lhe disse que voltasse no dia seguinte para continuar o treinamento.

Dom fechou os olhos enquanto a van acelerava. O veículo parou para cada um dos recrutas e os deixou em frente das respectivas casas. Quando todos foram entregues e só sobrou ele, quando as portas da van se fecharam para ele sozinho lá dentro, Dom percebeu um novo surto de pânico. Tinha certeza de que podia sentir a estrada debaixo dos pneus, tinha certeza de que o estavam levando de volta para o ONE, para o seu próprio cubo de fibra de vidro.

— Rusher.

Dominic ergueu o olhar e se deu conta de que a van estava parada com as portas de trás abertas e viu seu prédio logo adiante sob a luz do crepúsculo.

O soldado lhe entregou o saco plástico com o celular e Dom desceu, mas, enquanto subia os degraus e entrava no prédio, não pôde deixar de sentir que estava sendo vigiado.

Lá embaixo, na rua, havia um carro desconhecido. Ele ligou a TV e voltou para a janela — o carro continuava lá, parado. Dom vestiu as roupas de ginástica, respirou fundo e saiu do tempo.

O mundo ficou silencioso, pesado e cinzento, e todo o som e o movimento escoaram da sala. Dom abriu caminho até a porta, lutando contra a lentidão do tempo congelado.

No passado, quando cada passo era doloroso, Dom não suportava permanecer mais que alguns poucos momentos nesse lugar escuro e pesado. Porém, depois de meses de treinamento, seus membros e pulmões se moviam continuamente — se não sem esforço — pela resistência.

Ele desceu a escada com passos silenciosos em vez de ecoarem como ocorreu mais cedo. Cruzou a entrada do prédio e foi até a calçada. Dom parou ao lado do carro desconhecido e se inclinou para olhar para a pessoa no banco do motorista, que estava com um celular na orelha. O homem parecia um ex-militar e o arquivo ao seu lado, no banco do passageiro, tinha o nome de Dominic impresso.

Ele ergueu o olhar para o apartamento, para o clarão do brilho da TV nas cortinas. Em seguida, deu meia-volta e andou por dois quarteirões até a estação de metrô mais próxima. Ao descer as escadas, Dom saiu das sombras e adentrou o mundo, de volta à luz, às cores e ao tempo, e desapareceu em meio à multidão que voltava para casa à noite.

— Eles estão vigiando o meu apartamento — informou ele quando Victor atendeu a ligação.

Estava correndo por um pequeno parque, a respiração em arfadas curtas e constantes.

— Era previsível — respondeu Victor, inabalável.

Dom diminuiu o ritmo para uma caminhada.

— Por que eu estou fazendo isso?

— Porque a ignorância só é uma bênção se você quiser ser pego.

Com isso, Victor desligou.

Dominic voltou ao ONE no dia seguinte, levado pela van preta, e descobriu que o grupo inicial de seis pessoas foi reduzido a cinco. Nada de Klinberg. No terceiro dia, Matthews também se foi. Rios os conduzia por exercícios, simulações e testes, e Dom fazia tudo o que lhe mandavam. Tentava ficar de cabeça baixa e com a expressão impassível. E, mesmo assim, ele esperava ser desligado.

Queria ser desligado.

Ele estava voltando para a van no terceiro dia quando foi chamado por Rios.

— O diretor Stell quer falar com você.

Dominic sentiu o corpo tenso. Jamais havia encontrado o sujeito, mas conhecia sua reputação. Sabia que Stell era o detetive que prendeu Victor quando ele estava na universidade. O homem que perseguiu Eli até Merit. E, é claro, o homem que havia criado o ONE.

Foge, disse uma voz na sua cabeça.

Ele olhou de Rios para a entrada do complexo, as portas automáticas se fechando com um silvo.

Foge antes que elas se fechem.

Mas, se ele fugisse, isso seria o seu fim. Sua identidade seria conhecida; seu disfarce, descoberto. E, então, Dom teria que continuar fugindo. Para sempre.

Ele se forçou a entrar na linha.

Rios o levou para um escritório no fim de um longo corredor branco. Ela bateu à porta uma vez e então a abriu.

O diretor Stell estava sentado numa cadeira de espaldar alto do lado oposto de uma ampla mesa de aço. Ele tinha cabelos grisalhos, só os ângulos do rosto visíveis quando baixou os olhos para um tablet.

— Sr. Rusher. Por favor, sente-se.

— Senhor. — Dominic se sentou.

A porta se fechou atrás dele com um clique.

— Uma coisa tem me incomodado — começou Stell, sem olhar para ele.

— O senhor já esqueceu alguma coisa e não conseguiu lembrar o que era? É um joguinho mental desgraçado. Ferra com a sua atenção, também. É como uma coceira que não passa.

Stell colocou o tablet sobre a mesa e Dominic viu o próprio rosto olhando para ele da tela. Não era a foto tirada no posto de segurança, nem alguma outra captada pelas câmeras do saguão. Não, a foto era de alguns anos atrás, do tempo em que ele servia no Exército.

— É o seu nome — continuou Stell. — Eu sabia que já o tinha ouvido antes, mas não conseguia me lembrar de onde. — Stell virou o tablet e o deslizou pela mesa de aço. — O senhor sabe o que é isso?

Dominic examinou a tela. Ao lado da foto, havia uma espécie de perfil, com os detalhes básicos — idade, data de nascimento, nome dos pais — acompanhados por fatos sobre a sua vida — endereço, formação acadêmica etc. —, mas havia um erro.

O nome do meio de Dominic estava listado como Eliston.

Seu nome verdadeiro era Alexander.

— O senhor já ouviu falar em Eli Ever? — perguntou Stell.

Dom ficou imóvel, procurando a resposta certa, a quantidade correta de conhecimento. Ele havia aparecido no noticiário — mas quanto da história e quais partes dela? Ele só encontrou Eli uma vez, e por apenas um instante, o segundo que levou para entrar no Falcon Price e tirar Sydney — e o cachorro dela — de lá.

— O assassino em série? — aventurou-se Dom.

Stell fez que sim com a cabeça.

— Eliot Cardale, conhecido como Eli Ever pela imprensa, foi um dos Extra-Ordinários mais perigosos que já existiram. Ele matou quase quarenta pessoas e, por um curto período, usou o banco de dados da polícia de Merit, assim como a força policial, aliás, para criar uma lista de alvos, de perfis daqueles que ele suspeitava serem EOS. Esse — disse Stell lentamente — é um dos perfis.

Uma vez, quando Dominic estava no exterior, ele entrou numa sala e encontrou uma bomba armada. Não igual à mina terrestre em que ele tinha pisado. Não, ele não teve tempo nenhum de prever aquela explosão. Mas a bomba naquela sala era tão grande quanto um tambor de aço e o lugar inteiro era uma armadilha em torno dela. Ele se lembrava de baixar os olhos e ver o fio do disparador a menos de dois centímetros da sua bota esquerda.

Tudo o que Dom queria era sair correndo de lá, afastar-se o máximo possível, mas ele não sabia onde estavam os outros fios nem como chegou até lá sem disparar a bomba. Ele tinha que escolher bem o caminho para fora da sala, um passo agonizante de cada vez.

E agora estava de novo na mesma situação, sua posição era precária — um passo em falso e tudo iria pelos ares.

— Você está me perguntando se eu sou um EO.

O olhar de Stell era firme e determinado.

— Nós não temos como saber se toda pessoa que Eli perseguiu era mesmo... Dominic bateu com o tablet na mesa.

— Eu dei o meu sangue por esse país. Dei tudo o que tinha por esse país. Eu *quase* morri por esse país. E não ganhei nenhum poder especial por causa disso. Antes eu tivesse ganhado... Em vez disso, fiquei com o corpo cheio de pedaços de sucata e muita dor, mas continuo aqui, ainda faço tudo o que posso, porque quero que as pessoas fiquem em segurança. Agora, se você não quiser me contratar, é decisão sua. Mas tenha colhões de inventar um motivo melhor que esse... *senhor.*

Dominic se recostou na cadeira, sem fôlego, esperando que o desabafo tivesse sido suficiente para convencer o outro homem.

O silêncio se prolongou. E, por fim, Stell assentiu e disse:

— Entraremos em contato.

Dispensado, Dom se levantou e saiu da sala. Foi até o banheiro masculino do outro lado do corredor e entrou na segurança do reservado antes de vomitar todo o conteúdo do estômago.

III

TRÊS SEMANAS ANTES

ONE

Bara bateu com a palma da mão na mesa e se levantou.

— Odeio fazer igual a cachorro magro — disse ele —, mas eu tenho uma missão.

— Sério?! — retrucou Holtz. — Eles liberaram *você* para fazer trabalho de campo? — Ele se virou para Rios. — Qual é? Tem semanas que eu fiz o requerimento para entrar na equipe de Contenção.

Bara ajeitou a farda.

— É porque eu sou um funcionário muito valioso.

Rios bufou.

— É porque você é um completo inútil aqui.

Bara pôs a mão sobre o coração, como se estivesse magoado, e, em seguida, devolveu:

— E você?

— O que tem eu?

— Você não faz trabalho de campo.

Ela o encarou, os olhos cinzentos inexpressivos.

— Alguém tem que garantir que os monstros não vão fugir.

Dom ficou surpreso. Ele estava no ONE fazia dois anos e já havia testemunhado um bocado de tentativas — um EO conseguiu fazer um buraco em uma das paredes de fibra de vidro, outro se libertou das amarras durante uma avaliação médica de rotina —, mas nunca tinha ouvido falar de uma fuga de verdade.

— Algum EO já fugiu daqui?

O canto da boca de Rios estremeceu.

— As pessoas não fogem do ONE, Rusher. Não depois que as colocamos aqui.

Pessoas. Rios era um dos poucos soldados que se referia aos EOS dessa maneira.

— Quem você vai caçar? — perguntou Holtz, que claramente se resignou a viver por meio dos outros.

— Uma dona de casa enlouquecida — respondeu Bara. — Queima as coisas e abre buracos nelas. Ela descobriu o apartamento secreto do marido, no Heights.

Holtz — que teve muitas namoradas — balançou a cabeça.

— Nunca subestime uma mulher com raiva.

— Nunca subestime uma *mulher* — emendou Rios.

Bara deu de ombros.

— Sim, sim. Podem fazer suas apostas. Podem rir de mim. Mas, quando ela estiver apodrecendo numa cela, vocês vão me pagar uma bebida.

ENQUANTO ISSO, EM MERIT...

June fechou os olhos e ficou ouvindo a chuva cair em seu guarda-chuva preto.

Ela preferia estar num campo em algum lugar, os braços abertos esperando um trovão, em vez de parada na calçada em frente ao elegante arranha-céu.

Estava ali esperando havia quase dez minutos quando, enfim, alguém saiu pelas portas giratórias. Para o azar dela, era um gorducho num terno grande demais para ele com barba por fazer e peruca.

June suspirou. A cavalo dado não se olham os dentes, supunha. Começou a andar em direção ao prédio e esbarrou no homem na esquina. O toque foi mínimo — do tipo que passa despercebido em meio ao empurra-empurra de um dia chuvoso —, e ela já conseguiu tudo o que precisava. Ele seguiu seu caminho e June tomou o dela. Não se deu ao trabalho de mudar de aparência até chegar à porta do Heights.

Havia um homem mais velho do outro lado da bancada da recepção no saguão.

— Esqueceu alguma coisa, sr. Gosterly?

June emitiu um som curto e ríspido, então murmurou:

— Como sempre.

As portas do elevador se abriram e, quando se fecharam atrás dela, o reflexo no metal polido já era mais uma vez o de June. Bem, não de *June*. Mas o da pessoa com quem ela saiu de casa naquela manhã. De saia hippie e jaqueta de couro dobrada até o cotovelo, um sorriso malicioso e o cabelo castanho ondulado. Ela a havia escolhido no metrô como uma menina escolhendo roupas numa arara de loja. Era uma das suas favoritas.

Enquanto o elevador subia, ela pegou o celular e mandou uma mensagem para Syd.

Por um bom tempo, nada aconteceu. E, então, três pontinhos surgiram ao lado do nome da menina, mostrando que ela estava digitando.

June ficou olhando, louca para saber a resposta.

Quando se tratava de Sydney, ela não tinha paciência para esperar.

IV

TRÊS ANOS ANTES

CAPITAL

Havia levado um ano inteiro para June encontrá-los de novo e, quando o fez, foi por acidente. Quase como se fosse o destino.

O problema era que June não acreditava em destino. Ou, pelo menos, ela não *queria* acreditar nisso porque significaria que tudo acontecia por um motivo, e havia muitas coisas que ela queria que jamais tivessem acontecido. Além do mais, era difícil acreditar em poder divino ou no plano superior quando se ganhava a vida matando pessoas.

Mas, então, o destino — ou o acaso, ou seja lá o que for — veio e lhe entregou Sydney de mãos beijadas.

Depois de um ano procurando em vão o homem de preto e a mais de duzentos quilômetros de Dresden, onde haviam se encontrado pela primeira vez, June cortou caminho por um parque enquanto seguia para mais um trabalho quando viu a menina loira de novo.

Um ano tinha se passado, mas não havia a menor dúvida de que era ela. Na época, a menina estava naquela idade em que as mudanças acontecem da noite para o dia — e ainda parecia estar. Os corpos crescem e ganham curvas — mas a menina continuava igual. *Exatamente* igual. O mesmo cabelo loiro e curto e os mesmos pálidos olhos azuis, a mesma silhueta estreita com o mesmo cachorro preto enorme ao lado feito uma sombra.

June deu uma olhada rápida pelo parque — não havia sinal do homem de preto, mas o outro estava sentado na grama, com tatuagens nos braços e um livro aberto sobre o joelho. Ela viu um objeto cor-de-rosa ali perto, um frisbee esquecido. Ela pegou o disco de plástico, girou-o entre os dedos e o atirou na direção da cabeça do homem.

O disco o acertou com um leve estalo e June correu até ele, uma jovem morena e alegre, com muitos pedidos de desculpa e sorrisos.

— Tudo bem — disse ele, esfregando a nuca. — É preciso mais que um frisbee para me derrubar.

Ele lhe devolveu o disco e, quando seus dedos se tocaram, a vida dele passou por ela como um rolo de filme. Ele era tão aberto, tão humano. Mitch Turner, 43 anos. Lares adotivos, joelhos ralados e punhos ensanguentados numa briga de rua. Monitores de computador e pneus cantando no asfalto. Algemas, uma cela de prisão e um refeitório, um homem com uma faca improvisada, uma ameaça velada, e, então... June viu um rosto que reconheceu.

E, graças a Mitch, agora ela sabia um nome.

Victor Vale.

Nas lembranças de Mitch, o homem era magro, mas ainda não estava acabado, e vestia o cinza da prisão em vez de roupas pretas e justas. Um movimento de pulso e o homem que o ameaçou desabou no chão com um grito de dor.

Aquele encontro foi como uma porta que se abria na mente de Mitch — depois daquele instante, as lembranças eram todas marcadas pelos olhos azuis e pelos cabelos platinados de Victor. Até que eles *a* encontraram. Sydney, ensanguentada e encharcada de chuva, usando um casaco grande demais para ela. Sydney, que não era humana. Sydney, com quem Mitch não sabia o que fazer nem como lidar. Sydney, e agora um tipo diferente de medo.

Da perda.

E, enfiada no meio disso tudo, como um bilhete dentro de um livro, uma última lembrança. De outra menina loira. Um corpo consumido pelo fogo. Uma decisão sufocada pelo arrependimento.

— Me desculpa — ouviu-se repetir June mesmo enquanto as lembranças do homem passavam pela sua cabeça. — A minha mira é péssima.

— Não precisa se preocupar — respondeu Mitch, irradiando bondade e afeto.

Ele voltou a se sentar na grama com o livro e sorriu. June sorriu para ele e se despediu, já pensando na menina debaixo da árvore.

Número desconhecido: Eu esqueci de dizer para você.
Número desconhecido: Meu nome é Sydney.

June aninhou o celular na palma da mão. Ela já sabia o nome da menina, é claro, mas era melhor assim, vindo dela. June queria que as coisas acontecessem naturalmente, mesmo que não tivessem começado assim.

Prazer em conhecê-la, Sydney, escreveu ela em resposta. *Eu sou a June.*

Ótimo, pensou com um sorriso.

Agora elas podiam ser amigas de verdade.

262

V

TRÊS SEMANAS ANTES

EDIFÍCIO HEIGHTS

O elevador apitou quando chegou ao décimo quarto andar. June seguiu para o corredor e se aproximou da porta bege. Ela meio que esperava encontrar uma chave extra escondida na soleira da porta ou debaixo do capacho, mas não havia nada. Sem problema. Dois pedaços finos de metal e trinta segundos depois, ela entrou.

O apartamento de Marcella Riggins era exatamente o que ela esperava: sofá de couro, tapete branco felpudo, arandelas de cobre, muito dinheiro, alma nenhuma.

Ainda assim, havia algumas poucas surpresas. O pedaço de madeira que faltava na porta do quarto, a linha apodrecida como papel queimado mostrando o caminho da destruição. Os minúsculos e reluzentes cacos de vidro na bancada e espalhados pelo chão. Mas a primeira coisa que June inspecionou foi a vitrola. Do tipo que pessoas ricas compram mais como decoração do que para usar. Havia, porém, uma pequena pilha de vinis ao lado, mesmo que também só servissem de enfeite, e June deu uma olhada neles até encontrar algo mais alegre, saboreando o arranhar da agulha.

A música fluiu pelo apartamento.

June fechou os olhos e se balançou um pouco.

A música a fazia se lembrar do verão. Das risadas e das taças de champanhe, da água gelada da piscina, das cortinas do alpendre, de mãos fortes e do arranhão da calçada de ardósia na sua bochecha e...

A música arranhou e parou quando June tirou a agulha do disco.

O passado era passado.

Morto e enterrado.

Ela perambulou pelo quarto, passou a mão distraidamente pelas roupas no closet — metade delas parecia ter sido vítima da fúria de Marcella. O telefone vibrou.

Syd: Estou tão entediada.
Syd: Queria estar aí.

June respondeu.

June: E podia estar.

Syd: Não posso.

As palavras já haviam se tornado rotina a essa altura, mesmo que as duas soubessem que o desfecho não era possível de verdade.

Afinal, June podia ser quem ela quisesse enquanto Sydney, ao que parecia, só podia ser ela mesma. Capaz de atrair os olhares por causa de sua constância, a presença de Sydney acabaria com a única vantagem de June. E, é claro, havia a questão dos *outros* — de Mitch e, mais importante ainda, de Victor. A princípio, June não compreendeu a natureza desse relacionamento, ou o quanto Sydney era apegada aos dois, até que a menina teve uma crise e lhe contou tudo.

Foi no outono passado, quando elas estavam numa das habituais ligações tarde da noite, cada uma num terraço em cidades diferentes, mas debaixo do mesmo céu. Syd estava cansada — cansada de viver com uma mochila nas costas, de ficar sempre se mudando, de não conseguir ter uma vida normal.

É claro que June já havia se perguntado por que eles se mudavam tanto — por muito tempo imaginou que estivessem fugindo. Mas sabia que havia algo mais nessa história e ficou esperando Syd lhe confidenciar.

Naquela noite, ela estava cansada o bastante para contar a verdade.

— Victor está procurando alguém que possa ajudá-lo.

— Ajudar com o quê?

— Ele está doente. — Uma longa pausa. — A culpa é minha.

— Como *você* poderia deixá-lo doente?

— Eu achei que pudesse salvá-lo. Eu tentei. Mas não deu certo. Não como deveria.

June hesitou um instante. Ela já viu Sydney *salvar* pequenos animais, sabia o que significava a intervenção dela.

— Você *ressuscitou* Victor?

A resposta não passou de um sussurro.

— Sim. Eu já trouxe outras pessoas de volta à vida antes... — E, em seguida, ainda bem baixinho: — Mas é mais difícil quando elas são como a gente. Você tem que procurar muito mais longe na escuridão. Eu achei que tivesse puxado o fio inteiro, mas ele estava desgastado, havia pedaços por todo lado, eu devo ter esquecido algum pedaço e agora... o poder dele não está funcionando direito.

Esta última parte, como uma brecha na armadura, uma chance de fazer a pergunta que havia assombrado June desde o dia em que ela esbarrou no homem de preto. O mistério do seu poder — ela viu *algo* de relance na mente de Mitch, uma forma vaga, e vislumbrou no temor do grandalhão e na maneira cautelosa com que Sydney falava que Victor era capaz de muito mais que dar a partida em carros ou solucionar quebra-cabeças de olhos vendados.

— *Qual* é o poder de Victor? — perguntou ela, e ouviu a menina engolir em seco.

— Ele machuca as pessoas.

Um leve arrepio.

— Sydney — começou June, devagar —, ele já machucou você?

— Não. — E, em seguida: — Não de propósito.

A raiva penetrou June como uma faca. Raiva e a determinação feroz de libertar Sydney das garras de Victor.

Até o momento, não teve sucesso.

Mas isso não a impedia de tentar.

— Se você quiser ir embora...

Mas June sabia qual seria a resposta antes de ela vir.

June suspirou. Sydney ainda se culpava pela situação de Victor e, enquanto ela não encontrasse uma maneira de separar a menina da sombra dele, Syd sempre repetiria aquelas mesmas duas palavras.

June guardou o celular e voltou a atenção para o trabalho que tinha pela frente e para a questão de Marcella Riggins. Ela pegou uma foto da cômoda. Não havia dúvidas de que a mulher era deslumbrante. Cabelos pretos, pele branca, braços e pernas longos. Bonita de um jeito que fazia com que nada mais a seu respeito importasse. June também já foi bonita assim.

Isso era superestimado.

Ela jogou a foto na cama e foi até a janela para ver se Marcella não estava voltando para o apartamento.

Em vez disso, avistou uma van preta parada na entrada de um beco.

Isso não ia acabar bem.

Ela vestiu a fantasia de sr. Gosterly de novo e desceu do prédio. Enquanto passava pelas portas giratórias, trocou o disfarce por algo ainda mais fora de forma — um homem de meia-idade, de aparência extenuada depois de muitas noites em claro. O sem-teto cambaleou, como se estivesse bêbado, e se equilibrou no capô da van estacionada. Em seguida, sem erguer o olhar, começou a desafivelar o cinto surrado e se aliviar no veículo.

Uma porta se abriu e se fechou com uma batida forte.

— Ei! — gritou uma voz, segurando o corpo emprestado dela por trás.

June se virou e tropeçou, caindo para a frente, em cima do soldado, como se tivesse perdido o equilíbrio. Ao fazer isso, um canivete deslizou dos seus dedos com o leve som da lâmina sendo exposta. Ela a enfiou no pescoço do soldado e deixou o corpo junto à parede do beco.

Um a menos.

Quantos mais havia?

ENQUANTO ISSO, DO OUTRO LADO DA CIDADE...

Marcella estava sentada no pátio do Le Soleil, bebericando seu *latte* enquanto a chuva pingava do toldo e centenas de estranhos passavam por ali sob guarda-chuvas pretos.

Ela não conseguia evitar a sensação de que estava sendo vigiada. É claro que estava acostumada a ser *notada*, mas isso era diferente. Intrusivo. E, no entanto, não havia nenhuma pista evidente.

Apesar da preocupação, Marcella não estava disfarçada — discrição nunca fez parte do seu estilo. Porém, havia aberto uma concessão e exibia um visual mais reservado, com os cabelos pretos presos num simples rabo de cavalo no alto da cabeça e o salto agulha, sua marca registrada, substituído por botas pretas com salto mais funcionais. As unhas recém-pintadas de dourado tamborilavam sobre a caneca enquanto ela examinava a estação de metrô do outro lado da rua. Marcella mapeou a estação na cabeça, visualizando as escadas rolantes que desciam um andar e depois dois, terminando na beira dos armários que cobriam uma parede de azulejos brancos.

O armário em questão era um dos cinco que eles tinham espalhados por toda Merit. Foi ideia de Marcella distribuir os fundos para o caso de surgir alguma emergência. Tinha que admitir, no entanto, que jamais imaginou uma emergência como *aquela*.

Uma sirene soou e os dedos de Marcella apertaram a caneca de café enquanto a viatura arrancava, vindo de uma esquina ali perto. Mas o carro passou por ela sem parar, e Marcella soltou o ar e levou o *latte* à boca.

Era estranho... Estava tensa desde o confronto com Marcus, esperando a polícia aparecer a qualquer momento. Ela não era burra. Sabia que eles haviam mantido sua sobrevivência em segredo. Sabia que sua saída do hospital foi tudo, menos sutil. E, no entanto, ninguém apareceu, nem para matá-la nem para prendê-la.

Ela se perguntava o que faria quando viessem.

— Mais alguma coisa? — perguntou o garçom.

Marcella sorriu para ele por trás dos óculos escuros.

— Só a conta.

Ela pagou e se levantou, encolhendo-se um pouco — as queimaduras estavam sarando, mas a pele ainda estava sensível e repuxada, doendo a cada movimento. Era um lembrete útil do crime de Marcus e um atalho para evocar esse novo poder, se e quando precisasse dele.

Marcella atravessou a rua e foi para a estação.

Ela andou até os armários, encontrou o número — o dia em que se conheceram — e colocou a senha que Marcus costumava usar nos cadeados.

Não abriu.

Ela tentou uma segunda vez, então suspirou.

O marido não parava de decepcioná-la.

Marcella segurou o cadeado e observou o metal enferrujar e virar pó na sua mão. A porta se abriu e ela tirou uma estilosa bolsa preta e dourada do cubículo. Abriu o zíper e examinou os maços de dinheiro que totalizavam cinquenta mil dólares.

Não era o suficiente, é claro, mas era um começo.

Para o quê?, perguntou-se ela.

A verdade era que Marcella não sabia muito bem o que fazer em seguida. Para onde ir. Quem se tornar. Marcus passou de ponto de apoio para um entrave, um empecilho.

Ela pegou a bolsa, subiu as escadas para a rua e chamou um táxi.

— Para onde? — perguntou o motorista assim que ela se sentou no banco de trás.

Marcella se recostou e cruzou as pernas.

268

— Edifício Heights.

A cidade passou por ela, inofensiva o bastante, mas, assim que Marcella desceu do táxi, dez minutos depois, ela sentiu aquele formigamento de novo, como se olhares seguissem cada um dos seus passos.

— Sra. Riggins — cumprimentou Ainsley, o porteiro do Heights.

A voz dele soou firme, mas seus olhos a seguiram pelo saguão, uma tensão cautelosa no rosto. Ele estava muito rígido, muito parado, esforçando-se demais para parecer calmo.

Merda, pensou Marcella ao entrar devagar no elevador. Enquanto subia, ela abriu o zíper da bolsa preta e dourada e passou os dedos por baixo do dinheiro até encontrar o cabo familiar da pistola.

Marcella sacou a arma, admirando o revestimento cromado e elegante enquanto retirava o carregador, verificava as balas e liberava a trava de segurança, cada gesto realizado com uma tranquilidade cuidadosa.

Era como andar de salto alto, pensou, puxando o ferrolho.

Só uma questão de prática.

VI

DOIS ANOS ANTES

CLUBE DE TIRO DE MERIT

Era seu aniversário, e o lugar era todo deles.

Marcella podia ter escolhido um restaurante, um museu, um cinema — qualquer lugar que quisesse — que Marcus teria encontrado um jeito de fazer com que fosse dela naquela noite. Ele tinha ficado surpreso quando ela escolheu o clube de tiro.

Marcella sempre quis aprender a atirar.

Os sapatos de salto alto estalavam no piso de linóleo, as luzes fluorescentes brilhantes iluminavam um estojo de armas atrás do outro.

Marcus dispôs umas dez pistolas sobre a bancada e Marcella passou as mãos pelos diferentes modelos. Para ela, pareciam cartas de tarô. Quando criança, Marcella foi a um parque de diversões e se enfiou numa pequena tenda para saber seu futuro. Uma velha — a imagem perfeita de uma bruxa mitológica ou mítica — dispôs as cartas sobre a mesa e disse a ela que não pensasse, que apenas escolhesse a carta que chamasse sua atenção.

Ela pegou a Rainha de Pentáculos.

A vidente lhe disse que a carta simbolizava ambição.

— O poder — disse a mulher — pertence àqueles que o *tomam*.

Os dedos de Marcella se fecharam em torno de uma elegante Beretta cromada.

— Essa aqui — escolheu ela com um sorriso.

Marcus pegou uma caixa de munição e a levou até a galeria de tiro.

Ele ergueu um alvo — uma silhueta inteira, dos pés à cabeça, marcada por círculos — e o prendeu à fileira. Apertou um botão e o alvo deslizou para trás uns cinco, dez, quinze metros antes de parar e ficar lá suspenso, à espera.

Marcus mostrou a Marcella como carregar as balas — ela levaria meses para aprender a fazer isso sem lascar uma unha — e estendeu a pistola para ela. Parecia pesada na sua mão. Letal.

— Você está segurando — comentou ele — uma arma. Ela tem um único propósito, que é matar.

Marcus virou Marcella para o alvo e a envolveu como um casaco, traçando as linhas do corpo dela com o seu. O peito encostado nos ombros dela. Os braços juntos dos braços dela, as mãos tomando a forma das mãos dela ao redor da pistola. Ela conseguia sentir a excitação dele encostada em seu corpo, mas o clube de tiro não era só um lugar pervertido para uma transa de aniversário. Eles teriam tempo para isso depois, mas antes ela queria aprender.

Marcella inclinou a cabeça para trás, no ombro do marido.

— Querido — arfou ela —, um espacinho?

Ele se afastou, e Marcella se concentrou no alvo, mirou e atirou.

O disparo ecoou pela pista de tiro. O coração dela batia acelerado pela excitação. As mãos vibraram com o coice da arma.

No alvo de papel, um buraco perfeito no ombro direito.

— Nada mau — disse Marcus —, se você for atirar num amador.

Ele pegou a pistola das mãos dela.

— O problema — continuou, ejetando o carregador casualmente — é que a maioria dos profissionais usa colete à prova de balas. — Ele verificou as balas. — Se atirar no peito deles, você morre.

Marcus encaixou a munição de volta com um movimento rápido e violento. As mãos se moviam pela pistola com toques curtos e eficientes, os mesmos que ele tantas vezes usava com ela, com uma confiança adquirida pela prática.

Marcus ergueu a pistola, mirou por um segundo e disparou dois tiros rápidos. A mão mal se mexeu, mas a distância entre as balas podia ser medida em mais de um metro em vez de centímetros. A primeira havia acertado a perna do alvo. A segunda cravou um buraco entre os olhos do modelo de papel.

— Por que perder tempo com o primeiro tiro — perguntou ela — se você sabe que pode acertar o segundo?

O marido sorriu.

— Porque na minha profissão os alvos não ficam parados, querida. E, na maior parte do tempo, também estão armados. É muito mais difícil ter precisão no calor do momento. O primeiro tiro pega o alvo desprevenido. O segundo é para matar.

Marcella fez um biquinho.

— Parece feio.

— A morte é feia.

Ela pegou a pistola dele, endireitou-se para mirar no alvo e atirou de novo. Acertou o papel a vários centímetros da cabeça.

— Você errou — avisou Marcus, como se não fosse óbvio.

Marcella alongou o pescoço, soltou o ar e, então, esvaziou o restante da munição no alvo de papel. Alguns tiros foram bem longe, enquanto outros acertaram a cabeça, o peito, a barriga e a virilha do alvo.

— Pronto! — exclamou ela, baixando a arma. — Acho que ele está morto.

Pouco depois, a boca de Marcus já estava na sua e o arrastar dos pés dos dois espalhava os cartuchos vazios enquanto ele a erguia de encontro à parede dos fundos. Foi um sexo rápido e selvagem, as unhas dela deixaram arranhões sob a camisa dele, mas a atenção de Marcella sempre voltava para o alvo destruído atrás do marido, pendurado como uma sombra às suas costas.

Marcella não atirou mais naquela noite. Mas ela voltou ao clube de tiro sozinha, semana após semana, até sua mira ficar perfeita.

VII

TRÊS SEMANAS ANTES

EDIFÍCIO HEIGHTS

A porta do elevador se abriu e Marcella saiu, a mão sobre a pistola dentro da bolsa. Com o canto do olho, viu um homem andando casualmente até ela. Ele parecia bastante inofensivo, de pulôver e calça de moletom, mas dava para ver os coturnos pretos debaixo da barra da calça.

— Marcella Riggins? — perguntou ele, andando lentamente até ela.

Ela se virou para ele.

— Eu conheço você?

— Não, senhora — respondeu ele com um sorriso. — Mas eu gostaria de conversar com você.

— Sobre o quê? — perguntou ela.

O sorriso dele endureceu.

— Sobre o que aconteceu na outra noite.

— O que aconteceu... — repetiu ela, como se estivesse tentando se lembrar. — Você quer dizer quando o meu marido tentou colocar fogo na nossa casa comigo lá dentro? Ou quando eu derreti a cara dele com as minhas próprias mãos?

A expressão do homem se manteve firme, impassível. Ele diminuiu o passo, mas não parou de andar, cada passo encurtando a distância entre os dois.

— Acho que você devia continuar onde está... — Marcella sacou a pistola da bolsa, não totalmente, mas o suficiente para que ele visse o revestimento cromado ao longo do cano.

— Muita calma, agora — pediu ele, erguendo as mãos como se ela fosse um animal selvagem, algo a ser encurralado. — Você não quer fazer um escândalo.

Marcella inclinou a cabeça.

— Por que não?

Ela sacou a pistola e atirou.

O primeiro tiro acertou o joelho do homem.

Ele arfou, desequilibrou-se e, antes que pudesse pegar a arma enfiada num coldre no tornozelo, ela disparou um segundo tiro na cabeça.

Ele desabou no chão, o sangue manchando o carpete.

Marcella ouviu passos atrás dela tarde demais e se virou a tempo apenas de ver a forma escura de um soldado com o equipamento da tropa de choque. Viu também o arco elétrico dar um salto da ponta de um cassetete com um silvo de estática. Ela ergueu a mão e segurou a arma no instante em que ela roçava em seu ombro. A dor tomou conta do seu corpo, repentina e intensa, mas Marcella aguentou firme, os dedos ficando incandescentes. A luz estranha subiu pelo seu pulso, o reflexo perfeito da erosão que se espalhava pelo instrumento e pela mão que o empunhava.

O atacante largou o cassetete e cambaleou para trás com um grito de dor enquanto apoiava o braço ferido com a mão do outro, então Marcella afundou o salto no peito dele, derrubando-o. Ela se ajoelhou sobre ele, colocando os dedos na frente do capacete do soldado.

— Vamos lá, querido — disse ela —, me deixa ver o seu rosto.

O capacete se retorceu e enfraqueceu até que ela conseguiu retirar o visor.

Uma mulher olhou para ela com uma expressão de dor que contorcia suas feições.

Marcella estalou a língua em reprovação.

— Você não parece nada bem — comentou ela, envolvendo o pescoço exposto da mulher com a mão para abafar os gritos conforme o corpo dela se deteriorava.

Foi então que ela ouviu o som metálico e áspero de alguém engatilhando uma pistola. Marcella ergueu o olhar e viu um terceiro soldado, a arma já apontada para sua cabeça. A pistola dela estava largada no chão a mais de um metro de distância — ela a deixou cair quando segurou o cassetete.

— Levanta — ordenou o soldado.

Marcella o estudou.

Estava tão concentrado nela que não percebeu a forma que se movia atrás dele, não até receber uma gravata.

A forma — um homem com o porte de um boxeador peso-pesado — deu um puxão no soldado e a pistola disparou, o dardo de aço passando rente ao rosto de Marcella antes de se enterrar na parede atrás dela.

O soldado não teve outra oportunidade de atirar. O homem agarrou o capacete dele e o torceu para o lado, quebrando o pescoço com um estalo alto. Quando o soltou, o corpo do soldado desmoronou no chão.

Marcella não havia perdido tempo. Ela já estava de pé outra vez, a pistola de volta nas mãos e apontada para o sujeito, que, por sua vez, parecia imperturbável.

— Cuidado — disse ele com uma voz intensa e musical. — Se você atirar em mim, vai acabar matando um rapaz de 23 anos do subúrbio que ama sua mamãe.

— Quem é você? — exigiu saber Marcella.

— Bem, isso é um pouco complicado.

E, então, diante dos olhos de Marcella, o homem *mudou*. Ele se agitou e desapareceu, sendo substituído por uma jovem de cabelos castanhos ondulados.

— Pode me chamar de June. — Marcella semicerrou os olhos e a mulher sorriu com a surpresa dela. — Você não achou que fosse *tão* especial assim, né? — Ela baixou os olhos para os três cadáveres, os braços cruzados. — Você não devia deixar esse pessoal aqui, onde qualquer um pode encontrar. — Ela se ajoelhou e, do nada, virou o peso-pesado outra vez e passou as mãos sob os ombros de um dos homens.

Marcella ficou olhando com surpresa genuína.

June olhou para ela, impaciente.

— Uma ajudinha aqui?

275

Marcella fez pressão na bochecha com uma toalha de rosto, a pistola equilibrada na beirada da pia. O arranhão fino ainda sangrava. Ela olhou para o reflexo no espelho do banheiro e sibilou, irritada.

O corte ia sarar, mas o sangue havia estragado uma camisa muito bonita.

— Quem é você? — gritou Marcella por cima do ombro para a sala de estar, onde a metamorfo descarregava os cadáveres dos soldados.

— Eu já disse — gritou June em resposta com uma voz cadenciada.

— Não — retrucou Marcella. — Na verdade, não.

Ela deixou a toalha de lado, pegou a pistola e voltou para a sala. Os cadáveres estavam deitados lado a lado no chão, o último — aquele sem metade do crânio — manchava o piso de madeira polida.

A morte é feia.

— Não seja fresca — disse June, lendo sua expressão. — Duvido que você vá querer continuar por aqui agora.

— Malditos policiais — resmungou Marcella.

— Eles não são policiais — corrigiu June. — São encrenca. — Ela rasgou um aplique de tecido preto do ombro de uma das fardas e o ergueu para que Marcella pudesse vê-lo. — Ou, para ser precisa, eles são do ONE.

Marcella ergueu a sobrancelha. O aplique em si não tinha nenhuma identificação a não ser pelo leve indício de um x preto e simples no tecido.

— Eu devia saber o que isso significa?

June se levantou.

— Devia — respondeu ela, alongando-se. — Quer dizer Observação e Neutralização de ExtraOrdinários. ExtraOrdinários, ou EOs, somos nós. O que faz com que *eles* sejam os neutralizadores. — Ela cutucou um dos corpos com a ponta do sapato. — Tubarões que nadam na sua direção quando ouvem um barulho na água. Você teve sorte de eu tê-la encontrado, sra. Riggins.

Marcella pegou o capacete destruído pela metade. Ela o aprumou, limpando as cinzas dele.

— Como *você* me encontrou?

— Ah. Bethany.

Marcella bufou ao se lembrar da ex-amiga. A amante mais recente do falecido marido.

— *Bethany.*

— Jovenzinha alegre, peitos bem durinhos.

— Eu sei quem ela é.

— Ela gostava de falar. Muito. Sobre Marcus e sobre o apartamento que ele tinha montado para ela.

Marcella não se deu conta de que estava segurando o capacete até que ele virou pó em suas mãos incandescentes.

— Você está procurando o meu marido?

— Ah, ele está mortinho da silva. Você se certificou disso. — June assoviou. — É um talento e tanto esse seu.

— Você não sabe nem a metade.

— Eu sei que você entrou numa sala onde tinha cinco homens jogando pôquer e, quando saiu, dois deles tinham virado cinzas, um deles tinha um buraco de bala na cabeça, e os outros dois estão falando um monte de coisa estranha. — June sorriu, uma expressão conspiratória no rosto. — Na próxima vez, você devia matar logo todos. Não adianta de nada ter sobreviventes fofocando por aí. Sabe, Marcella — acrescentou, aproximando-se —, o problema é que um dos homens que você matou naquela noite era meu.

— Meus pêsames — disse Marcella secamente.

June acenou para ela.

— Meu *alvo.* E, na minha profissão, não é bem-visto pegar o serviço dos outros.

Marcella ergueu uma sobrancelha.

— Você é um matador de aluguel?

— Ei, não precisa ser sexista. Mulheres também trabalham com isso. Mas, sim, é isso mesmo. E, do meu ponto de vista, você está me devendo uma morte.

Marcella cruzou os braços.

— É mesmo?

277

— É mesmo.

— Alguém em especial?

— Para falar a verdade, eu acho que você o conhece. Anthony Hutch.

Marcella se alterou ao ouvir esse nome. Lembrou-se da festa na cobertura, dos olhares inconvenientes e cheios de luxúria de Hutch, do sorriso condescendente.

June continuou falando.

— Ele e eu temos negócios a tratar, de natureza pessoal. Hutch é um homem difícil de pegar desprevenido. Mas, veja só, ouvi dizer que ele está atrás de *você*.

Marcella não ficou nem um pouco surpresa. Afinal de contas, ela havia matado seus homens.

— Você quer que eu mate Anthony Hutch?

A expressão de June ficou sombria.

— Não. Só quero que você me ajude a me aproximar dele o suficiente para eu dizer um "oi". Depois disso, até onde eu sei, a gente fica quite. Que tal?

— Eu poderia fazer isso — disse Marcella, batendo com a pistola na perna. — Ou eu poderia simplesmente matar você.

— Sim, poderia — retrucou June com um sorriso sarcástico —, mas não seria a mim que você mataria.

Marcella franziu o cenho.

— Como assim?

— É difícil de explicar — afirmou June. — É mais fácil mostrar. Esse meu joguinho de trocar de fantasia, isso não é nada. Me coloca numa sala com Tony Hutch e *aí* você vai ver do que eu sou capaz.

Marcella ficou intrigada.

— Fechado.

— Ótimo — comentou June com um sorriso repentino e deslumbrante. Ela foi até a janela. — Nesse meio-tempo, a gente devia dar o fora daqui. É só questão de tempo até eles mandarem mais soldados.

— Acho que você tem razão... — Marcella examinou os cadáveres no chão. — Mas seria grosseria da nossa parte ir embora sem deixar um bilhete.

278

— Que inferno — resmungou Stell.

Ele já havia presenciado uma cena e tanto no saguão, onde o porteiro — um velho chamado Richard Ainsley — sentado estava caído para a frente, com a garganta cortada.

A cena no décimo quarto andar era ainda pior.

Havia cinzas espalhadas pelo carpete do corredor e respingos de uma bruma fina de sangue no chão e nas paredes. Stell arrancou um dardo da porta do vizinho. Todos os sinais de uma luta, nenhum corpo.

— Senhor — chamou Holtz. — Acho que deveria ver isso.

Stell evitou pisar nas manchas escuras e entrou pela porta aberta do apartamento de Marcella.

Havia dois técnicos resguardando a cena do crime, ensacando e tirando fotos de tudo que encontravam. Assim que saíram do seu caminho, Stell viu por que Holtz o havia chamado.

Se não matar essa mulher agora, você vai se arrepender depois.

Marcella Riggins não tentou ocultar o trabalho. Pelo contrário, ela havia preparado uma verdadeira exposição. Os cadáveres dos três agentes — o que restou deles — estavam deitados no chão com os membros dispostos num quadro perturbador.

Uma versão macabra de *não veja o mal, não ouça o mal, não fale o mal.*

O primeiro soldado, sem parte do crânio, tinha as mãos nos ouvidos. O segundo, de pescoço quebrado, tinha as mãos enluvadas sobre os olhos. E o terceiro, pouco mais que ossos quebradiços no equipamento da tropa de choque, não tinha cabeça.

Deixado como um adorno sobre a mesinha de centro de vidro, um único capacete destruído.

Quanto tempo você acha que ela vai levar para penetrar seja lá qual for a armadura que os seus homens usarem?

Stell examinou o capacete e encontrou um pedaço de papel dobrado enfiado ali dentro.

Havia uma única frase numa letra cursiva e elegante.

Fiquem fora do meu caminho.

Stell beliscou a ponte do nariz.

— Onde estavam os outros agentes?

Ele havia designado seis agentes para a missão. Seis operativos para uma só EO. Devia ter sido suficiente. Mais que suficiente.

— A gente encontrou um deles no veículo de transporte — respondeu Holtz. — E outros dois no beco. — Não precisou dizer que estavam mortos. O silêncio que se seguiu já dizia tudo.

— Causa da morte? — perguntou Stell em voz baixa.

— Nenhum deles foi derretido, se é isso que o senhor quer saber. Um pescoço quebrado. Duas facadas, uma na garganta e outra na barriga. É possível — aventurou-se o jovem agente — que Marcella não esteja agindo sozinha?

— Tudo é possível — respondeu Stell.

Porém, isso fazia sentido. Até o momento, Marcella Riggins parecia preferir usar as próprias mãos ou uma pistola, mas quatro dos soldados que ele enviou foram mortos de formas mais variadas. Stell olhou ao redor.

— Me diz que esse prédio tem câmeras de segurança.

— Circuito interno nos espaços comunitários — ofereceu um dos técnicos. — Alguém apagou os arquivos, mas é evidente que a pessoa que fez isso estava com pressa. A gente deve conseguir recuperar as imagens do saguão e do corredor.

— Ótimo — disse Stell. — Me manda as imagens assim que estiver com elas.

— E agora? — perguntou Holtz.

Stell cerrou os dentes e saiu do apartamento.

VIII

TRÊS SEMANAS ANTES

ONE

Eli estudava o arquivo de Marcella. Do outro lado da cela, Victor estava encostado na parede com as mãos nos bolsos.

Por muito tempo, ele achou que Victor o estivesse assombrando — agora que Eli sabia que ele estava *vivo*, entendia que o fantasma não passava de fruto da sua imaginação. Um toque de insanidade. Ele fazia todo o possível para ignorá-lo.

Ouviu passos ecoarem além da parede. Pelo ritmo, Eli sabia que era Stell. E que o diretor do ONE estava aborrecido.

A parede ficou transparente, mas Eli continuou de cabeça baixa, concentrado no trabalho.

— Imagino — começou ele num tom seco — que a extração tenha sido um sucesso retumbante.

— Você sabe que não foi.

— Quantos mortos?

Houve um longo e pesado silêncio.

— Todos.

— Que desperdício — murmurou Eli, fechando o arquivo. — Tudo em nome da política.

— Não tenho dúvidas de que você esteja satisfeito.

Eli se levantou da cadeira.

— Acredite se quiser, diretor, mas eu não sinto o menor prazer na perda de vidas inocentes. — Ele pegou as fotos que Stell havia colocado no cubículo. — Só espero que esteja pronto para fazer a coisa certa.

Eli deu uma olhada nas fotos tiradas no Heights.

— Ela não é exatamente sutil, né?

Stell se limitou a rosnar.

Eli estudou o restante das fotos e das anotações, reconstruindo a imagem da luta na sua mente.

Ele percebeu duas coisas bem rápido. A primeira: Marcella gostava de drama.

A segunda: ela não agiu sozinha.

Havia a questão óbvia da hora das mortes e do método dos assassinatos, é claro, mas, para Eli, a prova mais conclusiva era também a mais sutil, uma questão de postura, de estética. A cena no décimo quarto andar era grandiosa, abominável, teatral; as mortes ao redor da van eram simples, brutais e eficientes.

Uma era exibicionista.

A outra era um assassino treinado.

Marcella claramente era a primeira, mas quem seria o segundo então? Um aliado? Um colega? Ou apenas alguém que tinha um interesse pessoal na situação?

— Ela não está sozinha — refletiu ele em voz alta.

— Você também acha isso, então — disse Stell.

Era apenas uma hipótese, é claro, mas que logo foi confirmada com a chegada das gravações das câmeras de segurança do Heights. Eli fez o download dos arquivos no computador enquanto Stell fazia o mesmo no tablet, e juntos eles assistiram em silêncio a Marcella matar os dois primeiros agentes. Eli viu, com certa satisfação sombria, a aparição da segunda silhueta, de um homem grandalhão que quebrou o pescoço do terceiro agente.

E, então, enquanto Eli via, o homem se transformou numa mulher.

Aconteceu em questão de segundos, a mudança tão repentina que mais parecia uma falha na gravação. Mas não era falha nenhuma. Era uma EO.

Uma metamorfo, ao que parecia. Uma habilidade traiçoeira; um dos tipos mais raros de EO.

— Filha da puta — murmurou Stell.

— Espero que você não insista em poupar mais essa aí por causa da sua política.

— Não — respondeu Stell, sombrio. — Acho que é possível afirmar sem dúvida que *nenhuma* das duas tem a menor intenção de cooperar. A gente vai ter que adaptar os planos.

— Uma ou duas, não faz a menor diferença — disse Eli. — Elas podem não ser humanas, mas ainda são mortais. Encontre as mulheres. Mate-as. E acabou a história.

— Você faz parecer tudo tão simples.

Eli deu de ombros. E em teoria era simples. A tarefa em si seria mais desafiadora. Ele precisou exercer todo o seu autocontrole para não sugerir de novo que se envolvesse na captura. Aquela semente foi plantada há pouco tempo, as raízes ainda estavam frágeis demais. Além disso, ele sabia qual seria a próxima linha de ação de Stell — ele mesmo havia sugerido. Um atirador a uma distância segura, uma execução limpa. Se desse certo, nenhum inocente morreria. É claro que, se desse certo, também não haveria mais necessidade de deixá-lo sair dali.

Eli se retesou. Aquela mão sobre a dele, a pressão sutil que o impelia à frente e que o impedia de agir... Por muito tempo, ele achou que fosse a mão de Deus, mas a dúvida era uma força lenta e traiçoeira, que corroía a solidez das coisas. Eli ainda queria, mais que tudo, acreditar n'Ele, e sabia que exigir provas e pedir que recebesse um sinal não era a mesma coisa... mas ele precisava de algo.

E, assim, ele disse a si mesmo que, se Deus quisesse... se a missão falhasse... se estivesse destinado a acontecer...

E se não estivesse? E se Eli estivesse verdadeiramente sozinho?

Não, ele tinha percebido a oportunidade e a agarrou com unhas e dentes. E agora tinha que esperar.

Tinha que ter fé.

— Você sabe o que tem que fazer — avisou Eli.

Stell assentiu.

— Para isso, é preciso encontrar as duas de novo.

— Não deve ser muito difícil — afirmou Eli. — Marcella não parece o tipo de pessoa que foge de uma briga.

IX

TRÊS SEMANAS ANTES

CENTRO DA CIDADE

Os saltos altos de aço de Marcella ecoaram pelo saguão do National.

June seguia logo atrás, os passos abafados pelas sandálias gladiadoras rasteirinhas. Ela havia assumido um novo aspecto — era assim que ela chamava —, dessa vez o de uma menina magricela com cabelos pretos na altura dos ombros e grandes olhos castanhos, as pernas longas e finas se projetando do short branco. Ela não parecia ter mais de 16 anos e, quando Marcella lhe perguntou o motivo, June apenas disse:

— Ouvi dizer que ele gosta de novinhas.

— Posso ajudá-la? — perguntou o homem na recepção.

Marcella ajeitou os óculos escuros sobre a cabeça, exibindo os olhos azuis e os longos cílios.

— Espero que sim — respondeu ela com voz ofegante.

Há muito tempo, aprendeu a transformar os homens em meros fantoches. Era simples, ela não precisava de nenhum poder especial para fazer isso.

Marcella sorriu, e o homem na recepção também sorriu.

Ela se inclinou para perto dele, e ele se inclinou para perto dela.

— A gente veio ver o Tony.

Marcella não havia marcado uma reunião, mas June tinha razão: Hutch estava *mesmo* procurando por ela — ele tinha deixado mais de dez mensagens de voz no celular dela desde a partida de pôquer. Trinta segundos depois, elas estavam a caminho da cobertura.

June se encostou na parede do elevador. Era suspeito, ela havia ficado muito calada, os lábios agora fechados numa linha sombria. O bom humor de antes tinha desaparecido, seu olhar passava nervosamente dos números dos andares na parede para o próprio reflexo e então para o revestimento dourado no teto.

O elevador apitou e as portas se abriram para um salão com uma mobília elegante protegido por dois homens de terno escuro, um de cada lado, com os coldres visíveis sob os paletós com ótimo caimento. Atrás deles, portas de vidro temperado abriam caminho para a cobertura.

— Senhores — cumprimentou Marcella, dando um passo à frente.

Suas roupas não permitiam que ela ocultasse arma alguma, mas um dos homens insistiu em revistá-la, demorando as mãos em seus quadris e debaixo dos seios. Quando o outro cara esticou o braço para revistar June, ela apenas bufou e Marcella pigarreou.

— Tenho certeza de que isso é ilegal.

O sujeito ficou irritado, mas baixou as mãos, decidindo que não valia a pena discutir por isso. Ele digitou um código num painel na parede e as portas de vidro temperado se abriram. O espaço se parecia mais com uma sala de estar do que com um escritório. Grandes sofás brancos e mesinhas de centro baixas, com decanters alinhados num aparador.

Tony Hutch estava sentado atrás de uma mesa preta e polida lendo um jornal, a cidade brilhando pelas janelas que iam do teto ao chão logo atrás dele. Do outro lado do vidro, um pátio de ardósia levava a uma piscina de um azul cintilante, o vapor subindo onde a superfície aquecida encontrava o ar frio da primavera.

Tony ergueu os olhos do jornal e sorriu.

Dizem que você acaba se acostumando com as pessoas com o tempo. Isso podia até ser verdade, mas, toda vez que Marcella via Tony, ela sentia vontade de esfregar a pele até ficar limpa de novo.

Ele se levantou e de braços abertos deu a volta na mesa.

— Marcella, se beleza fosse crime... — cumprimentou ele, pegando a mão dela.

— Eu estaria no comando dessa cidade, e não você — respondeu ela secamente.

Tony riu, mesmo enquanto voltava a atenção para o lado.

— E quem é essa?

— Minha sobrinha, J...

— Jessica — interrompeu June, estendendo a mão, o sotaque ligeiramente atenuado.

Tony pegou a mão dela, os olhos percorrendo seu corpo.

— A beleza claramente é de família — comentou ele, roçando os lábios nos dedos dela.

De cabeça baixa, Tony não viu os olhos de June se semicerrarem até virar duas fendas. Marcella se perguntou mais uma vez o que June quis dizer com *assunto particular*.

Os dois homens de terno pairavam ao lado das portas de vidro, as mãos no coldre, mas Tony os dispensou.

— Relaxem, rapazes. — Uma piscadela. — Acho que dou conta das duas aqui.

Inacreditável, pensou Marcella. Sem dúvida Hutch tinha visto seu trabalho na partida de pôquer, e ainda assim a tratava como se ela fosse um enfeite, uma bugiganga bonita, mas impotente.

Quantos homens ela teria que transformar em pó antes que um deles a levasse a sério?

Os seguranças saíram do escritório e Tony se virou para o aparador.

— Sentem-se — pediu ele, apontando para as duas cadeiras em frente à mesa. — Posso servir uma bebida para vocês, meninas?

Ele não esperou a resposta e começou a encher de gelo os copos de cristal.

Marcella afundou na cadeira, mas June ficou andando pela sala, agitada, examinando as obras de arte. Marcella voltou a atenção para Tony.

— Você sabia sobre a Bethany?

Tony fez um som de desaprovação.

— Ah, aquilo — disse ele, fazendo um gesto para que ela não desse importância à questão. — Olha, eu disse para o Marc se livrar dela, mas você sabe como os homens são. Se o pau e o coração estivessem no mesmo lugar... Quer dizer, quantas vezes eu tentei roubar você do seu marido? Mas não é por isso que você está aqui.

— Por que eu *estou* aqui, Tony?

Ele voltou para a cadeira.

— Você está aqui porque tem o bom senso de vir assim que é chamada. Veio para me ajudar a entender que merda está acontecendo, porque eu já ouvi um monte de maluquice, Marce, e tudo o que sei é que três dos meus melhores homens estão mortos e os outros dois parecem achar, por mais descabido que seja, que foi *você* quem os matou.

— E fui eu.

Tony riu, mas não havia um pingo de humor na risada.

— Eu não estou no clima para joguinhos, Marce. Eu sei que você e Marcus tiveram um desentendimento...

— Um desentendimento? — interrompeu Marcella. — Ele bateu a minha cabeça na mesa. Ele me deixou presa debaixo de vinte quilos de ferro e ateou fogo na nossa casa comigo lá dentro.

— E, mesmo assim, você está aqui, vivinha da silva, enquanto o meu principal matador virou uma pilha de pó no chão da casa de Sam McGuire. Então você tem que me ajudar a entender o que realmente aconteceu. — Ele não se deu ao trabalho de acrescentar um "senão" à frase, apenas se recostou na cadeira. — Veja bem, eu sou um homem razoável. Você me ajuda e em troca eu te ajudo.

Os lábios dela tremeram.

— Como você vai me ajudar?

— Você sempre foi boa demais para o Marcus. Eu poderia dar a você o tipo de vida que você merece. Que você vale... — aquele sorriso nojento — se pedir com jeitinho.

Peça com jeitinho.

Seja boazinha.

Marcella estava *cansada* de tudo isso.

Do outro lado da sala, June deu uma risadinha curta e desdenhosa.

O sorriso desapareceu do rosto de Tony.

— Achou alguma coisa engraçado, garota?

June se virou para eles.

— Eu já pedi uma coisa com jeitinho para você, Tony — declarou ela, sem emoção. — Não fez a menor diferença.

Tony semicerrou os olhos.

— A gente se conhece?

June descansou os cotovelos nas costas da cadeira vazia e fez um biquinho.

— Ah, Tony. — Dessa vez, quando ela falou, deixou o sotaque soar livremente, forte e doce. — Você não me reconhece?

A cor sumiu do rosto dele.

— Não...

Marcella não sabia se ele estava em choque ou em negação, mas uma das mãos de Hutch foi até a gaveta de cima da mesa.

— É mesmo? — June se endireitou e, ao fazer isso, a adolescente sumiu e foi substituída por uma réplica perfeita do próprio Tony. — E agora?

Marcella ficou observando enquanto o Tony Hutch sentado *atrás* da mesa sacava uma pistola da gaveta de cima e disparava três tiros rápidos no peito de June.

June baixou os olhos enquanto o sangue surgia, repentino e brilhante, debaixo de sua camisa, mas ela não gritou nem caiu, apenas sorriu. Atrás da mesa, o *verdadeiro* Hutch arfou e apertou o peito quando três buracos perfeitos surgiram e o sangue começou a escorrer.

— O que foi mesmo que você me disse? — perguntou June, inclinando-se sobre a mesa. — Ah, sim... Não tenta resistir, queridinha. Você sabe que é assim que você gosta.

Os pulmões dele soluçaram uma e depois duas vezes, e o corpo estremeceu até parar.

Enquanto o homem morria, June pareceu perder o controle sobre os poderes.

O reflexo de Tony caiu dela como roupas que não servissem mais e, por um instante, Marcella viu de relance *outra* pessoa — uma menina de cabelos ruivos cacheados, olhos castanhos e sardas que pareciam uma faixa de estrelas sobre o nariz —, mas isso só durou um segundo e, em seguida, June estava de novo como a adolescente magricela de cabelos pretos que usou para entrar no escritório.

Marcella acompanhou tudo isso maravilhada conforme se dava conta do verdadeiro potencial dos poderes de June.

A menina não era apenas um espelho ou uma mímica.

Ela era um *boneco vodu ambulante*.

Marcella sorriu quando as portas de vidro temperado se abriram de uma só vez e os dois guardas marcharam pelo escritório com as armas apontadas para elas.

June se virou e já não era mais a adolescente, mas uma cópia perfeita do homem que tentou passar a mão nela. Ele ergueu a arma, mas fraquejou ao se ver refletido nela e, durante esse momento de hesitação, June pegou um abridor de cartas da mesa e o enfiou na própria mão, que, por sua vez, era a mão *dele*.

O homem arfou e deixou a arma cair enquanto o sangue escorria entre seus dedos. O segundo guarda hesitou — com o choque de ver Hutch morto, de ver o parceiro de repente em dois lugares — e Marcella aproveitou a oportunidade para pegar a pistola de Tony de cima da mesa e atirar na cabeça do sujeito.

Ele desabou feito uma bala de chumbo. O outro se arrastou atrás da arma que tinha caído no chão, mas Marcella chegou primeiro, prendendo a mão machucada dele no piso com o salto do sapato.

— Sua piranha maluca — berrou o guarda enquanto ela se curvava e envolvia a boca dele com a mão.

— Não é assim que se fala com uma dama — disse ela, cravando as unhas na pele dele.

A pele definhou com o toque, a carne descascou até exibir os ossos que enfraqueciam e estalavam e, por fim, a mais leve pressão fez com que eles se quebrassem.

Marcella se endireitou, limpando a poeira das mãos. Ela xingou baixinho. Tinha quebrado uma unha.

June deu um assovio baixo e elogioso.

— Bem, isso foi divertido.

Ela estava empoleirada no sofá, as pernas balançando de modo juvenil. Desceu de lá e foi até as portas de vidro, cuja superfície agora estava pontilhada de sangue.

— Vamos embora — chamou, passando pelo aparador de Tony. — Eu preciso de uma bebida *de verdade*.

X

TRÊS SEMANAS ANTES

ZONA LESTE DE MERIT

Marcella já havia frequentado muitos bares, mas, nos últimos tempos, a maioria deles tinha vitrais reluzentes, reservados com assentos de couro — no mínimo, um *cardápio*.

O Palisades tinha janelas quebradas, bancos de madeira e um quadro-negro grudento.

Não era como se Marcella não conhecesse esse mundo — o mundo das bebidas adstringentes e das contas pagas em dinheiro trocado —, mas ela o havia deixado para trás por um motivo. June, por sua vez, parecia muito à vontade ali, com os cotovelos apoiados na bancada grudenta. Ela era ela mesma outra vez — não a menina que Marcella viu tão brevemente no escritório de Hutch nem a que June tinha usado quando entraram, mas a menina que ela havia conhecido no Heights, de cabelos castanhos ondulados e saia hippie longa.

June pediu uma dose dupla de uísque para si e um martíni para Marcella, que na verdade era só vodca pura, sem nenhuma decoração. O que, naquele momento, não a incomodou muito. Ela ficou de pé ali no bar, bebericando a vodca.

— Pelo amor de Deus, senta — disse June, girando no banco. — E para de torcer o nariz. — A menina ergueu o copo. — Vamos brindar a um bom dia de trabalho.

Marcella se sentou no banco, relutante, e estudou June sobre a borda da taça.

Tinha um monte de perguntas. Duas semanas atrás, ela era uma dona de casa bonita, ambiciosa e ligeiramente entediada, que não fazia a menor ideia de que pessoas como June, ou como *ela*, existiam. Agora, ela era uma viúva com a habilidade de destruir tudo o que tocava, e não era a única pessoa com poderes.

— Você pode se tornar qualquer pessoa? — perguntou à June.

— Qualquer pessoa que eu tocar — respondeu ela. — Se estiver viva. E for *humana*.

— Como funciona?

— Não sei — admitiu June. — Como você queima as pessoas?

— Eu não faço isso — disse Marcella. — Queimar, quero dizer. Parece mais com... — ela estudou a bebida que segurava — destruir. Madeira apodrece. Aço enferruja. Vidro volta a ser areia. Pessoas se desfazem.

— E qual é a *sensação*?

Como fogo, pensou Marcella, mas não era bem isso. Ela se lembrou do que sentiu quando Marcus desmoronou nos seus braços. O jeito simples, quase elegante, com que ele se desfez. Havia algo de *estado bruto* no poder dela. Algo ilimitado. Ela contou isso a June.

— Tudo tem seu limite — retrucou June. — Você devia descobrir qual é o seu.

O olhar da menina ficou sombrio e Marcella se lembrou do espaço entre os corpos, do breve vislumbre daquela outra forma.

— Você sentiu — perguntou ela — quando ele atirou em você?

June ergueu a sobrancelha.

— Eu não sinto nada.

— Isso deve ser bom.

June cantarolou, pensativa, e, em seguida, fez um tipo muito diferente de pergunta.

— Você se lembra dos seus últimos pensamentos?

E o mais estranho era que Marcella se lembrava.

Marcella — que nunca se lembrava dos sonhos que tinha, que raramente se lembrava de um número de telefone ou de uma expressão comum, que já disse milhares de palavras furiosas no calor da paixão e nunca se recordava de nenhuma delas — não parecia capaz de esquecer. As palavras ecoavam no seu cérebro.

— *Eu vou destruir você* — recitou ela em voz baixa. De modo quase reverente. Agora, de alguma forma, ela era capaz de fazer isso.

Era como se tivesse forjado o poder com a própria força de vontade inabalável, temperado com a dor, a raiva e o desejo brutal de ver o marido pagar pelo que tinha feito com ela.

E, com isso, ela teve que se perguntar: que tipo de vida — que tipo de *morte* — criaria um poder como o de June? Quando Marcella perguntou, ela ficou em silêncio e, nesse silêncio, Marcella sentiu a menina procurar pela sua chama interna.

— Meu último pensamento? — disse June, por fim. — Que eu ia sobreviver. E que ninguém *jamais* conseguiria me machucar de novo.

Marcella ergueu a taça.

— E, agora, ninguém pode. Além disso, você pode ser quem você quiser.

— Exceto eu mesma. — Não havia autocomiseração na voz de June, apenas sarcasmo. — A ironia é uma merda.

— Assim como o carma. — Marcella agitou a taça. — Você conhece a minha história. Qual é a sua?

— É particular — retrucou June secamente.

— Ah, qual é?! — insistiu ela

June ergueu a sobrancelha.

— Ah, desculpa se você achou que isso aqui ia ser uma noite das mulheres em que a gente ia se embebedar e se tornar melhores amigas. Eu tô fora.

Marcella observou o bar.

— Então o que a gente está fazendo aqui?

— Comemorando — respondeu June, deixando o copo na bancada e pedindo outra dose antes de tirar um papel enrolado do bolso. A princípio, Marcella achou que fosse um cigarro, mas, então, quando June o desenrolou, percebeu que era uma *lista*.

Havia quatro nomes escritos com garranchos.

E lá, no fim da lista, Anthony Hutch.

Enquanto Marcella a observava, June pegou uma caneta da beira da bancada e riscou o nome dele.

— Bem, esse já foi — disse ela, meio que para si mesma.

Nesse instante, June voltou a si com um brilho maníaco no olhar enquanto girava no banco e cruzava os braços sobre a bancada.

— Qual é o *seu* próximo plano?

Marcella olhou para a taça vazia.

— Acho — disse ela devagar — que eu vou assumir o controle da máfia.

June bufou sobre sua bebida.

— Genial.

Mas Marcella não estava brincando.

Ela só havia aceitado um lugar ao lado do marido porque ninguém a deixava se sentar à mesa.

Mas estava cansada de aceitar qualquer coisa.

De acordo com Marcus, o poder pertencia a quem tivesse a maior arma. Marcella pensou nos restos mortais de Tony Hutch deixando uma mancha no carpete branco.

— Quantos de nós você acha que existem?

— Quantos EOS? — June hesitou. — Quem sabe? Mais do que você pensa. A gente não fica por aí fazendo propaganda do próprio poder.

— Mas você é capaz de encontrá-los.

O copo estava quase nos lábios de June. Ele parou no meio do caminho.

— O quê?

— O seu poder — disse Marcella. — Você disse que pode assumir a aparência de alguém depois de tocar a pessoa, mas só se ela for humana. Isso não quer dizer que você sabe quando alguém *não* é humano?

O sorriso de June desapareceu por um instante e voltou duas vezes mais radiante.

— Você é muito esperta.

— Já me disseram isso.

June se alongou no banco.

— É claro que eu sei. Por quê? Você quer encontrar outros iguais a nós?

— Talvez.

— Para quê? — June olhou para ela de canto de olho. — Vai tentar acabar com a competição?

— Não mesmo. — Ela terminou o drinque e deixou a taça na bancada, passando uma unha dourada pela borda. — Os homens veem alguém com poder e enxergam apenas uma ameaça, um obstáculo no caminho. Eles nunca têm o bom senso de ver o poder pelo que ele realmente é.

— E o que seria? — perguntou June.

— *Potencial*. — Marcella segurou a haste da taça com força. — Essa minha habilidade — continuou enquanto sua mão assumia um brilho vermelho — é uma arma. — Enquanto ela falava, o vidro se dissolvia até virar areia e escorrer por entre seus dedos. — Por que se contentar com uma só arma quando se pode ter um arsenal?

— Porque um arsenal chama muita atenção — replicou June.

Os lábios de Marcella tremeram.

— Talvez devesse chamar atenção. Pessoas com poderes como os nossos... Por que a gente deveria se esconder? A vida que eu tinha acabou. Não posso tê-la de volta. É melhor eu começar uma nova vida para mim. Uma vida melhor. Em que eu não tenha que fingir que sou *fraca* para sobreviver.

June mordeu a boca, pensativa. Então, depois de responder a qualquer que fosse a pergunta que se fazia internamente, ela se levantou de súbito.

— Vem comigo.

Marcella não sabia se tinha se contagiado com a energia repentina da menina ou se apenas não tinha aonde ir, mas desceu do banco.

— Para onde a gente vai? — perguntou ela.

June olhou para trás com um brilho malicioso no olhar.

— Estou a fim de ouvir música.

Se o Palisades já era um muquifo, o Marina era ainda pior. Uma boate clandestina, meio bar, meio clube de jazz, com todas as superfícies grudentas. Mesinhas redondas, arrematadas com cadeiras bambas, metade delas vazia. Um palco baixo ao longo da parede dos fundos com alguns poucos instrumentos e um microfone.

June se jogou num assento vazio e apontou para a cadeira diante dela.

— O que a gente está fazendo aqui? — perguntou Marcella, encarando toda a situação com suspeita.

— Querida — disse June com um toque dramático —, você tem que aprender a se misturar. — Enquanto dizia isso, ela mudou da morena boêmia para um velho negro de camisa de botão desbotada com as mangas dobradas até os cotovelos.

Marcella se retesou. O Marina tinha luz baixa, mas não *tão* baixa assim. Ela olhou de relance para o ambiente.

— Isso não foi muito sutil.

June deu uma risada com a voz rouca do velho.

— Achei que você estivesse cansada de se esconder. — Ela deu um aceno despreocupado para a boate quase vazia. — As pessoas veem um monte de coisas, mas não acreditam em nada.

O velho balançou para trás na cadeira, tirando os pés do chão enquanto o rosto sumia na escuridão do clube. Quando a cadeira se inclinou para a frente de novo, June voltou a ter a aparência de sempre, com os cabelos castanhos caindo sobre o rosto.

— Não vai se sentar?

Marcella se acomodou na cadeira de madeira enquanto June continuava falando.

— Para ser sincera, eu não trouxe você aqui por causa da música. Não exatamente. Mas, se estiver interessada em outros EOS, posso ter um verdadeiro tesouro para você.

Ela tirou o celular do bolso e procurou nas mensagens antes de virar o aparelho para Marcella.

Havia um único nome em destaque na tela: *Jonathan Richard Royce*.

— Quem é ele?

— Um saxofonista — respondeu June —, e dos bons. Ou pelo menos era até que ficou viciado em heroína. Está devendo uma boa grana para Jack Caprese.

Caprese, pensou Marcella. Esse era um nome que ela conhecia. Merit era dividida entre quatro homens: Hutch, Kolhoff, Mellis e Caprese.

Hutch possuía a maior parte da cidade, mas Caprese era o mais ambicioso nos últimos tempos. Além de ter um apetite interminável.

— Ele não conseguia se livrar do vício — continuou June. — Mas também não tinha dinheiro suficiente para mantê-lo. Então os capangas do Caprese aparecem para equilibrar as coisas, quebrar uns dedos e tal. Só que a esposa do Jonathan também está em casa. Ela saca uma arma, aí dá tudo errado. A mulher morre. De acordo com o histórico médico, Royce também. Por alguns minutos, pelo menos. Mas, no fim, ele sobrevive. Então Caprese manda mais capangas atrás dele, e eles acabam morrendo. Agora, ninguém quer levar a culpa por um assassinato malsucedido e ninguém quer que descubram que eles fracassaram, mas ainda assim precisam que o Royce seja morto. Então eles contrataram outra pessoa para o trabalho.

— Eles chamaram você.

June sorriu.

— Sim, eles me chamaram. Mas eu não fui capaz de matá-lo.

Marcella ergueu uma sobrancelha.

— O que aconteceu, você mudou de ideia?

— De jeito nenhum — replicou June. — Eu quis dizer que tentei *mesmo* matá-lo. Mas não *consegui*.

XI

TRÊS SEMANAS ANTES

LIMITE DE MERIT

Jonathan Royce só tinha um terno razoável e ele nem tinha um caimento muito bom.

Houve uma época em que o terno cabia direito — quando ele era uns dez quilos mais pesado —, mas agora a roupa ficava larga demais, sempre prestes a escorregar do corpo. A mesma coisa acontecia com a aliança de casamento, que só ficava no dedo por causa de um osso fraturado duas vezes. Jonathan nunca foi um homem grande, mas, nos últimos tempos, ele era todo anguloso, insone e malnutrido. Era bem irônico: Jonathan parecia um viciado, embora não se drogasse mais desde a morte de Claire.

Todo mundo que ele conhecia experimentava — drogas e música andavam sempre de mãos dadas, e a cena do jazz não era exceção.

No entanto, heroína era uma droga infernal.

O barato não era igual aos altos e baixos da cocaína feito montanha-russa nem à sensação relaxante de *que sera sera* de uma maconha de boa qualidade, mas como uma onda de sonho, uma fuga maravilhosa do cotidiano e da própria mente, como a liberdade de mergulhar no mar pelado à meia-noite no verão — no começo. Jonathan percebeu que estava se viciando na droga, viu a onda arrebentando sobre ele, mas já estava molhado e não conseguia voltar à praia.

E, assim como a maré alta, a ressaca veio e levou tudo embora.

Dinheiro. Alegria. Segurança. Sanidade.

Todo dia, a maré ficava mais alta. Todo dia, a água estava mais funda. Todo dia, ele estava mais distante da praia. Era fácil ser levado embora. Tudo o que se tinha que fazer era parar de nadar.

Jonathan enrolou a gravata no pescoço, atrapalhando-se com o nó, os dedos latejando.

Já fazia quase um ano e as juntas ainda doíam todos os dias.

Ele sequer ficou surpreso na noite em que os capangas de Caprese foram visitá-lo. Já estava drogado. Claire tinha saído com umas amigas e Jonathan não tinha o dinheiro para pagar os homens, ele sabia disso, os capangas sabiam disso, e, de repente, havia um martelo e suas mãos, mas foi então que Claire chegou, e lá estava ela, gritando, lá estava ela, sacando uma arma — onde ela havia arrumado aquela arma? — e, em seguida, tudo se transformou em barulho, dor e escuridão.

Jonathan devia ter ido embora de Merit depois daquilo.

Devia ter dado o fora no instante em que voltou a si no quarto de hospital com as duas mãos quebradas e três buracos de bala na barriga e no peito. Mas o sangue de Claire ainda estava misturado ao dele no chão da cozinha, e ele simplesmente não conseguiu se forçar a *ir embora*. Aquilo não fazia sentido, ela estar morta e ele não — Claire não merecia isso, não merecia se tornar passado, uma nota de rodapé na história de outra pessoa — e Jonathan tinha a estranha mas inabalável impressão de que ele também não havia sobrevivido. De que ele era um fantasma ligado ao lugar onde tudo havia acontecido, preso até que algum negócio macabro fosse resolvido. Por isso ficou e usou aquele único terno bom para ir ao enterro dela, e derrubou cinzas de cigarro nele enquanto fumava sem parar num quarto de hotel barato logo depois, esperando que os capangas de Caprese o encontrassem e terminassem o serviço.

Engraçado, mas, até aquela noite em que os homens de Caprese apareceram, Jonathan nunca havia matado ninguém.

Ele achava que seria mais difícil.

Devia ter sido mais difícil, devia ter sido impossível, levando em consideração a quantidade de homens e de tiros disparados, mas tanta coisa sobre aquele dia era inacreditável. O brilho branco-azulado, como um escudo, que fez as balas ricochetearem para longe. A cacofonia de sons e violência e, depois de estar tudo acabado, Jonathan era o único de pé entre todos os cadáveres.

Incólume.

Intocado.

Em um dos seus raros momentos metafísicos, Jonathan imaginava que fosse Claire quem estava cuidando dele. Mas, nos seus momentos masoquistas, que eram muito mais frequentes, ele sabia que aquilo era um castigo, que o universo estava rindo dele por causa do que fracassou em fazer.

O relógio bateu sete horas e Jonathan terminou de dar o nó na gravata velha. Vestiu o paletó, pegou o estojo do saxofone e foi trabalhar.

Sua respiração se condensava enquanto ele andava, já estava escuro nessa região de Merit, como se a cidade não se importasse com os postes de luz. Ele precisava andar menos de um quilômetro até o Marina por aquele trecho de Merit que chamavam de Passeio Verde no mapa, o que era mais uma ironia, já que não havia nada além de pedras e asfalto por todo lado.

O Fantasma do Passeio Verde.

Era ele. O homem que não podia morrer.

Ele já estava...

— Ei — rosnou alguém. — Passa o dinheiro.

Jonathan não o ouviu se aproximando, não estava prestando atenção. Mas sentiu o cano da pistola cutucando as costas com uma única estocada nervosa, então se virou e deu de cara com um menino com talvez uns 16 anos segurando a arma com ambas as mãos como se fosse um bastão.

— Vai para casa.

— Você é surdo ou burro? — vociferou o menino. — Não está vendo a arma? Já mandei me dar a merda do dinheiro.

— Senão...?

— Senão eu atiro em você, seu imbecil.

Jonathan jogou a cabeça para trás e olhou para o céu.

— Pode atirar.

Metade das vezes eles não tinham coragem de atirar. Esse menino teve. Não que tenha feito alguma diferença. A arma disparou e o ar cintilou ao redor de Jonathan; aquele brilho era como o fogo de uma pederneira, como os braços de Claire em volta dele, dizendo-lhe que ainda não era sua hora, que ainda não era sua vez. A bala ricocheteou e voou para a escuridão.

— Que merda é essa? — xingou o menino.

— Desiste enquanto você ainda tem a vantagem — avisou Jonathan, um instante antes de o menino esvaziar a pistola na sua cabeça.

Sete tiros ao todo, e seis ricochetearam nele e foram parar inutilmente na escuridão, tirando faíscas de tijolos e do asfalto e quebrando uma janela. Porém, o último tiro ricocheteou e atingiu o joelho do menino, que desabou aos berros.

Jonathan suspirou e passou por cima da forma encolhida, olhando para o relógio de pulso.

Estava atrasado para o serviço.

O Marina estava meio vazio.

Ele estava sempre meio vazio. Jonathan reconheceu a maioria das pessoas que *frequentava* o bar, mas havia algo diferente. Ele percebeu assim que entrou, como se o ar estivesse cheio de neve. Eram as duas mulheres perto da saída, uma delas parecia ter vindo das páginas de um catálogo, com os lábios vermelhos e os cabelos pretos sedosos, e a outra era mais nova, com uma juba de cabelos castanhos ondulados e um sorriso perigoso.

Elas o observaram durante toda a apresentação.

Talvez no passado ele já tenha atraído esse tipo de atenção. Mas isso foi na época em que suas mãos ainda tocavam bem, na época em que o terno tinha um bom caimento, na época em que ele sorria casualmente, isso porque, na maioria das vezes, já estava drogado.

Jonathan saiu do palco — ele conseguiu terminar a apresentação, acertando as notas mais pelo costume que pela paixão, então seguiu para o bar, levado por uma onda de aplausos fracos e uma forte maré de aversão por si mesmo.

— Uma água com gás — pediu ele, sentando-se na banqueta.

Ainda sentia que estava sendo observado. De vez em quando, Caprese enviava alguém para tentar matá-lo de novo, mas nunca dava certo. Aquelas duas não pareciam os assassinos costumeiros de Caprese, mas talvez fosse essa a intenção. Ele ouviu o barulho dos saltos um instante antes de a bela mulher surgir ao seu lado.

— Sr. Royce. — A voz dela era quente, insinuante e entremeada por fumaça.

A morena subiu numa banqueta.

— Johnny Boy! — cumprimentou ela, e havia algo de familiar no sotaque, como se eles já se conhecessem, mas ele tinha certeza de que nunca a viu antes.

— Se foi Caprese que mandou você... — murmurou ele.

— Caprese — repetiu a mulher de cabelos pretos, saboreando o nome na língua. — Foi ele que matou a sua esposa, não foi?

Jonathan permaneceu em silêncio.

— E, no entanto — continuou ela —, Jack Caprese continua vivo. Prosperando, pelo que ouvi dizer. Enquanto você está aqui definhando nessa pocilga.

— Epa — interrompeu a outra mulher. — Eu gosto desse lugar.

— Quem são vocês? — perguntou Jonathan.

— June — respondeu a morena.

— Marcella — disse a beldade de cabelos pretos. — Mas, quando se trata de pessoas como nós, a pergunta certa não é quem, não é mesmo? É *o quê*.

A mulher pressionou a bancada com uma única unha pintada de dourado e, enquanto Jonathan observava, o dedo dela assumiu um brilho vermelho e a madeira logo abaixo começou a se distorcer e apodrecer e um buraco atravessou toda a extensão da bancada do bar. A morena — June — deslizou um porta--copo por cima do dano que a outra havia causado, só que ela não era mais a morena. A mulher havia se transformado em Chris, o garçom do Palisades, embora Chris continuasse do outro lado do bar, de costas para eles, secando um copo alto para drinques. Quando ele se virou, ela voltou ao normal.

303

Jonathan ficou com a boca seca.

Elas também tinham poderes, assim como seu brilho. Mas o brilho era um dom. O brilho era uma maldição. O brilho era *dele*. Não deveria haver outras pessoas como ele aqui nesse inferno.

— O que vocês querem? — sussurrou ele.

— Isso — disse a bela mulher — era o que eu estava prestes a perguntar a *você*.

Jonathan olhou para o copo de água com gás. Ele queria ter sua vida de volta. Mas não tinha vida, não mais. Queria morrer, mas também tinha sido privado disso.

Naquela noite, depois que os capangas de Caprese morreram, mas Jonathan não, quando o quarto ficou em silêncio e às escuras e o mundo ficou vazio, ele encostou a pistola na cabeça e apertou o gatilho, e aquilo devia ter sido o fim de tudo, mas não foi, por que o brilho surgiu outra vez, gostasse ele ou não, e isso o fez se lembrar de Claire e de como ela ficaria irritada com ele por desperdiçar uma segunda chance. E pensar em Claire fez com que ele quisesse se drogar de novo, boiar para longe no mar.

Mas o brilho não o deixava fazer isso.

Jonathan prometeu a si mesmo que não tentaria se matar de novo.

Ele não a decepcionaria.

Mas usar aquele brilho era como experimentar uma droga nova. Um lembrete apavorante de que ele ainda estava vivo.

June franzia o cenho, como se pudesse ler os pensamentos de Jonathan. Marcella, porém, sorriu.

— Por que ficar sentado aqui de cara feia — perguntou ela — quando você pode ferir as pessoas que te causaram mal?

Mas ele *já* as havia ferido — ele assassinou os homens responsáveis pela morte de Claire e os que foram atrás dele, e todos os outros que Caprese mandou. Cada um deles, exceto...

— Caprese — murmurou Jonathan.

Será que era por *isso* que o brilho não o deixava descansar?

Será que era por isso que ele não conseguia se juntar a Claire?

— Eu posso ajudar você a chegar até ele — disse Marcella. Ela se inclinou para perto de Jonathan, perto o bastante para que ele sentisse o cheiro do seu perfume. — Eu já ouvi falar do seu talento, mas adoraria saber mais.

Ela estendeu o braço e pousou os dedos no braço dele. Foi um gesto simples, quase gentil, até o momento em que a palma da mão da mulher pareceu ficar incandescente. O brilho se refletiu na pele dele e ela se afastou e olhou para a própria mão.

— Hum — disse ela, como se não tivesse acabado de tentar destruí-lo. — Como você faz isso?

— Eu não *faço* nada — respondeu Jonathan com amargura. — É o que acontece. Se alguém tenta me ferir... ora, se até mesmo eu tento me ferir, ele aparece. O meu escudo.

— Ah, que beleza, hein — comentou June, recostando-se na bancada.

Marcella emitiu um gemido baixo de descontentamento.

— Não vejo como isso pode me ajudar.

Jonathan encarou o próprio copo.

— Eu posso partilhar o meu escudo.

Os olhos azuis de Marcella se semicerraram.

— Como assim?

Jonathan balançou a cabeça. Era assim que o brilho zombava dele. Era por isso que ele sabia que aquilo não era dom nenhum, mas uma maldição; um corte superficial que não o mataria, mas que o machucava bastante. Tudo o que ele queria era proteger Claire, mas fracassou miseravelmente. Agora, quando ele seria capaz de protegê-la, era tarde demais. Ela já estava morta.

— Jonathan — insistiu Marcella.

— Eu posso usar o escudo em outra pessoa — admitiu ele — enquanto ela estiver no meu campo de visão.

Marcella sorriu. Era um sorriso deslumbrante, do tipo que fazia qualquer um querer sorrir também, mesmo que não houvesse motivo para isso.

— Bom, nesse caso — concluiu ela —, vamos falar de vingança.

XII

TRÊS SEMANAS ANTES

EM ALGUM LUGAR FORA DE BRENTHAVEN

Os passos de Victor farfalhavam pelo matagal.

O sol estava quase se pondo, o céu mergulhava em tons violáceos à sua volta enquanto ele escolhia o caminho pelo bosque com cuidado. De vez em quando, o silêncio era pontuado por tiros ao longe, quando, do outro lado da reserva, os caçadores disparavam em suas presas antes que o último resquício de luz desaparecesse.

Victor também caçava. Ele seguia um homem largo de colete laranja, o contraste destacando-o em meio ao verde e cinza sarapintado que os circundava. As árvores eram esparsas, cercadas de campos por todos os lados. Havia uma pequena cabana alguns quilômetros ao sul, que era para onde seguiam as pegadas do homem.

Apesar das roupas que usava no momento, Ian Campbell foi um homem difícil de encontrar.

Ele sumiu do mapa depois do acidente, um desaparecimento quase tão final quanto a morte.

Quase.

No entanto, hoje em dia era impossível não deixar algum rastro.

Mitch levou meses para rastrear esse EO em particular. Mas, por fim, conseguiu. Porque Mitch, assim como Victor, sabia que eles estavam ficando sem opções. A pilha de papéis foi reduzida a algumas folhas soltas e, conforme as pistas diminuíam, a duração das mortes de Victor aumentava, os segundos passavam rápido até ameaçarem atingir aquele limite fatal, o ponto estabelecido pela medicina de onde não havia mais volta.

Um balido suave alertou Victor da presença do provável objeto da atenção de Campbell.

Havia um cervo ferido deitado na vegetação rasteira, com um flanco aberto pela dispersão de chumbo grosso. Enquanto Victor diminuía o passo para observar a cena da sombra de uma árvore, Campbell se agachou sobre o cervo, emitindo sons reconfortantes enquanto baixava a mão sobre a lateral do animal.

Em seguida, diante dos olhos de Victor, o chumbo se levantou por entre os músculos e a pele e rolou do corpo do animal para a grama.

Victor prendeu a respiração por um segundo.

Tinha ficado tão acostumado à decepção — a rastrear EO após EO só para descobrir que seus poderes eram incompatíveis, ou, pior ainda, irrelevantes — que foi pego desprevenido com a visão do poder de Campbell, com a percepção de que finalmente havia encontrado alguém que podia ajudá-lo.

O cervo se levantou nas pernas bambas e, em seguida, saltitou para longe dali entre as árvores, ileso.

Campbell ficou observando o animal se afastar. Victor ficou observando Campbell.

— É um ato de bondade — perguntou Victor, quebrando o silêncio — soltar uma presa de volta ao mundo para que outra pessoa atire nela de novo?

Campbell não se assustou, o que contou muito a seu favor. Ele se endireitou e limpou as mãos no jeans.

— Não posso fazer nada a respeito dos caçadores — retrucou ele. — Mas jamais poderia ignorar uma criatura com dor.

Victor riu, um som vazio e sem humor.

— Então você não deve ter nenhuma objeção quanto a me ajudar.

A expressão de Campbell se estreitou.

— Animais são inocentes — respondeu ele. — *Pessoas* são outros quinhentos. Pelo que já vi, a maioria não merece ajuda.

Victor ficou irritado — parecia algo que Eli diria. Seus dedos tremeram e o ar começou a zunir, mas Campbell o surpreendeu ao se aproximar dele em vez de recuar.

— Você está muito ferido? — perguntou ele.

Victor hesitou sem saber como responder a uma pergunta tão simples, mas que tinha uma resposta tão complicada. Por fim, disse:

— Mortalmente.

Campbell o estudou por um bom tempo.

— Certo. Vou fazer todo o possível.

O coração de Victor bateu mais forte, não por causa de mais um episódio, mas de esperança. Uma coisa tão rara que ele havia esquecido como era. Estivera pronto para usar força bruta.

— Existe um limite — continuou Campbell. — Eu não posso impedir a natureza. Nem alterar o seu curso. Não posso desfazer a morte, mas *posso* cancelar uma violência.

— Então — disse Victor, cujas mortes foram moldadas pelo sangue e pelo sofrimento — você é perfeito para isso.

Campbell estendeu o braço e Victor, que nunca se sentiu confortável com contato físico, forçou-se a permanecer imóvel enquanto a mão do EO pousava em seu ombro.

Campbell fechou os olhos, e Victor esperou. Esperou que o zumbido desaparecesse da sua cabeça, esperou que o crepitar nos seus nervos se acalmasse e que o relógio enfim parasse de bater...

Mas nada aconteceu.

Após um longo segundo, Campbell afastou a mão e Victor soube que havia encontrado outro beco sem saída. Mas ele presenciou os poderes de Campbell. Devia ter dado certo. Tinha que ter dado certo.

— Eu sinto muito — desculpou-se o homem, balançando a cabeça. — Eu não tenho como ajudar você.

— Por que não? — vociferou Victor.

Pela primeira vez, Campbell recuou.

— Quando falei que podia, eu quis dizer que posso curar uma violência que tenha sido causada por *outra pessoa*. Mas, seja lá o que foi que aconteceu com você, seja lá como foi que você se machucou, foi você que causou isso a si mesmo.

A fúria de Victor passou por ele como uma lâmina, repentina e profunda. Ele fechou a mão em punho e Campbell cambaleou para trás na vegetação rasteira com um soluço de dor escapando da garganta.

— Levanta — ordenou Victor. Ele ergueu a mão ao dizer isso, forçando Campbell a se levantar. — *Me conserta*.

— Não posso! — arfou Campbell. — Eu disse para você que só posso curar os *inocentes*. Você não é uma vítima.

— Quem você acha que é para me julgar? — vociferou Victor.

— Ninguém. É o poder que julga. Eu *sinto muito*, eu...

Victor empurrou Campbell para longe com um rugido. Na sua mente, ele viu sua morte — não a mais recente, nem a morte nas mãos de Eli, mas a morte no laboratório de Lockland, a maneira como ele subiu na mesa, pressionou as costas nuas no aço frio, evocou a morte para si como se ela fosse um demônio, um escravo, alguém para seguir ordens.

No meio do bosque, Campbell se esforçou para se levantar de novo.

Em parte, Victor esperava que o EO fosse fugir, mas ele permaneceu ali.

Agora, a escuridão os envolvia, mas, mesmo nas sombras da floresta, Victor via uma tristeza genuína nos olhos do outro EO.

Por um breve instante, ele pensou em deixar o homem em paz. Porém, se ele havia encontrado Campbell, era apenas questão de tempo até o ONE encontrá-lo. O alcance deles parecia aumentar a cada dia.

— Eu sinto muito — repetiu Campbell.

— Eu também — disse Victor, sacando a pistola.

Os tiros ecoaram pelo bosque.

O corpo caiu, Victor suspirou e se sentou encostado na árvore mais próxima, o zumbido mais alto que nunca na sua cabeça. Ele fechou os olhos, súbita e imensuravelmente cansado.

Se matar todos os EOS *que encontrar, você não é melhor que o Eli.*

Seja lá o que foi que aconteceu com você, seja lá como foi que você se machucou, foi você que causou isso a si mesmo.

O celular quebrou o silêncio. Victor se esforçou para abrir os olhos e atendeu à ligação, levantando-se.

— Dominic — ele ouviu o som de um bar ao fundo —, alguma novidade?

— Uma nova EO — respondeu Dom. — Mulher durona. O nome é Marcella Riggins.

— Ela é uma pista viável? — perguntou Victor enquanto começava a voltar pelo caminho que tinha seguido até ali.

— Não — respondeu Dom. — O poder dela definitivamente é de natureza destrutiva.

Victor suspirou.

— Então por que isso me interessa?

— Eu só achei que você ia gostar de saber. Ela está atraindo bastante atenção.

— Ótimo — disse Victor, ríspido. — Assim, o ONE pode perder tempo caçando outra pessoa no meu lugar.

Ele sabia, é claro, graças a Dominic, que já estavam atrás dele. Ou, melhor dizendo, atrás de *alguém*. E fazia uma ideia de quem estava liderando a investida.

Victor havia ficado enojado mas não surpreso ao descobrir o uso que Stell tinha dado a Eli Ever. Colocando-o de volta ao trabalho. Eli sempre teve a manha de se enfiar no centro das atenções, e Stell já tinha caído na sua lábia antes. Victor se perguntava se era *por isso* que o ONE ainda não tinha chegado perto dele. Não porque seu bichinho de estimação tivesse falhado em ver a mão de Victor nas mortes, mas justamente porque *tinha visto*.

Era a cara de Eli essa necessidade fanática e egocêntrica de cuidar das coisas sozinho.

A cada dia que não sentia a forca apertar no pescoço, as suspeitas de Victor aumentavam.

310

Quanto a Marcella Riggins, que ela ficasse nos holofotes pelo tempo que conseguisse se manter. Quando se tratava de EOS, havia uma espécie de seleção natural. A maioria tinha o bom senso de permanecer nas sombras, mas, quando a necessidade de atenção superava a autopreservação, a balança costumava se equilibrar por conta própria.

E pessoas como Marcella Riggins nunca duravam muito tempo.

XIII

TRÊS SEMANAS ANTES

PERIFERIA DE MERIT

A chuva se infiltrava pelo telhado do armazém, o som das goteiras mascarando o ruído dos saltos de Marcella no chão de concreto. A velha fábrica de conservas ficava na periferia de Merit, um esqueleto de colunas e vigas de aço com um telhado apodrecido num dos terrenos marcados como território neutro da cidade.

As vozes ecoavam pelos ossos da construção.

— ... no escritório dele...

— ... não pode continuar assim...

— ... quem vai gerenciar...

— ... uma mulher sozinha...

— ... é claro que ela não está trabalhando sozinha...

— Qual é a da atração dos homens por esse tipo de lugar? — refletiu Marcella, falando alto o bastante para ser ouvida quando avistou três cabeças. — Juro por Deus, vocês sempre escolhem os lugares mais soturnos para se reunir.

Os homens se voltaram para ela. Joe Kolhoff. Bob Mellis. Jack Caprese. Ela quase esperou encontrá-los sentados em volta de uma távola redonda, esses autoproclamados cavaleiros de Merit, mas, em vez disso, Marcella os encontrou agrupados no centro daquele espaço melancólico cheio de goteiras.

Inacreditável, pensou ela. O marido reduzido a cinzas, Tony morto na própria mesa e mesmo assim eles *ainda* não se deram ao trabalho de sacar as armas. Pelas regras do território neutro, os chefões não deveriam estar armados, mas com certeza ninguém ia a uma reunião dessas sem, no mínimo, *uma* arma.

— É pela atmosfera? — perguntou-se Marcella enquanto andava até eles. — Ou por que vocês partilham as mesmas características? Defuntos. Ultrapassados. Obsoletos. Tem tantos prédios antigos nessa cidade — disse ela, passando as unhas pela coluna de concreto. — É insana a quantidade de dinheiro que se gasta com reparos e reformas. Talvez fosse melhor apenas demolir tudo e começar do zero, vocês não acham?

— A ex-falecida Marcella Riggins — disse Kolhoff com desdém. — Você tem coragem...

— Ah, eu gosto de achar que tenho bastante coragem, Joe.

— Se tivesse um pouquinho de *bom senso* — retrucou Mellis —, você teria fugido.

— Nesses sapatos? — provocou ela, olhando para os saltos de aço. — E perder essa adorável reunião?

— Você não foi convidada — disse Kolhoff.

— O que eu posso dizer? Minhas orelhas estavam queimando.

— Como você encontrou a gente? — exigiu saber Caprese.

Marcella andou entre as colunas, passando as unhas pelo concreto.

— O meu marido tinha um ditado. "Conhecimento até pode ser poder, mas dinheiro compra os dois." — Ela deixou a mão cair. — Acontece que alguns capangas de Hutch estavam mais que dispostos a mudar de lado em troca de uma promoção.

— Mentira — sibilou Caprese. — A família não trai.

Marcella revirou os olhos.

— O mais incrível desse lance de *família* de vocês — disse ela, arrastando as unhas por outra coluna — é que a família só existe para aqueles que estão no topo. Desça o bastante pela árvore e você vai encontrar um monte de gente que não se importa com quem está no comando, contanto que seja paga. — Ela deixou os olhos vagarem para o muro do armazém, para o terreno logo adiante, onde havia seis sedãs pretos estacionados. — Eu fico me perguntando quantos dos *seus* homens vão aproveitar a oportunidade de trabalhar para mim assim que vocês estiverem mortos.

Kolhoff se encrespou. Mellis tirou um canivete do bolso de trás e o abriu com um peteleco. Caprese, por fim, sacou uma pistola.

— Eu sempre achei que você fosse uma piranha insolente — disse ele, apontando o cano para ela —, mas também claramente é burra por vir aqui sozinha.

Marcella continuou o passeio entre as colunas, nem um pouco preocupada com as armas.

— Quem disse que eu vim sozinha?

Os sapatos sociais de Jonathan bateram ritmados no concreto no instante em que ele apareceu. Ele se movia como se estivesse em transe, os olhos pretos fixos em Caprese conforme andava até o homem. O chefão da máfia apertou o gatilho e a bala atingiu o ar diante de Jonathan com uma explosão de luz branco-azulada antes de ricochetear e tirar uma lasca do chão de concreto.

— Que porra é... — rosnou Caprese, disparando repetidas vezes conforme Jonathan diminuía a distância entre os dois.

As balas iam parar longe, até que uma delas enfim ricocheteou e atingiu em cheio o joelho de Caprese. Ele arfou e se curvou, segurando a perna.

Jonathan não disse uma palavra. Ele simplesmente sacou a própria arma, mirou na testa do homem ajoelhado e atirou.

Kolhoff e Mellis ficaram paralisados de medo, os olhos arregalados, enquanto o corpo de Caprese desabava, sem vida, no chão frio.

Marcella estalou a língua, espalmando a mão na última coluna.

— Se vocês tivessem um pouquinho de bom senso — disse ela com uma luz vermelha passando pela mão —, teriam fugido.

O concreto cedeu sob sua mão e, assim que o fez, as outras colunas começaram a estremecer e ficar bambas, cada uma delas já enfraquecida pelo toque de Marcella. A construção emitiu um rugido pesado conforme as colunas desmoronavam e o telhado se curvava e cedia.

Mellis e Kolhoff estavam correndo agora, mas não adiantava mais de nada. June já havia trancado os portões. Um pedaço enorme de pedra começou a desabar sobre Marcella.

Ela o observou cair fascinada, com os membros fervilhando de empolgação e pavor.

— Jonathan — chamou, mas ele já tinha visto e o ar ao redor dela cintilou com a luz branco-azulada um instante antes de os destroços a atingirem. As pedras se despedaçaram no campo de força e deslizaram para o chão, chovendo inofensivamente ao redor de Marcella.

Marcella se lembrou da primeira vez que presenciou uma demolição. A coisa que mais a impactou, depois da explosão inicial, foi a graça silenciosa, a maneira preguiçosa com que aquele gigante desmoronou, afundando menos como uma massa de tijolos e aço e mais como um suflê murchando. Tinha que admitir, porém, que era um pouco menos tranquilo desse ângulo, e nem de longe tão silencioso.

No entanto, Marcella apreciou a demolição do mesmo jeito.

Ela apreciou os gritos dos homens, o metal distorcido, as pedras quebradas e o modo como o mundo tremeu enquanto a construção desmoronava ao redor deles, enterrando Kolhoff, Mellis e Caprese. Três outros homens que ficaram no seu caminho.

Os escombros esculpiram um círculo de destruição em torno de Marcella e Jonathan, deixando os dois incólumes, apesar de cercados por uma barricada. Presos. Mas não havia nada que pudesse contê-la agora. Marcella levou os dedos ao bloco de concreto mais próximo e pressionou nele a mão carmim de tão incandescente, com uma luz violenta que se espalhava pelo braço dela como fogo.

O concreto fraquejou, rachou e se despedaçou; os obstáculos foram destruídos e o caminho ficou livre.

Marcella ainda tinha que testar os limites do seu poder. Ou, melhor dizendo, ela ainda tinha que *descobrir* quais eram os limites. A destruição ocorria com tanta facilidade.

Ela marchou para fora do prédio destruído com Jonathan logo atrás feito uma sombra.

June estava à espera logo depois dos destroços de olhos arregalados.

— Isso não foi exatamente sutil.

Marcella se limitou a sorrir.

— Às vezes, a sutileza é superestimada.

June apontou para os homens de terno que desciam dos sedãs pretos estacionados.

— E o que a gente diz para a cavalaria?

Marcella estudou os homens.

— Vamos dizer que a máfia de Merit está sob nova direção.

Marcella desabou no sofá de couro bege com uma risada nos lábios.

— Você devia ter visto a cara deles, June...

A cidade se estendia além das janelas que iam do chão ao teto, cintilando com os últimos resquícios de luz.

Marcella sempre quis morar no National.

Agora que estava aqui, a cobertura de Hutch parecia uma parada temporária no caminho para coisas melhores e mais grandiosas. Porém, ainda assim, era uma bela parada. Principalmente agora que o sangue tinha sido limpo. Algumas poucas gotas teimosas permaneciam ali, mas Marcella não se importava com elas. Não, eram lembretes do que ela havia feito. Do que ela era capaz de fazer. Os inimigos eram reduzidos a manchas sob seus pés.

Até onde o pessoal da máfia sabia, Tony Hutch havia saído de férias, algo que ele costumava fazer.

Ele sempre foi um homem de muitos vícios, acostumado a ter privacidade.

Jonathan seguiu como um fantasma pelo corredor, mas June continuou ali, empoleirada na beira do sofá.

— Sabe — começou ela —, um cadáver não chama muita atenção. O problema é quando eles começam a se acumular. Esses caras da máfia não costumam ligar para os federais sempre que sofrem um ataque, mas você está testando a paciência deles. Não lembra o que eu falei do ONE?

— Mais um motivo para eu chamar atenção.

June cruzou os braços.

— E como você sabe isso?

Marcella enrolou uma mecha de cabelos pretos distraidamente num dedo.

— Quando as pessoas permanecem nas sombras, é mais fácil fazer com que elas desapareçam. — Ela se empertigou no sofá. — Eu acabei de botar um prédio inteiro abaixo. Você pode ser quem você quiser. E Jonathan pode nos tornar intocáveis. A gente não é só impressionante, a gente é invencível. A gente *devia* chamar atenção.

June balançou a cabeça.

— Se você quiser sobreviver...

— Mas eu não quero *sobreviver* — zombou Marcella. — Eu quero *prosperar*. E prometo a você: estou só começando.

A menina revirou os olhos.

— E agora? Você vai dar a porra de uma festa em sua homenagem?

Um sorriso se alargou lentamente nos lábios de Marcella. Não era uma ideia tão ruim.

— Não — retrucou June. — Não, eu estava brincando...

Um tiro soou em outro cômodo.

— Merda — sibilou Marcella, levantando-se.

June a seguiu e juntas elas encontraram Jonathan num dos quartos, a pistola pendendo dos dedos, um buraco de bala na parede oposta, onde a bala tinha ido parar depois de ricochetear.

— O que você está fazendo? — exigiu saber Marcella.

— Não deu certo — murmurou ele. — Eu achei que talvez desse. Agora que Caprese está morto...

— Sinto muito, Johnny — disse June. — Parece que você ainda tem trabalho a fazer.

Ele se afundou na cama, apoiando a cabeça nas mãos.

— Eu só queria... — disse ele, apertando a arma com ambas as mãos — ficar com a Claire...

Marcella suspirou e arrancou a arma dele. A melancolia de Jonathan estava estragando sua alegria.

— Vamos lá — chamou ela, dando meia-volta —, está bem claro que todos precisamos de uma bebida.

Ela não olhou para trás, mas ouviu quando Jonathan se levantou da cama e as seguiu até a sala principal.

June estava agitada, trocando de aparência a cada passo. Uma velha com um braço coberto de tatuagens. Um jovem negro num terno feito sob medida. Uma menina bonitinha de vinte e poucos anos usando um vestidinho branco.

— Você está me deixando tonta — esbravejou Marcella.

June se jogou no sofá e trocou de aparência de novo. Não era Marcella — não poderia ser —, mas era obviamente parecida. Pele de porcelana, cabelos pretos e pernas longas. O rosto era muito largo e os olhos eram verdes em vez de azuis. Eles seguiram Marcella até o aparador na parede com sua coleção de bourbons raros e caros.

Ela colocou a pistola sobre a bancada de cristal e serviu uns dedos de algo escuro e forte para Jonathan. Sem gelo.

— Você perdeu um discurso e tanto — comentou June. — A nossa menina tem grandes planos.

Marcella não mordeu a isca de June. Ela entregou a bebida para Jonathan.

— É isso mesmo — confirmou ela. — E é claro que você faz parte deles. — Marcella se voltou para June e ofereceu um copo a ela. — E você, June?

Ela não estava perguntando apenas em relação à bebida, e as duas sabiam disso.

A outra EO balançou a cabeça, mas ela estava sorrindo com uma luz brincalhona, quase perigosa, no olhar.

— Eu já disse o que acho dessa história. Faz o que você quiser. Afinal de contas, se o ONE vier atrás da gente, não vai ser a *mim* que eles vão pegar.

June aceitou a bebida e Marcella ergueu o copo.

— Um brinde a coisas melhores e mais grandiosas...

A janela se despedaçou atrás deles.

A bala teria acertado as costas de Marcella se Jonathan não estivesse olhando para ela. Em vez disso, o projétil ricocheteou, causando uma explosão de luz, e foi seguido em rápida sucessão por mais três balas, os disparos assoviando no ar.

Uma delas acertou June. Ela cambaleou e caiu, mudando de forma nesse meio-tempo. Por um instante, uma fração de segundo, Marcella viu a forma verdadeira da menina de novo — os cabelos ruivos, a faixa de sardas — e, em seguida, aquela pessoa desapareceu e foi substituída por um estranho, que lançou o corpo para longe da linha de fogo.

— Eu te avisei... — começou June.

— Essa não é a hora — vociferou Marcella, quando um decanter ali perto explodiu em dezenas de cacos de vidro. — Fica de olho em mim — ordenou ela a Jonathan. Então ela se virou, largou o copo de bourbon e pegou a pistola.

Os disparos continuaram, uma rajada de balas que pintava o ar de azul e branco conforme o campo de força de Jonathan refletia cada tiro. Marcella se movia com uma graça calculada e cuidadosa, forçando-se a não vacilar em meio ao ataque violento. Era revigorante saber que sua vida, no momento, não estava nas próprias mãos, sabendo que, se Jonathan desviasse o olhar, o escudo baixaria e ela seria atingida.

Mas, às vezes, é preciso ter um pouco de fé.

Marcella marchou pela cobertura e foi até as janelas que iam do chão ao teto, a beirada entrecortada do vidro aberta como uma boca escancarada. Ela tocou a borda e o restante dos cacos desmoronou, os cristais foram pegos e soprados por uma rajada de vento frio da noite enquanto Marcella atravessava a janela vazia com os saltos esmagando o vidro, a areia e os destroços.

É por isso, pensou ela, *que não se deve se esconder.*

É por isso, pensou ela, erguendo a pistola, *que se deve deixar que eles conheçam sua força.*

Marcella estreitou os olhos em meio aos clarões e às faíscas do brilho de Jonathan, tentando encontrar a luz refletida que indicava a posição do rifle do franco-atirador na escuridão, enquanto apertava o gatilho repetidas vezes, esvaziando a pistola noite adentro.

XIV

DUAS SEMANAS ANTES

CENTRO DE WHITTON

Sydney passou os dedos pelos ossinhos.

Dol havia encontrado o pássaro na sarjeta mais cedo, se é que aquilo podia ser chamado de pássaro — era uma bagunça deformada de tendões e penas, com uma única asa destroçada. Ele já estava deplorável para começo de conversa e ficou ainda pior depois que Syd o arrancou da bocarra do cachorro. Agora o corpo jazia tristemente sobre uma toalha de cozinha velha em cima da cama alugada da menina. Dol observava com o focinho encostado no edredom.

Em algum lugar depois da porta do quarto, Mitch fazia o jantar enquanto cantarolava uma música antiga. Cada um deles tinha a própria maneira de lidar com a pressão, com o medo, com a esperança. Ela voltou a atenção para o pássaro.

— O que você acha? — perguntou ela a Dol.

O cachorro arfou, ainda amuado por causa do prêmio roubado. Syd coçou as orelhas dele — quanto mais perto ele ficava, com mais força ela sentia os fios que os uniam, e assim ficava mais fácil lembrar o que seus dedos deveriam procurar.

Sydney respirou fundo, olhou de relance para a lata de metal vermelha ao lado da cama e fechou os olhos. Ela sentiu o caminho, deixou as mãos pousarem sobre o triste corpo e começou a procurar.

Ela sentiu como se estivesse numa longa queda.

Ela sentiu o vazio e o frio.

Ela sentiu como se isso demorasse uma eternidade — então percebeu um ligeiro rubor de luz, o nó enroscado de um fio. Não, não de um fio. De mais de dez filamentos finíssimos, de fragmentos espalhados pela imensidão da penumbra em sua mente. Eles nadavam atrás dos seus olhos como peixes, afastando-se do seu toque, e os pulmões de Sydney começaram a doer, mas ela não desistiu. Vagarosa e dolorosamente, ela reuniu os filamentos, imaginando que estava recompondo os frágeis fios outra vez. Dando um nó neles.

Levou horas. Dias. Anos.

E apenas um instante.

Enquanto dava o último nó, o fio reluziu, pulsou e se tornou um alvoroço de penas na palma da sua mão.

Sydney abriu os olhos quando o pássaro se mexeu debaixo dos seus dedos.

Ela deixou um som escapar da garganta, metade riso e metade choro, uma mistura de vitória e choque, e, em seguida, o som foi abafado pelas batidas furiosas de asas e pelo piado de um pombo muito surpreso que tentava escapar da prisão das mãos dela.

O pássaro bicou as juntas dos seus dedos e Sydney o soltou — um erro de principiante, já que o pombo alçou voo no pequeno quarto em busca de liberdade e se chocou no lustre e na janela, enquanto Dol pulava como se tentasse pegar maçãs no ar.

Sydney foi até a janela e a abriu, e o pássaro fugiu para a noite numa algazarra de penas cinzentas.

Ela ficou olhando para ele fascinada.

Tinha conseguido.

Era um pássaro, não um ser humano, mas ainda assim Sydney havia pegado alguns poucos ossos esmagados e tornado a criatura inteira de novo. Ela a havia trazido de volta à vida.

Em questão de segundos, deu a volta no quarto e abriu a tampa da lata de metal vermelha. Os últimos — e únicos — restos de Serena Clarke estavam aninhados lá dentro, envoltos num pedaço de pano. Sydney esticou a mão para pegá-los, o coração batendo acelerado — e parou.

A mão da menina pairou acima dos restos mortais.

E se não fosse o suficiente?

Um pássaro não era uma mulher. Se tentasse e fracassasse, jamais teria outra chance.

Se tentasse e fracassasse... Mas o que mais poderia fazer? Tudo o que restou de Serena eram cinzas espalhadas por uma cidade que ficava a centenas de quilômetros dali.

Isso faria alguma diferença?

Sydney jamais havia se perguntado se o "onde" importava tanto quanto "o quê", mas agora, enquanto ajeitava a tampa sobre a lata, ela pensou: *Os fantasmas ficam presos ao lugar onde morreram.* Ela não acreditava em fantasmas, mas tinha que acreditar em alguma coisa — naquele fio de luz, a coisa mais próxima de uma alma que ela conhecia. Se houvesse restado alguma parte de Serena, além dos ossos nessa caixa, estaria lá.

Sydney só teria que esperar.

XV

DUAS SEMANAS ANTES

CAPSTONE

O avião de Stell havia pousado ao amanhecer. Ele não entendia por que uma videoconferência não bastava, mas a diretoria havia insistido na presença dele e, a não ser que quisesse realizar um ato descarado de provocação, não tinha escolha senão ir à reunião.

Em sua ausência, deu instruções estritas a Rios. Nenhum procedimento deveria ser iniciado em sua ausência. Nenhuma ordem deveria ser dada ou seguida a menos que partisse expressamente dele.

A última coisa de que Stell precisava era de um motim.

Ele observou a mesa de reunião desinteressante com cinco rostos desinteressantes acima de ternos desinteressantes. Stell suspeitava que, assim que saísse da sala, não seria capaz de reconhecer nenhum deles numa fileira de suspeitos, muito menos numa multidão.

— Primeiro, uma captura de EO fracassada — começou a mulher de preto —, e, agora, um extermínio fracassado.

— O senhor causou uma confusão e tanto — acrescentou o homem de cinza.

— Nós já enfrentamos alguns EOS bastante difíceis — comentou Stell. — É só questão de tempo...

— É só questão de tempo — interrompeu o homem de preto — até o ONE e os seus interesses aparecerem na imprensa.

— A minha equipe está fazendo todo o possível — argumentou Stell.

— Isso não é verdade — retrucou o homem de preto. — Nós o convocamos aqui porque acreditamos que a sua parcialidade o tem impedido de utilizar todos os recursos disponíveis.

— Parcialidade? — desafiou Stell.

— Não vamos negar — acrescentou a mulher de azul-marinho — que o senhor foi uma peça *fundamental* no desenvolvimento dessa organização...

— *Desenvolvimento*? Eu *criei* o ONE. Fui eu que trouxe as primeiras informações, fui eu que expliquei aos senhores o nível de ameaça... Cacete, eu tive que convencer *muitos* dos senhores de que os EOS eram reais.

O homem de grafite pigarreou.

— Não estamos questionando a sua contribuição.

O homem de cinza se inclinou por cima da mesa.

— Sabemos que o senhor tem uma forte ligação pessoal com os primeiros ideais dessa organização.

— Motivo pelo qual — acrescentou a mulher de preto — o senhor não está qualificado objetivamente a julgar suas necessidades atuais.

— A minha subjetividade é um ponto forte — argumentou Stell. — Parece que os senhores acham que estamos lidando com armamento manufaturado. Parece que só eu percebo que estamos lidando com *pessoas*.

— Poderíamos muito bem dizer — retrucou o homem de grafite — que elas são *ambas* as coisas.

Stell balançou a cabeça. Sempre voltava à mesma questão: dinheiro e poder, e a sede da diretoria por ambos. Se dependesse da vontade da diretoria, eles transformariam todos os EOS capturados em armas. De preferência, descartáveis.

— Marcella Riggins fez do ONE e do senhor motivo de piada — disse a mulher de azul-marinho. — O senhor afirma que está fazendo todo o possível, que está usando todas as ferramentas à sua disposição e, no entanto, continua se dando por satisfeito com munições de curto alcance quando possui uma arma perfeitamente adequada à tarefa.

Foi então que ele compreendeu com uma clareza dolorosa.

Eli.

— Pelo menos munições de *curto alcance* têm travas de segurança. Ao contrário de Eli Cardale. Não vou autorizar o uso dele em trabalho de campo.

O homem de grafite se sentou na beirada da cadeira.

— O senhor mesmo já foi defensor desse tipo de uso.

— Isso é diferente. Eli não é um ex-soldado. Ele é um assassino em série.

— Um assassino que tem cooperado conosco há mais de quatro anos.

Stell balançou a cabeça.

— Os senhores não o conhecem tão bem quanto eu.

— E assim voltamos ao problema da objetividade — concluiu a mulher de azul-marinho.

— Ter conhecimento não é a mesma coisa que ser parcial — vociferou Stell. — Os senhores acham que temos uma baita confusão nas mãos agora. Isso não é nada se comparado ao que poderia acontecer se o deixássemos livre.

— Quem foi que disse alguma coisa sobre deixá-lo *livre*? — perguntou o homem de preto. — *Existem* medidas defensivas. De acordo com os nossos relatórios, aparelhos de rastreamento foram instalados...

— O problema não é só *perdermos* Eli — declarou Stell. — É o que ele vai fazer antes de ser encontrado de novo. Ele não pode ser controlado.

Ao ouvir isso, o homem de cinza pegou uma maleta.

— Pensando nisso — anunciou ele, deslizando a maleta pela mesa —, eu lhe apresento uma solução mais robusta.

As travas se abriram e revelaram um elo de aço aninhado sobre um tecido preto. Quando Stell o tocou, descobriu que na verdade eram dois elos, um dentro do outro. Havia uma emenda transversal aos círculos que permitia que a coleira mesclada fosse aberta e fechada por meio de uma dobradiça.

— Nós admitimos que os métodos de Haverty eram problemáticos — disse a mulher de preto —, mas, nesse caso, também foram úteis. Os testes iniciais exploraram a habilidade geral de cura de Cardale. A segunda bateria de testes explorou a extensão dessa cura... e suas limitações.

Um pequeno controle remoto, fino feito um cartão de crédito e com metade da largura, estava afundado no tecido debaixo da coleira com um único botão na superfície lisa e preta.

— Haverty descobriu um limiar. Qualquer coisa menor que, digamos, um comprimido, o corpo de Cardale é capaz de absorver. Qualquer coisa maior, o corpo dele rejeita fisicamente a intrusão. Porém, se ele não conseguir rejeitar o objeto, o corpo não consegue se curar.

Stell pensou em Eli acordado na mesa de operação com o peito aberto por pinças enquanto Haverty trabalhava nele.

— Foram meses de pesquisa e desenvolvimento para esse projeto. Vai em frente, testa a coleira.

Stell apertou o botão côncavo e o elo interno da coleira se dobrou para dentro na emenda, fazendo com que a faixa de metal se transformasse num espeto brutal.

— Ele foi feito — explicou o homem de preto — para partir a coluna humana entre a quarta e a quinta vértebra. Em uma pessoa comum, um ferimento desse tipo causaria paralisia permanente. Por causa da condição de Cardale, os efeitos seriam obviamente temporários, mas eficazes do mesmo jeito.

— É claro que isso é só uma sugestão. — A mulher de azul-marinho lhe lançou um sorriso de lábios finos. — Afinal de contas, o senhor ainda é o *diretor* do ONE.

Stell devolveu a coleira para a maleta, a lógica da diretoria em guerra com o peso que sentia no peito.

— Mas nós o aconselhamos fortemente a lidar com essa EO o mais rápido possível. Use *todos* e quaisquer meios necessários.

DE VOLTA A MERIT

A chave da casa de Stell sempre agarrava na fechadura.

Ele sabia que devia consertar aquilo, mas não passava muito tempo em casa. Dormia na própria cama uma vez a cada três noites. Fazia a maioria das refeições no refeitório do ONE. Ele não sabia muito bem por que tinha dirigido do aeroporto para a cidade em vez de voltar para o ONE e só se deu conta do que estava fazendo quando chegou à metade do caminho. Mas sua cabeça ainda estava tomada pela reunião com a diretoria, e as duas doses de uísque que havia tomado no avião não o ajudaram em nada a clarear as ideias. Foi então que Stell percebeu que não queria passar por aquelas portas antes de saber exatamente o que planejava fazer.

A respeito de Marcella.

A respeito de Eli.

Stell se desvencilhou do casaco. Acendeu um cigarro antes mesmo de colocar a maleta de aço sobre a mesa da cozinha. Deslizou as travas.

A coleira de metal lisa estava aninhada no sulco de veludo.

Você não está usando todos os seus recursos.

Será que a diretoria estava certa?

Me manda.

Stell se sentou na cadeira devagar.

Você nunca mais vai sair dessa cela.

Será que ele estava deixando o passado prejudicar sua razão?

Ou será que estava apenas seguindo sua intuição?

Ele esfregou os olhos. Deu um longo trago no cigarro, enchendo os pulmões de fumaça. A coleira brilhava na pasta, era a solução do ONE, mas não a de Stell. Ainda não.

O celular tocou. Stell atendeu sem olhar para a tela.

— Alô?

Ele esperava que fosse Rios ou alguém da diretoria, mas a voz do outro lado da linha era suave, sensual.

— Joseph — cumprimentou ela com a simpatia de uma velha conhecida.

Ele franziu o cenho e apagou o cigarro no cinzeiro.

— Quem está falando?

— Você precisa mesmo perguntar?

— Eu te conheço?

— Espero que sim. Afinal de contas, os seus homens passaram bastante tempo atirando em mim.

Stell apertou o telefone com mais força sem perceber.

Marcella Riggins.

— Se eu não soubesse das coisas, ia achar que você não vai muito com a minha cara.

— Como você conseguiu esse número?

Ele conseguia ouvir o sorriso na voz dela.

— Estou ficando cansada de matar os seus agentes. Você não está ficando cansado de enterrá-los? — Ela não esperou que ele respondesse. — Talvez — continuou — a gente pudesse encontrar uma solução mais sofisticada...

— A maioria dos EOS tem uma única chance — disse Stell. — Vou lhe dar a segunda. Renda-se agora e...

Uma risada suave.

— Ora, Joseph — repreendeu ela —, por que eu faria algo assim?

— Quer dizer que você só me ligou para se vangloriar.

— De maneira alguma.

— Para quê, então?

— Eu estava pensando — disse ela casualmente — que talvez a gente pudesse sair para beber alguma coisa.

Isso pegou Stell desprevenido.

— Para quê? — exigiu saber. — Para você tentar me matar?

— Isso não faria o menor sentido. Se eu o quisesse morto, você já estaria morto. Acha que a única coisa que eu sei é o número do seu celular? Tenho que dizer que o seu gosto para decoração é incrivelmente tedioso.

Stell ergueu a cabeça de repente.

— É claro — continuou ela — que você não passa muito tempo em casa, não é mesmo?

Stell não disse nada, mas ficou de costas para a parede e de olho nas janelas.

— Algumas poucas fotos... — continuou ela. — Duas irmãs, imagino eu, pelo jeito como elas olham para você...

— Eu já entendi — disse ele entre os dentes.

— Bem, nesse caso, eu estarei no Canica Bar por volta das sete. Não me faz beber sozinha.

328

Antes que ele pudesse responder, ela desligou.

Stell deslizou pela parede até o chão, a cabeça dando voltas. Ele não podia ir. Não *devia* ir. Marcella era um alvo, uma inimiga, uma pessoa que ele devia despachar, não com quem negociar.

Mas tinha que fazer alguma coisa.

Ele olhou da maleta de aço para o celular nas mãos.

Stell xingou baixinho e pegou o casaco.

XVI

DUAS SEMANAS ANTES

CENTRO DE MERIT

Algumas mulheres passavam anos planejando o casamento.

Marcella passou a última década planejando uma tomada de poder hostil.

É claro que ela sempre presumiu que Marcus estaria à frente da campanha, mas isso era muito mais satisfatório.

Com os quatro chefões da máfia de Merit mortos de forma tão limpa e com as facções mergulhadas no completo caos — um caos sustentado por rumores e testemunhas —, a massa já estava correndo atrás de alguma estabilidade. Havia muitos deles, e havia muita disposição para servir.

Haveria disputas, é claro, e Marcella estava pronta para enfrentá-las, pronta para subjugar aqueles que fossem, invariavelmente, disputar o poder, pronta para subornar os policiais que pudessem ficar no seu caminho.

Havia ainda a questão do ONE, mas Marcella também tinha um plano para isso.

Ela ficou de costas para a janela, examinando a sala, Jonathan polindo o saxofone numa cadeira, June empoleirada nas costas do sofá, mexendo no celular. Depois que a cobertura de Hutch no National foi destruída, eles se mudaram para uma cobertura na parte nobre da cidade, na esquina da Primeira Avenida com a White. Uma cobertura com janelas de vidro semitransparente.

Vocês não vão me pegar duas vezes, pensou Marcella, quando alguém bateu à porta.

Jonathan atendeu e deu um passo para o lado, revelando um homem esbelto usando um terno de seda.

— Oliver!

Marcella sorriu ao vê-lo, e o sorriso se alargou quando ela viu o cabideiro de roupas que enchia o vestíbulo. Depois do incêndio na sua casa e do incidente no Heights, Marcella precisava urgentemente de um novo guarda-roupa.

— Que merda, Marce — disse Oliver —, você tem uma segurança pesada lá embaixo. Eles me apalparam todo.

— Sinto muito. Foi uma semana cheia.

— Me desculpa por estar um pouco desconfiada no momento — interrompeu June —, mas quem é esse aí?

— Esse é o Oliver — apresentou Marcella alegremente. — Meu *personal shopper*.

June deu uma gargalhada estridente.

— As pessoas estão tentando te matar, matar *a gente*, e você arruma tempo para a porra de um guarda-roupa novo?

Oliver deu um sorrisinho irônico.

— Você fala como alguém que não compreende o poder das aparências.

— É mesmo? — June desceu das costas do sofá. Ela foi até Oliver, assumindo uma aparência diferente a cada passo. — Quem sabe você não poderia me explicar?

Oliver ficou imóvel.

— E essa — apresentou Marcella num tom seco — é a June.

O olhar dele se voltou sem muita firmeza para ela.

— Eu, hum, fiquei sabendo... do Marcus. Ora, eu fiquei sabendo de muita coisa a *seu* respeito. Um monte de conversa estranha.

— Seja lá o que for que você tenha ouvido — disse June —, provavelmente é verdade.

Marcella indicou Jonathan, parado ali com seu terno velho.

— Ollie, você trouxe o que eu pedi?

Em resposta, Oliver puxou um porta-terno do cabideiro e abriu o zíper o bastante para mostrar um elegante terno preto. Marcella o arrancou das mãos de Oliver.

— Um presente — disse ela, oferecendo o porta-terno a Jonathan.

— E eu não ganho nada? — perguntou June.

— Você já tem um closet inteiro — disse Marcella. Ela se voltou para o quarto. — Vem. Vamos ver o que você trouxe.

Quando ele começou a abrir o zíper dos porta-vestidos, a cor havia voltado ao rosto de Oliver.

— Tenho que admitir que fiquei um pouco surpreso ao atender sua ligação — disse ele, e acrescentou com pressa: — e feliz, é claro. Você sempre foi a minha modelo preferida.

Ela pegou algumas blusas do cabideiro enquanto Oliver começava a dispor os vestidos em cima da cama. Por um instante, a imagem se sobrepôs a outra em sua mente, de roupas largadas em cima de lençóis desfeitos.

Marcella soltou a blusa antes que a destruísse.

— Você se superou — elogiou ela, passando os olhos pelos cabides. Um vestido frente única de renda, com acabamento em couro preto. Um blazer vinho com ombreiras e afunilado nos pulsos. Um vestido longo preto com um decote profundo e um cinto *obi* de seda. Uma fileira de sapatos perfeitos de saltos de aço.

Ela segurou um deles. Estavam tão polidos que quase conseguia se ver refletida no brilho. Os lábios vermelhos e os cabelos pretos pintados sobre o revestimento de metal, o reflexo era distorcido, como se ela estivesse em chamas.

Oliver se virou de costas enquanto Marcella tirava as roupas e colocava um vestido curto vermelho com um decote que ia de um ombro ao outro. Ela analisou o reflexo no espelho de corpo inteiro do quarto, deixando os olhos passearem avaliando as queimaduras que formavam um desenho na clavícula esquerda, na parte interna do antebraço direito, na parte de cima da coxa pálida.

Estavam sarando, a pele perdia o tom rosa até virar prata.

— Ficou deslumbrante em você — comentou Oliver atrás de Marcella.

Os olhos dela se desviaram do seu reflexo a tempo de vê-lo sacar um canivete fino da bolsa. Ela não vacilou nem um segundo.

— Me ajuda com o zíper? — pediu ela com suavidade.

— É claro.

Oliver se dirigiu a ela, e Marcella esperou até que ele estivesse quase ao alcance da sua mão antes de se virar de repente. Ele sacou o canivete e ela pegou a lâmina com a mão já brilhando em vermelho. Antes que a arma pudesse arranhar sua pele, tinha virado pó.

— É uma pena — comentou ela, envolvendo o pescoço de Oliver com a outra mão. — Você tinha muito bom gosto.

Ele conseguiu começar a gritar antes que a pele e os músculos abrissem caminho até os ossos, que viraram cinzas e, em seguida, mais nada.

— Deus do céu — comentou June, surgindo na soleira da porta. Ela digeriu a cena. — Bem, é isso que você ganha com um *personal shopper*. — Ela indicou com a cabeça os restos mortais de Oliver. — Existe alguém que *não* queira te matar?

— É um risco da profissão, pelo que parece — comentou Marcella.

— É o que parece — concordou June. — E quanto tempo você acha que os nossos amigos do ONE vão levar antes de tentar a sorte outra vez?

Marcella se virou para o espelho, dando um peteleco numa cinza que tinha ficado presa na bainha do vestido. Ela olhou para seu reflexo e sorriu.

— Deixa que eu me preocupo com eles.

333

XVII

DUAS SEMANAS ANTES

CANICA BAR

Um lustre comprido ondulava pelo teto, derramando uma luz suave sobre o cristal, o mármore e as toalhas limpas.

Stell ajeitou a gravata, grato por ainda estar arrumado por causa da reunião em Capstone.

— O senhor tem reserva? — perguntou o maître.

— Eu vim me encontrar com uma pessoa — respondeu Stell, cauteloso. — Cheguei cedo, mas...

— O senhor pode aguardar no bar — disse o maître, apontando para um círculo de vidro e carvalho.

Stell pediu um uísque muito mais caro do que o que costumava tomar e analisou os clientes — algumas das pessoas mais poderosas e proeminentes de Merit. O promotor público. A esposa do prefeito. Presidentes de empresas, políticos e mais de um astro do esporte.

Ele *a* viu assim que ela chegou.

Era impossível *não* vê-la, mesmo sob a luz baixa do Canica.

Ela estava de vermelho — não exatamente sutil, mas qualquer coisa a respeito dela jamais faria jus a essa palavra. Os cabelos pretos formavam ondas soltas ao redor do rosto. Os lábios eram da cor do vestido, os olhos de um azul impressionante.

Stell já havia visto fotos dela, é claro.

Nenhuma delas fazia justiça a Marcella Riggins.

Stell conseguia sentir os olhares se voltando para Marcella enquanto ela abria caminho até uma mesa no meio do restaurante. Ele pegou o copo do bar e a seguiu.

Quando ela o avistou, um sorriso partiu a linha reta dos seus lábios vermelhos.

— Joseph — cumprimentou ela, usando o primeiro nome dele como uma arma. — Estou muito feliz por você ter vindo.

A voz era calorosa, com um toque de fumaça.

— Srta. Riggins — cumprimentou Stell, afundando na cadeira em frente à dela.

— Morgan — corrigiu enquanto uma taça de vinho tinto era disposta ao lado de seu cotovelo. — Depois de tudo o que aconteceu, eu não me sinto mais disposta a usar o sobrenome do meu marido. Mas, por favor, me chame de Marcella.

Ela falava com uma confiança casual, brincando com uma unha dourada na borda da taça, e Stell se deu conta de que não era a *beleza* de Marcella que não havia sido captada em nenhuma das fotos que ele tinha visto. Era algo mais.

Algo que ele já viu antes.

Em Victor Vale. Em Eli Ever.

Um tipo raro de força. Uma força de vontade perigosa.

Alguém tão poderoso assim devia estar no cemitério.

De repente, ele compreendeu o ponto de vista de Eli, a determinação teimosa por trás de sua declaração. A mão de Stell foi até a pistola enfiada no coldre.

Se não matar essa mulher agora, você vai se arrepender depois.

Seus dedos tocaram a trava de segurança.

No entanto, Marcella apenas riu.

— Ora, Joseph. Tenho certeza de que você já percebeu que armas não funcionam comigo.

Stell assistiu às gravações, óbvio — Marcella na varanda destruída, as balas dos atiradores se esquivando no ar à sua volta. Ele também tinha visto a imagem do homem magro de terno escuro. O mesmo homem, notou, que agora estava sentado a algumas mesas de distância, de óculos escuros apesar da luz baixa do restaurante. A postura dos ombros do sujeito, a angulação do rosto, tudo indicava que estava olhando diretamente para eles.

Outro EO, Stell podia apostar.

— Não se preocupe com o Jonathan — disse Marcella. — Não é que eu não confie em você, Joseph — acrescentou de modo amigável. — Mas, bem, a gente ainda está se conhecendo.

Um novo copo de uísque surgiu ao lado do cotovelo de Stell. Ele não se lembrava de ter terminado a primeira dose, mas o copo estava vazio. Ele ergueu o novo uísque, tomou um gole e parou, reconhecendo o gosto.

Era de uma marca que Stell tinha em casa. Mas que ele só bebia quando tinha algum motivo especial para comemorar.

Marcella sorriu, ciente de que ele havia entendido o recado. Ela descruzou e votou a cruzar as longas pernas, os saltos altos cintilando como facas no canto dos olhos de Stell.

— Me diz uma coisa — perguntou ela, girando a haste da taça de vinho entre os dedos. — Você mandou cercarem o lugar?

— Não. Acredite se quiser, mas eu não gostaria que soubessem que estou bebendo com uma terrorista.

Marcella fez um biquinho.

— Você vai precisar de muito mais que palavras duras para me ferir, Joseph.

Ela usava o nome dele como se fosse a taça de vinho entre os dedos, algo com que pudesse brincar.

— Você queria se encontrar comigo — disse ele, ríspido. — Me diz por quê.

— O ONE — respondeu ela com simplicidade.

— O que tem o ONE?

— Parece que você nos persegue pelo *que* somos, e não por *quem* somos. Esse tipo de ataque indiscriminado é de uma miopia tão grande, para dizer o mínimo. — Marcella se recostou na cadeira. — Para que fazer outra inimiga quando se pode ter uma aliada?

— Uma aliada — repetiu Stell. — O que você poderia me oferecer?

Um lento sorriso carmim.

— O que você *quer*? Menos violência? Ruas mais seguras? O crime organizado saiu totalmente do controle nesses últimos tempos.

Stell ergueu a sobrancelha.

— Você acha que pode alterar o curso da *máfia*?

O sorriso de Marcella brilhou ainda mais.

— Você não está sabendo? Eu *sou* a máfia agora. — Ela tamborilou as unhas sobre a toalha de mesa de linho. — Não, você quer negociar por algo da mesma espécie. Uma moeda de troca mais relevante? Você quer... os EOS.

— Você entregaria os seus?

— Os meus o quê? — desdenhou Marcella. — O que eles significam para mim? — Stell desviou os olhos dela para o homem de terno escuro. Marcella leu a expressão dele. — Lamento, mas June e Jonathan não fazem parte da negociação. Eles pertencem a mim. Mas tenho certeza de que existem outros que escaparam das suas garras.

Stell hesitou. Certamente, alguns EOS eram mais difíceis de capturar que outros, mas havia apenas um que, até o momento, provou ser impossível de se capturar.

— Tem um EO — começou ele, devagar — que parece perseguir a própria espécie. — Ele não entrou em detalhes, não explicou a teoria de Eli a respeito das suas motivações. — Até agora, ele matou outros sete EOS.

Marcella arregalou os olhos, fingindo surpresa.

— Esse não é o *seu* trabalho?

— Eu não sou a favor de mortes desnecessárias — retrucou Stell. — Não importa se a vítima é um ser humano ou não.

— Ah, um homem com valores morais.

— Eu só concordei com esse encontro por causa dos meus *valores*. Porque eu estou cansado de enterrar bons soldados...

— E porque você não encontrou uma maneira de me impedir — concluiu Marcella. Stell engoliu em seco, mas Marcella fez um gesto com a mão para que ele não continuasse com isso. — Esse é o último recurso. Que outra razão você teria para se encontrar com uma terrorista?

— Você quer uma trégua ou não? — perguntou Stell com firmeza.

Marcella estudou a taça de vinho.

— Esse EO... Eu devo procurá-lo no escuro ou você vai me dar alguma vantagem?

Stell tirou um bloco de anotações do bolso e escreveu uma lista. Ele arrancou a folha.

— Essas são as últimas cinco cidades onde o assassino atacou — explicou ele, deslizando o papel sobre a mesa.

Marcella guardou a folha na bolsa sem ler.

— Vou ver o que eu posso fazer.

— Você tem duas semanas — retrucou Stell.

Era tempo suficiente para produzir resultados, mas não o bastante para que Marcella perdesse tempo. Ela estava certa e errada ao mesmo tempo — esse não era o último recurso. Stell tinha, *sim*, uma maneira de impedi-la. Mas ele não queria isso. Duas semanas lhe dariam tempo para pensar, para planejar e, se ele não conseguisse encontrar outra opção, então duas semanas seria o tempo que teria para decidir o que seria pior: deixar Marcella livre ou Eli.

— Duas semanas — refletiu Marcella.

— É o tempo que você ganha com esse serviço — disse Stell. — Se você for bem-sucedida em entregar o assassino, talvez a gente possa continuar a encontrar interesses em comum. Se você fracassar, então temo que o seu valor para o ONE não vá fazer jus à sua liberdade.

— Um homem que sabe o que quer — comentou Marcella com um sorriso convencido.

— Tem outra condição: você precisa parar de chamar tanta atenção para si mesma.

— *Isso* vai ser difícil — provocou ela.

— Então para de chamar atenção para os seus poderes — esclareceu Stell. — Chega de demonstrações públicas. Chega de ostentações grandiosas. A última coisa que essa cidade precisa é de um motivo para ruir.

— E a gente não quer isso, é claro — disse Marcella fingindo timidez. — Vou encontrar o seu alvo, Joseph. E, em troca, você vai ficar longe dos meus negócios e fora do meu caminho. — Ela ergueu a taça. — Estamos de acordo?

XVIII

DUAS SEMANAS ANTES

ONE

Eli examinou as gravações repetidas vezes.

A missão no National deveria ter sido simples.

Mas nada a respeito de Marcella Riggins era simples.

— Você devia estar comemorando — comentou o fantasma de Victor. — Não era isso que você queria?

Eli não respondeu. Ele se concentrou nas gravações da cena, passou as imagens das câmeras de segurança em câmera lenta, observando o vidro espatifar e a bala — que devia ter atingido a nuca de Marcella — ricochetear num escudo invisível.

Eli pausou a imagem nesse instante e tamborilou sobre a mesa enquanto pensava.

A probabilidade de um único EO ter mais de um poder era quase zero. Não, era muito mais provável, deduziu ele, que essa habilidade em particular pertencesse ao terceiro e ainda não identificado EO, o homem que se escondia como uma sombra nos fundos da sala.

Três EOS trabalhando juntos — isso, por si só, era incomum. A grande maioria era solitária, isolada pela necessidade ou por escolha. Poucos EOS procuravam outros, menos ainda os encontravam.

— Nós encontramos — observou Victor.

Era verdade. Tanto Eli quanto Victor haviam chegado à mesma conclusão — que a união fazia a força, que o potencial era complementado pela reunião de poderes.

Agora, ao que parecia, Marcella também descobriu isso.

Eli avançou as imagens e assistiu enquanto ela passava pela rajada de balas e ia até a varanda. Enquanto todas as balas ricocheteavam. Enquanto ela sacava a própria pistola e apontava para a direção aproximada do franco-atirador.

Havia algo tão insolente nesse gesto...

Os EOS fugiam.

Os EOS se escondiam.

Sob pressão, um EO poderia até revidar.

Mas eles não faziam *esse* tipo de coisa.

Não se *exibiam*.

Não usavam os poderes com um deleite tão evidente.

Os EOS eram quebrados por natureza, imprudentes por causa da ausência, do vazio, por saberem que sua vida terminou. Saber disso os levava a roubar, a destruir, a se autodestruir.

Marcella não estava se autodestruindo.

Ela estava se vangloriando. Jogando a isca. Provocando-os a tentarem de novo e melhor.

Ela se livrou do marido, e isso fazia sentido, foi um ato de vingança, de superação. Mas depois ela se livrou da *concorrência*. Essa não era uma atitude de alguém que não tinha nada a perder. Não, era a atitude de alguém que tinha tudo a *ganhar*. Era *ambição*. E ambição e poder formam uma combinação muito perigosa.

O que ela faria se ninguém a controlasse?

O fantasma em sua mente tinha razão: Eli pediu um sinal de que precisavam dele, de que isso era o certo.

Ele não podia permitir que Marcella continuasse dessa maneira.

E, em breve, Stell perceberia, isso se já não o tivesse feito, que Eli era o único capaz de detê-la.

341

Ele ouviu passos vindos do outro lado da fibra de vidro e ergueu os olhos do monitor do computador quando Stell surgiu.

— Aí está você — cumprimentou Eli, levantando-se. — Eu repassei toda a gravação da execução fracassada e é obvio que a gente precisa de uma abordagem muito mais personalizada, principalmente se for levado em conta que há... — Eli parou de falar quando viu que Stell depositava a pasta de um novo caso na bandeja. — O que é isso?

— A gente recebeu o alerta de um EO suspeito há duas horas na zona sul de Merit.

Eli franziu o cenho.

— E Marcella?

— Ela não é o nosso único alvo.

— Mas é o mais perigoso de todos — retrucou Eli. — E, nos três últimos dias, ela arrebanhou outros dois EOS. O que a gente vai fazer a respeito...

— *A gente* não vai fazer nada — interrompeu Stell, ríspido. — O seu trabalho é analisar os casos que eu entrego a você. Ou você esqueceu que só existe por causa da misericórdia do ONE?

Eli cerrou os dentes.

— Tem três EOS trabalhando juntos em Merit e você vai simplesmente ignorar essa informação?

— Eu não vou ignorar *nada* — retrucou Stell. — Mas a gente não pode se dar ao luxo de ter outra operação fracassada. Temos que lidar com Marcella e seus cúmplices com muita cautela. Você tem duas semanas para desenvolver essa "abordagem mais personalizada" que mencionou antes.

Eli foi pego de surpresa.

— Por que duas semanas?

Nesse momento, Stell hesitou.

— Porque — respondeu ele, devagar — esse foi o tempo que eu dei a ela para provar seu valor como nossa aliada.

Eli ficou furioso.

— Você fez um *acordo*? Com uma EO?

— O mundo não é preto e branco — argumentou Stell. — Às vezes, existem outras opções.

— E as *minhas* opções? — vociferou Eli. — O laboratório ou a cela, essas foram as únicas opções que *eu* tive.

— Você matou quarenta pessoas.

— E quantas pessoas ela matou até agora? Quantas vidas ela vai destruir até você achar que é apropriado acabar com ela?

Stell não respondeu.

— Como você pôde ser tão idiota?

— É melhor você lembrar qual é o seu lugar — advertiu Stell.

— Por quê? — exigiu saber Eli. — Me diz por que você faria um acordo com ela.

Mas Eli sabia o motivo. É claro que sabia. Era o que Stell estava disposto a fazer para mantê-lo naquela jaula, preso, controlado.

— O que você quis dizer — perguntou ele entre os dentes — com o valor dela como aliada?

Stell pigarreou.

— Eu dei a ela uma missão. Uma chance de obter sucesso depois do seu fracasso.

Eli ficou imóvel. Não. O arquivo aberto. O caso sem solução. Victor.

— O caçador é *meu* — rosnou ele.

— Você teve dois anos — disse Stell. — Talvez seja hora de alguém examinar o caso sob uma nova perspectiva.

Eli não se deu conta de que havia se aproximado da fibra de vidro até bater com os punhos na parede.

Dessa vez, o gesto não foi calculado. Foi uma fúria cega, um momento de emoção violenta transformado em ação violenta. A dor tomou conta dele e a parede zuniu de alerta, mas Eli já baixava a mão.

A boca de Stell tremeu com um sorriso sombrio.

— Vou deixar você trabalhar.

Eli observou o diretor se afastar até que a parede se tornou branca e, em seguida, ele se virou e encostou nela, escorregando até o chão.

Toda a sua paciência, sua pressão sutil. O chão tremeu sob seus pés, ameaçou desmoronar. Um passo em falso e ele desabaria, e Eli perderia tanto Victor quanto Marcella, e, com eles, a justiça, a conclusão e qualquer esperança de liberdade. Talvez já fosse tarde demais.

Ele olhou para as costas da mão, onde uma única mancha de sangue desfigurava as juntas.

— Quantas pessoas vão morrer por causa do orgulho dele? — refletiu Victor.

Eli ergueu os olhos e viu o fantasma diante de si mais uma vez.

Ele balançou a cabeça.

— Stell prefere deixar a cidade ser destruída a admitir que nós estamos do mesmo lado.

Victor olhou para a parede como se ela ainda fosse uma janela.

— Ele não sabe como você é paciente — comentou Victor. — Ele não conhece você tão bem quanto eu.

Eli limpou o sangue da mão.

— Não — concordou ele com voz suave. — Ninguém jamais me conheceu tão bem quanto você.

XIX

DUAS SEMANAS ANTES

ESQUINA DA PRIMEIRA AVENIDA COM A WHITE

June assobiava baixinho enquanto lavava o sangue das mãos.

Marcella havia saído da cobertura em seu vestido vermelho com Jonathan logo atrás como uma sombra. Ela não disse para onde ia nem que horas estaria de volta, muito menos pediu a June que a acompanhasse, o que, por ela, estava ótimo. Jonathan podia ser um cachorrinho de madame, mas June preferia trabalhar sozinha.

O que, aliás, não era o mesmo que *ficar* sozinha. Era silêncio demais, espaço demais. "Oficina vazia" e todo aquele papo — motivo pelo qual June acabou com os pulsos mergulhados no sangue de outra pessoa.

Ela não pegava um novo trabalho havia mais de uma semana. Não houve necessidade. Hutch era o último nome na sua listinha pessoal e Marcella tinha elaborado um catálogo de *obstáculos*, como ela os chamava — homens e mulheres que poderiam resistir à sua rápida ascensão —, de modo que, sempre que June ficava entediada, ela saía e riscava alguns nomes da lista.

Marcella não parecia se importar.

Algumas pessoas eram como fósforos: um pouco de luz, mas nada de calor. Outras eram como fornalhas: só calor, mas pouca luz. Então, muito raramente, havia uma fogueira, algo tão quente e brilhante que não se podia chegar muito perto sem se queimar.

Marcella era a maior fogueira que June já tinha visto.

É claro que até mesmo fogueiras se apagam no fim, abafadas pelas próprias cinzas. Mas, nesse meio-tempo, June tinha que admirar a ambição da outra mulher e tinha que admitir que isso tudo era muito divertido.

A única coisa que faltava era a risada suave de Sydney, seu sorriso contagiante...

June fechou a torneira, secou as mãos e encarou seus olhos no reflexo do espelho.

Não. Não eram seus olhos castanhos. Não eram seus cabelos ruivos. Não eram suas sardas.

Mas ela se viu assumindo essa aparência — cabelo castanho ondulado, olhos verdes, queixo pontudo — com cada vez mais frequência. Era estranho manter o mesmo rosto por tempo suficiente para que outras pessoas se lembrassem dele.

Valeu a pena?, perguntara-lhe Syd naquela noite, quando ela confessou que havia desistido do próprio rosto, da própria vida, de si mesma. E sim, valeu *muito*, mas isso não impedia June de ansiar pela luz do reconhecimento nos olhos de alguém. Pelo conforto de ser vista, de ser conhecida.

Atualmente, June podia ser quem ela quisesse, tinha um milhão de aparências à sua disposição, mas tentava não se apegar demais a nenhuma delas. Afinal de contas, pessoas morriam e, quando elas morriam, a forma desaparecia do seu closet. (Às vezes, ela nem sabia quais não estavam mais lá até que fosse procurá-las.)

Havia uma única forma que sempre estaria lá, e era a forma que ela jamais usaria.

June ouviu a porta ser aberta e depois o som característico dos saltos de Marcella no piso de mármore. Foi ao encontro dela e passou por Jonathan enquanto ele seguia para a varanda com um cigarro na boca. Marcella estava tirando o sobretudo branco.

— O que você andou aprontando? — perguntou June, encostando-se na parede.

— Eu estava fazendo aliados — respondeu Marcella. Ela pegou um pedaço de papel dobrado da bolsa. — Como você tem jeito para encontrar pessoas...

— Eu tenho jeito para *matar* pessoas — corrigiu June. — Encontrá-las é só um pré-requisito.

— Bem, eu tenho um trabalho para você. — Marcella estendeu o papel para ela. — Você sabia que tem alguém matando EOs?

— Sabia — respondeu June, pegando o papel dobrado. — O nome é ONE. Marcella insistiu.

— Eu estou falando de um EO. Alguém igual a nós, *matando* pessoas iguais a nós. O que eu acho muito perturbador.

June desdobrou o papel e passou os olhos pela lista.

Fulton.
Dresden.
South Broughton.
Brenthaven.
Halloway.

Ela ficou imóvel, o reconhecimento batendo como uma pulsação no peito.

— O que é isso?

— A localização — respondeu Marcella — dos cinco últimos assassinatos do EO.

June não verificou o celular, mas sabia que, se o fizesse, se ela abrisse as mensagens de Sydney, veria os mesmos lugares listados, cada um deles em resposta à pergunta que June sempre fazia.

Por onde você anda?

June queria saber, porque o mundo era muito grande e porque era seu dever proteger Sydney. Ela leu a lista de novo.

Então era isso que Victor andava fazendo. Era por isso que os três estavam sempre de mudança. Mas June duvidava que ele fosse apenas um executor. Duvidava que fosse tão simples assim.

Victor está procurando alguém que possa ajudá-lo.

347

Talvez isso fosse verdade. Talvez Victor estivesse sendo *meticuloso*. Encobrindo todas as pistas logo depois. Fazia sentido, ainda mais levando em conta que ele deveria estar morto.

— Deixe-me ver se eu entendi isso direito — disse June, guardando a lista no bolso. — Tem um EO matando outros EOS. E você quer encontrá-lo.

— O ONE quer encontrá-lo — corrigiu Marcella. — E pediram a minha ajuda.

June deu uma risada curta e sem senso de humor.

— Foi isso que você quis dizer com "fazendo aliados"?

— É verdade — disse Marcella. — Eu disse para você que cuidaria deles. Mas tive que dar algo em troca aos rapazes e as opções eram: você e Jonathan ou isso. — Marcella se inclinou por cima da bancada de mármore. — Eles me deram duas semanas para encontrar esse assassino de EOS.

— E o que acontece depois?

— Ah — refletiu Marcella, traçando os veios da pedra de mármore. — Imagino que o diretor Stell vá decidir que eu causo problemas demais para valer a pena como aliada.

— Você não parece muito preocupada — notou June.

Marcella se endireitou.

— Ele subestimou o que eu sou capaz de fazer em duas semanas. Nesse meio-tempo, acho que a gente deve encontrar esse EO.

A mente de June estava agitada, mas ela manteve a voz suave e casual.

— O que você vai fazer com ele?

— Sabe de uma coisa? — disse Marcella — Eu ainda não decidi.

XX

UMA SEMANA E MEIA ANTES

CENTRO DE WHITTON

June tinha enviado uma mensagem para Sydney a caminho do carro e ficou sentada nele até que viu os três pontinhos que indicavam que ela estava escrevendo uma resposta.

Syd: Whitton.

June digitou a localização no GPS e deu a partida quando o mapa surgiu na tela.

De lá, seria fácil encontrá-los.

Como é a vista aí?, perguntou ela. *Me conta o que você vê.*

Era uma pergunta muito simples, de rotina depois de anos mantendo contato, fazendo perguntas aparentemente inofensivas para diminuir a distância entre elas. June logo descobriu que Sydney, Victor e Mitch estavam alojados num prédio residencial como outro qualquer, dez andares de tijolos de pedra escura empilhados numa rua repleta de edifícios idênticos, o único alívio era um pequeno parque na esquina e as bandeiras de cores vívidas do hotel do outro lado da rua.

June se hospedou nesse mesmo hotel no dia seguinte e esperou. Esperou ter provas de que Victor era o assassino de EOS, de que era ele quem Stell estava procurando, a pessoa que Marcella tinha prometido encontrar.

Ela já estava esperando havia três dias.

Victor ia e vinha, uma força constante e incansável, abrindo círculos lentos pela cidade pequena, e June o seguia de uma distância segura e tirava fotos com o celular. No entanto, até o momento, ele ainda não havia feito nada que o incriminasse. June estava ficando cansada.

Ainda assim, isso não tinha sido uma perda *total* de tempo. Ela podia ver Syd — não havia deixado que a menina a visse, é claro, haveria bastante tempo para isso mais tarde —, mas, uma vez, ela seguiu Sydney e Mitch até o cinema e se sentou logo atrás deles, fingindo estarem todos juntos, como uma família.

Havia sido bem agradável.

Mas, a maior parte do tempo, June esperava.

Ela odiava esperar.

No momento, andava de um lado para o outro na calçada em frente ao hotel com a aparência de um velho, um cigarro pendendo nos dedos.

De vez em quando, ela olhava para cima esperando que a porta da varanda a cinco andares de altura e dois prédios de distância se abrisse, esperando que Syd saísse para o sol da tarde.

Alguns minutos depois, ela saiu.

O cabelo loiro e curto familiar captou a luz assim que ela pisou na varanda. June sorriu — apesar das reclamações de Sydney, ela *estava* crescendo. As mudanças eram sutis, é verdade, mas June conhecia as pessoas bem o bastante para notar essas sutilezas, mesmo que tivessem menos a ver com a altura e o peso e mais com a postura e a atitude.

Sydney havia lhe explicado o problema do seu envelhecimento, que aconteceu quando estava prestes a fazer 16 anos. A culpa era do frio — ou, pelo menos, era esta a teoria de Victor, de que a hipotermia que havia sofrido desacelerou *tudo* no seu organismo. Syd reclamou que, pelo andar da carruagem, ela nunca ia sair da adolescência. Foi então que June lhe disse que o mesmo aconteceria com os vinte e poucos anos e que, pela sua própria experiência, esses eram os melhores anos da vida de uma pessoa. Syd se calou nesse momento, o silêncio se alongando de uma cidade a outra.

— E, quando eu fizer 30 anos — disse ela —, todo mundo que eu conheço já vai ter morrido. A não ser Eli.

Eli. Sydney pronunciava esse nome como se tivesse medo de que, se falasse muito alto, pudesse evocá-lo de alguma maneira.

— E você? — perguntou ela a June com uma repentina curiosidade. — Você envelhece?

June hesitou. Ela já tinha dado uma olhada na forma pendurada nos fundos do guarda-roupa, a que ela nunca usava. Estava pendurada lá, imóvel, sob uma camada de falta de uso, mas não havia como negar.

— Envelheço, sim.

June ficou observando enquanto Sydney se sentava numa cadeira da varanda com a cabeça baixa sobre o celular e os pés sobre aquele cachorro preto enorme que não parecia se importar nem um pouco com isso.

Poucos segundos depois, o celular de June emitiu um toque baixo.

Syd: Você ainda está em Merit?

Ela levantou a cabeça para apreciar o calor daquele céu azul e mentiu.

June: Sim. Está chovendo. Espero que o tempo esteja melhor aí.

A porta do outro lado da rua se abriu e dela saiu uma assombração em forma de homem, com a mão cobrindo os olhos para se proteger do sol. Fazia três anos desde que June tinha visto Victor Vale pela última vez. Ele não parecia nada bem. Seu rosto parecia feito de pedra desgastada com sulcos profundos. E o modo como ele se movia, como se fosse um pedaço de corda tão esticado que qualquer força seria capaz de cortá-lo.

Ele machuca as pessoas, contou-lhe Sydney.

Mas fazia dias que June vigiava Victor e, com exceção da forma como os estranhos saíam do seu caminho, ela não o viu usar seu poder nenhuma vez. Ele não parecia ser tão forte assim.

Ele está doente. A culpa é minha.

351

Victor começou a andar pelo quarteirão. June apagou o cigarro e o seguiu, juntando-se a um pequeno grupo de pedestres que passava por ali. A cada cruzamento, alguns estranhos se afastavam enquanto outros se uniam ao grupo e, durante todo esse tempo, June não tirava os olhos de Victor. Ele se movia como um fantasma pela cidade, saindo do centro agitado e seguindo para partes mais perigosas antes de chegar a um bairro conhecido como Brickworks.

Quatro armazéns, prédios de tijolos baixos e quadrados como colunas ou os pontos de uma bússola, emolduravam os quarteirões que constituíam Brickworks e, entre eles, havia uma rede de bares, casas de apostas, boates de strip-tease e negócios mais escusos.

Não era preciso uma linha nem uma cerca para encontrar o ponto onde uma boa vizinhança cedia lugar a uma má. June havia morado nos dois tipos de bairro tempo suficiente para sentir a diferença. A mudança do aço novo para a pedra velha. Das janelas de vidro duplo para vidraças despedaçadas. O polimento gasto e nunca reaplicado. As calçadas brilhando com os cacos de vidro da última garrafa quebrada.

Brickworks nem ao menos fingia ser respeitável.

Havia poucos lugares capazes de exprimir tanta encrenca no meio do dia e, a julgar pela enorme quantidade de negócios ilícitos, June podia apostar que a polícia era subornada para deixar que tudo corresse solto. Quando cruzou a linha, June assumiu a aparência de um velho motociclista, só pele e osso e braços tatuados.

Não era a primeira vez que as perambulações de Victor o levavam — assim como June — para esses cantos da cidade. Era evidente que ele estava procurando alguém. Mas o emaranhado de prédios em plena luz do dia dificultava a perseguição. June ficou para trás e, quando a cabeça pálida de Victor sumiu atrás da porta dos fundos de um bar, ela mudou de tática, voltando para a rua e dando a volta até encontrar uma escada meio enferrujada pendurada numa saída de incêndio de estrutura instável.

June subiu no telhado do armazém mais próximo, as botas escorregando pelo piche, enquanto, em algum lugar ali perto, uma porta era escancarada com uma batida. Ela atravessou o telhado a tempo de ver um homem desabar sobre uma pilha de caixotes vazios, xingando a torto e a direito.

Victor apareceu pouco depois. O homem no chão se levantou e avançou sobre ele, mas logo caiu de joelhos como se tivesse sido atingido por alguma coisa.

O tom de voz frio de Victor foi trazido pelo vento como fumaça.

— Eu vou perguntar mais uma vez...

O homem disse alguma coisa, mas as palavras foram muito baixas e ininteligíveis para a posição de June no telhado. Victor, no entanto, claramente as ouviu. Com um único gesto para cima com a mão, forçou o homem a se levantar, então Victor deu um tiro na cabeça dele.

O silenciador abafou a violência do coice da pistola, mas não o impacto. O sangue espirrou sobre os tijolos e o homem caiu sem vida no chão. Um segundo depois, algo pareceu ruir em Victor. Sua postura tão empertigada começou a vacilar e ele cambaleou um pouco antes de se encostar na parede em frente. Ele passou a mão pelos cabelos claros e deixou a cabeça encostar nos tijolos enquanto a inclinava e erguia o olhar.

June deu um salto para trás, prendendo a respiração e esperando algum sinal de que ele a tinha visto. Mas o olhar de Victor estava a quilômetros de distância dali. Ela ouviu os passos lentos e regulares dele, mas, quando ousou espiar de novo pela beira do telhado, ele já havia virado a esquina

June o encontrou de novo saindo de Brickworks. Ela o seguia a meio quarteirão de distância enquanto ligava para o celular de Marcella.

Hesitou antes de apertar o botão de chamada, não porque ainda tivesse alguma dúvida, mas porque as palavras teriam peso e consequências, e não apenas para Victor. Colocá-lo no caminho do ONE também significava colocar Sydney em perigo.

Mas June estaria ao lado dela. Ela protegeria a menina.

O telefone chamou uma vez, então Marcella atendeu.

— E aí?

June estudou o homem de preto.

— O nome dele é Victor Vale.

— Isso foi rápido — comentou Marcella. — E você tem certeza de que ele é o homem procurado?

— Absoluta — confirmou June.

— E qual é o poder dele?

— Dor.

Ela pôde ouvir o sorriso na voz de Marcella.

— *Interessante*. Ele está sozinho?

— Sim. Até onde eu sei.

As palavras saíram sem o menor esforço. Mentir era uma habilidade que o hábito aperfeiçoava.

Além disso, Sydney era *dela*, e June não sabia se estava disposta a dividir a menina. Talvez, se pudesse levá-la para Merit, se Marcella fosse bem-sucedida, se os EOs não precisassem mais se esconder nem fugir. June sabia que Sydney estava cansada de fugir. Nesse meio-tempo, não havia a menor necessidade de Marcella saber da existência da menina. Não agora.

— Vou continuar por aqui — prosseguiu June. — Ficar de olho nas coisas. Não quero que Victor desapareça. — Para ser sincera, ela não se importava se o ONE o capturasse, mas não ia deixar que Sydney caísse na mesma armadilha. — A não ser que você precise de mim — acrescentou.

— Não. A gente consegue sobreviver mais um pouco sem essa sua sagacidade aguçada.

— Pode admitir que está com saudades de mim — disse June. — Merit já ergueu uma estátua em sua homenagem?

Marcella apenas riu.

— Ainda não, mas pode apostar que vai.

E June honestamente não sabia dizer se ela estava brincando ou não.

Enquanto seguia Victor até em casa, June pensou na possibilidade de matá-
-lo ali mesmo.

Ela sabia que *não devia* fazer isso, mas a ideia era tentadora. Certamente
simplificaria as coisas. E tinha certeza absoluta de que poderia dar conta do
assassinato — a dor não seria um problema, mas o controle físico que ele exercia provavelmente dificultaria o trabalho. No entanto, June adorava desafios.
Enquanto andava, ela revirava a ideia na cabeça como se fosse um canivete
butterfly. Afinal de contas, Marcella planejava entregar Victor ao ONE. Não
seria um ato de misericórdia acabar logo com a vida dele? Seria um bônus, é
claro, que, com a morte de Victor, Sydney ficaria livre — livre da culpa e do
apego emocional.

June ainda estava remoendo essa ideia quando, a meio quarteirão de distância, Victor tropeçou.

Ele mudou o ritmo, perdeu o andar suave. Ela o observou parar de súbito
e então voltar a andar com passos mais rápidos, mais urgentes.

June acelerou o passo, mas, assim que Victor chegou a um cruzamento, o
sinal de pedestres abriu e, de repente, houve um empurra-empurra de corpos,
um táxi parou quase em cima da faixa, buzinas soaram e pessoas atravessaram
a rua apressadas e, nesse segundo, June o perdeu de vista.

June soltou um palavrão, virando-se para trás.

Ela não estava tão longe dele assim.

Para onde ele poderia ter ido?

Victor não estava na rua principal, o que significava que ele tinha pegado uma das vias secundárias. June verificou uma, depois outra, e já estava
na entrada da terceira rua quando o avistou de costas para ela, curvado e
apoiado no muro. Ela começou a andar até Victor, assumindo a aparência de
uma mulher de meia-idade com cabelos castanhos despenteados, inofensiva
e esquecível, e estava prestes a chamar e perguntar se ele estava bem quando
Victor desabou na calçada.

Assim que ele caiu, o ar à sua volta ondulou e, um segundo depois, alguma
coisa atingiu June com a força de um caminhão de carga. Isso se o caminhão
fosse feito de corrente elétrica em vez de aço.

June foi arremessada para trás e perdeu a forma mais recente no instante em que bateu no chão. Se ela fosse uma pessoa normal, a força a teria matado.

Mesmo assim, ela pôde *senti-la*. Não a explosão em si, mas a parte de trás da cabeça no ponto que se chocou com a calçada. A dor abriu um corte superficial no seu couro cabeludo; June se sentou e esfregou a cabeça. Os dedos voltaram pontilhados de vermelho e ela prendeu a respiração, não por causa do sangue, mas do braço, da familiar pele branca salpicada de sardas.

June era ela mesma. Vulnerável. Exposta.

— Merda.

June se levantou com dificuldade, trocando o corpo — o corpo *dela* — por outro, estremecendo de alívio quando a dor foi apagada junto com qualquer traço da sua forma verdadeira.

Então ela se lembrou de Victor.

Ele estava caído, imóvel, encostado no muro do beco. A cabeça pendia sobre o peito.

Ele está doente, tinha dito Sydney. *A culpa é minha.*

Mas o corpo ali na calçada não estava só doente. Estava *morto*. Sem pulso, sem cor, sem nenhum sinal de vida.

Inacreditável — depois de todo o tempo que June perdeu tentando se convencer a *não* matá-lo, ele morreu sozinho.

Pelo menos, ela *achava* que ele estava morto. Ele sem dúvida *parecia* morto.

Com cuidado, June se aproximou do corpo.

Ela se agachou e o tocou no ombro e, assim que encostou nele, algo saltou para os dedos dela e passou pela sua mente. Lembranças. Não todas as lembranças, nem mesmo algumas poucas, apenas uma. Um laboratório. Uma ruiva. Uma corrente elétrica. Um grito. A imagem passou pelo corpo de June como se fosse um choque de estática; foi um único vislumbre, breve, impossível, brilhante... e, em seguida, desapareceu.

June se afastou e sacudiu a mão, então sacou a pistola e encostou o cano na testa de Victor. Caso ele não estivesse realmente morto, ela poderia dar um jeito nisso. Ele havia facilitado muito as coisas. Talvez o destino estivesse sorrindo para June, afinal de contas.

Ela liberou a trava de segurança com o polegar e deixou que o dedo repousasse sobre o gatilho.

E, então, parou.

June poderia pensar em dezenas de motivos para se certificar de que Victor estava morto e em apenas um para que não fizesse nada.

Sydney.

Essa era a única coisa que Sydney jamais perdoaria se um dia descobrisse. Além do mais, June não queria roubar a menina desse jeito. Queria ganhá-la de forma justa. Uma vez, ela disse a Sydney que as pessoas deveriam escolher quem fazia parte da sua família e estava falando sério.

June queria que Sydney a *escolhesse*.

Por isso baixou a arma. Ela estava enfiando a pistola de volta no casaco quando de repente o impossível aconteceu e Victor se *mexeu*.

June quase morreu de susto.

Ultimamente, poucas coisas a surpreendiam, mas ver Victor Vale estremecendo de volta à vida foi o bastante para assustá-la. Os dedos dele tremeram, uma pequena corrente fluiu visivelmente pela sua pele e, em seguida, o peito se encheu quando ele respirou fundo, abriu os olhos e olhou para cima.

— Deus do céu — exclamou June com a mão sobre o coração acelerado. — Achei que você estivesse morto!

Por um instante, Victor olhou para ela com o olhar vazio de um bêbado ou de alguém que perdeu toda a esperança. Então, com a rapidez de uma centelha, a luz se acendeu nos olhos dele.

Se ele ficou surpreso por estar sentado na calçada, não demonstrou.

Ele começou a falar alguma coisa, então parou e retirou um pequeno objeto preto dos dentes. Um protetor bucal. June percebeu que, seja lá o que tivesse acabado de acontecer com ele, aquela não era a primeira vez.

Victor encarava June agora com os olhos frios e límpidos.

— Eu conheço você? — perguntou ele, e não havia nenhuma rouquidão na voz dele, nenhuma desorientação, e, sim, uma análise cuidadosa.

— Acho que não — respondeu June, falando tão rápido quanto conseguia pensar, aliviada por ter assumido outra aparência inocente, a da menina de cabelos pretos que ela usou no escritório de Hutch. — Eu só estava passando quando vi você caído no chão. Devo chamar uma ambulância?

— Não — disse Victor baixinho enquanto se levantava.

— Não quero ofender, mas o senhor não parecia nada bem um minuto atrás.

— É um problema de saúde.

Mentira, pensou June. Convulsões são um problema de saúde. O que ela tinha acabado de ver era a morte.

— Eu já estou bem — insistiu ele.

Essa parte parecia ser verdade. Seja lá o que tivesse se abatido sobre Victor, já havia passado. O homem diante dela era a imagem perfeita do controle. Ele se virou para a rua.

June tinha a mira livre para a nuca dele, mas também tinha a estranha certeza de que, caso sacasse a pistola agora, jamais conseguiria atirar.

O ar zunia de poder, e nada disso partia dela. Por isso a mão de June continuou ao lado do corpo enquanto ela observava Victor ir embora, xingando mentalmente.

Ela devia tê-lo matado quando teve a oportunidade.

XXI

UMA SEMANA ANTES

CENTRO DE WHITTON

Sydney Clarke estava ficando mais forte.

Ela havia ressuscitado outros três pássaros depois daquele primeiro, cada proeza realizada usando menos partes.

Tinha acabado de libertar a mais recente vitória quando ouviu a porta do apartamento se abrir.

Victor havia chegado.

Ela ainda não tinha contado a ele o sucesso que obteve — sabia que ele ficaria orgulhoso e queria ver esse orgulho direcionado a ela —, mas não queria trazer má sorte, não queria que ele olhasse para ela e visse a motivação por trás do seu progresso, a razão da intensidade das tentativas.

Victor era muito bom em ler as entrelinhas.

Sydney fechou a janela e foi até a porta do quarto, mas, na metade do caminho, sentiu o ritmo dos seus passos diminuir e algo ficar entalado na garganta.

As duas vozes ao longe estavam abafadas, mas dava para distingui-las.

A voz de Victor era baixa e firme.

— Ele não era compatível.

A resposta hesitante de Mitch.

— Ele era o último.

Sydney sentiu um aperto no peito.

O último.

Ela pressionou o esterno com a mão como se tentasse impedir a queda. Ela percebeu o que era assim que caiu entre seus dedos. A esperança.

— Entendo — foi tudo o que Victor disse.

Como se isso fosse um pequeno contratempo e não uma sentença de morte.

Sydney encostou a cabeça na porta do quarto, esquecendo-se da sua vitória mais recente. Ela esperou até que o cômodo lá fora estivesse silencioso. Então saiu para o corredor.

A porta do quarto de Victor estava fechada e Mitch era uma silhueta recortada em preto na varanda, de cabeça baixa e com os cotovelos no parapeito.

Na cozinha, havia uma folha de papel amassada na lixeira. Sydney a pegou e alisou sobre a bancada.

Era o último perfil de EO de Victor.

A última pista.

A folha foi reduzida a um muro de linhas pretas, interrompidas por apenas dez letras espalhadas.

M E C O N S E R T A.

Sydney prendeu a respiração. Em sua mente, viu a superfície de um lago rachar sob os pés de Victor.

360

XXII

UMA SEMANA ANTES

CENTRO DE MERIT

Ao fim da primeira semana, Stell soube que tinha cometido um erro grave.

Soube assim que viu a dolina na Broadway. Assim que foi alertado do prédio em ruínas na Nona. E, com toda a certeza, assim que entrou no salão de festas do Continental.

Ele andou pelo espaço amplo com uma máscara de proteção pressionando a boca e o nariz. O salão de festas tinha o pé-direito alto e era repleto de ornamentos, uma locação popular para festas entre executivos e famílias poderosas. Stell presumiu que era o que acontecia ali na noite anterior. Afinal de contas, as mesas ainda estavam postas, as fitas e os laços ainda projetavam linhas fantasmagóricas pelo ar.

Só faltavam as *pessoas*.

Não, não faltavam. Uma fina camada de cinzas cobria todas as superfícies. Era tudo o que havia restado dos quarenta e um convidados na lista de registro noturno do Continental.

Evidentemente, a cena acionou o alarme de *bizarrices* do Departamento de Polícia de Merit.

Stell já tinha visto o bastante. Ele recuou para o saguão e retirou a máscara do rosto enquanto fazia uma ligação.

Depois de duas chamadas, a voz suave de Marcella atendeu.

— Oi, Joseph.

— Você quer me contar — sibilou Stell — o que eu estou vendo agora?

— Eu não saberia dizer.

— Então eu conto para *você* — vociferou ele. — Eu estou do lado de fora do salão de festas do Continental. Parece que teve a porra de uma nevasca lá dentro.

— Que estranho.

— Qual foi a parte de ser discreta que você *não* entendeu?

— Bem — disse ela, fingindo timidez —, eu não assinei nas cinzas.

Ele beliscou a ponte do nariz.

— Assim fica muito difícil eu fingir que não sei o que está acontecendo.

— A taxa de crimes *diminuiu*, como prometido.

— Não — retrucou Stell —, o crime apenas se *fortaleceu*. — Ele baixou o tom de voz enquanto andava pelo saguão. — Me diz que você tem algo para mim além dessa demonstração hedionda. De preferência, algo relacionado ao assunto do nosso interesse em comum.

Marcella suspirou.

— Você realmente sabe como estragar a diversão dos outros. Achei que a gente poderia almoçar junto para comemorar, mas, já que você está tão ocupado, eu vou contar logo. Encontrei o seu assassino de EOs.

Stell se retesou.

— Ele está com você agora?

— Não. Mas não se preocupe. O nosso acordo está de pé. E eu ainda tenho mais uma semana.

— Marcella...

— Estou te mandando uma foto. Para você ficar com água na boca.

362

XXIII

UMA SEMANA ANTES

ONE

Ela era realmente muito inteligente, pensou Eli.

Ele estava deitado na cama, olhando para o próprio reflexo no espelho do teto enquanto revirava o problema como se fosse uma moeda entre os dedos.

Por meio de alguma combinação de estratégia e sorte, Marcella conseguiu se cercar com dois poderes compatíveis. Ele os alinhou na mente.

A destruidora. A metamorfo. O campo de força.

De perto. De longo alcance. E tudo mais entre os dois. Juntos, os poderes dos três eram quase inexpugnáveis. Porém, se ele encontrasse uma maneira de separá-los, Marcella morreria como qualquer outra pessoa.

Ele ouviu passos do outro lado do vidro e, um segundo depois, a parede mais distante ficou translúcida e revelou um Stell com o rosto muito vermelho.

— Você sabia?

Eli piscou e se sentou.

— Eu não sou onisciente, diretor. Você tem que ser mais específico.

Stell segurou com força um pedaço de papel encostado na barreira. Uma impressão. Uma foto. Eli desceu da cama e foi até o vidro. Ficou paralisado quando viu o rosto na foto. Ali estava ele, o rosto estreito, o perfil aquilino, o queixo enfiado na gola do sobretudo. Não era uma boa foto, nem muito *nítida*, mas Eli o reconheceria em qualquer lugar.

Victor Vale.

— Dois anos — urrou Stell. — Foi o tempo que você teve para rastreá-lo. E Marcella o entrega em menos de duas semanas. Você enterrou as provas. Você *sabia*.

No entanto, Eli se deu conta ao olhar para a foto que ele não sabia, não de fato. Ele queria estar certo, queria ter certeza, mas sempre houve aquela rachadura, aquela dúvida. Agora, ela se fechava, lisa e sólida o bastante para suportar o peso da verdade.

— Suponho que você não tenha queimado o corpo.

— Puta merda, Eli — vociferou Stell. Ele balançou a cabeça. — Como isso é possível?

— Victor nunca foi muito bom em continuar morto.

— *Como?* — exigiu saber Stell.

— A irmã caçula de Serena tinha a habilidade inconveniente de ressuscitar os mortos.

— Sydney Clarke? Você pôs o nome dela na sua lista de assassinatos.

— Tecnicamente — argumentou Eli —, era Serena quem devia ter cuidado dela. Pelo jeito, ela amarelou.

Mais uma coisa em que ele teria que dar um jeito sozinho.

Eli desviou os olhos da foto com dificuldade.

— O que você vai fazer a respeito dele?

— Vou encontrá-lo. Vocês dois podem apodrecer numa cela.

— Ah, que ótimo — comentou Eli secamente. — A gente pode ser vizinho.

— Isso não é uma piada, caramba — vociferou Stell. — Eu sabia que esse seu papo de cooperação era um truque. Eu *sabia* que não podia confiar em você.

— Pelo amor de *Deus* — desdenhou Eli. — Quantas desculpas você vai encontrar para justificar a própria teimosia?

— Todo esse tempo, ele estava por aí matando tanto seres humanos quanto outros EOS e você *sabia*.

— Eu *suspeitava*...

— E não disse nada.

— Você não queimou o corpo! — rosnou Eli. — Eu acabei com ele, e *você* deixou que ele voltasse. A existência de Victor Vale e as mortes que ele causou desde então... Essas falhas são *suas*, não minhas. Sim, eu ocultei as minhas suspeitas de você porque esperava estar *errado*, esperava que você não tivesse sido tão idiota, não tivesse fracassado de forma tão catastrófica. E, se tivesse, bem, então eu saberia que ia desperdiçar os meus avisos nesses ouvidos surdos. Você quer o Victor? Ótimo. Eu o ajudo a pegá-lo *de novo*.

Ele foi até a prateleira de baixo e retirou a pasta do caçador da fileira de casos.

— A menos que você prefira que Marcella o leve para passear.

Ele jogou a pasta na bandeja aberta.

— Posso apostar que, assim que Marcella descobrir o valor de Victor, ela vai fazer você pagar cada centavo.

Stell permaneceu em silêncio, o rosto era uma péssima imitação de um muro de pedra quando ele foi pegar o arquivo. Mas é claro que Eli ainda via todas as rachaduras nele.

— A minha sugestão — continuou ele — está na última página.

Stell deu uma lida rápida nas instruções, em silêncio, então ergueu os olhos.

— Você acha que isso vai dar certo?

— É assim que *eu* o pegaria — respondeu ele com sinceridade.

Stell se virou para ir embora, mas Eli o chamou.

— Olha nos meus olhos — pediu Eli — e me promete que, assim que encontrar Victor, você vai matá-lo de uma vez por todas.

Stell devolveu o olhar.

— Eu vou fazer o que achar melhor.

Eli lhe lançou um sorriso bestial.

— É claro que vai — disse ele.

Assim como eu.

XXIV

DOIS DIAS ANTES

CENTRO DE WHITTON

Sydney estava de volta ao gelo.

Ele se estendia para todas as direções. Ela não conseguia ver as margens, não conseguia ver nada além da extensão do lago congelado diante dela por trás da fumaça da sua respiração.

— Olá? — chamou ela.

A voz ecoou pelo lago.

O gelo estalou logo atrás dela, que se virou, esperando ver Eli.

Mas não havia ninguém lá.

E, então, vindo de algum lugar distante, um som.

Não era o estalo do lago. Mas um ruído curto e agudo.

Sydney se sentou.

Ela não se lembrava de ter adormecido, mas estava encolhida no sofá, com Dol aos seus pés e uma réstia de luz da manhã entrando pelas janelas.

O ruído agudo soou de novo e Sydney procurou o celular antes de se dar conta de que o som vinha do computador de Mitch. O laptop estava aberto sobre a mesa a poucos metros de distância, com a luz piscando como um farol.

Sydney apertou uma tecla para ligar o computador.

A tela preta de segurança de Mitch apareceu e ela digitou a senha: *benedición*. A tela deu lugar a uma matriz de código, muito mais complicada que os fundamentos básicos que ele estava lhe ensinando. Mas Sydney voltou a atenção para o canto da tela, onde pulava um pequeno ícone.

Resultados (1).

Sydney clicou no ícone e uma nova janela se abriu.

Ela parou de respirar por um momento. Reconheceu o formato da página pelo papel que tinha encontrado todo amassado na lixeira. Era um perfil. Um homem elegante, de pele negra e barba branca e aparada, olhava para ela de uma foto profissional.

Ellis Dumont, 57. Um cirurgião que sofreu um acidente no ano anterior. Ele não havia abandonado a vida pregressa, e talvez fosse por isso que não tinha aparecido no sistema. Não possuía marcadores suficientes. Mas essa... essa era a parte importante. Desde que ele voltou ao trabalho, a taxa de recuperação dos seus pacientes havia aumentado drasticamente. Havia links para reportagens, artigos que elogiavam o homem que tinha uma habilidade quase presciente de descobrir o que havia de errado.

Ela desceu a página até encontrar a localização atual de Dumont.

Hospital Central de Merit.

Sydney se levantou num salto e atravessou o corredor. O som baixo do chuveiro escapava do quarto de Mitch. A porta de Victor estava aberta, o interior do quarto no escuro. Ela mal conseguia distinguir a silhueta dele na cama, de costas para ela.

Na primeira e única vez em que ela o acordou, ele estava tendo um pesadelo e a acendeu feito uma árvore de Natal. A dor havia ecoado pelas suas células nervosas por horas.

Ela sabia que era pouco provável que isso acontecesse de novo, mas ainda assim era difícil se forçar a seguir em frente. No fim, o medo foi um desperdício.

— Eu não estou dormindo — avisou Victor, baixinho.

Ele se sentou e se virou para encarar Sydney, semicerrando os olhos.

— O que foi?

O coração de Sydney batia acelerado.

— Tem uma coisa que você devia ver.

Ela se sentou, empoleirada na beira do sofá, enquanto Victor lia o perfil com a expressão cuidadosamente impassível. Ela queria ser capaz de ler a mente dele. Ora, ela queria ser capaz de ler a expressão do rosto dele.

Mitch surgiu na soleira da porta com uma toalha enorme pendurada nos ombros nus.

— O que está acontecendo?

— Arruma as suas coisas — disse Victor ao se levantar. — A gente vai para Merit.

XXV

DOIS DIAS ANTES

Marcella se acomodou na cadeira e admirou a vista.

A cidade se derramava para longe além das janelas que iam do chão ao teto, desenrolando-se como um tapete aos seus pés.

Certa vez ela ficou de pé no terraço de uma fraternidade na universidade e achou que conseguia ver Merit inteira. Mas eram apenas alguns poucos quarteirões, o restante engolido pelas construções mais altas. *Essa* era a vista verdadeira. *Essa* era a cidade dela.

Ela virou a cadeira para a mesa, onde os cartões a aguardavam.

Haviam chegado numa linda caixa de seda: cem convites em papel imaculadamente branco com um elegante M dourado feito em alto relevo na frente de cada um deles.

Ela tirou um convite da caixa e o abriu.

As palavras estavam impressas em letra cursiva preta, as bordas com relevo dourado.

*Marcella Morgan e associados
requisitam sua presença na revelação exclusiva
do empreendimento mais extraordinário de Merit.
O futuro da cidade começa agora.*

*Prédio do Antigo Tribunal de Justiça
Sexta-feira, dia 23, às 18 horas.
Convite para dois.*

Marcella sorriu e revirou o cartão entre os dedos.

E agora?, perguntou June. *Você vai dar a porra de festa em sua homenagem?*

Marcella sabia que a menina estava brincando quando disse isso, mas Stell havia exibido as cartas que tinha na mão na noite em que se conheceram.

Chega de ostentações grandiosas. A última coisa que essa cidade precisa...

Mas é claro que, na verdade, Stell não estava falando da cidade. Ele estava falando do ONE. Sim, um pouco de publicidade não seria bom para os negócios.

Sendo assim, era exatamente isso que Marcella planejava lhes dar.

Ela estava farta de jogar de acordo com as regras dos outros. Farta de se esconder. Se você viver na escuridão, vai morrer na escuridão. Mas, se ficar sob os holofotes, vai ser muito mais difícil fazerem você desaparecer.

E Marcella Renee Morgan não ia a lugar nenhum.

XXVI

DOIS DIAS ANTES

NA ESTRADA

Mitchell Turner tinha um mau pressentimento.

Ele os tinha de vez em quando do mesmo jeito que outras pessoas têm enxaquecas ou uma sensação de *déjà vu*.

Às vezes, era uma sensação de que havia algo errado, abstrata e vaga, que recaía sobre ele como a noite — lenta, mas inevitável. Outras vezes, era uma sensação súbita e aguda, como uma dor na lateral do corpo. Mitch não sabia de onde esses sentimentos vinham, mas sabia que devia prestar atenção a eles.

Maus pressentimentos eram sinais de alerta quando se era azarado.

E Mitch foi azarado durante toda a vida.

O azar garantiu que fosse ele quem a polícia prendesse.

O azar o colocou na cadeia.

O azar fez com que seu caminho cruzasse o de Victor — embora ele não visse as coisas dessa forma na época.

Era como um elástico. Mitch só conseguia se afastar até certa distância antes que uma mão invisível deslizasse e ele voltasse a se meter em encrencas. Outras pessoas ficavam surpresas quando algo ruim acontecia, quando a bonança acabava. Não ele. Quando Mitch tinha um desses pressentimentos, ele prestava atenção.

Tomava cuidado.

Ficava de olho nas coisas frágeis em sua vida.

Ele olhou de relance pelo retrovisor e viu Sydney encolhida na jaqueta vermelha e com as botas sobre Dol. Ela estava usando uma peruca cor-de-rosa, as mechas sintéticas caindo sobre seus olhos. Mitch lançou um olhar de esguelha para o banco do passageiro e viu que Victor estava olhando pela janela, o rosto impenetrável como sempre.

Merit se erguia diante deles ao longe.

— Tudo que vai, volta — comentou Victor. Ele olhou de soslaio para Mitch com os frios olhos azuis. — Você devia seguir em frente.

Mitch franziu o cenho, confuso.

— Se isso não der certo — acrescentou Victor suavemente. — Mesmo se der. Pega Syd e...

— A gente não vai embora — interrompeu Sydney, endireitando-se de repente no banco de trás.

Victor suspirou.

— Eu devia ter ido — murmurou ele.

O mau pressentimento o acompanhava como uma sombra nos seus calcanhares. Há quanto tempo essa sensação o perseguia? Dias? Semanas? Meses? Esteve ali desde aquela noite no Falcon Price, quando ele incendiou o corpo de Serena? Ou seria simplesmente o fato de que, quando se tratava da sorte de Mitch, era só questão de tempo até ela acabar?

— Vai demorar muito? — perguntou Sydney no banco de trás.

Mitch sentiu a garganta seca ao responder:

— Estamos quase lá.

Merda.

June dormiu demais e acordou com o sol já alto no céu e bem nos seus olhos. Era por isso que ela preferia assassinatos a perseguições: ela podia escolher o horário que quisesse.

Pulou da cama, foi tropeçando até a janela e examinou os apartamentos do outro lado da rua. Não havia nenhum sinal de Syd na varanda. Nenhum sinal de Victor ou Mitch nos cômodos logo atrás. Por dias, eles andaram como fantasmas pelo apartamento, descansando sobre os móveis e levando o cachorro para passear.

Agora, as cortinas estavam abertas e o lugar parecia vazio.

June soltou um palavrão e se vestiu.

Ela atravessou a rua e segurou a porta no instante em que alguém saía. Ninguém prestou atenção nela — e por que fariam isso? Ela era só uma criança de 13 anos desengonçada e inocente. June subiu de escada e mudou de aparência de novo quando chegou ao quinto andar, pronta para se passar por uma universitária fazendo campanha para um político.

Ela bateu à porta, mas ninguém atendeu.

June encostou a orelha na madeira da porta, xingou de novo ao ouvir o muro de silêncio e, em seguida, tirou alguns grampos do bolso e arrombou a fechadura.

A porta se abriu.

O apartamento estava vazio.

Uma sensação terrível de *déjà vu* — de outra cidade, outro lugar abandonado, um ano inteiro de buscas infrutíferas —, mas June se controlou. Sydney não era mais uma estranha. Elas eram amigas. Confiavam uma na outra. June voltou para o quarto de hotel e pegou o celular da mesinha de cabeceira, suspirando de alívio.

Sydney já havia enviado uma mensagem.

Syd: Você nunca vai adivinhar para onde a gente vai.

June sabia a resposta antes mesmo de ler a mensagem seguinte de Sydney.

Merit.

Cinco minutos depois, June estava na estrada, dirigindo uns bons trinta quilômetros por hora acima do limite de velocidade enquanto arrancava na direção de Merit, seguindo o rastro deles. Ela ligou para Marcella do caminho.

— Ele está se deslocando — avisou ela, conseguindo se segurar antes de dizer "eles". — E a caminho de Merit.

— Bem — disse Marcella —, fico me perguntando por que ele teve essa ideia.

— Não foi você?

— Não — respondeu ela, parecendo um pouco ofendida. — Mas é melhor assim. Certifique-se de que ele chegue aqui em segurança. A gente vai recebê-lo de braços abertos.

June franziu o cenho enquanto ultrapassava um carro.

— Achei que você fosse entregá-lo ao ONE.

— Eu nunca disse isso — retrucou Marcella, falando a verdade. — Eu disse que ainda não tinha me decidido. E não me decidi. Você sabe que gosto de saber quais são as minhas opções, e tenho que admitir que a reação de Stell quando eu falei de Victor Vale despertou o meu interesse. Fiz algumas pesquisas e esse tal de Vale é um caso bem interessante. Ele pode vir a ser um aliado. Ou talvez não. A minha única certeza é de que eu não tenho a menor intenção de entregá-lo para o ONE antes de conhecê-lo.

Ela jamais desperdiçaria uma arma, pensou June.

— Quem sabe? — refletiu Marcella. — Talvez ele seja flexível.

June tinha a impressão de que Victor era muitas coisas, mas *flexível* não era uma delas. Pelo contrário, ele parecia ser bastante intransigente, um sopro frio no fogo de Marcella. Porém, havia algum motivo pelo qual opostos se atraíam. Seria tão ruim assim? June sempre presumiu que teria que arrancar Sydney das garras de Victor, mas talvez não fosse necessário. Talvez ele se juntasse a eles, e os três EOS se tornariam cinco. Era um bom número, não é mesmo? Cinco. Quase uma família.

Marcella continuou falando.

— Eu quero que você faça contato. Marca uma reunião com o nosso amigo. Vou mandar os detalhes para você. Ah, June?

— Sim?

— Alguém convenceu Victor a vir para Merit, e não fui eu.

— Aposto as minhas fichas no ONE.

— Deve ser uma aposta segura. Obviamente, a gente não pode deixar que eles cheguem até Victor primeiro. Por isso tenta não perdê-lo de vista.

June xingou de novo e acelerou ainda mais o carro.

4

DIA DO JUÍZO FINAL

I

UM DIA ANTES

MERIT

O Kingsley parecia mais uma adaga cravada no horizonte de Merit que um prédio.

No entanto, Victor não escolheu o lugar pela estética moderna. Não, o ponto crucial foi o estacionamento subterrâneo, que atenuava o problema da exposição — um homem tatuado de cabeça raspada, um cachorro preto enorme e uma menina loira baixinha sempre chamariam a atenção, mesmo numa cidade como Merit —, assim como as câmeras de segurança, que Mitch já teria hackeado quando eles desfizessem as malas e — para o aparente deleite de Sydney — um jardim no terraço.

Mitch dispôs as malas ao lado da porta.

— Não se sintam em casa — avisou Victor. — A gente não vai ficar aqui por muito tempo.

Mitch e Sydney nem deveriam ter vindo, mas fazia tempo que Victor tinha desistido de tentar dissuadi-los. Esse tipo de ligação era vexatório, tão nocivo quanto ervas daninhas.

Ele deveria ter ido embora antes que ela criasse raízes.

— Já volto — avisou ele, voltando-se para a porta.

Sydney o puxou pelo braço.

— Toma cuidado — pediu ela.

Que chateação, disse Victor a si mesmo enquanto pousava a mão sobre a cabeça da menina.

— Cuidado é um risco calculado — disse ele. — E eu sou muito bom em calcular.

Victor se desvencilhou, forçando Sydney a soltá-lo, e saiu sem olhar para trás.

Ele pegou o elevador até a rua e saiu, sozinho, para o sol da tarde, vendo que horas eram. Pouco depois das três. De acordo com Mitch, o turno do médico no Hospital Central de Merit terminava às cinco. Victor ficaria à espera dele.

Ellis Dumont.

Uma pessoa mais religiosa poderia interpretar a aparição súbita do EO como um sinal de intervenção divina, mas Victor nunca deu muito crédito ao destino, e muito menos à fé. A presença de Dumont na matriz era tão conveniente que lhe deixava com suspeitas, a localização em Merit era um sinal de alerta por si só.

Não, Dumont era ou um presente ou uma armadilha.

Victor estava propenso a acreditar na segunda opção.

Mas não podia se dar ao luxo de apostar a própria vida nisso.

O episódio mais recente havia ultrapassado o limiar de quatro minutos. Ele havia voltado, mas Victor sabia que esse era um jogo perigoso. As chances estavam todas contra ele, e ele tinha tudo a perder.

Era uma roleta-russa, exceto que uma bala seria um fim mais limpo.

Ele já havia pensado nisso, numa morte rápida e limpa. Não um suicídio, é claro, mas uma reinicialização. Porém, isso introduziria outro fator, outro risco. Se ele morresse de novo — se morresse de verdade —, será que Sydney conseguiria trazê-lo de volta? E, se ela conseguisse fazer isso, quanto poder lhe restaria? Quanto de *si mesmo* restaria?

Quatro quarteirões depois, Victor virou a esquina e atravessou as portas automáticas de vidro de uma academia. Ele preferia ter marcado o encontro num bar, mas Dominic Rusher estava sóbrio fazia cinco anos e, num momento de distração, Victor concordou em se encontrar com ele ali.

380

Ele sempre detestou academias.

Victor evitou praticar esportes quando estava na escola, assim como evitou o pátio de exercícios na prisão; ele preferia aprimorar a força de outras maneiras. Houve uma época em que ele *gostava* de praticar natação. Da repetição tranquilizadora, da respiração controlada, do modo como a massa física não tinha nenhuma relevância sobre a habilidade.

Agora, enquanto passava pelos grandalhões suados que levantavam peso, ele teve uma lembrança muito vívida de observar os jogadores de futebol americano tentando nadar, atacando a piscina como se pudessem tirá-la do caminho à força. A correnteza trabalhava contra eles, que afundavam como pedras. Jogavam os braços para o alto, tentando respirar. Eram vencidos por algo tão simples e natural quanto a água.

Dominic estava à espera dele no vestiário.

Quando o avistou, Victor quase não reconheceu o ex-soldado. Se os últimos cinco anos o haviam feito definhar, eles provocaram o efeito contrário em Dominic. A mudança era surpreendente; ao que parecia, tão surpreendente quanto a transformação do próprio Victor.

Dominic arregalou os olhos.

— Victor. Você está...

— É, péssimo, eu sei. — Ele encostou o ombro nos armários de aço. — Como vai o trabalho?

Dom coçou a cabeça.

— Tudo bem, apesar de tudo. Mas você se lembra daquela EO que eu comentei? A que estava chamando muita atenção?

— Marcella. — Victor não havia tentado decorar o nome, mas algo sobre isso, sobre a mulher, tinha ficado na sua mente. — Quanto tempo ela durou?

Dom fez que não com a cabeça.

— Eles ainda não a capturaram.

— Sério? — Victor tinha que admitir que estava impressionado.

— Mas a coisa mais estranha é: parece que eles não estão *tentando* capturá-la. E ela não está sendo exatamente discreta. Matou seis agentes nossos, atirou num dos nossos franco-atiradores... Todo dia ela faz uma coisa diferente! Mas temos ordens para esperar. — Ele baixou o tom de voz. — Tem alguma coisa acontecendo. Eu só não sei o quê. Está fora da minha alçada, é claro.

— E Eli? — indagou Victor.

— Continua preso no cofre. — Dom lhe lançou um olhar nervoso. — Por enquanto.

Victor semicerrou os olhos.

— O que você quer dizer com isso?

— É só um boato, mas parece que alguns figurões acham que ele deveria assumir um papel mais *ativo*.

— Eles não fariam algo tão idiota assim.

No entanto, as pessoas faziam coisas estúpidas o tempo todo. E Eli era capaz de seduzir quase todo mundo.

— Mais alguma coisa? — perguntou ele.

Dominic hesitou, esfregando o pescoço.

— Está piorando.

— Já percebi — disse Victor secamente.

— Ontem, Holtz me viu vomitando dentro de um armário. E, na semana passada, eu comecei a suar frio no meio de uma palestra de treinamento. Eu disse que era por causa da ressaca, do transtorno pós-traumático, de tudo em que pude pensar, mas estou ficando sem desculpas.

E eu estou ficando sem vidas, pensou Victor, afastando-se dos armários.

— Boa sorte — gritou Dom enquanto ele saía.

Mas Victor não precisava de sorte.

Ele precisava de um médico.

Sydney saiu para tomar sol no jardim do terraço do Kingsley.

Era um dia de céu azul, mas o ar continuava frio. Fazia com que ela se lembrasse do lago, do seu aniversário de 13 anos, da superfície de gelo sobre a água. Seus dedos apertaram o celular. A mensagem havia chegado quando ela estava desfazendo a mala, três palavras curtas que a deixaram nervosa.

June: Me liga. Agora.

Sydney ligou.

O telefone tocou várias vezes e, quando June enfim atendeu, tudo o que Syd ouviu foi o som da música, muito alta e dissonante. A voz cadenciada de June soou e lhe pediu que aguardasse. Um instante depois, o volume da música foi baixado, sendo substituída pelo ronco baixo do motor.

— Sydney — começou June com uma voz alta e clara —, eu preciso falar com você.

— Ei — cumprimentou Syd. — A gente acabou de chegar em Merit. O que está acontecendo? Você está aqui?

— Voltando para aí — respondeu June. — Eu estava trabalhando fora da cidade. Olha só, eu preciso que você faça uma coisa para mim.

Havia certa tensão na voz de June, uma urgência que Syd jamais ouviu antes.

— O quê? — perguntou ela.

Uma respiração curta, como se fosse estática do outro lado da linha.

— Eu preciso que você me diga onde Victor está.

As palavras desceram como uma pedra no estômago de Sydney.

— O quê?

— Ouve com atenção — insistiu June. — Ele está encrencado. Tem pessoas muito perigosas em Merit, e elas sabem que ele está aí e estão atrás dele. Eu quero mantê-lo em segurança, eu quero e *posso* fazer isso, mas preciso da sua ajuda.

Segurança. A mente de Syd tropeçou nessa palavra. Se Victor estava encrencado... Mas *por que* ele estava encrencado e como June sabia disso? Quem estava atrás dele? O ONE?

Ela começou a falar, mas June a interrompeu.

June, que jamais havia erguido a voz para ela.

— Você confia ou não em mim?

Ela confiava. Queria confiar. Mas...

— Onde ele está, Sydney?

Ela engoliu em seco.

— No Hospital Central de Merit.

II

UM DIA ANTES

HOSPITAL CENTRAL DE MERIT

Eram cinco e dezessete.

Victor se recostou no sedã cinza de Dumont no estacionamento do hospital e releu as mensagens de Dom enquanto esperava pelo médico. O zumbido na sua cabeça parecia aumentar enquanto ele dava uma lida rápida na duração dos episódios mais recentes.

3 minutos e 49 segundos.
3 minutos e 52 segundos.
3 minutos e 56 segundos.
4 minutos e 4 segundos.

A porta que dava para a escada retiniu ao ser aberta do outro lado da garagem.

Victor ergueu os olhos e viu Dumont, de pele negra, cabelos grisalhos, a cabeça abaixada sobre o tablet enquanto ele se encaminhava para o carro, para Victor.

Victor não se mexeu, simplesmente esperou que o médico fosse até ele.

— Dr. Dumont?

O homem ergueu os olhos, as sobrancelhas franzidas. Victor achou ter visto algo na expressão do médico. Não surpresa exatamente, mas medo.

— Posso ajudá-lo?

Victor estudou o homem, flexionando os dedos.

— Espero que sim.

Dumont deu uma olhada no estacionamento.

— Eu estou indo para casa — disse ele —, mas você pode marcar uma consulta...

Victor não tinha tempo a perder. Ele se apoderou dos nervos do médico e os retorceu. Dumont desabou no chão com um grito de choque. Ele apertou o peito, a testa encharcada de suor.

Depois de convencê-lo, Victor o soltou.

Dumont se recostou no carro.

— Você... é um EO.

— Assim como você — disse Victor.

— Eu não... machuco as pessoas — retrucou Dumont.

— Não? Então como é que o *seu* poder funciona?

Dumont soltou o ar, trêmulo.

— Eu consigo ver... o que tem de errado com as pessoas. Eu consigo... ver como... consertá-las.

O alívio tomou conta de Victor. Até que enfim uma pista promissora.

— Ótimo — disse ele, indo até o médico. — Me mostra como.

Dumont balançou a cabeça. Victor estava prestes a assumir o controle dos nervos do médico outra vez quando a porta que dava para as escadas se abriu e um grupo de enfermeiras saiu, conversando animadamente. O alarme de um carro apitou ali perto. Victor mudou de posição para ficar na frente do campo de visão delas.

— Aqui, não — murmurou o médico.

— Onde então? — perguntou Victor.

O médico apontou para o hospital.

— O meu consultório fica no sétimo...

— Não — interrompeu Victor. Muitas testemunhas. Muitas portas.

Dumont esfregou a testa.

— O quinto andar está em reforma. Deve estar vazio. É o melhor que posso fazer.

Victor hesitou, mas o zumbido na sua cabeça estava passando para os membros. Ele não tinha muito tempo.

— Tudo bem — concordou ele —, vai na frente.

ENQUANTO ISSO, DO OUTRO LADO DA CIDADE...

Sydney tentou ligar para Victor, mas a chamada ia direto para a caixa postal.

O que June quis dizer quando falou que ele estava encrencado?

Eles haviam tomado cuidado. Sempre tomavam cuidado.

Você confia ou não em mim?

Naquele momento, Sydney havia confiado. Ela esperava não ter cometido um erro.

Ela ouviu passos atrás de si. Sua mão foi automaticamente até a pistola que ela agora guardava no casaco, com o polegar já sobre a trava de segurança.

Foi então que ela reconheceu a marcha pesada, virou-se e deu de cara com Mitch, andando apressadamente até ela pelo jardim do terraço.

— Aí está você — disse ele alegremente.

Ela soltou a arma.

— Ei — cumprimentou ela. — Eu estava admirando a vista. — Ela tentou manter o tom de voz calmo, mas sua cabeça continuava dando voltas e ela ficou com medo de que ele pudesse ler a expressão em seu rosto, por isso se virou de costas para Mitch. — É estranho, não é? O modo como as cidades mudam. Os prédios sobem e descem, e tudo parece igual... e diferente.

— Igual a você — disse Mitch, bagunçando a peruca cor-de-rosa dela. O gesto era leve e fácil, mas havia uma tensão na voz dele e o silêncio que se seguiu foi pesado. Syd pensava em Victor, mas sabia que Mitch pensava na irmã dela.

Eles nunca conversaram sobre o que de fato tinha acontecido com Serena. Primeiro, era muito cedo; depois, ficou tarde demais. A ferida cicatrizou o melhor que pôde.

Mas, agora que estavam de volta a Merit, com o Falcon Price finalizado e brilhando ao longe, o ar estava pesado com tudo o que eles nunca disseram.

— Ei, Syd — começou Mitch, mas ela o interrompeu.

— Você já quis ser um EO?

Mitch franziu a testa, pego de surpresa pela pergunta. Ele não respondeu de imediato. Era sempre muito cauteloso e escolhia bem as palavras antes de dizê-las.

— Eu me lembro de quando conheci o Victor — disse ele, por fim. — Esses caras, na prisão, estavam me dando uma dura e ele só... — Mitch passou a mão pelo ar. — Ele fez aquilo parecer tão fácil. Acho que, para ele, devia ser. Mas testemunhar aquilo fez com que eu me sentisse... pequeno.

Syd riu.

— Você é o cara mais grandalhão que eu conheço.

Mitch lhe lançou um sorriso, mas havia certa tristeza na expressão.

— Às vezes, parece que eu estou numa briga e tudo o que tenho são as minhas mãos, enquanto o outro cara tem uma faca. Só que esse cara com a faca algum dia vai enfrentar alguém que tem uma pistola. E o cara de pistola vai enfrentar alguém com uma bomba. A verdade, Syd, é que sempre vai existir alguém mais forte que você. É assim que o mundo funciona. — Ele olhou para o arranha-céu cintilante. — Não importa se você for um ser humano lutando contra outro ser humano ou um ser humano lutando contra um EO ou um EO lutando contra outro EO. Você tem que fazer o possível. Você luta e vence, até o dia em que deixa de vencer.

Sydney engoliu em seco, então voltou a atenção para o horizonte.

— Você tem notícias de Victor? — perguntou ela, tentando manter a voz tranquila.

Mitch fez que não com a cabeça.

— Nada ainda. Mas não se preocupa. — Ele pousou a mão no ombro dela. — Ele sabe se cuidar.

HOSPITAL CENTRAL DE MERIT

Os passos deles ecoaram pela escada.

— O que exatamente acontece no auge desses episódios? — perguntou Dumont.

— Danos nas células nervosas. Espasmos musculares. — Victor enumerou os sintomas. — Fibrilação do átrio. Parada cardíaca. Morte.

Dumont olhou para trás.

— *Morte?*

Victor assentiu.

— Você sabe quantas vezes já morreu? Estamos falando de três ou quatro ocorrências ou umas dez...

— Cento e trinta e duas vezes.

O médico ficou boquiaberto.

— Isso... é impossível.

Victor lhe lançou um olhar firme.

— Eu garanto, fiz as contas.

— Mas toda a tensão no seu corpo. — Dumont balançou a cabeça. — Você não deveria estar vivo.

— Essa é tanto a causa quanto a raiz do nosso problema, não é?

— Você já sofreu algum dano cognitivo?

Victor hesitou.

— Há um breve período de desorientação logo depois. E está se prolongando.

— É um milagre você ainda conseguir formar frases.

Milagre. Victor sempre odiou essa palavra.

Eles chegaram ao quinto andar e Dumont empurrou uma porta dupla. Ele ligou o interruptor e as luzes se acenderam com uma onda tremeluzente de cada vez, iluminando um piso amplo que estava de fato no processo de ser desmontado e montado de novo. Um revestimento de plástico foi usado como cortinas improvisadas, o equipamento estava coberto por lonas brancas e, por um instante, Victor imaginou que estava de volta ao Falcon Price, no meio da construção, com as vozes ecoando pelo concreto.

— Tem uns consultórios ali na frente — disse Dumont, mas Victor se recusou a continuar.

— Aqui já está bom.

Eles estavam no meio de um espaço bagunçado. Victor preferia ter ficado com vista para a saída, mas as lonas impossibilitavam isso.

Dumont dispôs suas coisas no chão e tirou o casaco.

— Faz muito tempo que você é um EO? — perguntou Victor.

— Dois anos — respondeu o médico.

Dois anos. E só agora ele apareceu nos resultados da pesquisa.

— Pode se sentar — disse Dumont, apontando para uma cadeira. Victor permaneceu de pé.

— Me diz uma coisa, doutor. Quando você estava prestes a morrer, quais foram os seus últimos pensamentos?

— Os meus últimos pensamentos? — repetiu Dumont, refletindo sobre a pergunta. — Eu pensei na minha família... que sentiria falta dela... que não queria morrer...

Ele se enrolou na resposta, como se não conseguisse se lembrar. Talvez apenas estivesse nervoso, mas, conforme o médico gaguejava, Victor pensou em um ator esquecendo suas falas.

— E você disse que o seu poder é diagnosticar doenças nas pessoas?

Isso não encaixava.

A experiência de quase morte de um EO era pintada em cores muito vívidas pelos momentos finais, pela vontade de sobreviver, mas também pelos seus anseios mais extremos e desesperados. Os momentos finais de Dumont, assim como os últimos pensamentos, deveriam ter moldado seu poder, e, no entanto...

O médico conseguiu lhe lançar um sorriso nervoso.

— Achei que eu que fosse diagnosticar *você*.

Victor imitou o sorriso.

— Sim, é claro. Vai em frente.

Mas Dumont hesitou e deu um tapinha no bolso da camisa.

— Tem algo errado? — perguntou Victor, os dedos seguindo para a pistola enfiada no coldre.

— Meus óculos. — Dumont se afastou. — Devo ter esquecido lá embaixo. Eu vou só...

Mas Victor já estava atrás dele.

Não podia se dar ao luxo de usar seu poder — a dor causava barulho e barulho chamava atenção —, de modo que Victor se contentou em encostar o cano da pistola na base na coluna do médico e tapar a boca de Dumont com a mão livre.

— O problema das armas convencionais — disse ele no ouvido do médico — é que o dano que elas causam é permanente. Se der um pio, você nunca mais vai andar. Entendeu?

Dumont assentiu.

— Você não é um EO, é?

Um aceno curto para o lado. *Não.*

— Eles estão esperando algum sinal?

O médico balançou a cabeça e tentou falar, mas as palavras foram abafadas pela mão de Victor. Victor afastou a mão e o médico repetiu o que tinha dito.

— Eles já estão aqui.

Como se tivessem recebido a deixa, Victor ouviu portas se abrirem e som de passos.

— Me desculpa — continuou Dumont. — Eles colocaram pessoas na minha casa. Vigiando a minha família. Disseram que se eu...

Victor o interrompeu.

— Os seus motivos são irrelevantes. A única coisa que eu preciso saber é como sair daqui. — Ele liberou a trava de segurança da pistola. — Saídas. Me fala agora.

— Tem um elevador de serviço, os outros não param aqui; e duas escadas internas.

E é claro que havia o caminho que eles usaram para chegar até ali, a rota mais curta — e a que tinha menos lugares para se esconder.

Coturnos se arrastaram pelo piso de linóleo ali perto e as luzes inclementes lançaram sombras nas lonas de plástico. Victor precisava enxergar os alvos. Mas não precisava enxergar *com detalhes.*

Ele assumiu o controle da sombra mais próxima, que caiu no chão com um grito enquanto a farsa se despedaçava e os tiros ecoavam, então o quinto andar mergulhou no caos.

As mãos de Victor se contraíram e mais dois soldados caíram aos berros antes de cortarem as luzes. Um instante depois, ele ouviu o som revelador de pinos de metal, o zunido no ar e, então, as granadas rolaram pelo chão, enchendo o ar de fumaça.

— Prende a respiração — ordenou ele, empurrando Dumont para a parede enquanto as miras telescópicas traçavam linhas vermelhas pela massa branca.

A fumaça fazia os olhos de Victor arderem, atrapalhando seus sentidos e, no meio disso tudo, o crepitar da energia invadia seus membros, emitindo um sinal de alerta.

Agora não, pensou ele. *Agora não.*

O elevador de serviço se abriu com um rugido e Victor teve tempo de ver o cano de uma arma, os primeiros vestígios de uma armadura preta, coturnos. Ele virou para o lado, libertando o refém enquanto se esquivava da linha de fogo do soldado.

Dumont atirou as mãos para o alto enquanto Victor alcançava as escadas.

— Não atirem! — gritou o médico, tossindo com a fumaça que chegava aos pulmões.

Os soldados passaram por ele no instante em que Victor avançava pelas escadas e começava a descer.

Mais passos soavam lá embaixo, mas agora Victor estava numa posição vantajosa. Assim que o primeiro soldado o viu, Victor já havia assumido o controle dos seus nervos. Ele girou o botão até o máximo e os soldados desabaram no chão, como marionetes sem as cordas.

Victor deu a volta nos corpos e continuou a descida. Ele estava quase no terceiro andar quando o primeiro espasmo o atingiu.

Por um instante, ele pensou que havia sido baleado.

Foi então que se deu conta, horrorizado, de que já não tinha mais tempo. A corrente elétrica atravessou seu corpo, acendendo as células nervosas, e ele baixou a cabeça e se equilibrou no corrimão antes de forçar o corpo a seguir em frente.

Conseguiu chegar ao térreo e abriu a porta enquanto um soldado avançava até ele com a arma apontada. Antes que Victor conseguisse evocar a força ou a concentração necessárias para derrubar o soldado, outra pessoa fez o serviço por ele.

Um silenciador surgiu no seu campo de visão, acompanhado por três baques secos conforme a pistola disparava à queima-roupa na lateral da cabeça do soldado. Não foi o suficiente para penetrar o capacete, mas pegou o soldado desprevenido e, menos de um segundo depois, a atiradora — uma médica — apareceu. Ela avançou direto para os braços do soldado e, em seguida, quase com elegância, enfiou uma faca por debaixo do capacete.

O soldado caiu como uma pedra e a médica se virou para Victor.

— Não fica aí parado — sibilou ela com uma voz estranhamente familiar. Ele ouviu o som de passos ecoando tanto lá cima quanto lá embaixo. — *Encontra outra saída.*

Victor tinha perguntas, mas não havia tempo para elas.

Ele se virou e continuou descendo as escadas, indo para os andares subterrâneos do hospital. Atravessou uma porta dupla que dava para um corredor vazio; havia uma placa no fim onde estava escrito NECROTÉRIO em letras pequenas e zombeteiras. Mas, logo depois dela, uma placa de saída. Na metade do caminho, foi atingido por um novo espasmo e tropeçou, batendo com o ombro com força na parede de concreto. O joelho cedeu e ele desabou no chão.

Victor tentou se forçar a ficar de pé quando as portas se abriram atrás dele.

— Fica no chão! — ordenou um soldado assim que Victor caiu.

— Estamos com ele — disse outra voz.

— Ele foi abatido — acrescentou outro.

Ele não conseguia se levantar, não conseguia escapar dali. Mas Victor ainda tinha uma última arma. A corrente elétrica subiu, o botão foi ao máximo, e ele se segurou o máximo que pôde, agarrando-se à vida um segundo agonizante de cada vez, até avistar os coturnos.

E, então, Victor se soltou.

Deixou a dor arrebentar sobre ele com uma onda final, levando tudo embora.

Victor voltou a si na escuridão.

Sua visão voltou e se foi por um segundo antes de enfim entrar em foco. Estava deitado numa maca, o teto muito mais baixo do que deveria estar. Victor testou os membros, esperando encontrá-los contidos, mas não havia nada nos pulsos nem nos tornozelos. Ele tentou se sentar e sentiu uma dor aguda no peito. Parecia ter quebrado duas costelas, mas ainda conseguia respirar.

— Eu cheguei a começar a fazer uma massagem cardíaca — disse alguém.
— Mas fiquei com medo de causar mais danos.

Victor virou a cabeça e viu a silhueta na penumbra.

Dumont.

O médico estava sentado num banco a alguns centímetros de distância, meio oculto pelas sombras.

Victor olhou em volta e se deu conta de que estava deitado numa ambulância.

Os instantes antes do episódio voltaram em fragmentos, em imagens partidas, que não explicavam como ele havia chegado ali do porão do hospital.

— Eu encontrei você — explicou o médico, mesmo sem ter sido perguntado — na frente do necrotério. Bem, primeiro eu encontrei os soldados.

— Você não me entregou ao ONE — observou Victor. — Por quê?

Dumont olhou para as próprias mãos.

— Você podia ter me matado lá no quinto andar. Mas não fez isso. Não foi um ato de misericórdia. Simplesmente não adiantaria de nada.

— E os soldados? — perguntou Victor.

— Eles já estavam mortos.

— Assim como eu.

Dumont assentiu.

— A medicina é repleta de riscos calculados e decisões de última hora. Eu tomei a minha.

— Você podia ter escapado disso tudo.

— Eu posso não ser um ExtraOrdinário — retrucou Dumont —, mas eu *sou* um médico. E fiz um juramento.

Uma sirene soou ali perto e Victor ficou tenso, mas era apenas outra ambulância saindo da emergência. A emergência...

— A gente ainda está no hospital? — perguntou Victor.

— É óbvio — confirmou Dumont. — Eu disse que ia ajudar você a viver, não a *fugir*. Para ser franco, eu estava começando a duvidar que você fosse conseguir fazer qualquer uma das duas coisas.

Victor franziu o cenho e apalpou os bolsos à procura do celular.

— Por quanto tempo eu fiquei morto?

— Quase quatro minutos e meio.

Victor xingou baixinho. Não era à toa que o médico não tinha dirigido para longe dali.

— É melhor eu fazer alguns testes — continuou o médico, pegando uma lanterna portátil —, me certificar de que as suas funções cognitivas não foram...

— Isso não vai ser necessário — recusou Victor.

Não havia nada que Dumont pudesse fazer por ele agora, nada que fizesse a menor diferença. E, embora quatro minutos e meio fosse muito tempo para se estar morto, não era o bastante para que a equipe do ONE tivesse ido embora. Eles ainda deviam estar no local. Quanto tempo levaria até que mais oficiais se juntassem a eles?

Victor apontou para a frente da ambulância.

— Presumo que você saiba dirigir.

Dumont hesitou.

— Eu sei, mas...

— Vai para o volante.

Dumont não se mexeu.

Victor não estava a fim de torturá-lo, por isso recorreu à lógica.

— Você me disse que eles estão vigiando a sua família. Se voltar para lá agora, eles vão saber que você me ajudou a fugir.

Dumont franziu o cenho.

— E como levar você para longe daqui faz com que eu seja menos cúmplice?

— Você não é um cúmplice — retrucou Victor, tirando um par de abraçadeiras de uma caixa de ferramentas. — Você é um refém. Posso prender você ao volante agora ou mais tarde. Você é quem sabe.

O médico foi para o banco do motorista em silêncio. Victor se sentou no banco do carona. Ele acionou as sirenes.

— Para onde eu vou? — perguntou Dumont.

Victor revirou a pergunta na mente.

— Tem uma rodoviária na zona sul da cidade. Segue para lá.

Dumont deu a partida e a ambulância se afastou da emergência. Depois de alguns quarteirões, Victor desligou as sirenes e as luzes. Ele se recostou no assento, flexionando os dedos. Conseguia sentir o médico olhando de soslaio para ele.

— Fica de olho na rua — mandou Victor.

Dez minutos depois, a rodoviária surgiu diante deles e Victor apontou para uma faixa vazia na calçada.

— Ali — indicou ele.

Quando Dumont começou a manobrar a ambulância para fora da estrada, Victor estendeu o braço, pegou o volante e o girou, forçando o veículo a subir no meio-fio.

— Não esquece que você está abalado com a situação. — Antes que Dumont pudesse protestar, Victor prendeu as mãos dele ao volante. — Você tem celular? — Dumont indicou o bolso com a cabeça. Victor tirou o celular do casaco do médico e o jogou pela janela. — Pronto — disse ele, saindo da ambulância.

Agora, ele tinha uma vantagem.

III

UM DIA ANTES

ONE

Stell estava diante da grade de monitores de braços cruzados vendo tudo desmoronar. Comunicações pelo rádio ressoavam no alto-falante da sua mesa.

— *Nenhum sinal do alvo.*

— *Soldados abatidos.*

— *Cerquem o perímetro.*

Que catástrofe infernal, pensou Stell, afundando na cadeira.

A armadilha de Eli foi bem-sucedida, mas seus agentes fracassaram. Três estavam mortos — dois deles sangrando pelo nariz e pelos ouvidos no subterrâneo e um deles esfaqueado na garganta no térreo — os outros foram completamente inúteis.

Mesmo que Victor tenha visto o anzol por trás da isca ou que simplesmente tenha se livrado da linha, uma coisa estava clara: ele teve ajuda.

Boa parte dos seus agentes foi baleada por um servente, uma recepcionista e uma médica, mas Stell tinha o pressentimento de que os três eram a mesma pessoa. Um dos seus homens havia revidado e acertado um tiro no ombro da médica. Ao mesmo tempo, quase do outro lado do hospital, uma médica com *exatamente* a mesma aparência caiu, sangrando, enquanto lavava as mãos para uma cirurgia.

A metamorfo — a metamorfo de *Marcella* — esteve lá.

E ajudou Victor a fugir.

Stell pegou o telefone e ligou.

— Joseph — cumprimentou aquela voz sedutora.

— Cadê Victor Vale? — exigiu saber Stell entre os dentes.

— Você estava trapaceando.

— Isso não é um jogo. Você concordou em entregá-lo para mim. Em vez disso, é por sua causa que ele continua livre. Quando você pretende cumprir a sua parte do acordo?

Marcella suspirou.

— Homens são sempre tão impacientes. Deve ser porque vocês passam a vida inteira recebendo o que querem e quando querem. Às vezes, Joseph, é preciso esperar.

— *Quando?*

— Amanhã — respondeu Marcella. — Antes da festa.

Stell sentiu um aperto no peito.

— Que festa?

— Você não recebeu o meu convite? — Havia uma pilha de cartas fechadas no canto da mesa de Stell. Ele começou a folhear os envelopes. — Pensei em ficar com ele até depois...

Stell encontrou o cartão, um papel branco imaculado com um M dourado feito em alto relevo na frente. Não havia selo. Alguém o entregou pessoalmente. Stell quebrou o selo.

— Isso sem dúvida manteria você fora do meu caminho — dizia Marcella —, só que eu não quero que você perca o show...

Marcella Morgan e associados...

Stell leu o convite uma vez, depois mais uma; ele não conseguia acreditar no que estava vendo. Não *queria* acreditar nisso.

... o empreendimento mais extraordinário de Merit.

— Isso é o oposto de se manter discreta — vociferou ele.

— O que eu posso dizer? Eu nunca fui sutil.

— A gente fez um acordo.

— Fez, sim — concordou Marcella. — Por duas semanas. Além disso, nós dois sabíamos que não ia durar muito. Mas agradeço a trégua. Ela me deu tempo para imprimir os meus convites.

— Marcella...

Mas ela já havia desligado.

Stell deu um tapa numa caneca que estava em cima da mesa. Ela se despedaçou no chão, que foi pintado de gotas escuras de café.

Em questão de segundos, Rios entrou na sala.

— Senhor? — perguntou ela, examinando a caneca quebrada, os papéis bagunçados na busca pelo cartão, o convite branco amassado nas mãos dele.

Stell se recostou na cadeira, ouvindo a voz de Eli na sua mente.

Você fez um acordo?

Alguém tão poderoso assim devia estar no cemitério.

Me manda.

O olhar de Stell recaiu sobre a maleta prateada que a diretoria havia lhe entregado com a coleira aninhada lá dentro.

A agente Rios continuava parada ali, em silêncio, à espera dele.

Stell se levantou.

— Prepare uma equipe de transporte para amanhã.

Rios ergueu uma sobrancelha.

— Para qual prisioneiro?

— Cardale.

Stell encontrou Eli sentado na beira da cama com os dedos entrelaçados e a cabeça baixa, como se estivesse rezando.

Ou apenas esperando.

Ao ouvir a aproximação de Stell, ele ergueu a cabeça.

— Diretor. A minha armadilha rendeu algum resultado?

Stell hesitou.

— Nada ainda — mentiu ele. Não havia nenhum motivo para Eli saber da fuga de Victor e vários motivos para mantê-lo no escuro. Principalmente, se levasse em conta o que estava prestes a fazer. — Você pensou na questão de Marcella?

Eli se levantou.

— A minha avaliação não mudou.

— Eu não estou perguntando a sua sentença — disse Stell. — Mas o seu método. Como você a despacharia?

— Como *eu* faria isso?

— Você *ainda* acredita que seja o homem mais preparado para a tarefa.

O vislumbre de um sorriso.

— Acredito.

— Vou ser muito claro — disse Stell. — Eu não confio em você.

— Não precisa — respondeu Eli.

Stell balançou a cabeça. No que ele estava pensando?

— A gente ainda não sabe se você sequer é capaz de derrotar Marcella.

Eli deu um sorriso sombrio.

— Haverty passou um ano inteiro tentando encontrar os limites da minha regeneração. Ele não teve êxito.

— O poder dela não é o único problema — acrescentou Stell. — Afinal de contas, Marcella não age sozinha.

— Nem eu — insistiu Eli, apontando para a cela, para o ONE. — A parte mais difícil não é matar três EOS, diretor. É reuni-los num só lugar e, em seguida, separá-los para que eles não possam trabalhar juntos. Faça isso e então os seus agentes podem cuidar dos outros dois enquanto eu me viro com Marcella. Eu garanto que, sob as condições certas, derrotá-los é inteiramente possível.

Condições.

Stell passou o convite de Marcella pelo cubículo na fibra de vidro.

— Isso serve?

Eli pegou o cartão e seus olhos dançaram pelas palavras.

— Sim, eu acho que sim.

IV

A NOITE ANTERIOR

MERIT

Victor precisava beber alguma coisa.

Ele avistou uma faixa desolada de prédios baixos, sem graça e esquecíveis, com um bar enfiado no meio deles, e atravessou a rua enquanto tirava o celular do bolso.

Mitch atendeu no segundo toque.

— A gente estava ficando preocupado. O que aconteceu com Dumont?

— Era uma armadilha — respondeu Victor sem emoção na voz. — Ele era só um ser humano.

Mitch soltou um palavrão.

— Foi o ONE?

— Com certeza — respondeu Victor. — Eu consegui escapar, mas não vou correr o risco de ser seguido até o Kingsley.

— É ele? — perguntou Sydney ao fundo. — O que foi que aconteceu?

— A gente devia ir embora? — questionou Mitch.

Sim, pensou Victor. Mas não podiam. Não agora. A movimentação apenas chamaria ainda mais a atenção do ONE. Eles haviam preparado a armadilha no hospital e esperado por ele. Fizeram com que Victor fosse ao encontro deles, o que queria dizer que não tinham conseguido encontrá-lo. Mas isso não queria dizer que não o *encontrariam* depois. Será que já sabiam de Sydney? O que aconteceria se encontrassem Sydney em vez dele?

— Fiquem no apartamento — recomendou ele. — Não atende a porta. Não deixa ninguém entrar. Me liga se notar alguma coisa ou alguém do lado de fora.

— E você? — perguntou Mitch.

Mas, como Victor ainda não sabia a resposta para essa pergunta, ele desligou e entrou no bar. Era um pé-sujo, mal-iluminado e bem vazio. Ele pediu uma dose de uísque e se sentou num reservado nos fundos, de onde conseguia vigiar a única porta do bar e a meia dúzia de clientes enquanto esperava.

Victor havia pegado um livro todo amassado do console da ambulância — agora, ele o tirou do bolso junto com uma caneta hidrográfica preta e deixou que a lombada descolada se abrisse nas suas mãos.

Velhos hábitos. A caneta abriu um caminho regular, tornando preta a primeira linha e depois a segunda. Ele sentia o ritmo da pulsação a cada palavra apagada, a cada medida de texto reduzido a uma faixa preta sólida. A primeira palavra era sempre a mais difícil de encontrar. De vez em quando, ele procurava uma palavra específica e, então, apagava o texto ao redor; mas, na maior parte das vezes, embora Victor odiasse admitir, mesmo que para si mesmo, a prática era menos um ato físico e mais metafísico.

Ele deixou a caneta deslizar pela página, esperando que uma palavra interrompesse o caminho. Passou por "orgulho", "queda" e "mudança" antes de finalmente parar na palavra "encontrar". A caneta saltou o pronome "uma" duas linhas depois, então continuou descendo pela página até que encontrou a palavra "saída".

Victor não tinha muito tempo nem muitas pistas, mas não ia desistir.

Sydney, Mitch, Dominic — eles agiam como se a rendição fosse um risco, uma opção. Mas não era. Uma parte ínfima de Victor gostaria de que ele parasse de tentar, de que parasse de lutar, mas isso não combinava com ele. A mesma força de vontade teimosa de sobreviver, a característica que foi responsável, para começo de conversa, por transformá-lo num EO, agora o impedia de se render. De admitir a derrota.

Seja lá o que foi que aconteceu com você, seja lá como foi que você se machucou, foi você que causou isso a si mesmo.

Foi isso que Campbell lhe disse. E o EO tinha razão. Victor sempre foi o mestre do próprio destino. Foi ele quem subiu naquela mesa de aço. Ele obrigou Angie a ligar o interruptor. Ele levou Eli a matá-lo cinco anos atrás, sabendo que Sydney o traria de volta à vida.

Toda ação fez parte dos seus planos, todo passo foi criação sua.

Se houvesse alguma saída, ele a encontraria.

Se não houvesse, ele mesmo a inventaria.

A única porta do bar foi aberta e, alguns instantes depois, Victor ouviu uma voz, as palavras se perderam na multidão, mas o sotaque era inconfundível.

Ele ergueu os olhos

Havia uma mulher morena e pequena com traços angulosos como os de uma raposa inclinada sobre o bar. Ele jamais a tinha visto antes, mas sabia que era ela: a mulher da boate de strip-tease. A boa samaritana do beco. E, é claro, mais recentemente, a médica que o ajudou a escapar do ONE. Não era apenas o sotaque que Victor reconhecia. Era o olhar da mulher — *por trás dos olhos, na verdade* — quando ela olhava de relance para ele, o sorriso malicioso que iluminava o rosto dela. Isso se aquele fosse *mesmo* o rosto dela.

Ela era uma EO, isso era evidente.

Ele ficou observando enquanto a metamorfo pegava sua bebida e andava até ele.

— Posso me sentar aqui? — Aquela voz cadenciada de novo.

— Depende — disse Victor. — O Glass Tower, aquela foi a primeira vez que a gente se encontrou?

Um sorriso irônico surgiu no rosto vulpino.

— Foi.

— Mas não a última.

— Não — admitiu a EO, afundando na cadeira diante ele. — Não foi a última.

Victor envolveu o copo com os dedos.

— Quem é você?

403

— Pensa em mim como uma espécie de anjo da guarda. Pode me chamar de June.

— É o seu nome verdadeiro?

— Ah — exclamou June com melancolia —, "verdade" é um conceito turvo para alguém como eu.

A mulher se inclinou para a frente e, ao fazer isso, mudou de aparência. Não houve nenhuma passagem de tempo ou transição; a morena se dissolveu e foi substituída por uma menina de cachos ruivos e olhos azul-escuros num rosto com formato de coração.

— Você gosta? — perguntou June, como se estivesse pedindo a opinião dele a respeito de um vestido novo, e não de um reflexo distorcido da única mulher que Victor já amou. — É o melhor que posso fazer, considerando que a verdadeira está morta.

— Muda — disse Victor de modo sucinto.

— Ah — June fingiu estar magoada —, mas eu a escolhi especialmente para você.

— *Muda* — ordenou ele.

Os olhos azuis o encararam com desafio, ousadia. Victor ergueu o rosto para enfrentá-la. Ele flexionou os dedos enquanto assumia o controle dos nervos da menina e girou o botão seletor no peito dela... mas, se a mulher sentiu alguma dor, ela não demonstrou. O poder dela... De alguma forma, ele a protegia.

— Sinto muito — disse June com um sorriso cansado. — Você não pode *me* machucar — continuou, com uma leve ênfase na penúltima palavra.

Victor se inclinou para a frente.

— Eu não preciso machucar você.

Ele espalmou as mãos sobre a velha mesa de madeira, prendendo o corpo dela à cadeira.

Uma ligeira ruga se formou entre os olhos de June, a única indicação de que ela lutava para se livrar do seu controle.

— Existem muitas células nervosas no corpo humano — explicou Victor. — A dor é só um dos sinais possíveis. Um único instrumento em meio a uma sinfonia.

A menina se esforçou para lhe lançar um sorriso irônico.

— Mas por quanto tempo você acha que pode me controlar? Uma hora? Um dia? Até a sua próxima morte? Eu me pergunto qual de nós dois vai desistir primeiro.

Eles estavam num impasse.

Victor a libertou.

June soltou o ar e alongou o pescoço. Enquanto fazia isso, a menina de cachos ruivos deu lugar à morena que ela usava antes.

— Pronto. Melhor assim?

— Por que você está me seguindo? — quis saber Victor.

— Eu tenho um interesse pessoal — respondeu June. — E não sou a única. Tem uma EO nessa cidade que adoraria conhecer você. Talvez já tenha ouvido falar dela.

Marcella Riggins.

A EO que vinha tratando Merit como se fosse seu parque de diversões particular. A mesma que, contra todas as probabilidades, ainda não tinha se queimado.

— Entendo — disse Victor, devagar. — Então você é só a mensageira.

Um vislumbre de irritação surgiu no rosto de June.

— Muito pelo contrário.

— E por que — perguntou ele — eu iria querer me encontrar com Marcella? June deu de ombros.

— Curiosidade? Por não ter nada a perder? Ou talvez... você faça isso pelo bem de Sydney.

A expressão no rosto de Victor se anuviou.

— Isso é para ser uma ameaça?

— Não — respondeu June, e, desta vez, não havia nem atrevimento nem malícia em sua voz. A expressão dela era sincera, honesta. Ela não havia mudado de aparência, mas a alteração era tão surpreendente quanto se tivesse.
— Eu realmente me importo com aquela menina.

— Você nem a conhece.

— Todo mundo tem segredos, Victor. Até mesmo a nossa querida Syd. Como você acha que eu encontrei você hoje no hospital? Ela cuida de você, e você devia fazer o mesmo por ela. Eu sei que você está doente. Eu já te vi morrer. E nós dois sabemos que Sydney tem uma longa vida pela frente. O que vai acontecer quando você não estiver mais por perto para protegê-la? — A sinceridade se dissolveu e foi substituída mais uma vez por aqueles lábios sarcásticos, por aquele brilho astucioso no olhar. — Ela é uma menina poderosa, a nossa Syd. Ela vai precisar de aliados quando você se for, e nós dois sabemos que você já matou a primeira opção dela.

Victor baixou o olhar para o copo de uísque.

— Então é isso que Marcella é? Uma aliada?

— Marcella — respondeu June, enfática — é *poderosa*.

— Qual exatamente *é* o poder dela?

— Venha ver por si mesmo. — June pegou o livro amassado e a caneta. — Amanhã — disse ela, anotando os detalhes na parte interna da capa. — E, só para você saber — acrescentou enquanto se levantava —, quando Marcella faz uma proposta, ela não a repete duas vezes. — June passou o livro de volta para ele. — Não desperdiça essa oportunidade.

406

V

A NOITE ANTERIOR

ESQUINA DA PRIMEIRA AVENIDA COM A WHITE

June cantarolava baixinho enquanto o elevador subia.

Quando chegou ao último andar, ela encontrou dois homens de terno escuro em frente à porta da cobertura. Eram novos, e um deles teve a péssima ideia de tentar impedi-la de entrar.

— Aonde você pensa que vai?

June baixou os olhos para a mão no seu ombro. Quando olhou de volta para o homem, ela era *ele*, idêntica até os últimos pelos nos dedos e as cicatrizes de acne.

— Eu vou aonde quiser — disse ela com o sotaque nítido na voz grave do homem.

O segurança afastou a mão como se tivesse se queimado.

— Eu... sinto muito — disse ele, com um medo genuíno estampado no rosto.

Essa... Essa era uma mudança agradável. Ela já tinha visto surpresa, choque e até mesmo assombro uma vez ou outra, mas nunca algo tão simples como o *medo*. Eles não sabiam *quem* ela era, mas sabiam o quê. Uma EO. E era evidente que isso os deixava mortos de medo.

Talvez Marcella tivesse razão. Talvez não fossem os EOS que devessem se esconder.

— Não se preocupa — disse June, alegremente, mudando de volta para a jovem morena. — Foi um erro bobo.

Eles se apressaram em abrir a porta e ela entrou na cobertura, um pouco maravilhada com a estranha sensação de conforto por estar *de volta*.

A gente precisa mesmo de um cachorro, pensou ela. *Alguém para te receber quando se chega em casa.*

Ela chegou à sala de estar em conceito aberto e encontrou Jonathan acomodado no sofá de couro, as mãos espalmadas sobre os olhos.

— Johnny Boy, por que você está tão tristonho? — Ela diminuiu o passo ao ver uma grande mancha vermelho-amarronzada no chão. — Bem, essa é nova.

— É — disse Jonathan, erguendo o olhar —, ela tem andado muito ocupada.

— Estou vendo. E onde está a nossa destemida líder essa noite?

Jonathan não respondeu, não precisou. A voz de Marcella soou vindo do escritório.

— Por que eu iria querer flores?

— São lírios — respondeu uma voz masculina. — Achei que seriam enfeites elegantes como centros de mesa.

— *Eu* sou o enfeite elegante da festa.

— Sem algo para suavizar o espaço, acho que vai parecer *austero* demais.

— Esse é o início de uma nova era — vociferou Marcella —, não uma festa de debutante, cacete. Se livra disso.

O homem hesitou.

— Se você acha...

June ouviu o som característico dos saltos no piso de mármore.

— Bem, talvez você tenha razão... — Houve um som de farfalhar, seguido por um arquejo, e June entrou pela porta no instante em que o homem desmoronava nas mãos de Marcella.

— Ah, eu senti falta disso — comentou June com prazer enquanto o que restou do homem caía no chão.

Ela examinou o monte de destroços, enfeitado apenas por alguns pedaços esfarrapados de seda e por uma abotoadura de prata. Marcella queimava cada vez mais rápido e com mais calor, e — até onde June sabia — ainda não havia descoberto o seu limite.

Marcella se inclinou por cima da mesa e pegou um pedaço de pano para limpar as mãos.

— Eu sempre odiei ter que me repetir. — Ela olhou de relance para June. — Você não deveria estar vigiando o nosso convidado recém-chegado?

— Cansei de ser babá por hoje — disse June. — Eu entreguei a sua mensagem.

— *E?*

— É difícil saber o que ele vai fazer, mas acho que ele vem.

— Eu espero que sim — disse Marcella. — Eu estou *bem* feliz que você tenha voltado a tempo.

— De quê?

Marcella entregou um cartão a ela.

June o pegou e o revirou nas mãos, passando os olhos pelo papel. Balançou a cabeça, perplexa e se divertindo.

— Deus do céu, Marcella, alguém já disse que você é completamente maluca?

Marcella fez um biquinho.

— Várias vezes — respondeu ela. — É um insulto que os homens adoram usar para se referir a mulheres ambiciosas. Mas não se esqueça, June: essa foi uma ideia *sua*.

— Eu estava brincando e você sabe disso. — June deu um peteleco no cartão. — Para quantas pessoas você enviou o convite?

Marcella fez as contas nos dedos.

— O prefeito, o delegado, o promotor público, o diretor do ONE. — Ela fez um gesto amplo com a mão. — E para mais uma centena das pessoas mais poderosas... bem, que *costumavam* ser as mais poderosas dessa bela cidade.

June balançou a cabeça sem acreditar nisso.

— Chamar esse tipo de atenção é uma *péssima ideia*. Você está pintando um alvo nas suas costas.

— Eu já tenho um alvo nas minhas costas. Você não percebeu? Eles vão vir atrás de nós de um jeito ou de outro, June, e, se continuarmos escondidas, ninguém jamais vai saber que estivemos aqui. Então vamos deixar que nos vejam. Vamos deixar que eles vejam do que somos capazes. — Marcella lhe lançou aquele sorriso radiante e sedutor. — Pode admitir, June. Uma parte sua quer ficar nos holofotes. Chega de fugir. Chega de se esconder.

Marcella não compreendia que June *sempre* estaria se escondendo. Mas ela estava certa a respeito de uma coisa.

As pessoas tentaram ferir June. Tentaram acabar com ela. Tentaram fazer com que ela se sentisse pequena.

Talvez estivesse na hora de *elas* entenderem a própria pequenez. June jamais poderia ser ela mesma, não a pessoa que era antes, mas podia ser alguém. Podia ser vista.

E, quando o pessoal do ONE viesse atrás dela, bem, nunca *a* pegaria.

O que lhe deixava uma única dúvida, na verdade.

A aparência de quem ela usaria?

VI

A ÚLTIMA MANHÃ

MERIT

Sydney desabou de quatro no gelo.

Ela tentou fugir, mas Eli a segurou pela gola do casaco e a arrastou para trás.

— Vem, Sydney — disse ele. — Vamos terminar o que começamos.

Ela se sentou, ofegante.

Syd não se lembrava de ter adormecido. Ela passou a maior parte da noite se revirando na cama, inquieta. Não era o Kingsley — ela havia passado cinco anos se acostumando a lugares novos e estranhos. Era Victor, ou, melhor dizendo, a ausência dele.

O apartamento parecia errado, muito vazio sem ele.

Ele tinha um jeito de ocupar o espaço, e, mesmo quando passou a se mover como um fantasma, indo e vindo, ele nunca *permanecia* longe. Havia sempre aquele fio que o conectava a Sydney e, sempre que ele demorava a voltar tarde da noite, ela se deitava e sentia o fio se desenrolando em suas mãos para então ficarem bem presos assim que ele voltava para casa.

Mas Victor não havia voltado na noite anterior.

Dumont foi uma armadilha e Victor quase tinha sido pego nela. Ele havia escapado e não voltaria até que fosse seguro. Ele tinha fugido, e Sydney sabia que teve ajuda. Ela olhou para o celular outra vez e viu as mensagens da noite anterior.

Syd: obrigada.

June: de nada. ;)

Syd se levantou, saiu do quarto e encontrou Mitch sentado à mesa retorcendo alguns fios e os enfiando numa caixinha preta. Sydney sempre se espantava que mãos tão grandes pudessem executar um trabalho tão preciso.

— O que é isso? — perguntou ela.

Mitch sorriu.

— É só uma precaução — respondeu ele, erguendo o aparelho.

Ela se deu conta de que já havia visto aquilo antes, ou algo parecido, na parte interna das portas dos apartamentos em que ela, Mitch e Victor brincavam de casinha.

— Teve notícias dele?

Mitch assentiu.

— Hoje de manhã. Assim que ele chegar, a gente parte.

Sydney sentiu um aperto no peito. Ela não podia ir embora de Merit. Não ainda. Não sem antes tentar...

Ela voltou para o quarto e trocou de roupa, colocou as botas, a jaqueta vermelha e foi até a cômoda, onde havia escondido a latinha vermelha. Enfiou a lata no fundo do bolso e andou pelo apartamento seguindo para a porta.

— Vamos, Dol — chamou ela.

O cachorro levantou a cabeça preguiçosamente.

— Syd — disse Mitch —, a gente precisa ficar aqui.

— E ele precisa dar uma volta — protestou Sydney.

Dol, por sua vez, não parecia muito animado.

— Eu o levei lá no terraço mais cedo — avisou Mitch. — O jardineiro do prédio não vai ficar muito contente, mas é o que a gente pode fazer. Sinto muito, garota. Também não gosto de ficar preso aqui, mas não é seguro...

Sydney balançou a cabeça.

— Se o ONE soubesse que estamos aqui, já teria vindo atrás da gente.

Mitch suspirou.

— Pode ser. Mas não estou disposto a correr o risco.

Havia uma firmeza em sua voz, uma determinação inflexível. Sydney mordeu a boca pensando nisso. Mitch nunca a *impediu* de sair, não fisicamente. Ela se perguntou se ele faria isso.

Não queria obrigá-lo a fazer uma coisa dessas. Ela suspirou e tirou o casaco.

— Tá bom.

Mitch relaxou, visivelmente aliviado.

— Certo. Vou fazer o almoço. Está com fome?

Syd sorriu.

— Sempre. Vou tomar um banho antes.

Mitch já estava na cozinha acendendo o fogão enquanto ela atravessava o corredor, colocando o casaco de novo. Ela passou direto pelo banheiro e entrou no quarto de Mitch, abrindo a janela enquanto Dol entrava no quarto atrás dela.

— Fica — sussurrou Syd.

O cachorro abriu a boca, como se fosse latir, mas apenas botou a língua para fora.

— Bom garoto — elogiou ela, passando a perna pelo parapeito. — Cuida do Mitch.

Syd estava prestes a descer pela saída de incêndio quando hesitou e tirou do bolso a carta que sempre carregava consigo — a carta que Victor tinha retirado do baralho caído no chão havia tanto tempo e passado para ela como se fosse um segredo.

O rei de espadas.

A carta agora estava velha, com as pontas desgastadas depois de ter passado cinco anos no bolso de trás de calças e com uma dobra no meio.

No jogo deles, uma carta de figura significava liberdade.

Syd disse a si mesma que não estava quebrando as regras; e, se estivesse, bem, ela não era a única.

Ela deixou a carta no chão e fechou a janela ao sair.

VII

A ÚLTIMA MANHÃ

CENTRO DE MERIT

Victor estava parado na calçada, com o livro roubado aberto na mão.

Ele tinha ficado no bar até pouco depois da meia-noite antes de se hospedar num hotel ali perto, do tipo que certamente não gostaria de chamar a atenção da polícia. Depois de algumas horas maldormidas no colchão de mola que não parava de ranger, ele se levantou de novo e andou os trinta e quatro quarteirões no coração pulsante de Merit até o endereço que June escreveu na parte interna da capa surrada.

Praça Alexander, 119. Meio-dia.

Poderia ser qualquer coisa, mas era uma galeria de arte. Vitrines de vidro amplas davam para a calçada, exibindo amostras dos quadros lá dentro. Era quase meio-dia, e Victor ainda não havia decidido se iria entrar.

Ele avaliou as opções, junto com o que June lhe dissera.

Podia muito bem ser outro tipo de armadilha. Ou podia ser uma oportunidade. Mas, no fim, foi a curiosidade que o impeliu a seguir em frente. Ele queria conhecer a EO que conseguiu se esquivar da rede do ONE. A mulher que havia conseguido resistir em vez de fugir.

Victor atravessou a rua, subiu os três pequenos degraus e entrou na galeria White Hall.

Era maior do que parecia do lado de fora: uma série de salas amplas e vazias conectadas umas às outras por arcos. Pinturas abstratas salpicavam as paredes, borrões coloridos contra o fundo branco. Com suas roupas pretas, Victor se sentiu como tinta derramada. Eram perfeitas para se disfarçar na multidão das ruas, mas se destacavam muito mais num ambiente tão desolado. Sendo assim, ele não se deu ao trabalho de tentar se misturar às pessoas, nem fingiu apreciar as obras de arte, mas partiu para encontrar Marcella.

Havia um punhado de homens e mulheres espalhados pelas salas, mas nenhum deles era um cliente de verdade. Victor viu de relance o coldre debaixo dos paletós bem-ajustados e dedos pousados sobre bolsas abertas. *Seguranças*, pensou ele, perguntando-se se June estava escondida entre eles. Ele não viu ninguém com as características dela.

No entanto, ele encontrou Marcella.

Ela estava na maior galeria, o rosto voltado para o outro lado, os cabelos pretos presos no alto e uma blusa de seda descendo num decote profundo entre as omoplatas. Ainda assim, ele soube que era ela. Não porque havia visto uma foto, mas por causa da postura, com toda a graça e casualidade de um predador. Victor estava acostumado a ser a pessoa mais poderosa no recinto, e era tanto familiar quanto desconcertante ver aquela confiança em outra pessoa.

Eles não estavam sozinhos na sala.

Havia um homem magro de terno preto encostado na parede entre dois quadros. Ele tinha o cabelo penteado para trás e os olhos escondidos por óculos escuros. As paredes brancas faziam com que a galeria brilhasse de maneira nada natural, mas não o bastante para provocar sombras — o que significava que serviam a outro propósito.

— Eu nunca entendi arte — ponderou Marcella, alto o bastante para que Victor soubesse que se dirigia a ele. — Já estive em centenas de galerias, olhei para milhares de quadros esperando me sentir inspirada ou assombrada ou apaixonada, mas a única coisa que senti de verdade foi *tédio*.

Enquanto Victor a observava, ela estendeu o braço e passou a unha dourada na superfície da pintura. Sob o toque de Marcella, a tela apodreceu e virou pó, caindo em pedaços no chão.

— Não se preocupe — disse ela, girando nos calcanhares. — O prédio é meu, assim como tudo que tem dentro dele. — Ela ergueu a sobrancelha. — A não ser você, é claro. — Ela lhe lançou um olhar superficial. — Gosta de arte, sr. Vale? O meu marido gostava. Ele sempre apreciou coisas bonitas. — Marcella ergueu o queixo. — Você me acha bonita?

Victor a analisou: os membros esguios, os lábios vermelhos, os olhos azuis emoldurados por cílios pretos e espessos. Desviou os olhos dela para olhar de relance para os destroços do quadro no chão da galeria, então voltou para ela.

— Eu acho que você é poderosa.

Marcella sorriu, claramente satisfeita com a resposta.

Victor sentiu uma ligeira movimentação atrás dele e olhou por sobre o ombro e viu outro homem entrando na sala, de cavanhaque e com um sorriso malicioso.

— Creio que você já tenha conhecido June — apresentou Marcella. — Em uma forma ou outra.

O homem piscou com aquele brilho característico no olhar.

— E esse é Jonathan — continuou Marcella, estalando os dedos para indicar o homem magro encostado na parede.

Jonathan não respondeu, apenas acenou de leve com a cabeça.

— Então — disse Victor —, em vez de obras de arte, você coleciona outros EOS.

Os lábios vermelhos de Marcella se abriram num sorriso.

— Sabe o que eu queria ser quando crescer?

— Presidente?

O sorriso se alargou.

— Poderosa. — Os saltos de aço estalaram no piso de mármore enquanto ela se aproximava dele. — Quando se pensa bem a respeito, isso é tudo o que todo mundo realmente quer. Houve uma época em que o poder era determinado pela linhagem: a era do sangue. Depois, ele passou a ser determinado pelo dinheiro: a era do ouro. Mas acho que chegou a vez de uma nova era, Victor. A era do poder em si.

— Deixe-me ver se eu adivinho — disse Victor. — Ou eu estou com você ou estou contra você.

416

Marcella estalou a língua em desaprovação.

— Que pensamento mais preto no branco. Eu juro para você, os homens passam tanto tempo ocupados procurando inimigos que raramente se lembram de fazer amizades. — Ela balançou a cabeça. — Por que a gente não pode trabalhar junto?

— Eu trabalho sozinho.

Marcella ergueu uma sobrancelha como quem sabe das coisas.

— Ora, nós dois sabemos que isso não é verdade.

Victor semicerrou os olhos, mas não disse nada. Marcella parecia mais que feliz em dominar o palco.

— Dinheiro nas mãos certas pode obter todo tipo de coisa. Conhecimento. Discernimento. Os arquivos de Eli Ever da época em que ele trabalhou com o Departamento de Polícia de Merit, quem sabe. Ele e Serena Clarke formavam uma dupla e tanto, mas acho que você ficou com a melhor parte, a irmã caçula, Sydney.

Victor manteve a postura, mas, do outro lado da sala, June se retesou e seu rosto ficou totalmente pálido.

— Marcella...

Porém, a mulher ergueu a mão, e as unhas douradas captaram a luz.

— Eu ouvi falar dos seus talentos — continuou ela. — Eu gostaria de vê--los em ação.

— Você quer que eu passe por um teste?

Os lábios dela estremeceram.

— Chame do que você quiser. Eu mostrei os meus. E os de Jonathan. Até mesmo os de June, por falar nisso. Nada mais justo...

Victor não precisava de mais incentivo. Ele flexionou a mão na direção do homem magro de terno, esperando que ele fosse cair de imediato — e ficou surpreso quando, em vez disso, o ar diante do sujeito reluziu com um brilho azul e branco e um estalo quase elétrico. E, além disso, nada aconteceu. Estranho. Victor conseguia *sentir* os nervos dele, tão presentes quanto antes de tentar atingi-los. Mas, naquele exato instante, tinha sido como um curto--circuito, quase como se um raio tentasse atingir algo aterrado.

Um campo de força.

Marcella sorriu.

— Ah, me desculpe. Eu devia ter avisado que Jonathan está fora dos limites. — Ela olhou em volta. — Alguém pode me ajudar aqui?

Ela mal ergueu o tom de voz, mas a sala começou a encher de gente. Os seis homens e mulheres pelos quais Victor passou antes entraram todos de uma vez.

Marcella sorriu.

— Eu tenho uma recompensa — anunciou ela — para quem conseguir acabar com esse homem.

Por um segundo, ninguém se mexeu.

E, então, todos se mexeram ao mesmo tempo.

Um homem que parecia um muro de tijolos avançou sobre ele, e Victor assumiu o controle dos seus nervos e os retorceu violentamente. O homem desabou aos gritos, enquanto Victor lidava com os outros dois que se aproximavam logo atrás, então se voltou para uma mulher que sacava uma faca.

Com o estalo condutor dos dedos de Victor, ela caiu no chão também.

O quinto desabou ao lado dele, encolhendo-se de dor, enquanto o sexto tentava pegar a pistola. Victor o forçou a espalmar a mão no mármore e continuou girando o botão seletor até que todos os seis se contorcessem em espasmos pelo chão.

Ele encarou Marcella, esperando que ela fosse dar um *basta* e mandá-lo parar. Esperando ver algum sinal de desconforto. Porém, Marcella se limitou a observar a cena se desenrolar com os olhos azuis brilhando de empolgação e sem piscar.

Até aquele instante, ela havia feito Victor se lembrar de Serena, que esperava que o mundo se curvasse à sua vontade. Mas, naquele momento, ela o fez se lembrar de *Eli*. Aquele mesmo brilho fervoroso no olhar, a mesma energia reprimida, a mesma convicção.

Victor já tinha visto o bastante.

Ele voltou seu poder contra Marcella. Não uma impressão sutil, mas um golpe súbito e com força total, o suficiente para fritar os nervos e destruir um corpo. Ela deveria ter caído de imediato, desabado como um peso morto no mármore frio. Em vez disso, Marcella suspirou uma única vez, surpresa, então Jonathan virou a cabeça de modo imperceptível para ela. No instante em que fez isso, o ar estalou e a atmosfera ao redor de Marcella se encheu com a mesma centelha azul e branca que havia servido de escudo para Jonathan pouco antes.

Victor percebeu qual foi seu erro. Marcella era mais parecida com Eli do que ele tinha imaginado. Sua autoconfiança excepcional era uma arrogância que vinha da invencibilidade. Mesmo que emprestada.

Victor soltou o domínio sobre o restante das pessoas da sala e as deixou ofegantes no chão.

Marcella estreitou os lábios enquanto o escudo se desfazia.

— Esse não foi um jogo muito limpo.

— Me perdoe — respondeu Victor secamente. — Acho que me deixei levar. — Ele baixou os olhos para os homens e mulheres no chão. — Presumo que não tenha passado no seu teste.

— Ah, eu não diria isso. O seu desempenho foi... esclarecedor.

Marcella pegou um envelope imaculadamente branco.

June tirou o cartão das mãos dela e o entregou a Victor.

— O que é isso? — perguntou ele

— Um convite.

Eles permaneceram ali por um segundo, nenhum dos dois disposto a dar as costas para o outro.

Por fim, Marcella sorriu.

— Pode ir. Mas espero encontrar você mais uma vez.

Essa era a última coisa que Victor queria, mas ele tinha a sensação de que iriam se reencontrar.

— Bem — disse Marcella, enquanto Victor ia embora —, isso foi esclarecedor.

June não disse uma palavra desde que Marcella mencionou Sydney, não confiou nas palavras que diria. Agora, ela pigarreou.

— Você ainda acha que ele pode ser útil?

— Sem dúvida — respondeu Marcella, pegando o celular.

— Devo ir atrás dele?

— Não é preciso. — Marcella digitou um número. — Eu já vi o bastante. — Alguém atendeu e Marcella disse: — Ele está no Kingsley, na Décima Quinta. Mas, no momento, ele está seguindo para oeste pela Alexander. Boa caçada, Joseph.

June sentiu um peso no peito.

Como Marcella já sabia onde eles estavam hospedados? Onde *Sydney* estava hospedada?

Ela lançou um olhar entediado para June.

— Você não achou que era a única de olho nas coisas, né?

June engoliu em seco.

— Faça o que quiser com Victor, mas Sydney não faz parte disso.

— Talvez ela não tivesse feito parte disso — comentou Marcella, enfática — se você tivesse me dito a verdade sobre o poder da menina em vez de guardá-la para si. — Ela estalou os dedos indicando a porta, dispensando-a. — Mas vai em frente. Veja se consegue chegar até ela antes deles.

VIII

A ÚLTIMA MANHÃ

O KINGSLEY

— Sydney! — chamou Mitch, virando o queijo-quente na frigideira.

Ela não respondeu.

Aquele mau pressentimento que ele teve a caminho de Merit começou a se cristalizar de um temor vago para algo específico. Como os primeiros sinais indefinidos de uma doença que de repente se intensificavam na forma de uma gripe.

— Sydney! — chamou de novo, tirando a frigideira do fogão para que o almoço não queimasse.

Ele começou a andar até o banheiro e diminuiu o passo quando se deu conta de que a porta estava aberta. Assim como a porta do quarto de Syd.

E a porta do seu quarto.

Mitch viu de relance a ponta de um rabo preto balançando distraidamente logo depois da porta e encontrou Dol jogado no chão do quarto, olhando para a janela e mordiscando um pedaço de papel.

Mitch se ajoelhou, tirou o papel da boca entreaberta do cachorro e ficou paralisado ao ver a coroa, o perfil. Era uma carta de figura.

O rei de espadas.

Mitch já estava de pé, ligando para o celular de Sydney. Tocou várias vezes, mas ninguém atendeu. Ele soltou um palavrão, e estava prestes a atirar o celular em cima da cama quando o aparelho soou na sua mão.

Mitch atendeu, rezando para que fosse Syd.

— Faz as malas — ordenou Victor. — A gente vai embora daqui.

Mitch emitiu um som de desconforto.

— O que foi? — exigiu saber Victor.

— Sydney — respondeu Mitch. — Ela não está aqui.

Um suspiro curto.

— Onde?

— Não sei. Eu estava fazendo o almoço e...

Victor o interrompeu.

— Encontra a menina

Sydney estava parada na calçada, olhando para cima.

Cinco anos antes, o Falcon Price era um projeto em construção, com barras de ferro e concreto cercadas por madeira de compensado. Agora, ele se erguia lá no alto acima dela, uma torre reluzente de vidro e aço. Todas as provas dos crimes que foram cometidos naquela noite estavam ocultas debaixo do cimento fresco, do gesso e do reboco.

Ela não sabia o que esperava encontrar. O que esperava *sentir*. Um fantasma? Um resquício da irmã? Porém, agora que Sydney estava ali, tudo o que via era Serena revirando os olhos para essa ideia.

Syd se ajoelhou e procurou dentro da bolsa o segredo que havia guardado por tanto tempo. Ela abriu com cuidado a tampa da lata de metal e desdobrou o pedaço de pano. Pela primeira vez em cinco anos, Sydney deixou que os dedos tocassem de leve as lascas de ossos cobertas de fuligem. A junta dos dedos. O pedaço de costela. O nó de um osso do quadril. Tudo o que havia restado de Serena Clarke. Tudo o que havia restado, além do que quer que ainda estivesse aqui.

Sydney dispôs os ossos em cima do embrulho de pano e os arrumou um pouco, deixando um espaço minúsculo entre os ossos que faltavam e desenhando linhas imaginárias onde os outros deveriam estar.

Ela inspirou fundo com a respiração trêmula, e estava prestes a levar as mãos aos restos de Serena quando o celular tocou, o som alto interrompendo o silêncio. Que idiota. Ela devia ter desligado o aparelho. Se já tivesse começado, se sua mente e suas mãos estivessem procurando os fios além dos ossos quando aquele ruído soou, poderia ter se atrapalhado na única chance que tinha. Botado tudo a perder.

Ela tirou o celular do bolso e viu o nome de Mitch iluminado na tela. Então desligou o aparelho e voltou a atenção para os ossos da irmã

IX

A ÚLTIMA TARDE

ONE

— O que você quer dizer com "protocolo de transporte"?

Dominic estava no vestiário abotoando a camisa da farda quando Holtz entrou às pressas, todo animado. Ele enfim foi escalado para o trabalho em campo. Ou, melhor dizendo, para o transporte.

— Eles vão soltar o cão de caça de Stell — explicou ele.

Dominic sentiu um aperto no peito.

— O quê?

— Eli Cardale. Vão deixá-lo sair da jaula para ir atrás daquela esposa do mafioso maluca, a mulher que matou o Bara.

Dom se levantou.

— Eles não podem fazer isso.

— Mas vão fazer.

— Quando?

— Agora. Recebi ordens do diretor. Ele ia cuidar disso sozinho, mas tem uma grande operação na cidade, outro EO, e Stell saiu desabalado. Antes de sair, ele nos disse para iniciar a extração...

Mas Dom ainda estava preso às palavras que ele disse antes.

— Outro EO?

— Sim — respondeu Holtz, tirando um colete preto da parede. — Aquele cara misterioso que vem matando outros EOS.

A boca de Dom já tinha ficado seca.

— Que coincidência, não? — ponderou Holtz. — Tanta agitação num só dia.

Holtz terminou de se vestir e se virou para sair, mas Dominic o pegou pelo braço.

— Espera.

O outro soldado franziu o cenho, olhando para os dedos de Dom cravados na sua manga. Mas o que Dom poderia dizer? O que poderia fazer? Ele não podia impedir as missões. Tudo o que podia fazer era alertar Victor.

Dom se forçou a soltá-lo.

— Toma cuidado, só isso — pediu ele. — Não vai terminar que nem o Bara.

Holtz lhe lançou aquele sorriso animado e teimoso e foi embora.

Dominic contou até dez, depois até vinte, esperando os passos de Holtz se afastarem, esperando ficar sozinho com as batidas pesadas do seu coração. Em seguida, ele saiu do vestiário, virou à direita e seguiu para o escritório de Stell — e para o único telefone que existia no prédio.

Ele andou casualmente, com passos regulares; porém, a cada passo, Dom sabia que estava seguindo por um caminho sem volta. Ele parou diante da porta do diretor. Era a última chance de dar meia-volta.

Dom empurrou a porta e entrou.

Victor sabia que estava sendo seguido.

Ele sentiu o peso dos passos, a atenção fixa nele como uma corrente. A princípio, presumiu que fosse June ou um dos seguranças humanos de Marcella, mas, quando a marcha se acelerou e os passos de uma pessoa se multiplicaram por dois, Victor começou a suspeitar de outra fonte. Ele estava voltando direto para o Kingsley. Agora, virou à esquerda, cortando caminho por uma parte do centro de Merit cheia de restaurantes e cafés.

O celular vibrou no seu bolso.

Ele não reconheceu o número, mas atendeu sem diminuir o passo.

— Eles estão em cima de você — avisou Dominic com a voz baixa e urgente.

— Pois é — disse Victor —, obrigado pelo aviso.

— E piora — continuou Dom. — Vão soltar o Eli.

As palavras o atingiram como uma faca certeira enfiada entre suas costelas.

— Para me pegar?

— Não — respondeu Dom. — Na verdade, acho que a intenção é pegar a *Marcella*.

Victor xingou baixinho.

— Você não pode deixar que isso aconteça.

— Como eu vou impedir?

— Dá um jeito — declarou Victor, desligando.

Ele conseguia senti-los nos seus calcanhares. Ouviu o som das portas de um carro se fechando.

Victor atravessou a rua e entrou num parque ali perto, uma ampla rede de trilhas de corrida, barraquinhas de comida e gramados abertos lotados de gente no sol do meio-dia. Ele não olhou para trás. Não havia sido capaz de distinguir seus perseguidores em meio à multidão até aquele momento. A população estava trabalhando a favor deles, mas também poderia trabalhar a seu favor.

Victor acelerou o passo, permitindo que um toque de urgência se infiltrasse no seu andar.

Me acompanhem, pensou ele.

Ouviu passos se acelerando, claramente esperando que ele fosse começar a correr. Em vez disso, Victor deu meia-volta.

Ele se virou na trilha cheia de gente e começou a andar na direção oposta, forçando o perseguidor a parar e recuar ou a manter a ilusão e continuar seguindo na direção dele.

Ninguém parou.

Ninguém recuou.

Em geral, as pessoas se esquivavam de Victor, sua atenção se desviava como água em torno de uma pedra. Mas, agora, em meio à confusão de corredores e pessoas que faziam suas caminhadas e dos grupos que pairavam ali por perto, um homem continuava olhando diretamente para ele.

O sujeito era jovem e estava à paisana; porém, tinha o andar de um soldado e, no instante em que eles se entreolharam, uma onda de tensão ficou estampada em seu rosto. Ele sacou a pistola, mas, assim que ergueu a arma, Victor flexionou os dedos e deu um único puxão violento num fio invisível, então o homem caiu de joelhos na trilha e a arma deslizou para longe das suas mãos. Victor continuou andando enquanto a multidão se virava para olhar, tanto preocupada com o grito do sujeito quanto horrorizada com a visão da arma no pavimento do parque.

A situação ficou caótica e, em meio ao caos, Victor cortou caminho para a esquerda, dirigindo-se para o lado do parque que dava para a rua. Na metade do caminho, uma segunda silhueta avançou até Victor, uma mulher de cabelo preto e curto.

Ela não sacou nenhuma arma, mas estava com a mão na orelha enquanto mexia a boca.

Um grupo de ciclistas surgiu na esquina e Victor atravessou a pista um instante antes de eles passarem, uma barricada repentina e acelerada que lhe deu tempo suficiente para passar entre duas barraquinhas e sair do parque.

Victor se moveu com rapidez, atravessando o tráfego e seguindo por uma rua lateral segundos antes de uma van sem placa virar a esquina oposta. A van seguiu na direção dele. Victor assumiu o controle do homem atrás do volante, girando o botão seletor até o motorista perder o controle e a van virar e se chocar com um hidrante. Victor ouviu o som de passos e a estática do rádio. Desviou para a estação de metrô mais próxima, passou correndo pela roleta e desceu as escadas, dois degraus por vez, em direção ao trem que parava na estação lá embaixo.

Ele abriu caminho até o fim da plataforma, mas, em vez de pegar o metrô, passou pela barreira de pedestres e entrou na boca do túnel, pressionando o corpo de encontro à parede enquanto o alarme soava e as portas do metrô se fechavam.

Um homem alcançou a plataforma a tempo de ver o trem partir.

Victor continuou no túnel, observando o homem examinar os vagões com as mãos nos quadris, os cabelos pretos ficando grisalhos.

Stell.

Mesmo depois de cinco anos, Victor o reconheceu de imediato. Ficou observando até o ex-detetive enfim dar meia-volta e subir correndo as escadas.

Victor sabia que devia tentar chegar até o Kingsley de novo; mas, antes disso, ele precisava ter uma conversa com o diretor do ONE.

O metrô seguinte parou e Victor se enfiou na massa de corpos, seguindo o rastro de Stell.

X

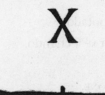

A ÚLTIMA TARDE

ONE

Dom ficou olhando para o painel de monitores de computador de Stell.
Dá um jeito.
A mente dele girava como pneus na lama em busca de tração, a atenção se dividia entre a mesa, a porta e a grade de monitores na parede oposta. Ali, no canto superior direito, havia três soldados totalmente equipados andando por um corredor branco. Em outra janela, a silhueta familiar de Eli Cardale estava à espera.
Merda.
Dom se virou para o trio de telas sobre a mesa de Stell. Ele não sabia nada de como hackear um computador.
Mas conhecia alguém que sabia.
Mitch atendeu no segundo toque.
— Quem é?
— Mitch. É o Dominic.
Um farfalhar de movimento.
— Essa não é uma boa hora
Dom ouviu o som de passos no corredor do outro lado da porta do escritório de Stell. Ele apertou o telefone de encontro ao peito e prendeu a respiração. Depois que passaram, ele ergueu o aparelho e disse, falando rápido:

— Me desculpa, mas eu estou seguindo ordens de Victor.

— E não estamos todos?

— Preciso hackear um computador.

O som metálico de um zíper se fechando.

— De que tipo?

— Do tipo que eles têm no ONE.

A linha ficou em silêncio e Dom presumiu que Mitch estivesse pensando a respeito, mas então ouviu o som de um laptop sendo aberto e ligado.

— Qual é o tipo de criptografia?

— Não tenho a menor ideia. — Ele apertou uma tecla no computador. — É só uma tela bloqueada pedindo uma senha.

Mitch emitiu um som parecido com uma risada abafada.

— Típico do governo. Certo. Faz exatamente o que eu disser...

Ele começou a falar num idioma desconhecido — ou, pelo menos, era o que parecia —, mas Dom fez tudo o que ele mandou e, três agonizantes minutos depois, surgiu ACESSO PERMITIDO escrito em verde na tela e ele conseguiu entrar.

Dom desligou o telefone e acessou o painel de pastas, cada uma marcada com o número de uma cela. Todos os computadores do ONE tinham um conjunto de pastas igual a esse. E todas as pastas começavam com *Cela 1.*

No entanto, o computador de Stell tinha outra opção: *Cela 0.*

Dom abriu a pasta e Eli Ever — Eliot Cardale — surgiu na tela, sentado a uma mesa no meio da sua cela, folheando uma pasta preta. Enquanto Dom digitava alguns códigos, sua visão se ampliou, o foco se estreitando como costumava acontecer quando ele estava em campo. O tempo pareceu passar mais devagar. Todo o resto desapareceu, com exceção da tela, dos comandos e do borrão dos dedos digitando no teclado.

Uma segunda janela apareceu com os controles do bloco de celas; ele passou direto por iluminação e temperatura e seguiu para segurança, emergência e isolamento.

Dominic não podia impedir que o ONE soltasse Eli. Mas podia atrasá-lo. Ele estava prestes a digitar os códigos que Mitch lhe deu para isolar a cela inteira quando alguém pigarreou logo atrás dele.

Dom girou na cadeira e viu a agente Rios parada ali parecendo indiferente. Ele não teve tempo de se perguntar de onde ela viera, nem ao menos teve tempo de *sair* do tempo — para a segurança das sombras — antes que Rios golpeasse seu peito com um bastão de choque e o mundo de Dom ficasse branco.

Eli estava ficando inquieto.

Ele examinou as fotos da pasta preta uma última vez enquanto esperava Stell.

O diretor tinha deixado o plano muito claro: Eli seria escoltado para fora da instalação por seguranças e, assim que completasse a missão, voltaria para a cela. Se ele lhe desobedecesse de alguma forma em qualquer momento, em vez disso, ele voltaria para o laboratório, onde passaria o resto da vida sendo dissecado.

Esse era o plano de *Stell*.

Eli tinha seu próprio plano.

Ele ouviu passos do outro lado da parede, deixou a pasta de lado e se levantou, esperando ver Stell, como de costume. Em vez disso, quando a parede ficou translúcida, ele viu uma equipe de soldados do ONE de preto, com os rostos ocultos atrás de máscaras brilhosas e justas. Mesmo com o visor erguido, somente seus olhos eram visíveis. Um par de olhos verdes, um par de olhos azuis, um par de olhos castanhos.

— Todo esse estardalhaço — resmungou Olhos Verdes, olhando para ele de cima a baixo. — Você não me parece tão perigoso assim.

— Ah — disse Eli, atravessando a cela —, tem outros EOS lá fora *muito* mais perigosos que eu.

— Mas quantas pessoas *eles* mataram? — perguntou Olhos Azuis. — Aposto que menos que você.

Eli deu de ombros.

— Aí depende.

— Do quê? — perguntou Olhos Castanhos, uma mulher, a julgar pela voz.

— Se você considera EOS pessoas — respondeu Eli.

— Basta — disse Olhos Azuis, aproximando-se da barreira. — Vamos logo.

Eli não se mexeu.

— Cadê o diretor Stell?

— Ocupado.

Eli duvidava que Stell fosse entregar uma tarefa tão delicada para outros — a não ser que fosse realmente urgente.

Ou pessoal.

Será que Stell já tinha encontrado Victor?

Navios na noite, pensou Eli no poema de Henry Wadsworth, sombrio. Mas ele não podia se dar ao luxo de se preocupar com Victor Vale no momento.

— Detento — ordenou Olhos Azuis —, aproxime-se da divisória e coloque as mãos no cubículo.

Eli assim o fez, então sentiu as pesadas algemas de metal se fecharem nos seus pulsos.

— Agora, vire-se, fique de costas para o cubículo e se ajoelhe.

Eli hesitou. Isso não fazia parte do protocolo. Cuidadosamente, ele fez o que lhe disseram e esperou que um capuz preto descesse sobre sua cabeça. Em vez disso, ele sentiu um metal frio deslizar ao redor do seu pescoço. Eli ficou tenso e resistiu ao impulso de se afastar quando o aço se fechou em volta do pescoço.

— O cão de caça ganhou uma coleira — comentou Olhos Azuis.

Eli se levantou e passou os dedos pelo aro de metal.

— O que é isso?

Olhos Castanhos estendeu um controle remoto fino.

— Você não achou que ia ser solto sem uma coleira...

Ela apertou um botão e uma única nota alta, como um sinal de aviso, soou nos ouvidos de Eli antes que ele sentisse uma dor penetrante na nuca. A visão de Eli ficou turva e seu corpo se curvou.

— E lá vai ele — disse Olhos Azuis enquanto ele caía no chão da cela.

Eli não conseguia se mexer, não conseguia sentir nada abaixo do pino de metal enfiado entre as suas vértebras.

— Vamos, Sansão — chamou Olhos Verdes —, a gente tem hora marcada.

O sinal soou outra vez e o espeto de aço recuou. Eli arfou, o peito enchendo conforme a espinha se regenerava e os movimentos voltavam para os membros. Ele se esforçou para ficar de quatro, então se levantou. Uma pequena poça de sangue no piso na cela era o único vestígio do que eles haviam feito.

Olhos Castanhos acenou com o controle remoto na mão.

— Se tentar fugir, se tentar atacar a gente... se sequer deixar a gente puto, eu acabo com você.

Eli analisou o controle remoto na mão da soldado e se perguntou se aquele era o único que eles tinham.

— Por que eu faria isso? — perguntou ele. — A gente está do mesmo lado.

— Ã-hã, tá bom — disse Olhos Verdes, passando um capuz pelo cubículo. — Coloca isso.

Eli foi levado, cego e algemado, por portas e corredores, com um soldado segurando cada braço seu. Ele sentiu o piso mudar sob seus pés de concreto para linóleo e, em seguida, para asfalto. O ar mudou, uma leve brisa soprava na sua pele, e ele desejou estar sem o capuz, desejou poder ver o céu e respirar ar puro. Mas depois teria tempo para isso. Mais alguns centímetros e eles pararam. Viraram Eli e o empurraram até ele ficar de costas para a lateral de metal de uma van.

As portas foram abertas e ele foi meio que arrastado para a parte de trás da van, forçado com certa brutalidade a se sentar no banco de aço ao longo da parede. Passaram uma faixa ao redor de suas pernas e outra em volta do peito. As algemas foram presas ao banco entre seus joelhos. Os soldados subiram no veículo, as portas foram fechadas e o motor acelerou conforme a van se afastava do ONE.

Eli sorriu debaixo do capuz.

Estava algemado e encoleirado, mas estava um passo mais perto da liberdade.

XI

A ÚLTIMA TARDE

O FALCON PRICE

Há alguns anos, Mitch ensinou a Sydney sobre ímãs.

Eles passaram o dia inteiro testando os efeitos, a atração e a repulsão. Syd sempre pensou na força magnética em termos de atração, mas ficou chocada ao descobrir a força da repulsão, que mesmo um pequeno disco plano fosse capaz de exercer tamanha força em outro.

Ela sentia aquela mesma repulsão agora, enquanto seus dedos pairavam sobre os ossos da irmã.

Sydney tentava forçar as mãos a descerem ao mesmo tempo que algo no seu coração a impedia.

Por que ela não conseguia fazer isso?

Sydney tinha que trazer Serena de volta à vida.

Ela era sua *irmã*.

Família nem sempre tem a ver com laços de sangue.

June havia lhe dito isso. June, que nunca a traiu. June, que protegeu Victor. Mas ela não era Serena.

E se o ONE estivesse atrás deles agora, Serena poderia ajudá-los. Serena podia fazer qualquer coisa. Ela podia fazer *outras pessoas* fazerem qualquer coisa.

Era um poder assustador para começo de conversa, mas o quão pior seria se Serena voltasse de um jeito *errado*? Como seria aquele poder enguiçado, quebrado?

Por muito tempo, Sydney presumiu que tinha medo de fracassar. Medo de largar e perder o fio e, com isso, a única chance de ressuscitar Serena.

Porém, quanto mais olhava para os ossos da irmã, mais Sydney se dava conta — ela também tinha medo de ser bem-sucedida.

Por que ela tinha esperado tanto tempo? Seria mesmo por achar que tinha que acontecer *aqui*? Que a conexão seria mais forte no local onde ela foi perdida?

Ou teria sido uma desculpa para esperar?

Porque Sydney tinha medo de rever a irmã.

Porque Sydney não estava pronta para enfrentar Serena.

Porque Sydney não sabia muito bem se *deveria* trazer a irmã de volta, mesmo que pudesse.

Lágrimas embaçaram sua visão.

De repente, ela se deu conta de que, nos pesadelos que tinha, Serena nunca a havia salvado. Ela estava lá, na margem do rio congelado, à espera, observando enquanto Eli perseguia Sydney pelo gelo. Enquanto ele a derrubava no chão congelado. Enquanto apertava o pescoço de Syd.

Serena não havia atirado em Sydney naquela noite.

Tampouco impediu Eli de atirar nela.

Sydney sentia falta da irmã.

Mas sentia falta da versão de Serena que a amou e protegeu, que fez a irmã caçula se sentir segura e apreciada. E aquela Serena tinha morrido no gelo, não no fogo.

Os dedos de Sydney enfim pousaram sobre os ossos de Serena. Mas ela não procurou além deles o fio que poderia continuar ali. Ela apenas os dobrou dentro do pedaço de pano e os guardou de volta na lata de metal vermelha.

As pernas tremiam quando ela se levantou com dificuldade.

Syd enfiou a lata no fundo do bolso e ouviu o arranhar de metal em metal quando a lata se acomodou ao lado da pistola. No outro bolso, os dedos encontraram o celular. Ela o pegou enquanto saía do terreno do Falcon Price e voltava para o Kingsley e ficou observando o aparelho reiniciar na palma da mão. As botas diminuíram o passo até parar.

Havia muitas ligações perdidas.

Um punhado de Victor.

E mais um monte de Mitch.

E várias mensagens de June.

Sydney começou a correr.

Ela tentou ligar para Mitch, mas a ligação caiu direto na caixa postal.

Tentou ligar para Victor, mas ninguém atendeu.

Por fim, June atendeu.

— Sydney.

— O que está acontecendo? — perguntou ela.

— Onde você está? — exigiu saber June, parecendo sem fôlego.

— Eu vi esse monte de chamadas perdidas — explicou Syd, passando a andar —, mas não consigo falar com ninguém, e eu...

— Onde você *está*? — repetiu June.

— A caminho do Kingsley.

— Não. Você não pode voltar para lá.

— Eu tenho que voltar.

— É tarde demais.

Tarde demais. O que ela queria dizer com isso?

— Fica onde está que eu vou buscar você. Sydney, me escuta...

— Desculpa — disse Syd antes de desligar.

Ela havia levado vinte e cinco minutos para andar até o Falcon Price. Voltou para casa em dez. O Kingsley enfim surgiu no fim do quarteirão, do outro lado da rua. Syd parou de súbito quando notou as duas vans pretas estacionadas na esquina, uma delas perto da entrada do prédio e a outra na porta do estacionamento. Os veículos não tinham placas, mas havia algo de ameaçador no vidro escurecido, nas laterais sem janelas.

Ela sentiu braços ao redor dos seus ombros.

Uma mão tapou sua boca.

Sydney se contorceu e tentou gritar, mas uma voz familiar falou no seu ouvido.

— Não precisa brigar, sou eu.

Os braços a soltaram, e Syd se virou e deu de cara com June, ou, pelo menos, com uma das versões de June, a menina de cabelos castanhos ondulados e olhos verdes penetrantes. Sydney relaxou o corpo de alívio, mas a atenção de June se voltou para alguma coisa sobre o ombro de Syd.

— Vamos — chamou June, pegando-a pela mão.

Syd resistiu.

— Eu não posso simplesmente abandonar os dois.

— Você não pode salvar ninguém desse jeito. O que você vai fazer? Invadir o lugar? Pensa bem. Se você entrar lá agora, vai acabar sendo capturada pelo ONE. E como vai poder ajudar alguém assim?

Syd odiava o fato de June ter razão. Odiava saber que o seu poder não era o suficiente para protegê-los.

— A gente precisa de um plano — disse June. — Vamos pensar em alguma coisa. Eu prometo. — Ela apertou a mão de Sydney. — Vamos logo.

Dessa vez, Sydney se permitiu ser levada dali.

Estava começando a chover enquanto Victor seguia Stell pelas ruas do centro de Merit.

Ele pegou um guarda-chuva preto de uma banca de jornal sem pagar por ele e desapareceu debaixo do seu abrigo, uma mancha escura no meio de dezenas. A meio quarteirão de distância, o detetive parou ao lado de uma van preta e de um sedã e se reuniu com um grupo de soldados à paisana com as roupas encharcadas, a postura e a atitude deles anulando qualquer possibilidade de disfarce.

Victor permaneceu por perto, enfiando-se no meio da multidão no ponto de ônibus. Ele viu Stell passar a mão nos cabelos grisalhos, a imagem perfeita da frustração. Viu o homem gesticular para os soldados, que voltaram para os veículos enquanto Stell continuava a pé.

Victor voltou a segui-lo de perto.

Stell andou por mais uns dez ou quinze minutos antes de entrar num prédio residencial. Victor alcançou a porta no instante em que o elevador se fechava. Ele o observou subir por um andar e depois outro antes de parar. Em vez de pegá-lo, Victor subiu de escada e chegou ao segundo andar enquanto Stell abria a porta do apartamento; ele viu o homem se retesar quando percebeu sua presença, quando se deu conta de que não estava sozinho.

Stell se virou, sacando a arma antes de olhar para Victor, então ficou paralisado.

Victor sorriu.

— Oi, detetive.

A mão de Stell continuou firme na pistola.

— Faz tempo que a gente não se vê.

— Estou surpreso que você tenha demorado tanto.

— Em minha defesa — disse Stell —, eu presumi que você estivesse morto.

— Você sabe o que as pessoas dizem sobre sair presumindo as coisas — retrucou Victor secamente. — É difícil manter um EO morto. — Ele acenou com a cabeça para a arma. — Por falar nisso, abaixa a arma.

Stell balançou a cabeça, segurando a pistola com força.

— Eu não posso fazer isso.

Victor flexionou a mão.

— Tem certeza?

Ele esticou os dedos e o choque ficou estampado em seu rosto rápido como um raio quando sua mão se abriu involuntariamente e deixou a pistola cair no chão.

— Você não foi o único que evoluiu — disse Victor, andando até o detetive.

Deu para ouvir Stell engolir em seco quando tentou se afastar e não conseguiu.

— A dor é específica, mas relativamente simples — continuou Victor. — Agora, animar um corpo e articulá-lo... Isso requer precisão; disparar certos nervos, puxar determinadas cordas. Como uma marionete.

— O que você quer? — sibilou Stell.

Eu quero parar de morrer, pensou Victor.

Mas Stell não podia ajudá-lo com isso.

— Quero que mantenha Eli preso na sua maldita jaula.

O detetive ficou surpreso.

— Não cabe a você decidir isso.

— Como você pôde ser tão idiota? — vociferou Victor.

— Eu faço o que for preciso — respondeu Stell — e sem dúvida não obedeço a...

Victor fechou a mão em punho e Stell se encolheu de dor. Ele se equilibrou na parede, deu um assovio alto entre os dentes cerrados e, um instante depois, todas as portas do corredor se abriram e os soldados apareceram de armas em punho.

— Eu quero ele vivo — ordenou Stell.

Seu descuidado, criticou-se Victor. O policial havia preparado uma armadilha e ele tinha caído nela.

— Você sempre preferiu ser o predador em vez de a presa — observou Stell.

Victor cerrou os dentes.

— Foi Eli quem ensinou isso para você?

— Me dá um pouco de crédito — comentou Stell. — Vocês dois não são os únicos capazes de perceber um padrão.

— E o que acontece agora? — perguntou Victor, tentando sentir o número de corpos que o cercavam. Quanto poder ele teria que usar para acabar com aqueles que *não* podia ver?

— Agora — disse Stell —, você vem com a gente. Não precisamos apelar para a violência — continuou. — Se ajoelha e...

Victor não esperou que ele terminasse de falar. Atacou com toda a força que tinha. Dois corpos desabaram no chão atrás dele, que viu outro soldado se curvar pelo canto do olho.

Foi então que Stell atirou no peito de Victor.

Ele cambaleou e colocou a mão sobre as costelas. No entanto, não havia sangue, mas apenas um dardo vermelho enterrado fundo na carne. Um frasco já vazio. Seja lá o que contivesse antes, era bem forte. Victor arrancou o dardo, mas seus membros já estavam ficando dormentes.

Ele girou o botão seletor das próprias células nervosas ao máximo, agarrou-se à dor para recuperar a concentração.

Victor pôs mais dois soldados de joelhos antes que outro disparo o atingisse na lateral do corpo. Um terceiro o acertou na perna, e ele se sentiu escorregar. Tentou se equilibrar na parede, mas as pernas se dobraram; a visão ficou desfocada, então turva. Ele viu os soldados se aproximando e depois...

Nada.

XII

A ÚLTIMA TARDE

DO OUTRO LADO DA CIDADE

A três quarteirões do Kingsley, June preparava um chocolate quente enquanto Sydney estava empoleirada na beira da cama genérica do hotel. Lá fora, tinha começado a chover. Syd tentou ligar para o celular de Victor de novo, mas estava desligado agora, assim como o de Mitch. Ela até mesmo tentou ligar para Dominic, mas ninguém atendeu também.

June lhe contou tudo: a força-tarefa do ONE, a missão para capturar Victor e Sydney, o simples fato de que June teve que tomar uma decisão rápida, sabendo que só tinha tempo de chegar até um dos dois. Ela estava tão preocupada... E, quando finalmente chegou ao Kingsley, os soldados do ONE já estavam lá.

O que significava que Mitch...

June pareceu ler a mente de Sydney.

— O grandalhão consegue se cuidar sozinho — disse ela, trazendo duas canecas —, e, mesmo que não consiga, *você* não teria feito a menor diferença. Não quero ofender você, Syd, mas o seu poder não o protegeria. Você só seria pega, e Mitch não ia querer que isso acontecesse. — Ela fez uma pausa. — Bebe, você está tremendo.

Sydney envolveu a caneca quente com os dedos. June afundou numa poltrona ali perto. Era tão estranho vê-la de novo. Syd ouvia a voz de June nos seus ouvidos fazia mais de três anos, além de receber mensagens dela no celular, mas só tinha visto o rosto de June uma vez antes e, é óbvio, nem era o rosto verdadeiro dela. Nem ao menos era o rosto que ela usava agora.

Syd tomou um gole longo e escaldante, fazendo uma careta não por causa do calor, mas do açúcar — June tinha adoçado demais.

— Qual é a sua verdadeira aparência? — perguntou ela, soprando o vapor.

June deu uma piscadela.

— Sinto muito, garota, mas uma mulher tem que ter os seus segredos.

Syd olhou para o chocolate quente e balançou a cabeça.

— O que eu vou fazer agora?

— *Nós* — corrigiu June — vamos pensar em alguma coisa. Vamos passar por mais essa, você e eu. A gente só tem que ficar quieta até tudo acabar e depois...

— Até *o quê* acabar? — exigiu saber Syd. — Eu não posso simplesmente ficar aqui enquanto Victor e Mitch estão encrencados.

June se inclinou para a frente e pousou a mão sobre a bota de Syd.

— Eles não são as únicas pessoas que podem te proteger.

— Isso não se trata de proteção — retrucou Syd, afastando-se. — Eles são a minha *família*.

June se retesou, mas Sydney já estava de pé, abandonando a caneca pela metade ao lado da cama.

June podia tê-la segurado, mas não o fez. Ela apenas a viu partir.

Sydney estava quase chegando à porta e já esticava o braço para a maçaneta quando ela pareceu ficar fora do seu alcance. O chão se inclinou. E, de repente, não havia nada que Syd pudesse fazer para não cair.

Ela fechou os olhos bem apertados, mas isso só piorou a situação.

Quando Sydney voltou a abrir os olhos, June estava lá de braços abertos para ampará-la.

— Está tudo bem — disse ela com o sotaque suave e cadenciado. — Está tudo bem.

Só que não estava.

Syd tentou perguntar o que estava acontecendo, mas sentia a língua pesada e, assim que tentou se afastar, ela cambaleou, com a cabeça girando.

— Você vai entender — dizia June. — Quando isso tudo acabar, você vai...

A visão de Sydney ficou turva e os braços de June a envolveram enquanto ela caía.

A estrada dava solavancos sob os pés de Eli enquanto a van de transporte seguia o caminho para Merit.

Depois de dirigirem por cinco minutos, tiraram seu capuz, trocando o interior escuro e trançado do tecido pelo interior escuro e sem janelas da van. Não era um enorme avanço, mas sem dúvida era um passo.

A soldado de olhos castanhos estava sentada no banco à direita de Eli. Os outros dois estavam na sua frente. Eles seguiam em silêncio; Eli tentava medir a distância com uma parte do cérebro enquanto o restante repassava os detalhes do plano que ele havia recebido e ponderava o problema de Marcella e de seus compatriotas escolhidos a dedo.

Conseguia sentir o olhar de Olhos Castanhos sobre si.

— Está preocupada com alguma coisa? — perguntou Eli.

— Estou tentando entender como um cara como você mata trinta e nove pessoas.

Eli ergueu a sobrancelha.

— Não se pode matar o que já está morto. Só se pode se livrar do lixo.

— Isso também se aplica a você?

Eli refletiu sobre isso. Durante muito tempo, Eli achou que fosse a exceção, não a regra. Agora, ele tinha um entendimento maior das coisas. No entanto, foi ele quem recebeu esse poder específico. Uma lembrança passou pela sua mente: ele ajoelhado no chão, cortando os pulsos de novo e de novo e de novo para descobrir quantas vezes teria que fazer isso antes que Deus o deixasse morrer.

— Eu enterraria a mim mesmo se pudesse.

— Deve ser bom — disse Olhos Verdes — não poder ser morto.

Uma segunda lembrança: ele deitado na mesa do laboratório, o coração nas mãos de Haverty.

Eli permaneceu em silêncio.

Alguns minutos depois, a van parou numa rua agitada — Eli ouvia o barulho antes mesmo de a porta traseira ser aberta e Stell entrar.

— Briggs — disse ele, acenando com a cabeça para a mulher. — Samson. Holtz. Algum problema?

— Não senhor — responderam eles em uníssono.

— Por onde você esteve? — exigiu saber Eli.

— Acredite se quiser — respondeu Stell —, mas você não era a minha prioridade.

Ele falou isso como provocação, mas tudo que Eli viu foi a verdade estampada em cada ruga do rosto do diretor.

Victor.

A van seguiu por mais alguns quarteirões antes de estacionar num beco onde os três soldados desceram — mas não Stell. Ele se virou para Eli.

— Eles vão seguir na frente para verificar se o quarto está seguro. Depois de um minuto, eu e você vamos descer dessa van e entrar. Se você fizer uma cena, essa coleira vai ser apenas o *primeiro* dos seus problemas.

Eli estendeu os pulsos algemados.

— Se quiser ser discreto, você deveria tirar essas coisas de mim.

Stell se inclinou para a frente, mas apenas jogou um casaco por cima das mãos estendidas de Eli, escondendo-as. Eli suspirou e seguiu o diretor para fora do veículo. Ele ergueu os olhos para o céu azul e respirou o ar fresco pela primeira vez em cinco anos.

Stell pousou a mão no ombro de Eli e a manteve ali enquanto eles passavam pelos carros parados em frente ao hotel.

— Lembre-se das instruções que recebeu — alertou Stell enquanto eles passavam pela porta, cruzavam o saguão e seguiam para o hall de elevadores.

Os soldados estavam à espera no quinto andar.

Dois no corredor, um ainda verificando o quarto.

Eles haviam tirado os capacetes num esforço para se misturar à multidão; os três eram jovens e bonitos. Uma mulher de trinta e poucos anos, forte, compacta e paciente. Um jovem bonito e loiro com 30 anos no máximo e cara de quem tinha sido eleito o Mais Popular da escola. O outro homem, de queixo largo e ar presunçoso, lembrava Eli dos caras de fraternidade que ele odiava na faculdade, do tipo que esmagava uma lata de cerveja na cabeça como se isso fosse uma proeza da qual devesse se orgulhar.

Assim que entraram, Stell tirou as algemas de Eli.

Ele esfregou os pulsos; não estavam rígidos nem doloridos, mas esse impulso era um hábito difícil de largar, assim como os pequenos gestos que tornavam as pessoas comuns. Humanas. Eli examinou o quarto. Era uma suíte elegante, com uma cama grande e janelas altas. Havia um porta-terno pendurado atrás da porta do banheiro e outro sobre a cama. Havia uma cadeira na frente de uma das amplas janelas e uma mesa baixa na frente da outra, sua superfície adornada por um bloco de anotações e uma caneta.

Eli começou a andar até a mesa.

— Fica longe das janelas, detento.

Eli o ignorou e pousou a mão sobre a mesa.

— A gente está aqui *por causa* dessa janela. — Os dedos dele se fecharam em torno da caneta. — Dessa vista.

Ele se inclinou por cima da mesa e olhou para o prédio do Antigo Tribunal de Justiça, do outro lado da rua.

Uma escolha perfeita, pensou Eli. Afinal de contas, era no tribunal que se fazia o julgamento. A justiça.

Ele se endireitou, escondendo a caneta na manga da camisa, e começou a seguir para o banheiro.

— Aonde você pensa que vai? — questionou Olhos Verdes.

— Eu vou tomar banho — respondeu Eli. — Preciso ficar apresentável.

Os soldados olharam para Stell, que, por sua vez, olhou para Eli por um bom tempo antes de assentir.

— Façam uma varredura no local — ordenou ele.

Eli esperou enquanto os soldados verificavam o banheiro, certificando-se de que não havia nenhuma saída e retirando tudo que poderia ser transformado em arma. Como se o próprio Eli não fosse uma arma.

Assim que os soldados ficaram satisfeitos, ele tirou o porta-terno do gancho da porta do banheiro e entrou. Estava prestes a fechar a porta quando um dos soldados o deteve.

— Deixa aberta.

— Como quiser — respondeu Eli.

Ele deixou uma abertura de alguns centímetros para manter a modéstia. Pendurou o terno emprestado e abriu o chuveiro.

De costas para a porta aberta, Eli tirou a caneta do punho do casaco do ONE e a segurou entre os dentes enquanto despia as roupas e as deixava se empilhar aos seus pés.

Entrou debaixo do chuveiro e fechou a porta de vidro temperado. Passou os dedos pela superfície da coleira de aço, procurando um ponto fraco, um sulco ou um fecho. Mas não encontrou nada. Eli sibilou, irritado.

A coleira teria que esperar.

Ele tirou a caneta roubada da boca e a quebrou ao meio sob o ruído constante do jato de água.

Estava longe de ser o ideal, mas era a coisa mais parecida com uma faca que ele conseguiria.

Eli fechou os olhos e evocou as páginas da pasta preta. Ele as havia estudado minuciosamente, memorizando as fotos e os exames que acompanhavam cada um dos experimentos de Haverty.

O documento era macabro, mas muito revelador.

Na primeira vez que Eli notou a sombra numa imagem do seu antebraço, achou que fosse uma anotação, apenas mais uma das marcações usadas para indicar a direção de uma radiografia. Mas depois a sombra apareceu de novo numa ressonância magnética. Um pequeno retângulo de metal, a impressão vaga de um quadriculado.

Então ele soube exatamente do que se tratava.

Eli encontrou a mesma marca numa radiografia da lombar. No quadril esquerdo. Na base do crânio. Entre as costelas. O asco se acumulou como sangue quando Eli se deu conta: toda vez que Haverty o cortou, o fatiou ou o abriu com pinças, o médico deixou um aparelho de rastreamento para trás. Cada um deles tão pequeno que o corpo de Eli, em vez de rejeitá-los, simplesmente se regenerava ao redor deles.

Já estava na hora de eles saírem dali.

Eli levou o bisturi improvisado ao antebraço e o pressionou. A pele se partiu, o sangue subiu de imediato pela ponta afiada, e a velha voz que havia na sua cabeça observou que o calor e a umidade agiriam como anti-coagulantes, antes de ele lembrar àquela voz que seu poder de cura tornava esse fato irrelevante.

Ele cerrou os dentes conforme enfiava o pedaço de plástico mais fundo.

Haverty nunca gostou de ferimentos superficiais. Quando cortava Eli, ele ia até o osso. O barulho do chuveiro teria abafado qualquer som, mas Eli ficou quieto.

Mesmo assim, enquanto os dedos deslizavam e o sangue descia pelo ralo, Eli sentiu o tremor de uma sensação de pânico residual tomar conta dele. A única marca que o trabalho de Haverty deixou nele. Invisível, porém traiçoeira.

Por fim, ele se livrou do rastreador e segurou uma lasca de metal escuro entre os dedos manchados de sangue. Com a respiração trêmula, Eli o colocou na saboneteira.

Um já foi.

Faltam quatro.

O KINGSLEY

Mitch rolou para o lado e cuspiu um bocado de sangue no piso de madeira de lei.

Um dos seus olhos estava inchado a ponto de não conseguir abri-lo e ele não conseguia respirar pelo nariz quebrado, mas estava vivo. Conseguia se mover. Conseguia pensar.

Por enquanto, isso teria que bastar.

O apartamento estava vazio. Os soldados haviam ido embora.

Tinham deixado Mitch para trás.

Humano.

Aquela palavra — um julgamento, uma sentença — salvou sua vida. Os soldados do ONE não tinham tempo ou energia para lidar com alguém tão irrelevante à busca.

Mitch se esforçou para ficar de quatro com um gemido. Ele tinha uma vaga lembrança da movimentação, de se agarrar a um estado de consciência enquanto os soldados conversavam.

Pegamos ele.

Mitch levou um bom tempo para digerir as palavras com a cabeça machucada.

Victor.

Ele se levantou com dificuldade e deu uma olhada em volta, absorvendo a visão do apartamento destruído, do piso manchado de sangue e do cachorro deitado no chão ali perto.

— Sinto muito, garoto — murmurou ele, desejando que pudesse fazer algo mais por Dol. Mas só Sydney poderia ajudá-lo agora e Mitch não fazia ideia de onde ela estava.

Ele ficou ali parado em meio à carnificina, dividido entre a necessidade de esperar por ela e de ir atrás de Victor e, por um instante, as duas forças pareceram puxá-lo, dolorosamente partindo-o em dois.

No entanto, Mitch não podia fazer ambas as coisas e sabia disso, por isso ele se perguntou: o que Victor faria? O que Syd faria? E como as respostas eram iguais, ele soube.

Mitch tinha que sair dali.

A questão era para *onde* iria.

Os soldados haviam levado o laptop e ele tinha destruído o celular principal, mas Mitch se agachou — o que doía tanto quanto ficar de pé — e passou a mão por debaixo da beira do sofá, pegando a caixinha preta e o celular descartável que estava conectado a ela.

O *mordomo* dele.

Nos filmes antigos em preto e branco que ele sempre amou, um bom mordomo não era visto nem ouvido até o momento em que se fazia necessário. E, no entanto, ele estava sempre por perto, inserido inocentemente no segundo plano, e sempre parecia saber as idas e vindas da residência.

O conceito por trás do aparelho de Mitch era o mesmo.

Ele ligou o telefone e ficou olhando enquanto os dados dos aparelhos de rastreamento eletrônico dos soldados passavam pela tela. Ligações. Mensagens. Localização.

Três telefones. E estavam todos no mesmo lugar.

Peguei vocês.

Durante toda a sua vida, as pessoas o subestimaram. Elas olhavam para seu tamanho, sua força, os braços tatuados e a cabeça raspada e faziam um julgamento instantâneo: lento, burro e inútil.

O ONE também o havia subestimado.

Mitch olhou ao redor e encontrou a carta de baralho que Sydney havia deixado para trás. Escreveu instruções rápidas no verso da carta e a colocou sobre a lateral imóvel do corpo do cachorro.

— Sinto muito, garoto — repetiu ele.

Em seguida, Mitch pegou o casaco e as chaves e foi salvar Victor.

XIII

A ÚLTIMA TARDE

ONE

Victor abriu os olhos e viu apenas a si mesmo olhando de volta para ele.

Os membros esguios, a pele pálida e as roupas pretas eram refletidas no teto polido. Ele estava deitado numa cama estreita encostada na parede de um espaço quadrado que rapidamente percebeu ser uma espécie de cela.

O pânico penetrou como uma agulha sob sua pele. Ele havia passado quatro anos num lugar como esse; não, não exatamente como esse, não tão bem bolado nem avançado assim, mas tão vazio quanto. Ele foi enterrado vivo naquela solitária e todos os dias Victor prometia a si mesmo que, depois que saísse de lá, *nunca* mais se permitiria ser encarcerado outra vez.

Ele levou a mão ao peito e sentiu o ferimento entre as costelas onde o primeiro dardo havia acertado, raspando o osso. Ele se sentou, fez uma pausa por um momento para que a náusea passasse e então se levantou. Não havia relógio ali dentro, ele não tinha como saber quanto tempo se passou desde que ficou inconsciente, a não ser pelo zumbido constante do seu poder, que a cada minuto ficava mais intenso e mais alto.

Victor observou a cela e resistiu ao impulso de chamar alguém, irritado com a ideia de que poderia não ter resposta, de que a única réplica que receberia seria a do seu próprio eco. Em vez disso, ele estudou o ambiente. As paredes, que a princípio achava serem feitas de pedra, eram na verdade de plástico ou talvez de fibra de vidro. Ele sentia uma leve corrente elétrica passando por ela — um obstáculo, sem sombra de dúvidas, contra fugas.

Ele olhou para cima, procurando câmeras no teto, e foi interrompido por uma voz familiar que preencheu a cela.

— Sr. Vale — disse Stell —, nós passamos por muitas coisas só para nos encontrar de volta ao lugar onde tudo começou. A diferença, é claro, é que você não vai sair daqui dessa vez.

— Eu não teria tanta certeza disso — retrucou Victor, forçando a voz a manter o tom desafiador. — Mas tenho que admitir que isso não é exatamente divertido.

— Porque não é um jogo. Você é um assassino, um fugitivo da justiça, e isso é uma prisão.

— O que aconteceu com o meu julgamento?

— Você abriu mão dele.

— E Eli?

— Ele serve a outro propósito.

— Ele está manipulando você — desdenhou Victor. — E, quando você finalmente descobrir como, já vai ser tarde demais.

Stell não mordeu a isca, deixando Victor em silêncio. Ele estava perdendo a paciência e não tinha mais muito tempo. Ergueu os olhos para as câmeras. Podia estar numa jaula, mas Victor *havia* se preparado para essa possibilidade. Tinha escondido uma chave.

A pergunta era: onde estava Dominic Rusher?

Dom puxou as mãos presas nas algemas de aço padrão, mas elas estavam aparafusadas à mesa.

Por três anos, seu único medo foi acordar dentro de uma cela do ONE. Em vez disso, ele acordou numa sala de interrogatório.

Estava sentado numa cadeira de metal, algemado a uma mesa de aço, sozinho, a única porta estava claramente trancada e o painel de controle na parede apresentava uma linha reta vermelha.

O pânico tomou conta dele e Dom teve que se lembrar de que eles não *sabiam* que ele era um EO.

Ainda não.

E ele precisava manter as coisas desse jeito pelo tempo que fosse possível.

Dom estava preso *mesmo* — ele poderia sair do tempo, mas isso não adiantaria de nada, já que mesmo fora do tempo ele ainda estaria *algemado à merda de uma mesa*. E ele ficaria mais encrencado ainda porque, assim que *voltasse* para a realidade, a fuga se tornaria visível, a lacuna entre o lugar onde ele estava antes e onde se encontrava agora. Talvez parecesse um engasgo, uma falha no vídeo. Mas não havia falhas num lugar como o ONE e todo mundo que visse a gravação dele logo saberia o que aquilo significava, o que ele era.

Por isso Dom esperou, contando o tempo na sua mente, imaginando onde Eli estaria agora e esperando que Victor ao menos tivesse escapado.

Por fim, o painel numérico passou de vermelho para verde.

A porta se abriu e dois soldados entraram na sala.

Dom esperava ver um rosto amigável, mas, em vez disso, deparou mais uma vez com Rios, acompanhada por um soldado severo e abrutalhado chamado Hancock. A atenção de Dom se debruçou na última réstia de liberdade conforme a porta se fechava atrás de Rios e os códigos se tornavam vermelhos de novo.

Merda.

Rios foi até a mesa e depositou um arquivo sobre ela. O arquivo de Dom. Ele examinou a parte de cima das folhas, procurando clipes de papel, grampos, qualquer coisa que pudesse usar.

— Agente Rusher — começou Rios —, quer nos contar o que estava fazendo no escritório do diretor?

Dom havia aproveitado bem o curto tempo que havia passado acordado. Estava preparado para essa linha de interrogatório.

— Eu estava tentando impedir a fuga de um assassino.

Rios ergueu uma sobrancelha.

— Por que você acha isso?

Dom chegou o corpo para a frente na cadeira.

— Você sabe sobre Eli Ever? Ou Eliot Cardale ou seja lá por qual nome ele queira ser chamado? Você sabe o que ele fez?

— Eu li o arquivo dele. Assim como eu li o seu.

— Então você sabe que eu era um dos alvos dele. Ainda não sei o motivo, mas eu devia estar morto. E estaria, se Eli tivesse chegado até mim. Por isso, quando fiquei sabendo que Stell planejava transportá-lo para fora da instalação, eu não podia deixar que isso acontecesse, não podia deixar que aquele maníaco ficasse solto em Merit de novo.

— Não é você quem decide isso, soldado.

— Então me demite — desafiou Dom.

— Não sou *eu* quem decide isso — disse Rios. — Você vai ficar preso aqui até o diretor voltar e tomar uma decisão.

Rios estava folheando o arquivo enquanto falava, e Dom avistou um clipe de metal um instante antes de o radiocomunicador de Hancock soar. A estática baixa abafava as palavras, mas uma delas se destacou.

Vale.

Dom tentou camuflar o reconhecimento no seu rosto enquanto Hancock levava o radiocomunicador ao ouvido.

Vale... acordado...

— Nesse meio-tempo — continuou Rios —, eu sugiro...

— Como você entrou no escritório de Stell? — perguntou Dom, mudando de assunto. Ela ergueu os olhos para ele com uma sombra pairando na expressão. Dom insistiu: — Só tem uma porta lá e eu estava sentado diante dela. Mas você surgiu *atrás* de mim.

Os olhos de Rios se semicerraram.

— Hancock — chamou ela —, vai até Stell. Pergunta a ele o que a gente deve fazer.

Dominic queria de fato ouvir a explicação de Rios, mas não tanto quanto precisava sair dali. Ele aguardou enquanto Hancock passava o cartão pelo painel numérico, a linha se tornava verde e a porta se abria.

453

— Agora, agente Rusher — retomou ela —, vamos falar de...

Ele não deixou que ela terminasse. Dominic respirou fundo, como um nadador antes do mergulho, e jogou o corpo para trás com força, então o mundo se dividiu ao seu redor conforme ele saía do tempo e entrava nas sombras.

A sala ficou parada numa imobilidade perfeita, como um quadro em tons de cinza — Rios paralisada com a expressão impossível de ser lida. Hancock a meio caminho da porta. Dominic ainda algemado à mesa.

Ele se levantou, pegando as folhas grampeadas, e começou a tentar arrancar o pedaço de metal. Tirou o clipe da folha, depois o endireitou e encaixou a barra fina entre os dentes da algema e do mecanismo de trava. Ele precisou tentar várias vezes, o peso das sombras como lã molhada nos seus membros e um vergão vermelho surgiu no pulso de Dominic por causa da pressão constante, mas, por fim, a trava cedeu. Ele abriu a algema, repetiu o mesmo processo extenuante do outro lado e se viu livre.

Dom prendeu as algemas nos pulsos de Rios, então passou por baixo do braço congelado de Hancock e foi para o corredor. O ar se arrastava ao seu redor como a maré enquanto ele se aproximava da sala de controle mais próxima. Havia apenas uma soldado lá dentro, uma agente chamada Linfield, sentada diante de um console e congelada no meio de um alongamento. Dominic tirou o aguilhão do coldre dela e o encostou na sua nuca antes de voltar para o fluxo do tempo.

Um clarão de luz branco-azulada, o estalo da corrente elétrica, e Linfield caiu para a frente. Dom empurrou a cadeira dela para o lado e começou a busca, as mãos voando sobre o teclado.

Ele não tinha muito tempo. Cada segundo que Dom passava no mundo real era um segundo em que ele ficava exposto, um segundo em que poderia ser pego e capturado, um segundo em que os alarmes soariam e os soldados invariavelmente avançariam na sua direção. E, no entanto, apesar de tudo isso, o mundo entrava em foco enquanto ele digitava com o coração acelerado, mas com o pulso forte e firme. Ele sempre soube lidar com a pressão.

Dom não tinha tempo de descobrir em que cela Victor estava preso, por isso escolheu a opção mais rápida.

Ele abriu todas elas.

Um segundo antes, Victor estava andando de um lado para o outro da cela vazia e silenciosa, e, no segundo seguinte, o mundo foi inundado por movimento e som. Um alarme, alto e agudo, tocou enquanto a parede mais distante da cela descia e a janela sólida de fibra de vidro se retirava para dentro do chão.

Luzes piscaram brancas acima dele, mas, em vez de entrar em isolamento, a instalação parecia se *abrir*, se desmontar. Por todos os lados, Victor ouvia o ruído metálico das travas girando e das portas se abrindo.

Já estava na hora.

Ele saiu da cela e viu que estava dentro de uma segunda câmara, maior que a outra, feita de concreto em vez de plástico. Era aproximadamente do tamanho de um pequeno hangar. Ele deu a volta pelo espaço até encontrar uma porta, que se abriu com o toque de Victor e dava para um saguão branco.

Ele conseguiu dar três passos antes que seja lá o que Dominic tivesse conseguido causar fosse subitamente revertido.

Portas se fecharam, fechaduras travaram, alarmes pararam de soar, depois recomeçaram, as luzes não mais brancas, mas de um tom vermelho-sangue profundo, como se fosse uma brincadeira de Mestre Mandou ao contrário.

No entanto, Victor não parou.

Não parou quando uma rajada de tiros ao longe ecoou por um corredor ali perto, nem quando ouviu o som de botas no piso escorregadio de linóleo, nem quando um gás branco começou a ser lançado pelas saídas de ar acima da sua cabeça.

Uma barreira foi atirada no meio do corredor diante dele, então voltou pelo caminho por onde tinha vindo e prendeu a respiração ao virar num corredor e deparar com dois soldados do ONE de capacete e armas em punho.

Ele avançou sobre seus nervos no instante em que eles sacavam as armas, mas Victor chegou tarde demais — os dedos alcançaram os gatilhos um segundo antes que seu poder *os* atingisse.

Os tiros foram disparados, uma explosão de pólvora, e Victor pulou para o lado, mas o corredor era estreito e não havia para onde fugir.

Uma bala — não de tranquilizante dessa vez, mas de aço fino e penetrante — o pegou de raspão na lateral do corpo logo antes do seu poder desviar as mãos da mira. Mas o controle de Victor também vacilou e, nesse segundo roubado, as armas se ajustaram e miraram na sua cabeça e no seu coração.

Os soldados dispararam, o corredor se encheu de balas que ricocheteavam, e Victor se preparou para sentir o impacto.

E o impacto nunca veio.

Em vez disso, ele sentiu um braço envolver seus ombros e o corpo de Dominic se colocou na frente de Victor como um escudo conforme ele levava os dois de volta para a escuridão.

De repente, o mundo ficou perfeitamente imóvel.

Eles estavam parados no mesmo lugar, no mesmo corredor, mas toda a violência e urgência haviam sido retiradas do espaço e foram substituídas pelo silêncio e pela tranquilidade. Os soldados que avançavam sobre ele pairavam, congelados no tempo, e as balas traçavam linhas de movimento enquanto se mantinham suspensas no ar.

Victor respirou com dificuldade para se acalmar, mas, quando tentou falar, nenhum som saiu. As sombras eram como o vácuo, que engolia não apenas as cores e a luz, mas também o som.

O rosto de Dominic era uma máscara sombria a trinta centímetros do rosto de Victor quando a mão do soldado apertou seu braço e ele inclinou a cabeça numa ordem silenciosa.

Vem comigo.

XIV

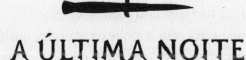

A ÚLTIMA NOITE

ESQUINA DA PRIMEIRA AVENIDA COM A WHITE

Mais uma vez, Marcella escolheu usar dourado.

Ela havia passado por muitas coisas desde aquela noite crucial no terraço do National, desfazendo-se não só do marido como também da decadência em forma de escamas daquele primeiro vestido, trocando-o pelo brilho elegante da seda branca e dourada. Ela se moldava ao seu corpo como metal líquido, erguendo-se até envolver o pescoço e mergulhando fundo entre suas omoplatas antes de se juntar no fim das suas costas.

À minha bela esposa.

Sob determinada luz, o tecido leitoso parecia uma segunda pele, o brilho suave roçava a pele nua e a deixava dourada.

De que adianta ter coisas bonitas se elas não forem exibidas?

Marcella enfiou um cacho de cabelo preto atrás da orelha, admirando a forma líquida com que o brinco de ouro descia do lóbulo. Uma pulseira envolvia um dos seus pulsos. As unhas pintadas de dourado para combinar.

Se beleza fosse crime.

Havia uma rede de contas brancas e douradas, como uma faixa de estrelas, sobre seu cabelo.

Ela vem com um rótulo de advertência?

Os saltos eram finos e tão afiados quanto uma lâmina.

Minha esposa, a formada em administração.

Os únicos toques de cor eram o azul firme dos seus olhos e o vermelho vivo e feroz dos seus lábios.

Você não quer fazer um escândalo.

Ela levou a mão ao espelho.

Eu sempre achei que você fosse uma piranha insolente.

O vidro se tornou prata com o toque de Marcella, queimando em pontos pretos como se fosse a película de um filme, a erosão se espalhando até engolir o vestido dourado, os olhos azuis e os lábios vermelhos abertos num sorriso perfeito.

Jonathan estava encostado na parede, brincando com a pistola, tirando e colocando o cartucho de balas do mesmo jeito que Marcus costumava apertar a ponta da caneta quando estava inquieto.

Clique-clique. Clique-clique. Clique-clique.

— Para com isso — ordenou ela, virando-se para Jonathan. — Como eu estou?

Jonathan olhou para ela demoradamente, avaliando a mulher.

— Perigosa.

Marcella sorriu.

— Vem me ajudar com o zíper.

Ele enfiou a pistola de volta no coldre.

— O seu vestido não tem zíper.

Ela apontou para os sapatos de salto alto. Ele se aproximou, abaixou-se e ela colocou o pé sobre o joelho dele.

— Não importa o que aconteça essa noite — disse ela, erguendo-o pelo queixo. — Fica de olho em mim.

Sydney acordou dentro de uma banheira vazia.

Ela estava em posição fetal e envolvida por um enorme edredom dentro da cerâmica branca e funda, e, por um instante, não fez ideia de onde estava. Então, aos poucos, ela se lembrou.

O Kingsley. June. O hotel e a caneca de chocolate doce demais.

Sydney se levantou com a cabeça latejando por causa de seja lá o que June havia colocado na bebida e ficou grata por não ter bebido mais. Saiu da banheira aos tropeços e tentou abrir a porta do banheiro, mas a maçaneta só virou uns poucos centímetros.

Syd bateu à porta, então a esmurrou. Jogou o peso do ombro na madeira e sentiu a resistência — não da fechadura, mas de um objeto colocado do outro lado. Syd se virou, examinou o pequeno banheiro sem janelas e viu o bilhete na pia.

Vou explicar tudo quando isso terminar.
Confie em mim.
~J

Ela se sentiu tremendo — não de medo, mas de raiva. *Confiar?* June a havia *drogado*. Ela a prendeu no banheiro de um hotel. Ela havia achado que June era diferente, que ela a via como uma amiga, uma irmã, uma igual. Mas, apesar de todo aquele papo de confiança, de independência, de deixar que Sydney fizesse suas próprias escolhas, June ainda tinha feito uma coisa *dessas*.

Syd tinha que dar o fora dali.

Tinha que encontrar Victor e salvar Mitch.

Ela colocou a mão no bolso em busca do celular, mas se lembrou de que o deixou na mesinha de centro. No entanto, ao enfiar a mão fundo no bolso interno da jaqueta, sentiu a latinha de metal com os ossos de Serena e o aço frio da pistola. June claramente não havia pensado em revistá-la. Depois de tudo o que havia acontecido, ela tratou Sydney como uma criança ingênua.

Syd sacou a arma, flexionando os dedos no cabo enquanto mirava na maçaneta, então pensou melhor e apontou o cano para as dobradiças do outro lado.

O tiro ecoou, ensurdecedor, no azulejo e no mármore, superfícies duras que refletiram o som num volume capaz de estourar os ouvidos.

Sydney disparou mais duas vezes, depois jogou o peso do corpo na porta de novo e sentiu as dobradiças se quebrarem, a madeira se soltar do encaixe.

E saiu dali.

XV

A ÚLTIMA NOITE

ONE

Os corredores brancos formavam um quadro estranho.

Soldados ajoelhados nos cantos e congelados no meio do movimento pelos corredores. Uma mulher em chamas, o fogo lambendo os soldados que tentavam se aproximar dela. Um homem ajoelhado no chão, com os braços torcidos atrás dele. Nuvens de gás iluminadas pelo brilho vermelho das luzes de emergência.

E, serpenteando por entre as cenas, Victor e Dom abriam caminho para fora do ONE. A caminhada era lenta, tão lenta que era agonizante, o ar se demorava como água nos braços e nas pernas deles, e Victor segurava a manga de Dom como se fosse cego — e, de certa maneira, ele estava cego, cego em relação ao caminho no meio daquele labirinto.

E, então, Dominic caiu.

Não houve nenhum aviso. Nem ao menos um tropeço.

Ele simplesmente desabou no chão.

Victor se ajoelhou junto com ele — era isso ou soltá-lo —, mas, enquanto Dom se encostava na parede, Victor viu a frente da sua farda, preto em cima do preto, mas com um brilho úmido.

As balas tinham aberto buracos redondos, do tamanho de moedas.

O tiroteio no corredor. Naquele breve instante, quando Dom saiu das sombras e antes que ele voltasse para elas...

— Seu idiota — resmungou Victor, sem emitir nenhum som.

Ele pressionou a mão no ferimento, sentiu a camisa encharcada de sangue. Victor não entendia como Dominic havia conseguido se manter de pé por tanto tempo.

Dom estremeceu, como se estivesse com frio, então Victor desligou as células nervosas dele e disse:

— Levanta.

Mas Dominic não podia ouvi-lo.

— Levanta — repetiu ele, bem devagar para que Dom pudesse ler seus lábios.

Dessa vez, Dominic tentou, ergueu-se alguns centímetros e escorregou de volta para o chão. Sua boca se mexeu e, mesmo no silêncio, Victor compreendeu.

Sinto muito.

— Sinto muito — disse o ex-soldado, e Victor se deu conta de que ouviu a voz de Dominic dessa vez.

As sombras estavam se desfazendo ao redor deles, a cor e a vida se infiltravam pelas frestas. Victor se retesou e apertou o braço de Dominic com força. Mas não era *ele* quem perdia o controle.

Era Dom.

— Aguenta firme — ordenou Victor, mas a cabeça de Dom pendeu para o lado e o espaço entre o tempo, onde não havia cor nem som, foi substituído pelo caos e pelo barulho, pelo gás e pelo tiroteio.

O sangue deixou as mãos de Victor grudentas, manchando o piso e seguindo atrás deles como uma trilha vívida de migalhas de pão de um vermelho forte contra as superfícies brancas e estéreis.

Victor tentou levantar Dominic, mas o ex-soldado era um peso morto agora, a pele cinzenta e parecendo cera, os olhos dele estavam abertos, mas não enxergavam nada. Victor o soltou, encostando o corpo suavemente na parede enquanto os soldados viravam no corredor em disparada.

Dessa vez, Victor atacou primeiro.

Sem hesitação nem premeditação, apenas força bruta.

Ele os derrubou como se fossem pedras na água profunda.

Victor passou por cima dos corpos flácidos.

As portas da instalação surgiram logo adiante, um saguão longo e vazio era tudo o que havia entre ele e a liberdade.

E, então, uma soldado atravessou a parede diante de Victor.

Não havia nenhuma porta de correr, nenhum corredor escondido. Ela veio direto da parede, como se fosse uma porta aberta. Parou diante dele, sem usar máscara, com olhos pretos penetrantes e segurando um aguilhão numa das mãos.

Uma EO que trabalhava para o ONE.

Victor não teve tempo de ficar surpreso.

A soldado investiu contra ele, uma luz azul estalando na parte de cima do cassetete. Victor deu um salto para trás e tentou atingir os nervos dela, mas, antes que conseguisse, ela se esquivou e desapareceu de novo através da parede.

Um segundo depois, ela estava atrás dele.

Victor se virou e segurou o pulso dela um instante antes que o cassetete elétrico acertasse sua pele.

— Você é irritante — comentou ele, as palavras abafadas pelo alarme que não parava de soar.

Ele retorceu os nervos dela e a soldado gemeu de dor, mas não caiu.

Em vez disso, deu um chute no lado ferido do corpo de Victor.

Ele caiu com força no piso branco e ela ficou em cima dele — ou teria ficado se ele não tivesse erguido a mão no último segundo, fazendo-a parar no meio do movimento.

A soldado lutou contra seu domínio, mesmo quando ele forçou a mão dela a virar o bastão de choque contra si mesma. Ela estreitou os olhos, concentrando-se enquanto sua vontade enfrentava a vontade dele, mas Eli estava solto e Sydney estava perdida, e essas duas coisas tornavam Victor invencível.

Ele flexionou uma das mãos e a levou ao peito e, com um movimento refletido, a soldado levou o bastão de choque ao próprio peito.

A luz azul, o estalo da energia elétrica, então a EO caiu, inconsciente.

Victor se levantou e deu a volta no corpo dela até chegar às portas de vidro. Mas elas continuaram fechadas.

Não havia como fugir dali.

Mitch não sabia o que fazer.

Ele estava parado com o carro a menos de cinquenta metros dos portões altos de metal do complexo do ONE enquanto a chuva ficava cada vez mais forte até se tornar uma tempestade.

Estava sentado atrás do volante, e agora armava a caixinha preta do mordomo para hackear a frequência do portão em vez de rastrear os sinais. Dessa maneira, ele ficaria mais perto do prédio, mas isso ainda não resolvia o problema de como entraria lá, ou, melhor dizendo, de como *sairia* de lá com Victor. Ou mesmo por onde começar a procurar por ele.

Havia um guarda na guarita de segurança do lado de dentro do portão e sabe-se lá quantos mais dentro do prédio. Além disso, ele precisaria de muito mais que um celular e uma bugiganga hacker para passar pela segurança de um lugar como o ONE. O que significava que, se Mitch quisesse entrar, teria que usar força física.

Ele continuava revirando o cérebro em busca do melhor plano entre vários planos ruins quando a chuva diminuiu um pouco, o bastante para que Mitch conseguisse ver as portas do edifício e uma silhueta familiar de pé logo atrás delas.

Victor.

Mitch apertou o botão na caixa preta e os portões do ONE se abriram. Ele deu a partida no motor e engatou a marcha, os pneus escorregando na água da chuva antes de avançarem pelos portões e seguirem para o prédio do ONE.

Victor pulou para fora do caminho um instante antes que Mitch batesse com o carro nas portas. O vidro, como era reforçado, não se despedaçou, mas cedeu e se dobrou e, enquanto Mitch dava marcha a ré, Victor conseguiu abrir uma fresta por entre as portas e sair por ela.

Ele se jogou no banco do carona.

O pé de Mitch já estava no acelerador.

O guarda da torre de segurança corria até eles, mas Victor fez um gesto com a mão, como se o soldado fosse apenas um inseto, um incômodo, e o sujeito desabou no chão.

O carro de Mitch, cuja frente era uma confusão de metal amassado, passou em disparada pelo portão aberto e foi para longe dali.

Ele olhou pelo retrovisor — não havia ninguém atrás deles por enquanto. Mitch olhou de relance para Victor.

— Você está encharcado de sangue.

— A maior parte é de Dominic — respondeu Victor num tom sombrio.

A confusão tomou conta de Mitch. Ele não queria perguntar. Na verdade, não precisava. A única resposta que importava estava refletida nos olhos de Victor, que evitavam os seus.

— Cadê a Sydney? — perguntou ele.

— Não sei.

— Você me leva — disse Victor —, depois encontra Syd e então vocês dois dão o fora dessa cidade.

— Eu levo você para onde?

Victor pegou o convite do bolso de trás da calça. Estava amassado e sujo de sangue, mas a inscrição em dourado na frente ainda estava distinta.

— Para o antigo Tribunal de Justiça.

XVI

A ÚLTIMA NOITE

CENTRO DE MERIT

A chuva enfim estava parando quando Marcella saiu do prédio.

Havia três carros estacionados no meio-fio logo à frente, um carro preto de luxo flanqueado por dois utilitários. A equipe de segurança estava a postos em torno deles, quatro homens de terno preto e elegante escondidos atrás dos guarda-chuvas erguidos.

Marcella não correria nenhum risco.

Stell estava ficando desesperado e homens desesperados tomam atitudes descuidadas.

Eles chegaram ao sedã e Jonathan abriu a porta para ela. Quando não estava chafurdando em autocomiseração, ele podia ser um cavalheiro e tanto.

Marcella deslizou para o banco de trás e percebeu que não estava sozinha. Havia um homem sentado diante dela, bronzeado e elegante num terno cinza claro. Ele olhava pela janela completamente emburrado.

— E aí? — perguntou Marcella. — Você chegou até ela a tempo?

O homem assentiu e falou com aquela cadência familiar.

— Foi por pouco — respondeu June —, mas cheguei.

— Ótimo — disse Marcella rispidamente. — Você vai trazê-la para mim, é claro, quando isso terminar.

Os olhos emprestados de June piscaram, mas, quando ela falou, sua voz era firme:

— É claro.

Jonathan entrou pelo outro lado. Marcella não tinha a menor dificuldade de enxergar June por trás das suas muitas faces, mas Jonathan se assustou um pouco ao ver um estranho.

— Johnny Boy — disse June com leveza —, pode ficar tranquilo agora, a EO pródiga está de volta.

Marcella analisou June.

— É isso que você vai usar?

A boca do homem se curvou num sorriso sarcástico.

— Estou bonito demais? — E, no mesmo instante, ele desapareceu, e as maçãs do rosto altas e macias foram substituídas por uma mendiga de nariz adunco. — Assim é melhor?

Marcella revirou os olhos, feliz por ver que June havia voltado a ter o senso de humor habitual.

— Tenho certeza — disse ela — de que existe um meio-termo. — June deu um suspiro dramático e se transformou num homem de meia-idade com bigode aparado e rosto atraente, apesar de não muito notável. — Melhor?

— Muito melhor — respondeu Marcella.

June passou os olhos por ela.

— Você parece a Branca de Neve depois de matar a rainha e roubar o espelho.

Marcella lhe lançou um sorriso frio.

— Vou entender isso como um elogio.

June se acomodou no banco.

— E deveria.

Eli penteou o cabelo para trás e abotoou a camisa.

Jogou os pedaços de caneta quebrada na caixa de descarga. Os aparelhos de rastreamento ele enfiou no bolso do paletó.

Era bom voltar a usar roupas do mundo real, mesmo que fossem formais. Ele havia usado centenas de disfarces diferentes a serviço do seu trabalho. Só faltava uma arma: uma faca, um pedaço de corda. Mas ele podia se virar com as próprias mãos. Já tinha feito isso antes.

Eli estava dando o nó na gravata emprestada quando ouviu a comoção do outro lado da porta do banheiro, a conversa pelo rádio misturada à voz rouca de Stell. Ele desfez o nó e começou de novo, amarrando bem devagar enquanto escutava.

— Não... Puta merda... Quem foi? Não... A gente vai continuar com o nosso plano...

Eli esperou até ficar claro que não havia mais nada a descobrir, então saiu do banheiro e digeriu a cena. As bochechas de Stell estavam coradas. Ele jamais havia conseguido ocultar as emoções. E só havia um homem capaz de causar tamanha consternação.

Victor.

— Está tudo bem? — perguntou Eli.

— Se concentra na tarefa — ordenou Stell, de paletó e passando a mão pelo cabelo grisalho. *Cada vez mais branco*, pensou Eli. Algumas pessoas *não* servem para esse tipo de trabalho.

Ele não era o único que havia se arrumado.

A mulher estava de macacão de seda preta agora, do tipo que ficava melhor numa passarela, não numa agente em trabalho de campo.

O jovem loiro ainda estava fardado, mas o soldado de queixo quadrado usava um paletó preto por cima de uma camisa branca aberta no pescoço.

Eli murmurou, refletindo sobre a questão:

— O convite é para dois.

Em resposta, Stell estendeu um segundo cartão.

— Uma cópia? — perguntou-se Eli em voz alta. Se fosse, era uma cópia perfeita.

— Não — respondeu Stell. — É o convite que Marcella enviou para o promotor público. Para a nossa sorte, ele não está na cidade. — Ele entregou o convite sobressalente para a soldado. — Holtz — chamou, acenando com a cabeça para o sujeito loiro —, você vai ficar do lado de fora.

— Eu sempre tiro o palito menor — resmungou o soldado.

Stell olhou para o relógio de pulso.

— Está na hora.

A van preta já havia partido quando Sydney voltou para o Kingsley.

Ela encontrou a porta do apartamento quebrada, entreaberta, e sacou a pistola, segurando-a com ambas as mãos enquanto entrava.

A primeira coisa que Syd viu foi o sangue. Grandes gotas que seguiam pelo corredor, então uma pequena poça no piso de madeira de lei, manchada pelo canto de uma mão.

E o corpo.

Dol.

Syd correu até o cachorro e se ajoelhou ao lado da forma imóvel. Derrubou a carta de baralho de cima do peito dele e acariciou o pelo. Ela fechou os olhos e procurou os fios até sentir o fio da vida do cachorro, que dançava para longe e se esquivava das mãos dela. Cada vez ficava mais difícil. Cada vez ela precisava procurar mais longe. Enquanto o fazia, um frio terrível e doloroso percorreu seu corpo e ela sentiu os pulmões congelarem, a respiração vacilar e, em seguida, enfim alcançou o fio e arrastou Dol de volta à vida.

O peito do cachorro se encheu e Syd se afastou dele, ofegante.

Ela voltou a atenção para o rei de espadas, agora virado para baixo, com um bilhete na letra de Mitch escrito no verso da carta.

Fui atrás de Victor.

Syd se levantou, assim como Dol, que se sacudiu para tirar a morte do corpo como se fosse chuva. Ele se encostou nas pernas dela como se perguntasse: *E agora?*

Syd olhou em volta. Ela não estava com o celular.

E não fazia a menor ideia de para onde eles foram.

Mas tinha *algo*: o fio invisível que seguia dela para as coisas que trazia de volta à vida.

Sydney não sabia se isso seria o bastante, mas tinha que tentar. Ela fechou os olhos e procurou o outro fio. Sentiu-o se retesar entre seus dedos.

— Vamos — disse para Dol, desviando-se do sangue.

Assim que chegaram à calçada, Syd parou e fechou os olhos de novo. Sentiu o mundo inclinar ligeiramente para a esquerda, como se dissesse: *Por aqui*.

E começou a andar.

— Acelera — pediu Victor, tentando ignorar o zumbido na sua cabeça, os primeiros sinais da corrente elétrica que aumentava de intensidade.

Ela esperaria por ele. Teria que esperar.

— Por quê? — questionou Mitch ao mesmo tempo que acelerava na direção de Merit. — Por que a gente vai ao encontro dessa confusão em vez de fugir para longe dela?

Victor encontrou um rolo de papel toalha no banco de trás e o usou para pressionar o ferimento superficial ao longo das costelas.

— Eli vai estar lá.

— Mais um motivo para seguir na direção contrária. Vocês dois podem perseguir um ao outro pelo resto da vida, mas só tem um jeito de isso terminar, Victor, e não é a seu favor.

— Obrigado pela confiança — comentou Victor secamente.

Mitch balançou a cabeça.

— Você e essa sua vingança...

Mas não era vingança.

Seja lá o que for que aconteceu com você, seja lá como for que você se machucou, foi você que causou isso a si mesmo.

Campbell tinha razão.

Victor tinha que assumir a responsabilidade. Por si mesmo. E pelo monstro que tinha ajudado a criar. Eli.

— Você vai entrar vestido assim? — perguntava Mitch.

Victor virou o cartão nas mãos.

— Eu tenho um convite.

No entanto, ele olhou para si mesmo. Mitch tinha razão.

Ele havia perdido seu sobretudo preferido em algum lugar entre o confronto no corredor de Stell e o momento em que havia acordado dentro da cela. Havia um rasgo estreito ao longo da camiseta preta. Ele tinha feito todo o possível para limpar o sangue das mãos com a ajuda de uma garrafa de água, mas ainda havia sangue debaixo das unhas.

Ele não tinha nem arma nem plano.

Victor só sabia que — tinha *certeza* de que — Eli fugiria na primeira oportunidade.

E ele estaria lá para impedi-lo.

XVII

A ÚLTIMA NOITE
PRÉDIO DO ANTIGO TRIBUNAL DE JUSTIÇA

Eli atravessou as portas e entrou no grandioso vestíbulo com os cabelos molhados de chuva.

O ambiente já estava cheio de gente, homens e mulheres em trajes de gala. A nata de Merit, ao que parecia, estava inteira no mesmo lugar. Os dois soldados haviam entrado bem antes dele e se misturado imediatamente à multidão.

Eli e Stell avançaram, mas foram parados por dois seguranças com detectores de metal portáteis.

— Polícia — disse Stell, bruscamente, exibindo a arma de serviço.

— Sinto muito, senhor — comentou o guarda. — É proibida a entrada de armas nesse evento.

Que ironia, pensou Eli, esticando os braços enquanto o detector passava pelo corpo dele. Não se ouviu nem um bipe. Stell entregou a arma com relutância. Eles passaram pela chapelaria, onde Eli tirou o casaco e o entregou ao funcionário, vendo os aparelhos de rastreamento ficarem para trás. Ainda havia o problema da coleira; porém, no tempo entre sair do chuveiro e vestir o terno, Eli pensou num plano.

Eles entraram no magnífico átrio do tribunal, uma câmara circular cercada por colunas e encimada por um domo. Eli esticou o pescoço e admirou a construção. Era uma obra-prima da arquitetura clássica. De pé-direito alto e côncavo, era tão elegante quanto austero.

Arandelas de ferro forjado floresciam como buquês de metal em cada uma das colunas. Havia amplas bandejas de prata — um eco das balanças na mão da estátua da Justiça — dispostas em cima das mesas de mármore polido que pareciam brotar do chão. Uma galeria circundava a base do domo, com vista para o átrio logo abaixo e, no centro do átrio e sobre uma tribuna de mármore, uma estátua de bronze da própria Justiça se erguia quase da altura de um prédio de dois andares.

Não havia nenhum sinal de Marcella por enquanto, mas isso não surpreendia Eli. Ele imaginava que ela faria uma entrada triunfal. Ele podia apostar que Jonathan não ficaria muito longe dela, mas seria impossível distinguir June, pelo menos até ela fazer alguma coisa.

Eli avistou os dois soldados do ONE fazendo uma lenta varredura de segurança pela multidão que se avolumava.

Risadas ecoavam pelo saguão, a luz baixa, o ar dançava com as taças de champanhe, as joias e os corpos amontoados. Observadores casuais. Peças intercambiáveis. Distrações.

Stell estava grudado nele.

— Quando chegar a hora — perguntou Eli —, você vai conseguir tirar os inocentes daqui?

— Vou fazer o possível — respondeu Stell. — Pode ser difícil chamar a atenção de tanta gente.

Eli examinou o local, pensando a respeito. As janelas eram altas e estreitas, inúteis, a multidão era grande... mas isso poderia trabalhar a favor deles. Pânico era contagiante. Como peças de um dominó, tudo que se tinha que fazer era derrubar a primeira.

— Volto num segundo.

Stell o segurou pelo ombro.

— Para onde você vai?

— Vou arrumar uma arma. — Eli indicou com a cabeça os seguranças de Marcella, todos de terno preto com um ótimo caimento. — Você não notou?

Os convidados não podem entrar armados, mas os capangas dela certamente têm armas.

Stell não o soltou.

— Em algum momento — disse Eli com calma —, você vai ter que soltar a minha coleira.

O diretor o encarou por um longo tempo, então tirou a mão do ombro dele. Eli se virou e se misturou à multidão, seguindo um dos seguranças enquanto ele atravessava um corredor que dava para o banheiro. Eli entrou atrás dele, viu o guarda desaparecer dentro de uma cabine e esperou um outro homem que estava no banheiro terminar de lavar as mãos e sair. Eli fechou a trava da porta depois que o sujeito saiu e se aproximou da porta da cabine onde estava o segurança.

Assim que ela foi aberta, Eli deu um chute forte no peito do guarda, que cambaleou para trás e bateu na parede. Eli o pegou pela gravata antes que ele caísse, sacou a pistola do coldre do guarda e encostou o cano no peito dele para abafar o som dos tiros.

Ele deixou o corpo sentado no vaso sanitário.

Fazia muito tempo que ele não matava um ser humano. Mas o perdão teria que esperar.

Ele voltou até Stell e lhe mostrou a arma roubada com naturalidade e com a mão bem baixa, como se fosse um aperto de mãos entre amigos. Stell olhou para ele, surpreso. Os dois sabiam que era Eli quem empunhava a pistola e quem estava com o dedo perto do gatilho. No entanto, ele girou a arma na mão e ofereceu a Stell o cabo, e não o cano dela.

Depois de uma pausa, Stell pegou a arma e Eli se virou e apanhou uma taça de champanhe da bandeja de um garçom que passava por perto. Ele podia muito bem aproveitar a festa também.

— É a última chance de pensar melhor — murmurou June. — Ou a última chance de pensar qualquer coisa.

A chuva tamborilava no teto do carro de luxo estacionado em frente ao Antigo Tribunal de Justiça.

— Você não precisa ser tão sombria — disse Marcella. — É uma festa.

— É loucura — retrucou June.

Os lábios de Marcella tremeram.

— Ainda bem que é uma loucura calculada.

Era uma aposta, é claro. Um risco. Uma jogada ambiciosa.

Mas, como ela costumava dizer a Marcus, o mundo não é para os covardes.

Quem não arrisca, não petisca.

E, se o plano de Marcella desse errado, bem, ela levaria a maldita da cidade inteira junto.

Assim que ela desceu do carro, os grandes guarda-chuvas surgiram outra vez para escoltá-la até as portas de bronze do Antigo Tribunal de Justiça.

Marcella conseguia ouvir lá de dentro o som de gelo e taças de cristal, o murmúrio e a melodia de uma multidão ansiosa. Ela levou a mão ao metal polido, esticando os dedos na superfície, com as unhas douradas cintilando, enquanto June e Jonathan tomavam posição atrás dela.

Marcella sorriu.

— Hora do show.

Os pneus do carro de Mitch cantaram até parar em frente ao Antigo Tribunal de Justiça.

A dor latejou pela lateral do corpo de Victor enquanto ele descia do carro, mas não se atrevia a desligá-la, não com o episódio se acumulando em seus ossos.

— Victor... — começou Mitch.

Ele olhou de relance para trás.

— Lembra o que eu disse para você. Encontra Syd e vai embora daqui.

Victor subiu pelos curtos degraus de pedra e empurrou as portas de bronze, a mão livre envolvendo tão casualmente quanto fosse possível as costelas. Ele entregou o convite ao segurança de terno, que hesitou ao ver o sangue que manchava o papel branco.

Ele olhou para Victor, que devolveu o olhar com frieza, cutucando os nervos do homem até o desconforto ficar patente no seu rosto.

O segurança fez um sinal para que ele passasse.

Victor seguiu até o átrio e deu meia-volta quando viu a chapelaria. Ele passou os olhos pelos casacos e pelos xales que já haviam sido deixados ali e se fixou num sobretudo de lã preta à esquerda, com gola alta e acabamento em couro preto.

Victor acenou para o funcionário.

— Eu perdi o tíquete — disse ele —, mas vim buscar o meu casaco. — Ele apontou para o sobretudo.

O menino — e de fato não passava de um menino — hesitou.

— Eu... sinto muito... Não posso devolver o casaco sem receber o tíquete de volta...

Victor forçou o menino a fechar a boca e viu os olhos dele se arregalarem de surpresa, confusão e pavor conforme o imobilizava.

— Eu posso quebrar os seus ossos sem erguer um dedo — disse ele baixinho. — Gostaria que eu fizesse uma demonstração?

As narinas do menino inflaram de pânico enquanto ele sacudia a cabeça.

Victor o soltou e o funcionário cambaleou para trás, ofegante, os dedos tremendo enquanto tirava o sobretudo do cabide.

Ele vestiu o casaco. Colocou a mão nos bolsos e encontrou uma nota de vinte dólares.

— Obrigado — disse ele, enfiando o dinheiro na pequena jarra de vidro.

O átrio estava lotado, cheio de corpos e barulho. Victor deu uma volta lenta ao redor da câmara, mantendo-se perto da extremidade enquanto andava em meio aos convidados, observando a multidão.

E, então, do outro lado do saguão e em meio às pessoas, ele avistou um rosto conhecido.

Um rosto que não mudou nada em 15 anos.

Eli.

Por um momento, o baile pareceu desaparecer no plano de fundo, os detalhes e os sons recuando até que apenas aquele homem peculiar se destacasse em todos os detalhes.

Victor não percebeu que tinha começado a andar até uma mão puxá-lo e arrastá-lo para trás da coluna de mármore mais próxima. Ele estava prestes a atingir os nervos de seu antagonista quando viu as tatuagens subindo pelo braço largo do homem.

— Eu falei para você ir embora — disse Victor, mas então notou o brilho malicioso nos olhos de Mitch, a expressão estranha em sua boca, aquele sotaque familiar presente por trás do cumprimento casual de Mitch.

June.

— Me larga — ordenou Victor.

June não o largou.

— Você tem que impedi-la.

— Eu não vim aqui por causa de Marcella.

— Mas devia — retrucou June. — Ela está de olho em Sydney.

— Por *sua* causa.

— Não — protestou June. — Eu nunca contei a ela sobre Syd. Mas ela sabe, e agora a quer. E, pelo que sei, Marcella...

Como se tivesse recebido uma deixa, a multidão abriu caminho e uma silhueta dourada subiu no estrado de pedra no centro da sala.

Victor se desvencilhou de June e olhou para onde Eli havia estado, mas ele desapareceu. *Merda.* Ele examinou a multidão, procurando-o no mar de ternos escuros até que distinguiu uma movimentação. A maioria dos homens e mulheres estava parada, a atenção fixa na ascensão de Marcella. Eli deslizava entre eles como um tubarão, o foco tão claro quanto o do animal.

Victor imitou o avanço de Eli, os dois homens traçando caminhos iguais em direção ao estrado, à estátua e à mulher em dourado.

E enfim Eli o viu.

Aqueles olhos escuros e frios passaram por Marcella e pousaram em Victor. A surpresa ficou estampada no rosto de Eli, mas logo desapareceu e foi substituída por um sorriso sombrio assim que o cano de uma pistola encostou na base da coluna de Victor e a voz rouca de Stell soou em seus ouvidos.

— Você já foi longe demais, sr. Vale.

Marcella havia passado a vida inteira em exposição.

Mas, hoje à noite, ela finalmente sentiu que era *vista*.

Todos os olhos estavam voltados para ela enquanto ela subia no estrado, todos estavam curiosos e alertas à espera da revelação, porque eles sabiam que havia algo mais. Mais que a beleza, mais que o charme. Mesmo que não tivessem consciência disso, eles foram até ali para testemunhar o poder.

Quando Marcella falou, sua voz se projetou, encorajada pelo saguão de mármore e pela imobilidade da multidão, dos rostos voltados para cima como flores sedentas por luz.

— Eu estou muito feliz — disse ela — que vocês tenham se juntado a mim essa noite.

Enquanto falava, Marcella dava uma volta lenta ao redor do estrado, apreciando o domínio sobre a plateia reunida ali, as pessoas mais poderosas de Merit — ou, pelo menos, era o que elas *acreditavam*.

— Sei que o convite era um pouco enigmático, mas eu prometo a vocês que as melhores coisas valem a espera, e o que eu tenho a oferecer é mais bem demonstrado por ações que por palavras...

June subiu as escadas dois degraus de cada vez.

Ela havia trocado a aparência corpulenta de Mitch por alguém mais magro e, com a agilidade que os passos ganharam, ela andou a passos largos até a galeria com vista para o átrio e o mar de gente. No centro, Marcella circundava lentamente a base da estátua.

June encontrou Jonathan escondido nas sombras, observando a performance. Ele estava com os cotovelos apoiados no corrimão de ferro forjado e sua atenção estava totalmente voltada para a silhueta luminosa de Marcella.

— Alguns de vocês têm dinheiro — soou a voz de Marcella — enquanto outros têm influência. Alguns já nasceram poderosos enquanto outros batalharam do nada para obter o poder. Mas todos vocês estão aqui porque são pessoas impressionantes. Vocês são advogados, jornalistas, empresários, policiais. Vocês governam essa cidade. Vocês a moldam. Vocês a protegem.

— Está vendo aquele homem? — perguntou June, apontando para a cabeça loira que se movia no meio da multidão.

— Victor Vale — disse Jonathan, sem emoção na voz.

— Sim.

Como Victor não a ajudaria voluntariamente, June o forçaria a isso.

Ele era uma criatura movida pela autopreservação.

Todos eles eram.

— Se ele se aproximar muito de Marcella — instruir June —, atire nele.

Jonathan sacou a pistola do coldre debaixo do paletó sem tirar os olhos de Marcella uma única vez.

— Não o mate — acrescentou June. — A não ser que seja necessário. Ela não quer que ele morra.

Jonathan deu de ombros. A complacência do sujeito sempre a incomodou, mas, ao menos dessa vez, ela estava grata por ele não fazer perguntas.

— Obrigada, Johnny Boy — disse ela, descendo de novo as escadas.

— Stell. — Victor cerrou os dentes enquanto, do outro lado do saguão, Eli continuava se aproximando lenta e metodicamente do estrado onde Marcella ainda se apresentava.

— Vocês compreendem a importância do poder — dizia ela. — O que não compreendem é que *essa* noção de poder está ultrapassada.

Stell pressionou a pistola nas costas de Victor.

— Eu não vou deixar você nos atrapalhar.

— É mesmo? — Victor examinou a multidão.

— É por isso que eu estou aqui — continuou Marcella. — Para abrir os seus olhos.

Eli estava quase no estrado enquanto ela erguia a mão e a pousava sobre as vestes de bronze da estátua.

— Para mostrar a vocês o que é poder de verdade...

Victor escolheu um homem aleatório e retorceu os nervos dele.

Um grito cortou o ar e, por um instante, a voz de Marcella foi abafada e a atenção da multidão mudou de foco. Nesse mesmo instante, Victor se virou e deu uma cotovelada com toda a força na lateral da cabeça de Stell.

A pistola de Stell disparou, mas Victor já havia saído do caminho da bala e seguia, determinado, para a plataforma, para Marcella e Eli. Assim que ouviu o tiro, a multidão já tensa entrou em pânico. Os convidados dispararam para fora, uma onda de corpos se empurrou freneticamente até a saída. Apenas Victor e Eli continuaram seguindo na direção oposta, para o centro da sala, onde a silhueta dourada permanecia em cima do seu palanque.

Victor estava quase lá quando outro tiro foi disparado; o piso soltou uma centelha quando a bala atingiu o mármore a menos de meio metro dele. Victor ergueu os olhos e viu Jonathan lá em cima na galeria e percebeu a intenção do EO a tempo de vê-lo mirar e atirar uma segunda vez.

A bala acertou o ombro de Victor, a dor era quente e branca e o sangue surgiu instantaneamente.

Ele soltou um palavrão e avançou sobre os nervos de Jonathan antes que pudesse disparar o terceiro tiro.

Victor assumiu o controle dele e girou o botão seletor como tinha feito na galeria de arte, mas, assim como antes, a luz branco-azulada do campo de força de Jonathan acendeu, protegendo o homem. Victor sentiu que estava perdendo o controle sobre Jonathan, mas, dessa vez, não soltou.

Todo objeto tinha um ponto de ruptura, um limite na resistência à tração. Se você aplicasse força suficiente, ele se *quebraria*.

XVIII

A ÚLTIMA NOITE

PRÉDIO DO ANTIGO TRIBUNAL DE JUSTIÇA

Por cinco anos, Victor Vale havia habitado os pensamentos de Eli. Primeiro como um fantasma, depois, como uma assombração. Mas ambos, Eli se dava conta agora, tinham falhas críticas, eram uma versão do seu rival que ficou presa em âmbar, imutável — assim como ele. O Victor *verdadeiro* aparentava cada um dos últimos cinco anos, e até mais, no rosto encovado. Ele parecia doente, exatamente como Eli suspeitava. Mas não importava.

Ele daria um jeito nisso.

Mas, antes, Marcella.

Ela descia da estátua com o rosto contorcido não de medo, mas de fúria, conforme seguia até Eli.

— Foi *você* o responsável por essa interrupção?

— Peço desculpas — disse ele —, eu estava tão ansioso para conhecê-la.

— Você vai se arrepender disso — desdenhou Marcella, aproximando-se dele.

Eli estendeu o braço para tocá-la, mas aquela luz branco-azulada se acendeu entre os dois, forçando sua mão a se afastar dela. O escudo o rejeitava, mas não a *ela*. Marcella entrou no círculo entre os braços dele e encostou um dedo na bochecha de Eli.

— Você devia mesmo ter fugido como todo o resto — disse ela, com a mão incandescente de vermelho.

A dor ficou estampada no rosto de Eli, uma onda de agonia conforme sua pele se dissolvia e revelava os dentes e a mandíbula. Porém, ao mesmo tempo que a erosão se espalhava, ele podia senti-la se reverter e os músculos e a pele se regenerarem. O divertimento se derreteu dos olhos e da boca de Marcella e foi substituído pela surpresa e pelo choque.

— Por que eu fugiria? — perguntou Eli, com a bochecha se recompondo. ·— Vim aqui para matá-la.

Marcella recuou, repentinamente sem saber o que fazer.

Ele havia sentido falta disso: a expressão no rosto deles antes de morrer. O modo como a balança tremia e oscilava antes de se equilibrar. Como se os EOS soubessem que eram errados, que suas vidas — o que eles acreditam ser a vida — eram roubadas, que era hora de desistir.

Um tiro soou ali perto, e depois outro e, segundos depois, o ar acima deles se iluminou de azul e branco, estalando de energia. Victor estava parado ali, com a cabeça erguida, e, quando Eli seguiu seu olhar, viu Jonathan no meio da tempestade. Victor espalmou as mãos e o ar explodiu, ocultando o EO lá em cima do seu campo de visão.

A surpresa no rosto de Marcella se dissipou, revelando o medo.

Eli tinha uma teoria. Ele decidiu testá-la.

Com Jonathan ocupado, Eli esticou o braço e envolveu o pescoço de Marcella com as mãos.

Não surgiu nenhuma luz ao redor dela dessa vez, nenhum choque de campo de força, somente a pele branca e macia sob seus dedos.

Marcella ergueu as mãos e as cravou nos braços de Eli; as mangas do seu paletó logo viraram cinzas. A pele sob o tecido descamou e se regenerou, depois descamou de novo.

Mas Eli não a soltou.

Ao redor do saguão, Stell e seus soldados tentavam evacuar a multidão em pânico. Enquanto isso, do outro lado da estátua, Victor continuava usando seu poder em Jonathan, como se o EO fosse apenas um circuito, algo que podia ser sobrecarregado e interrompido.

E pensar que, de certa forma, os dois estavam trabalhando juntos outra vez. Como nos velhos tempos — ou como poderia ter sido, talvez.

Era quase poético, pensou Eli, um instante antes de avistar um soldado do ONE atrás de Victor.

— Não! — gritou Eli.

Mas ou ninguém o ouviu ou não se importaram. O soldado chegou até Victor e lhe deu uma gravata, puxando-o para trás e acabando com sua concentração.

A luz branco-azulada do campo de força de Jonathan desapareceu e, então, reapareceu um instante depois, dessa vez de modo protetor ao redor de Marcella.

Houve um barulho que pareceu um trovão — um estalo violento —, então Eli foi jogado para trás. Ele sentiu a dor subir pelas suas costas quando se chocou com a coluna mais próxima, acertando-a a vários centímetros do chão. No entanto, Eli não caiu. Ele baixou os olhos e viu um dos membros de metal da arandela saindo do seu peito.

Eli cerrou os dentes enquanto se esforçava para jogar o corpo para a frente para se livrar da barra de ferro.

Marcella começou a andar até ele, esfregando o pescoço.

— Você deve ser Eli Ever — disse ela com a voz rouca. — O grande assassino de EOS. Tenho que admitir — continuou, pousando a mão no estômago dele — que não estou muito impressionada.

Marcella empurrou Eli pela barra, o ferro raspando nas entranhas dele enquanto suas costas se encostavam na coluna.

Ele soltou um rosnado involuntário.

— Parece que você não está se regenerando — comentou Marcella, erguendo a palma suja de sangue. — Ainda pretende me matar?

— Sim — sibilou Eli, com sangue escorrendo entre os dentes.

Marcella estalou a língua.

— Homens.

Ela cravou as unhas no estômago ferido. A dor tomou conta de Eli conforme as camadas de pele e músculo se descamavam, os órgãos encolhiam e, então, ele começou a morrer.

O grito estrangulado de Eli ecoou pelo saguão de mármore ao mesmo tempo que forçavam Victor a se ajoelhar no chão.

— Você não pode machucar o que não pode ver — disse o soldado do ONE atrás dele, embora isso não fosse exatamente verdade. Principalmente quando ele havia sido tolo o bastante para dar uma gravata nele.

O soldado berrou como se tivesse quebrado o braço. Não havia dúvidas de que era essa a sensação. Assim que o braço afrouxou em volta do pescoço de Victor, ele se levantou num salto e se voltou para o soldado, fazendo o homem cair com um gesto rápido da mão treinada.

O soldado desabou, inconsciente, no piso de mármore, e Victor voltou a atenção para Eli, empalado na instalação de metal, a vários centímetros do chão.

Tiros soaram pelo tribunal. Parecia que Stell havia descoberto que a habilidade particular de Jonathan necessitava de um campo de visão e agora ele descarregava a pistola no EO lá no alto da galeria. Houve flashes da luz branco-azulada, mas então a pistola de Stell emitiu um leve clique, já sem balas, e Jonathan retaliou, disparando uma saraivada de balas da própria pistola e forçando tanto Victor quanto Stell a se esconder atrás das colunas adjacentes.

Victor estava genuinamente dividido.

Se ele derrubasse Jonathan, Eli poderia conseguir matar Marcella.

Se não o fizesse, Marcella poderia muito bem matar Eli; uma morte pela qual Victor ansiava.

Mas pela qual ele queria ser o responsável.

No fim das contas, outra pessoa tomou a decisão por Victor. Não Eli, nem Marcella, mas June.

June, que surgiu diante dele novamente com a aparência de Mitch e encostou a arma na têmpora do grandalhão.

— Eu pedi com educação, mas você não me deu ouvidos.

June pousou o dedo sobre o gatilho.

— Mate Marcella — ordenou ela — ou perca o seu amigo.

Tudo a respeito de June, da mão firme ao olhar sereno, indicava a Victor que ela seria capaz de atirar em Mitch para provar um argumento, quanto mais para conseguir o que ela queria.

— Quando isso terminar — disse Victor —, você e eu vamos ter uma conversa.

E, com isso, ele deu a volta na coluna, já tentando atingir os nervos de Jonathan. O escudo se acendeu com força renovada, azul, branco e desafiador, e o suor brotou na pele de Victor. Ele jamais havia descarregado tamanha energia sobre uma única pessoa e até mesmo seus próprios nervos estalavam e zumbiam com o esforço, ameaçando entrar em curto-circuito de uma vez por todas.

No entanto, por fim, o campo de força começou a rachar.

A visão de Eli ficava turva conforme a mão de Marcella penetrava mais fundo no seu estômago.

Mas ele ainda pôde ver a explosão de luz na galeria atrás dela.

A boca de Eli se moveu, como se ele estivesse implorando por algo, e, assim que Marcella se inclinou para perto dele, o EO bateu com a cabeça na dela com toda a força que tinha. Sem a proteção de Jonathan, ele acertou o golpe e Marcella cambaleou para trás, colocando a mão na maçã do rosto. Ela girou o corpo e viu o escudo estilhaçado de Jonathan. Então correu pela sala até Victor, deixando Eli empalado na coluna.

A barra de ferro forjado ainda se projetava da frente do seu corpo, embora Marcella tivesse destruído metade da arandela junto com o seu estômago. Eli golpeou o metal apodrecido com o punho e ele desmoronou.

Ele apoiou o pé na coluna às suas costas e empurrou o corpo para longe do que restou da barra, caindo no chão. O estômago de Eli era uma ruína de sangue e entranhas, mas, sem o ferro forjado transpassado, o ferimento já começava a regenerar. Os órgãos se fechavam e o tecido se costurava até a carne ficar lisa de novo.

Um barulho ensurdecedor ecoou pelo tribunal quando o campo de força de Jonathan enfim se despedaçou. O EO tombou por cima do parapeito e caiu, atingindo o chão lá embaixo com o baque seco do peso morto sobre a pedra.

Victor se balançou e caiu de joelhos, ofegante por causa do esforço. Ele não viu que Marcella seguia na direção dele, acelerando o passo ao mesmo tempo que as mãos começavam a brilhar.

Eli a alcançou antes, envolvendo os ombros de Marcella com os braços e prendendo-a.

— Sério mesmo — rosnou ela —, vê se você se toca.

O poder dela brilhou, rápido e quente, e o mundo de Eli ficou branco de dor conforme ela colocava sua força contra a dele.

No laboratório, Haverty mediu a taxa de recuperação de Eli, a velocidade com que ele se curava, e ficou fascinado ao perceber que o ritmo dela nunca diminuía, como se fosse uma bateria que jamais se esgotava. Mas nenhum dos testes de Haverty havia forçado tanto o corpo de Eli como o poder de Marcella fazia nesse momento.

Ela inclinou a cabeça para trás no ombro dele.

— Ainda está se divertindo?

Até mesmo o ar ondulava com a força de vontade dela.

O poder de Marcella não vinha mais apenas de suas mãos. Ele irradiava ao redor dos dois, entortando a mesa ali perto, provocando rachaduras finas como um fio de cabelo no piso de mármore sob seus pés. Ele erodiu o terno dele e o vestido dela, derretendo, destruindo, apagando tudo, até que eles ficaram sobre uma poça fina de cinzas no chão enfraquecido, enquanto os braços de Eli — presos numa transformação ininterrupta de pele para músculos, para ossos, e tudo de novo — continuavam apertando o peito nu de Marcella.

— Se você estiver esperando que eu tenha modéstia — comentou Eli —, deveria saber que não me restou muita.

Eli apertou o corpo de encontro ao dela, com a cabeça abaixada num abraço estranho, quase amoroso, quando, por fim, a coleira de aço ao redor do seu pescoço apodreceu e caiu.

Eli sorriu em meio à agonia, tendo se livrado da amarra final.

O chão debaixo deles estava visivelmente desgastado. Eli a apertou com força, com o corpo berrando em protesto.

— Eu já matei cinquenta EOs — sibilou ele — e você não é nem de longe a mais poderosa deles.

O poder de Marcella flamejou no ar. A estátua de bronze começou a apodrecer e desmoronar a mais de três metros dos dois. As colunas balançaram, instáveis, e o prédio inteiro tremeu, enfraquecido, o mármore sob seus pés se desfazendo do mesmo jeito que o corpo de Eli, camada por camada.

O mármore afinava como gelo derretido debaixo deles, primeiro translúcido, depois transparente.

— Parece — disse Marcella — que nossos poderes são equivalentes.

— Não — retrucou Eli enquanto o chão se estilhaçava. — *Você* ainda pode morrer.

Eli bateu o pé com força no mármore frágil, que despedaçou debaixo deles.

Victor estava se levantando, com a mão no ombro ferido, quando o piso cedeu. Ele cambaleou para trás e procurou algum terreno firme enquanto a força da destruição reverberava pelo edifício.

Só depois que saiu do alcance da onda de destruição que Victor compreendeu o escopo do que havia acontecido.

Foi como uma explosão voltada para dentro, uma implosão.

Num momento, Eli e Marcella estavam entrelaçados, engolfados pela luz no centro do átrio e, logo depois, eles haviam desaparecido, mergulhando como meteoros dentro do piso de mármore. A força da queda causou uma reação em cadeia. As paredes balançaram. As colunas desabaram. O domo de vidro estalou e se despedaçou.

O buraco era enorme, uma queda de seis ou talvez nove metros para dentro do piso sólido de pedra.

Não havia nenhum sinal de June, mas Victor avistou Stell ali perto, inconsciente, um dos pés preso debaixo de uma coluna.

O prédio parou de tremer. Victor foi até a beira do buraco e olhou lá para baixo. Marcella estava deitada no fundo do abismo, os membros dependurados sobre a pedra quebrada, os cabelos pretos soltos e a cabeça inclinada num ângulo errado.

Os destroços se mexeram e Eli se levantou com dificuldade ao lado dela, nu e coberto de sangue, com os ossos quebrados voltando ao lugar enquanto ele se levantava. Ele olhou para o corpo de Marcella e fez o sinal da cruz; em seguida, esticou a pescoço e olhou para cima através do piso quebrado.

Os olhos dele encontraram os de Victor e, por um segundo, nenhum dos dois se mexeu.

Corre, pensou Victor, e ele pôde ver a resposta na silhueta encolhida de Eli. *Vem atrás de mim.*

Uma pedra se soltou perto do pé descalço de Eli, fazendo com que a pilha de destroços desabasse, e os dois saíram da imobilidade.

Eli girou o corpo e começou a escalar as ruínas ao mesmo tempo que Victor dava a volta e procurava uma maneira de descer. As escadas mais próximas dali haviam desabado, o elevador não funcionava. Ele enfim encontrou outra escada e desceu os degraus dois, três ou quatro de cada vez, avançando para o andar subterrâneo, para os destroços e para os restos mortais de Marcella Morgan.

Mas, quando Victor chegou lá embaixo, Eli já estava longe dali.

XIX

A ÚLTIMA NOITE

PRÉDIO DO ANTIGO TRIBUNAL DE JUSTIÇA

O prédio estava em ruínas, a pilha de pedra ainda se movia e se assentava enquanto Eli escalava para sair dos destroços. Poeira e vidro choviam ao seu redor quando ele abriu uma porta, encontrou uma escada intacta aos fundos e subiu os degraus. A porta no topo dava para o estacionamento subterrâneo. As sirenes soavam ali perto enquanto ele andava, nu, pelo concreto em direção à rua lateral.

Havia sido muito difícil abandonar Victor.

Teria tempo para ele de novo. Mas, primeiro, Eli precisava se distanciar do tribunal — e do alcance do ONE.

— Com licença, senhor — chamou um segurança, aproximando-se dele —, você não pode...

Eli deu um soco no queixo do sujeito.

O guarda caiu como uma pedra e Eli o despiu e colocou o uniforme roubado enquanto dava a volta pela barreira do estacionamento e saía para o beco.

Fazia cinco anos desde que Eli havia sido preso, mais tempo ainda desde a última vez em que precisou desaparecer. Era incrível como a mente logo seguia por antigos caminhos. Ele se sentia calmo, controlado, seus pensamentos enumeravam os passos que tinha que seguir com uma linearidade tranquilizadora.

Agora, ele só precisava...

A dor penetrou a lateral do seu corpo.

Eli piscou, baixou os olhos e viu um dardo enfiado entre as costelas. Ele arrancou o dardo da pele e o ergueu na luz, estreitando os olhos para o resíduo de líquido azul berrante no frasco. Sentiu um arrepio estranho percorrer o corpo. Um aperto no peito.

Passos soaram atrás dele, lentos e firmes, e Eli se virou e deu de cara com um fantasma.

Um monstro.

Um demônio de jaleco branco de laboratório, os olhos fundos atrás dos óculos de armação redonda.

O dr. Haverty.

A boca de Eli ficou seca. Ele se lembrou das mesas de aço grudentas de sangue e sentiu as mãos dentro do peito aberto, mas, apesar da bile que subia pela garganta, Eli se esforçou para se manter firme.

— Depois de todo o tempo que a gente passou junto — disse ele, jogando o dardo fora —, você achou mesmo que uma coisa dessas ia dar certo?

Haverty inclinou a cabeça, os óculos brilhando.

— Logo, logo vamos descobrir.

O médico ergueu a arma e disparou um segundo dardo no peito de Eli.

Eli baixou os olhos, esperando ver o líquido neon, porém o conteúdo do frasco era claro. Ele arrancou o dardo.

— Eu não durmo — avisou ele, atirando-o para longe —, mas ainda sonho. E, muitas vezes, sonhei em matar você.

Ele investiu contra Haverty, mas o joelho cedeu na metade do caminho. Dobrou, como se tivesse ficado dormente. O mundo balançou para o lado, e Eli desabou de quatro na rua, os membros repentinamente moles e a cabeça girando.

Isso não estava certo.

Nada disso estava certo.

Ele estava deitado de costas agora, com o dr. Haverty ajoelhado ao seu lado e sentindo sua pulsação. Eli tentou puxar o braço, mas o corpo não respondia.

E, então, pela primeira vez em treze anos, Eli Ever desmaiou.

Victor subiu apressado as escadas e saiu para o estacionamento, a porta de aço se fechando com força atrás dele. Seu ombro ainda sangrava, deixando um rastro no piso de concreto. Além disso, o zumbido havia se espalhado para os membros, o ruído agudo era como um lamento na sua cabeça. Estava ficando sem tempo.

Ele examinou o estacionamento — Eli pegaria um carro ou seguiria a pé? Não havia nenhuma vaga vazia, não aqui no nível da rua, e a probabilidade de que Eli fosse perder alguns segundos preciosos nos andares superiores era mínima.

A pé, então.

Ele se dirigiu para a saída e avistou o segurança jogado no chão, com o corpo apoiado na cabine. Estava só de cueca e meias. Victor passou por ele e seguiu para a rua lateral.

Havia muitos becos, muitos lugares por onde Eli poderia ter seguido, e, toda vez que ele escolhesse o caminho errado, Eli ia se distanciar ainda mais.

Alguma coisa cintilou no chão ali perto e Victor se ajoelhou para apanhar o objeto. Um dardo tranquilizante.

Ele olhou para cima e viu duas câmeras de segurança instaladas no alto da rua.

Apalpou os bolsos do casaco roubado e ficou aliviado por encontrar um celular. Digitou o número de Mitch, esperando que, pelo menos dessa vez, ele não tivesse obedecido às suas ordens.

— Onde você está? — perguntou Victor.

Um momento de hesitação.

— A dois quarteirões daí.

Ele ficou aliviado ao saber disso.

— Eu ainda não consegui encontrar a Syd.

— Bem, já que ainda está aqui — disse Victor, olhando para as câmeras de segurança —, preciso que você hackeie uma coisa.

Stell cerrou os dentes enquanto Holtz e Briggs o ajudavam a tirar a perna debaixo dos destroços.

Ele sabia que tinha quebrado algo, mas teve sorte. O corpo de Samson estava enterrado em algum lugar no fundo dos destroços, engolido junto com mais da metade do piso do tribunal. O restante do prédio não parecia muito estável.

— Tem outra ambulância a caminho — avisou Briggs sobre o barulho das sirenes que se aproximavam dali.

Holtz havia mantido a multidão afastada, fazendo o possível para minimizar a exposição dos civis durante o incidente. Mas agora as equipes de emergência chegavam com rapidez e a multidão lá fora estava curiosa demais, acostumada demais a ter as coisas do jeito dela e exigia respostas, explicações e um relatório das baixas.

A mente de Stell dava voltas, mas ele tinha apenas alguns minutos para conter a cena.

O corpo de Marcella Morgan estava dependurado sobre o mármore quebrado lá embaixo, um testemunho do seu poder de destruição.

O segundo EO — Jonathan — estava jogado do outro lado do piso destruído, com a mão pendurada feito um boneco de pano na beira do abismo.

Não havia nenhum sinal de June.

Nem de Victor.

Nem de Eli.

— Acione os rastreadores.

— Eu já fiz isso — avisou Briggs com ar sombrio.

Ela ofereceu o casaco de Eli para Stell com uma das mãos. Na outra, exibia os cinco pequenos aparelhos de rastreamento.

— E a situação piora — continuou Holtz, exibindo os restos apodrecidos da coleira de Eli, quebrada e inútil.

Stell passou a mão pelos fragmentos na mão de Holtz, e eles choveram no piso destruído.

— Chamem todos os nossos homens — ordenou ele. — E encontrem Cardale.

XX

A ÚLTIMA NOITE

LOCALIZAÇÃO DESCONHECIDA

A primeira coisa que Eli notou foi o cheiro.

O odor de desinfetante de um laboratório, mas, sob ele, algo enjoativo de tão doce. Como podridão. Ou clorofórmio. Os outros sentidos acompanharam e registraram uma luz muito clara. Aço fosco. A cabeça dele estava macia feito algodão, os pensamentos parecendo um xarope licoroso. Eli não se lembrava da sensação de embriaguez — fazia muito tempo que nada o afetava —, mas achou que devia ser mais agradável. Isso — a boca seca, a cabeça doendo, a vontade de vomitar — não era nem um pouco.

Ele tentou se sentar.

Não conseguiu.

Estava deitado sobre uma lona de plástico em cima de um caixote com os pulsos presos por abraçadeiras às ripas de madeira sob o corpo. Havia uma faixa sobre sua boca que prendia sua cabeça ao caixote. Eli esticou os dedos em busca de alguma coisa, qualquer coisa, mas só encontrou plástico.

— Não é tão sofisticado quanto o meu velho laboratório, eu sei — disse Haverty, entrando em foco. — Mas vai ter que servir. "A necessidade faz a ocasião" e esse papo todo. — O médico saiu do campo de visão de Eli, mas não parava de falar. — Eu ainda tenho alguns amigos no ONE, sabe, e quando eles me contaram que você ia ser solto, bem... Não sei se você acredita em destino, sr. Cardale — ele o ouviu mexer em instrumentos médicos numa bandeja —, mas com certeza consegue enxergar a poesia da nossa reunião. Afinal de contas, você é a razão da minha descoberta. Faz sentido que você seja a minha primeira cobaia de *verdade*.

Haverty reapareceu segurando uma seringa para que Eli visse. Aquele líquido azul berrante dançava no frasco.

— Esse — disse ele —, como você deve ter adivinhado, é um supressor de poderes.

Haverty levou o bisturi ao peito de Eli e pressionou. A pele se partiu, o sangue escorreu, e, depois que Haverty retirou a lâmina, Eli *continuou sangrando*. A dor também continuou, latejando fracamente, até que, *pouco a pouco*, Eli sentiu a ferida se fechar.

— Ah, entendi — ponderou Haverty. — Errei na dose para menos, para começar. Injetei muito e rápido demais na última cobaia e ela meio que... se desfez. Mas, veja bem, é por isso que você é o candidato perfeito para esse tipo de experimento. — Haverty ergueu a seringa. — Sempre foi. — Ele cravou a seringa no pescoço de Eli.

Doeu bastante, como se água gelada corresse em suas veias.

Mas a coisa mais estranha não era a sensação de dor. Era a centelha de lembrança — uma banheira cheia de gelo. Dedos pálidos passando pela água fria. Música tocando no rádio.

Victor Vale encostado na pia.

Está pronto?

— Agora — disse Haverty, trazendo Eli de volta ao presente —, vamos tentar de novo.

XXI

A ÚLTIMA NOITE
DISTRITO DOS ARMAZÉNS

Victor parou do lado de fora do edifício cinza e sem graça. Era um depósito. Um prédio de dois andares todo dividido por armários do tamanho de quartos climatizados, onde as pessoas abandonavam móveis, obras de arte e caixas de roupas velhas. Foi até ali que o trabalho de Mitch com as câmeras levou Victor. Mas já era o bastante.

Havia outro homem, de acordo com Mitch. De óculos e jaleco branco. Eli foi arrastado por ele, inconsciente.

Essas palavras não faziam o menor sentido. Na noite em que Eli se transformou, Victor o testemunhou tentando se embebedar. Mas a bebida alcoólica não teve o menor efeito sobre ele.

Depois da sua morte, nada teve.

Victor abriu caminho no labirinto do térreo, examinando as portas de enrolar em busca de uma que não estivesse trancada. O ombro tinha parado de sangrar, mas ainda doía — ele não amorteceu a dor, precisava de todos os sentidos aguçados, principalmente com a carga que ficava cada vez mais intensa nos seus membros e ameaçava transbordar.

Victor ouviu uma voz masculina que não reconhecia vindo de um depósito à sua esquerda. Ele se ajoelhou e segurou a base da porta de aço enquanto a voz continuava falando de modo casual, como quem puxa conversa. Ele ergueu a porta uns trinta centímetros, depois mais trinta, prendendo a respiração enquanto se preparava para ouvir um barulho metálico inevitável. Mas a voz não parou de falar, nem ao menos pareceu notar o que acontecia.

Victor passou por baixo da porta de enrolar e se endireitou.

Imediatamente, ele sentiu um fedor ligeiramente tóxico e doce demais. Químico. No entanto, logo se esqueceu do cheiro quando captou a cena diante de si.

Uma bandeja de instrumentos hospitalares, um homem de jaleco branco, de costas para Victor e com as mãos enluvadas sujas de sangue enquanto ele se inclinava sobre uma maca improvisada. E ali, amarrado à superfície, estava Eli.

O sangue escorria do seu corpo de uma dúzia de ferimentos superficiais.

Ele não estava *se regenerando.*

Victor pigarreou.

O médico não se assustou, não pareceu nem um pouco surpreso com a chegada de Victor.

Ele simplesmente baixou o bisturi e se virou, revelando um rosto magro de olhos fundos por trás dos óculos de armação redonda.

— Você deve ser o sr. Vale.

— E quem diabos é você?

— O meu nome — respondeu o homem — é dr. Haverty. Entra e puxa uma... — Victor fechou a mão em punho. O médico deveria ter caído, desabado no chão aos berros. No mínimo, cambaleado, ofegante de dor. Mas ele não fez nada disso. O médico simplesmente sorriu. — ... cadeira.

Victor não conseguia entender. Será que o homem era outro tipo de EO, alguém cujos poderes o tornavam intocável? Mas não... Victor havia sido capaz de sentir os nervos de June, mesmo que não tivesse nenhum efeito sobre eles. Isso era diferente. Quando tentou atacar o corpo do médico, Victor não sentiu... nada. Não sentia os nervos do sujeito. E, de repente, Victor se deu conta de que tampouco sentia os próprios nervos.

Mesmo o episódio iminente, a energia horrível que estava prestes a transbordar segundos antes, havia desaparecido.

O corpo dele parecia... um corpo.

Peso morto. Músculos desajeitados. Nada além disso.

— Isso foi o gás — explicou o médico. — Admirável, não é mesmo? Não é tecnicamente gás, é claro, mas apenas uma versão suspensa no ar do soro supressor de poderes que estou testando no sr. Cardale no momento.

Victor percebeu uma movimentação por trás do ombro do médico, mas manteve a atenção em Haverty. Se o médico tivesse se virado, ele teria notado os dedos esticados de Eli, procurando algo à beira da mesa, teria visto quando eles encontraram o bisturi que Haverty tão tolamente largou ali. Mas Haverty continuou concentrado em Victor, sem perceber quando Eli se libertou.

— Eu li o seu arquivo — continuou o médico. — Sei tudo sobre o seu poder fascinante. Adoraria vê-lo em ação, mas, como pode ver, estou no meio de outro...

Haverty enfim se voltou para apontar para Eli sobre a mesa, mas ele não estava mais lá. Estava de pé agora, segurando o bisturi, que brilhava sob as luzes fluorescentes.

Eli golpeou e a lâmina cortou o ar, assim como a garganta do médico.

Haverty cambaleou para trás, apertando o pescoço, mas Eli tinha a mão precisa. O bisturi penetrou fundo, cortando a jugular e a traqueia, e o médico caiu de joelhos, com a boca abrindo e fechando como um peixe enquanto o sangue se acumulava numa poça no concreto debaixo dele.

— Ele não calava a boca — comentou Eli, ríspido.

Victor não conseguia deixar de pensar na lâmina nas mãos de Eli e na ausência de qualquer arma nas suas. Ele voltou o olhar para a bandeja de instrumentos cirúrgicos, onde havia mais bisturis, uma serra de ossos e uma pinça.

Eli colocou o pé nas costas de Haverty e empurrou o corpo do médico para a frente.

— Esse homem pode arder no inferno. — Ele ergueu os olhos castanhos. — Victor. — Uma pausa. — Você devia ter continuado morto.

— Não deu certo.

Um sorriso sombrio surgiu no rosto de Eli.

— Tenho que dizer que você não parece nada bem. — Ele segurou o bisturi com firmeza. — Mas não se preocupe, eu vou acabar com o seu...

Victor avançou sobre a bandeja de instrumentos, mas Eli a derrubou.

Os instrumentos médicos se espalharam pelo chão, mas, antes que Victor pudesse alcançar algum deles, Eli o agarrou pela cintura e eles caíram no chão com toda a força, enquanto Eli tentava enfiar o bisturi no ombro machucado de Victor. Ele golpeou o braço de Eli para longe no último segundo e a lâmina deslizou pelo concreto, soltando fagulhas.

Com Eli incapaz de se curar e Victor incapaz de causar dor, eles estavam enfim em pé de igualdade.

Embora não houvesse *igualdade* nenhuma.

Eli ainda tinha o corpo de um jogador de futebol americano de 22 anos.

Victor tinha o corpo franzino de um homem de 35 anos à beira da morte.

Num piscar de olhos, Eli forçou o cotovelo no pescoço de Victor, que teve que usar toda a sua força para impedir que uma das mãos de Eli enfiasse o bisturi nele enquanto a outra esmagava sua traqueia.

— Tudo sempre se resume a isso, né? — perguntou Eli. — A nós dois. Ao que fizemos...

Victor deu uma joelhada no estômago machucado de Eli, que cambaleou, rolando para o lado. Victor se levantou com dificuldade, escorregando no sangue de Haverty. Ele pegou um dos instrumentos que tinham caído no chão, um bisturi longo e fino, enquanto Eli avançava sobre ele mais uma vez. Victor deu meio passo para trás e chutou o joelho de Eli. A mão que segurava o bisturi se apoiou no concreto para ele se equilibrar e Victor desceu o pé sobre ela, prendendo tanto a mão quanto o bisturi no chão, enquanto empunhava o próprio bisturi tentando acertar o peito de Eli.

Porém, Eli ergueu o braço na hora certa e sua lâmina se afundou no pulso de Victor, atravessando a carne. Victor deu um grito gutural e, quando tentou se libertar, Eli pegou sua mão num aperto firme e a retorceu. Victor perdeu o equilíbrio e caiu, com Eli em cima dele e com a lâmina agora em seu poder. Ele baixou o bisturi e Victor ergueu as mãos e segurou os pulsos de Eli, o bisturi sujo de sangue suspenso entre os dois.

Eli pairava sobre ele, colocando seu peso na lâmina. Os braços de Victor tremiam com o esforço, mas, pouco a pouco, ele foi perdendo espaço até que a ponta do bisturi penetrasse na pele do seu pescoço.

Todo fim podia ser um novo começo, mas todo começo tinha que ter um fim.

Eli Ever compreendia isso, inclinado sobre o velho amigo.

Victor Vale, exausto, sangrando, fraco, *devia estar* no cemitério.

Era um ato de misericórdia colocá-lo num caixão.

— A minha hora vai chegar — comentou ele enquanto a ponta da faca cortava a pele de Victor. — Mas a sua é agora. E, dessa vez — continuou —, eu vou me certificar de que você...

Um som rasgou a sala de aço, repentino e ensurdecedor.

A mão de Eli fraquejou conforme a dor, feito calor derretido, atravessava suas costas — sua pele, seus músculos e algo ainda mais profundo.

Victor permanecia deitado debaixo dele, ofegante mas vivo, e Eli avançou para terminar o que havia começado, mas o bisturi pendeu entre seus dedos. Ele não conseguia senti-los. Não conseguia sentir nada além da dor no peito.

Ele baixou os olhos e viu uma enorme mancha vermelha brotando da sua pele.

A respiração falhou, ele sentiu um gosto de cobre na boca e, então, estava de volta ao chão de um apartamento às escuras, em Lockland, sentado sobre uma poça de sangue enquanto cortava linhas retas nos braços e pedia a Deus que lhe dissesse o motivo, que lhe tirasse o poder quando ele não fosse mais necessário.

Agora, quando Eli ergueu os olhos do buraco no peito, ele viu a menina, os cabelos loiros platinados e os pálidos olhos azuis, tão familiares, atrás do cano da pistola.

Serena?

E então Eli começou a cair...

Ele não chegou a atingir o chão.

XXII

A ÚLTIMA NOITE

A SALVO

Sydney estava de pé na entrada do depósito e continuava empunhando a pistola.

Dol gania atrás dela, andando de um lado para o outro nervosamente, mas Sydney mantinha a arma apontada para Eli, esperando que ele voltasse a se levantar, virasse para ela e desdenhasse da arma e da tentativa fútil da menina de impedi-lo.

Eli não se levantou.

Mas Victor, sim. Ele se pôs de pé com dificuldade, a mão sobre o ferimento superficial na garganta, e disse:

— Ele está morto.

As palavras pareciam erradas, impossíveis. Victor não parecia acreditar no que dizia, tampouco Sydney conseguia acreditar.

Eli era... *eterno*. Um fantasma imortal, um monstro que seguiria Sydney em todos os pesadelos, a cada ano que passasse, atormentando-a até que não houvesse mais ninguém para protegê-la e nenhum lugar para onde fugir.

Eli Ever jamais iria morrer.

Jamais poderia morrer.

No entanto, ele estava ali no chão, sem vida. Ela atirou mais duas vezes nas costas de Eli, só para ter certeza. E, então, Victor apareceu e baixou a pistola com delicadeza em seus dedos brancos pelo tanto que apertavam o cabo enquanto repetia com voz lenta e firme:

— Ele está morto.

Sydney se forçou a desviar os olhos do corpo de Eli e estudou Victor. A faixa de sangue que escorria pelo seu pescoço. O buraco no ombro. O braço que ele usava para envolver as costelas.

— Você está ferido.

— Sim — respondeu Victor. — Mas estou vivo.

A porta de um carro bateu ali perto e Victor se retesou.

— O ONE — murmurou ele, colocando-se entre Sydney e a porta do depósito enquanto ouvia o som de passos no corredor. Dol, no entanto, apenas observou e esperou e, assim que a porta foi totalmente erguida, nenhum soldado apareceu, e sim Mitch.

Ele empalideceu enquanto digeria a cena dentro do depósito: a mesa de operação improvisada, os cadáveres no chão, os ferimentos de Victor e a pistola na mão de Sydney.

— O ONE não está muito longe — avisou ele. — A gente tem que sair daqui. Agora.

Sydney seguiu em frente, mas Victor continuou parado. Ela o puxou pela manga da camisa e se sentiu imediatamente culpada quando viu a dor em seu rosto e se deu conta da quantidade de sangue no chão que devia ser dele.

— Você consegue andar? — implorou ela.

— Vocês dois vão na frente — disse ele, com firmeza.

— Não — retrucou Sydney. — A gente não vai se separar.

Victor se voltou para ela e, estremecendo de dor, se ajoelhou.

— Tem uma coisa que eu preciso fazer. — Sydney já balançava a cabeça, mas Victor estendeu o braço e pousou a mão na bochecha dela, um gesto tão estranho, tão gentil, que ela parou de sentir frio. — Syd, olha para mim.

Ela olhou nos olhos dele. Aqueles olhos que, mesmo depois de tudo, para ela ainda significavam família, segurança, lar.

— Eu preciso fazer isso. Mas vou me encontrar com vocês assim que terminar.

— Onde?

— Onde eu encontrei você pela primeira vez.

A localização estava gravada a fogo na memória de Syd. A estrada interestadual no limite da cidade.

A placa onde se lia MERIT — 37 quilômetros.

— Eu encontro vocês à meia-noite.

— Você promete?

Victor retribuiu o olhar da menina.

— Prometo.

Sydney sabia que ele estava mentindo.

Ela sempre sabia.

E sabia que não podia impedi-lo. Jamais faria isso. Por isso ela fez que sim com a cabeça e seguiu Mitch para fora do depósito.

Victor não tinha muito tempo.

Ele esperou até que Mitch e Syd não estivessem mais no seu campo de visão e, em seguida, voltou para o depósito. Ele se esforçou para se concentrar enquanto se arrastava pela sala, dando a volta no corpo de Eli.

Era como um ímã, sempre atraindo sua atenção, mas Victor se esforçou para não parar e olhar para ele, não pensar no significado da morte de Eli Cardale, em como ter consciência disso tirava seu equilíbrio. Era um contrapeso que enfim foi removido.

Uma força oposta mas com a mesma intensidade que foi apagada.

Em vez disso, Victor voltou a atenção para os instrumentos de Haverty e começou a trabalhar.

ÊXODO

I

DEPOIS

APARTAMENTO DE STELL

Victor passou os dedos pelo celular.

Eram onze e quarenta e cinco da noite.

Faltavam quinze minutos para a meia-noite e ele não estava prestes a sair da cidade.

Victor se acomodou na poltrona velha e equilibrou a frequência dos próprios nervos para testar sua força. Os efeitos do soro de Haverty haviam passado algumas horas antes — foi como uma cãibra chegando ao fim; primeiro, os nervos formigaram com a intensidade e depois voltaram a ficar sob controle.

Porém, conforme Victor recuperava os poderes, o zumbido na cabeça também voltava, o estalo da estática. O início de mais um episódio. Mas apenas o início. Isso era o mais estranho — antes de entrar no depósito, os membros dele estavam zumbindo, a corrente estava a poucos minutos de sobrecarregá-lo. Quando o soro de Haverty suprimiu seu poder, também suprimiu o episódio. Reiniciou alguma coisa nas entranhas do sistema nervoso de Victor.

Ele tirou um frasco do bolso do casaco, um dos seis que havia roubado do depósito de Haverty. O conteúdo era de um azul elétrico, mesmo na penumbra do apartamento vazio.

O líquido era uma solução extrema mas também um avanço.

Ele teria que ser cuidadoso — sempre que usasse o soro, trocaria a morte por uma janela de vulnerabilidade, por um período sem poderes —, mas já estava fazendo anotações... planos, para falar a verdade.

Talvez, com a dosagem certa, ele pudesse encontrar o equilíbrio. E um "talvez" era mais do que Victor teve por muito tempo.

O celular se acendeu; ele o colocou no modo silencioso, mas o aparelho ainda brilhava com um número conhecido na tela.

Sydney.

Victor não atendeu.

Ficou olhando para a tela até que ela voltasse a se apagar, então guardou o celular no bolso ao ouvir o som de passos do outro lado da porta. Alguns segundos depois, ouviu o chacoalhar de uma chave na fechadura e viu Stell entrar, mancando, um dos pés envolto por uma bota ortopédica. Ele jogou o chaveiro dentro de uma tigela e não se deu ao trabalho de acender as luzes, apenas foi mancando até a cozinha e se serviu de uma bebida.

O copo estava na metade do caminho até os lábios quando o diretor do ONE se deu conta de que não estava sozinho.

Ele largou o copo em cima da mesa.

— Victor.

Para ser justo com Stell, ele não vacilou, simplesmente sacou a pistola e a apontou para a cabeça de Victor. Ou ao menos foi a intenção dele. Victor paralisou sua mão.

Stell fez uma careta, lutando contra o peso invisível ao redor dos dedos. Mas essa era uma batalha de força de vontade, e a de Victor sempre seria mais forte.

Victor ergueu a própria mão e a virou para si e, como um fantoche, Stell fez o mesmo, até que a arma estivesse apontada para a cabeça dele mesmo.

— Isso não precisa terminar assim — disse Stell.

— Você já me prendeu numa jaula duas vezes — comentou Victor. — Eu não tenho a menor intenção de deixar isso acontecer uma terceira vez.

— E o que você ganha com a minha morte? — vociferou Stell. — Isso não vai impedir a ascensão do ONE. A iniciativa é maior que eu e está crescendo mais a cada dia.

— Eu sei disso — disse Victor, guiando o dedo de Stell até o gatilho.

— Puta merda, *presta atenção*. Se você me matar, vai se tornar o inimigo número um do ONE, o alvo principal. Eles nunca vão deixar de caçar você.

Victor deu um sorriso sombrio.

— Eu sei.

Ele fechou a mão em punho.

O tirou ecoou pela sala e Victor baixou a mão enquanto o corpo de Stell tombava no chão.

Victor respirou fundo para se acalmar.

Em seguida, tirou um papel do bolso. Uma página do livro velho, as linhas cobertas de preto, com a exceção de cinco palavras.

Prendam-me se forem capazes.

Victor deixou a porta aberta ao sair.

Enquanto seguia para a escuridão da noite, pegou o celular do bolso.

Estava tocando de novo, o nome de Sydney formava uma faixa branca contra o fundo preto. Victor desligou o aparelho e o deixou escorrer dos dedos, caindo dentro da lata de lixo mais próxima

E, então, ele ergueu a gola do casaco e se afastou dali.

II

DEPOIS

LIMITE DE MERIT

Sydney pressionou o celular de encontro à orelha e ficou escutando até o aparelho parar de chamar e entrar na caixa postal, o longo bipe.

Já havia se passado quinze minutos depois da meia-noite e não havia nenhum sinal de Victor. O carro estava estacionado no escuro logo depois da placa MERIT — 37 quilômetros, com Mitch tenso atrás do volante e Dol dependurado na janela do banco de trás.

Sydney andava pelo acostamento gramado enquanto tentava ligar para Victor pela última vez.

Caiu direto na caixa postal.

Sydney desligou e se viu prestes a enviar uma mensagem para June quando se lembrou de que não tinha mais o aparelho antigo. O que queria dizer que ela não tinha mais o número do celular de June. E, mesmo se tivesse...

Syd guardou o celular descartável no bolso. Ela ouviu a porta do carro ser aberta e os passos pesados de Mitch na grama enquanto ele se aproximava.

— Ei, garota — disse ele.

A voz de Mitch era muito gentil, como se estivesse com medo de lhe contar a verdade. Mas Syd já sabia: Victor tinha ido embora. Ela olhou para o horizonte distante de Merit, enfiou as mãos no casaco e sentiu os ossos da irmã num bolso e a pistola no outro.

— Está na hora de partir — disse ela, voltando para o carro.

Mitch deu a partida e voltou para a estrada, que se estendia diante deles, plana, uniforme e infinita, quase como a superfície de um lago congelado à noite.

Sydney resistiu ao impulso de olhar para trás outra vez.

Victor podia até ter ido embora, mas ainda havia aquele fio que conectava a vida dos dois. O fio já tinha levado Sydney até ele antes e o faria mais uma vez.

Não importava quanto tempo ela levasse nem a distância que teria que procurar.

Mais cedo ou mais tarde, ela o encontraria.

Se havia uma coisa que Sydney tinha era tempo.

III

DEPOIS

ONE

Holtz estremeceu, não com a visão do cadáver na mesa de aço, mas por causa do frio.

O depósito estava gelado pra caralho.

— Não parece tão perigoso agora — murmurou Briggs, a respiração formando uma névoa.

E era verdade.

Deitado ali, sob a luz branca e fria, Eliot Cardale parecia... jovem. A idade dele estava toda concentrada naqueles olhos, inexpressivos como os de um tubarão. Mas, agora que eles estavam fechados, Cardale parecia menos um assassino em série de EOS e mais o irmão caçula de Holtz.

Holtz sempre refletiu sobre a discrepância entre corpo e cadáver, o momento em que uma pessoa deixava de ser "ele" ou "ela" e se transformava em "*isso*". Eliot Cardale ainda parecia uma pessoa, apesar da pele surpreendentemente pálida e dos buracos de bala ainda reluzentes — pequenos círculos escuros com bordas serrilhadas.

Ninguém sabia como Haverty havia conseguido tornar Eli humano — ou, pelo menos, mortal. Assim como não sabiam quem baleou o EO nem quem matou o ex-cientista do ONE, embora todos parecessem presumir que tinha sido Victor Vale.

— Holtz — vociferou Briggs —, eu estou aqui congelando enquanto você fica encarando o cadáver com esses olhos arregalados e tristes.

— Foi mal — disse Holtz, a respiração pesada. — Eu só estava pensando.

— Então para de *pensar* — disse ela — e me ajuda a carregar essa coisa.

Juntos, eles colocaram o cadáver de Cardale dentro de um armazém refrigerado, que era basicamente uma extensão de gavetas profundas no porão do complexo do ONE dedicada a abrigar por tempo indeterminado os restos mortais dos EOS falecidos.

— Um já foi — disse ela, fazendo anotações na prancheta —, agora só falta mais um.

Os olhos de Holtz se voltaram para o outro corpo à espera pacientemente numa maca de aço.

Rusher.

Holtz evitou olhar para o velho amigo pelo máximo de tempo possível. Não só por causa dos ferimentos à bala que se destacavam como marcas lívidas contra as antigas cicatrizes mas porque não conseguia acreditar nisso — Dominic havia sobrevivido a tanta coisa. Eles serviram juntos por quatro anos e trabalharam aqui, lado a lado, por mais três.

E, durante todo esse tempo, Holtz jamais soube o que Rusher era.

Rios sempre lhes dizia que não presumissem nada, porque os EOS não andavam por aí com uma placa dizendo o que eram.

Mas, ainda assim...

— É muito louco, né? — murmurou ele. — Isso me faz pensar em quantos EOS existem lá fora. E *aqui* dentro. Se eu fosse um EO, você pode acreditar que esse seria o último lugar para onde eu iria.

Briggs não estava prestando atenção.

Ele não podia culpá-la.

O ONE estava em estado de emergência. Até conseguiram isolar o lugar bem rápido, mas ainda perderam quatro EOS no processo, um terço dos soldados estava na enfermaria e cinco morreram. A missão do baile de gala foi um desastre completo, o primeiro EO imortal do ONE estava morto, possivelmente graças aos esforços de um ex-funcionário, e o diretor não se deu ao trabalho de aparecer hoje.

Holtz precisava de uma bebida.

Briggs trancou as portas do armazém refrigerado e eles subiram para o andar principal.

Holtz passou o cartão no posto de segurança e saiu, agradecido pelo seu turno enfim ter acabado.

Seu carro estava à espera na área do estacionamento reservada aos funcionários. Era um veículo esportivo amarelo e polido, o tipo de carro que não só corria, mas assumia uma graça animalesca. Ele rondava e rosnava, roncava e ronronava, e os soldados do ONE adoravam implicar com ele por causa do carro, mas Holtz não ansiou por muitas coisas desde que havia saído do Exército — apenas carros velozes e meninas bonitas, e só estava disposto a pagar por uma dessas coisas.

Ele se sentou ao volante, o motor acelerando agradavelmente enquanto ele ligava o aquecedor, ainda na tentativa de se livrar do frio do armazém refrigerado e do choque remanescente das últimas vinte e quatro horas. Depois de atravessar os portões, Holtz aumentou o volume do rádio na tentativa de abafar o barulho da trilha de cascalho. Ele balançou a cabeça. O ONE, supunha, tinha dinheiro para asfaltar a estrada privativa, mas, ao que parecia, não queria encorajar o tráfego. De modo que, se você fosse um civil, chegar a uma trilha de cascalho nessa área seria sinal de que tinha pegado o caminho errado.

Apesar disso, algumas pessoas não entendiam o recado — como esse idiota, pensou Holtz, olhando para a estrada à frente.

Havia um carro estacionado no acostamento, um veículo de duas portas preto e baixo, com os faróis acesos e o capô levantado.

Holtz desacelerou, perguntando-se se deveria alertar a segurança, quando viu a menina. Ela estava curvada sobre o motor, mas, assim que ele passou ao lado do carro, ela se endireitou e coçou a testa.

Cabelos loiros. Lábios vermelhos. Calça jeans justa.

Holtz abriu a janela.

— Isso aqui é uma propriedade privada — avisou ele. — Você não pode estacionar aqui.

— Não era a minha intenção — explicou ela —, essa coisa estúpida foi *morrer* no meio do caminho.

Holtz distinguiu um leve sotaque, uma cadência melodiosa. Deus do céu, como ele adorava sotaques.

— E, é claro — continuou ela, dando um chute num pneu —, eu não entendo bosta nenhuma de carros.

Holtz examinou a besta preta e baixa.

— É um carro e tanto para alguém que não entende bosta nenhuma.

Ela sorriu ao ouvir isso, um sorriso deslumbrante com covinhas.

— O que eu posso dizer? — disse ela com aquela voz melodiosa. — Tenho um fraco por coisas bonitas. — Ela afastou o cabelo do pescoço. — Você acha que pode me ajudar?

Holtz também não entendia bosta — *merda* — nenhuma de carros, mas jamais admitiria isso. Ele desceu do carro e arregaçou as mangas, aproximando-se do motor. Ele se lembrou das bombas de mentira que teve que desarmar quando estava no treinamento básico.

Ele alternou os fios e remexeu e cantarolou baixinho enquanto a menina ficava ao lado dele, com um perfume de verão e luz do sol. E, então, milagrosamente, ele passou os dedos por uma mangueira e se deu conta de que ela havia apenas se soltado. Ele a reconectou.

— Tenta dar a partida agora — pediu ele e, um instante depois, o motor rugiu de volta à vida. A menina deixou escapar um som de alegria.

Holtz fechou o capô, sentindo-se triunfante.

— Meu herói — disse ela com sinceridade fingida, mas afeição genuína. Ela remexeu na carteira. — Aqui, me deixa pagar...

— Não precisa fazer isso.

— Você me deu uma mão — retrucou ela. — Tem que ter algo que eu possa fazer.

Holtz hesitou. Ela era muita areia para o seu caminhão, mas... Que se dane.

— Você pode deixar que eu te pague uma bebida.

Ele se preparou para a inevitável rejeição e não ficou nem um pouco surpreso quando a menina balançou a cabeça.

— Não — respondeu ela —, isso não vale. Mas eu pago uma bebida para *você*.

Holtz sorriu feito um idiota.

Ele a teria acompanhado naquele momento, deixando o carro dela estacionado no acostamento da estrada privativa e a levado aonde ela quisesse, mas ela pediu desculpas — estava superatrasada por causa do carro enguiçado — e perguntou se eles poderiam deixar para depois.

Que tal amanhã à noite?

Ele concordou.

Ela estendeu a mão, a palma para cima.

— Você tem telefone?

Ele passou o celular para ela, enrubescendo de leve quando os dedos dela se demoraram sobre os seus, o toque leve como uma pluma, mas elétrico. Ela adicionou seu nome e número à lista de contatos e devolveu o aparelho.

— Tudo certo para amanhã? — perguntou ela, voltando para o carro.

— Tudo certo... — Holtz baixou os olhos para o contato no celular — April.

Ela olhou de relance para ele por trás dos cílios espessos e piscou, e Holtz entrou em seu carro esportivo amarelo e se afastou dali, ainda observando April refletida num halo no retrovisor. Ele ficou esperando que ela fosse desaparecer, mas ela não o fez. Às vezes, a vida era estranha e maravilhosa.

E ele tinha um encontro marcado para amanhã.

June ficou observando o carro amarelo ficar cada vez menor ao longe.

Idiota, pensou ela, seguindo pela estrada, dessa vez a pé.

Quando alcançou os portões do ONE, ela se parecia, para todos os efeitos, com Benjamin Holtz, do setor de Observação e Contenção, 27 anos. Ele amava o irmão caçula, odiava o padrasto e ainda tinha pesadelos com o que testemunhou do outro lado do Atlântico.

— O que foi? — perguntou o segurança, levantando-se na cabine.

— Aquele carro idiota enguiçou — resmungou ela, fazendo o melhor que podia para imitar o sotaque de Holtz.

— Ha! — exclamou o segurança. — É o que você merece por escolher estilo em vez de qualidade.

— Tá bom, tá bom — disse June.

— Você precisa é de um bom sedã intermediário...

— Só me deixa entrar para eu pegar uma van e uns cabos e dar o meu jeito lá na estrada.

Os portões se abriram e June entrou. Moleza. Ela atravessou o terreno a pé e assoviou ao avistar a entrada. Parecia que alguém tinha entrado com um carro por ela. Lá dentro, um soldado numa espécie de estação de raios X olhou para ela.

— Já está de volta? — perguntou ele, levantando-se.

— Esqueci a minha carteira em algum lugar.

— Você não vai chegar muito longe sem ela.

— Nem me fala.

Conversa fiada era uma forma de arte, uma dessas coisas que fazem as pessoas se distraírem. Fique em silêncio e elas podem começar a se perguntar o motivo. Mas, se as fizer falar sobre nada em particular, elas não pensam duas vezes.

— Você conhece o procedimento — disse o soldado.

June não conhecia. Isso caía no reino das minúcias, algo que raramente era transmitido no toque. Ela tentou adivinhar, foi até a máquina de raios X e aguardou.

— Qual é, Holtz? — disse o soldado. — Não enche o meu saco. Levanta os braços.

Ela revirou os olhos, mas levantou os braços. Era como ficar parada dentro de uma máquina de xerox, com um raio de luz branca se movendo dos pés à cabeça, seguido por um apito curto.

— Tudo certo — informou o soldado.

June o saudou, um aceno casual com os dedos, então atravessou o saguão. Precisava encontrar um computador. Devia ser algo simples num prédio sofisticado como esse, mas todos os corredores eram parecidos. Idênticos, até. E cada corredor idêntico era pontuado por portas ainda mais idênticas, quase todas sem nenhum tipo de identificação; além disso, quanto mais June se embrenhasse naquele labirinto, maior seria a distância que teria que percorrer para sair dali. Então, em vez de todo esse trabalho, ela se contentou com a simplicidade, dirigindo-se à porta mais próxima. Na metade do caminho, a porta se abriu. Uma soldado saiu da sala, deu uma olhada em Holtz e revirou os olhos.

— Esqueceu alguma coisa?

— Como sempre — respondeu June.

Ela não acelerou o passo, mas alcançou a porta um instante antes de ela se fechar. June entrou e deu de cara com uma sala pequena com quatro computadores. Só um deles estava sendo usado.

— Até que enfim — disse o soldado. — Já faz uma hora que eu preciso mijar...

Ele começou a virar a cadeira giratória para June, mas ela já estava ao seu lado, com um braço envolvendo o pescoço dele. Ela o prendeu na cadeira, interrompendo sua capacidade de falar, de gritar para pedir ajuda. Ele arqueou as costas enquanto lutava para se livrar dela, dando socos desajeitados por causa do choque e da súbita falta de oxigênio. No entanto, Benjamin Holtz não era nenhum fracote e June já havia matado uma boa quantidade de homens. O soldado até conseguiu pegar uma caneta e a enfiar na coxa de June, mas, é claro, a coxa não era realmente dela.

Sinto muito, Ben, pensou ela, segurando o homem com mais força.

Em pouco tempo, o soldado parou de lutar. Ele ficou com o corpo mole, e ela o soltou e rolou a cadeira para longe para que pudesse usar o computador. June cantarolava enquanto os dedos deslizavam pelo teclado.

Ela tinha que dar o braço a torcer ao ONE. O sistema deles era bem fácil de usar, e, meio minuto depois, June encontrou o arquivo de que precisava.

Havia sido nomeado como CODINOME: JUNE. Ela deu uma lida rápida, curiosa para saber o que eles descobriram sobre ela — o que não era muito. Mas, ainda assim, era o bastante para valer a visita.

— Adeus — sussurrou ela, apagando o arquivo e a si mesma do sistema.

June saiu pelo caminho do mesmo jeito que havia entrado.

Ela refez os passos pelo saguão, passou pela segurança e pelos portões, e voltou para o carro preto que a aguardava no acostamento. June abriu a porta e, assim que se sentou atrás do volante, já era ela mesma de novo.

Não a morena de pernas longas, nem a adolescente magrela, ou nenhuma das dezenas de rostos que ela usou recentemente, mas uma menina com aparência de elfa, com cachos ruivos e uma camada de sardas atravessava as maçãs do rosto altas.

June se deixou ficar nesse corpo por um momento, respirar com os próprios pulmões, ver com os próprios olhos. Só para se lembrar de como era a sensação. E, em seguida, esticou o braço e deu a partida, mudando para algo mais seguro. O tipo de pessoa para quem não se olharia duas vezes. O tipo que se perderia numa multidão.

June olhou de relance para o espelho retrovisor, examinou o novo rosto e dirigiu para longe dali.

MAIS

MAIS

Uma mensagem de Victor Vale

I

Victor

ficou observando

a habilidade

quebrar

a corrente

no peito

mão

se fechando em torno de

uma

arma

a

dor
um

poder mortal.

VIRE A PÁGINA PARA LER UMA HISTÓRIA AMBIENTADA NO UNIVERSO DE VILÕES.

INTERESSE EM COMUM

QUATRO ANOS ANTES

UMA CIDADE EM RUÍNAS

Era uma missão de rotina.

Ou tão de rotina quanto uma missão poderia ser no meio de uma zona de guerra, de qualquer modo.

Rios ajeitou o colete à prova de balas e liberou a trava do rifle enquanto o restante da equipe falava pelo radiocomunicador.

— *Fallon, em posição.*

— *Mendez, em posição.*

— *Jackson, em posição.*

As vozes soaram altas demais, a noite estava muito silenciosa. O bombardeio havia parado algumas horas antes, e agora sua equipe era enviada não para evacuar os civis ou rastrear os rebeldes que batiam em retirada, mas para invadir uma das maiores casas, um local que se sabia que tinha atividade terrorista, e buscar tudo o que pudesse. Armas. Informações.

— Rios — disse ela —, em posição.

A posição, nesse caso, era a entrada lateral da casa.

A construção tinha três andares e ainda estava quase que inteiramente intacta, apesar de ter passado uma semana debaixo de artilharia pesada. Intacta, mas vazia. Um drone havia gravado a evacuação dos rebeldes mais cedo naquele mesmo dia.

A mira telescópica do rifle interrompeu a escuridão quando ela abriu a porta com um empurrão e ouviu os passos dos outros três soldados que trilhavam cursos pré-determinados pela casa.

Rios ficou com o primeiro andar, revistando sala por sala enquanto a câmera em seu capacete registrava os restos de mapas presos nas paredes e os jornais em cima de uma mesa baixa de madeira. Ela estava quase chegando ao fim do perímetro quando ouviu o barulho.

Um assobio.

Ele rompeu o ar, ficando cada vez mais alto. Rios sabia o que esse ruído significava, todos eles sabiam.

— Pro chão! — gritou ela um segundo antes de a bomba explodir.

O mundo tremeu e a força jogou Rios para o lado, com os ouvidos zumbindo. Ela rolou até ficar deitada de costas — a explosão havia destruído o andar de cima da construção e pedaços do segundo andar caíam no primeiro.

Em cima dela.

Rios estava tentando se levantar quando o teto desabou, pedras e madeira cedendo. Ela se jogou debaixo de uma mesa, sentiu a madeira estalar e depois ceder, o peso das pedras e dos destroços a esmagavam no chão. Por um segundo que se estendeu por muito tempo, o mundo caiu.

E, em seguida, tudo parou.

Rios tentou se mexer, mas não conseguiu. O visor estava rachado, o corpo dela preso debaixo da mesa, a mesa presa debaixo dos escombros. As costelas estiradas com a pressão no peito. Rios tentou respirar, mas o ar estava cheio de poeira e entulhos e ela acabou tossindo, com ânsia de vômito. Os pulmões se distenderam. Ela sentiu como se estivesse se afogando.

O zumbido nos ouvidos parou, substituído pelo ruído branco de estática.

— Fallon, se apresente! — arfou ela.

Nada.

—Jackson!

Nada.

—Mendez?

Nada.

A casa gemeu. Estremeceu. Ela precisava sair dali. Precisava se libertar antes que o resto do lugar desabasse. Mas não conseguia se mexer. Não conseguia respirar.

Através do visor quebrado, ela viu os escombros se mexerem, as pedras escorregando conforme a construção balançava em volta dela. Rios fechou os olhos com força e empurrou... empurrou a mesa, os escombros, as pedras, mentalizando para que eles se movessem, implorando para que a deixassem sair dali. Ela tentou com os últimos resquícios de oxigênio, os últimos resquícios de força. Mas não era suficiente. As pedras não se moveram. A mesa não mudou de posição. Os pulmões dela berraram e, depois, até mesmo essa dor diminuiu e ela sentiu que estava morrendo. Sentiu que a escuridão a envolvia.

E, em seguida...

Rios estava caindo.

Dois metros, três... Ela bateu no chão com força o bastante para que sentisse a queda, apesar do choque e da confusão.

O chão deve enfim ter cedido debaixo dela. Ela atirou os braços para cima, se preparando para a queda de destroços, mas nada aconteceu e, quando Rios olhou para o alto, o teto estava sólido. Então como ela estava ali? Onde *era* "ali"? Rios se virou e percebeu que estava no porão.

—Levanta — disse a si mesma.

Ela o fez e quase tombou de dor, mas, agora que estava de pé, não ia cair de novo. Rios se forçou a andar até a escada de madeira no canto do porão, arrastou-se até a porta lá em cima e empurrou.

A porta se moveu uns dois centímetros e emperrou, travada pelos escombros.

Rios rosnou e jogou o peso do corpo na porta. Ou, pelo menos, foi o que tentou fazer. Mas, em vez do corpo ferido atingir a porta, ela tropeçou e acabou de quatro sobre uma pequena pilha de destroços. Atrás dela, a porta continuava fechada.

— Mas que mer...

Rios ouviu gritos e se endireitou, esperando ver Jackson, Mendez ou Fallon, mas as vozes vinham do lado de fora da casa. Ela gritou em resposta, com a voz rouca, os pulmões doendo com o esforço.

Levaram dois dias para limpar os escombros. Jackson e Mendez estavam mortos. Fallon estava vivo, mas ainda inconsciente. E Rios... Rios tinha se safado. Toda machucada, quebrada, mas viva.

O problema era que ela não entendia como.

Bem, ela não havia *exatamente* se safado.

Rios sofreu uma concussão. Cinco costelas quebradas. Sete fraturas por estresse. Doía quando ela se mexia, quando ela respirava e quando pensava demais, de modo que tentava a todo custo evitar os três. O que, provavelmente, foi o motivo pelo qual ela demorou alguns dias para se dar conta de que havia algo errado. Não com ela — isso havia percebido bem rápido —, mas com o hospital.

Ela havia sido transportada por helicóptero para um hospital do Exército, ou, pelo menos, era o que presumia. Mas, assim que o efeito dos analgésicos mais fortes passou e seus sentidos voltaram a funcionar, ela percebeu que aquele lugar sem dúvida era particular. Havia médicos demais e pacientes de menos.

Eu devia ter mentido, pensou.

— Você estava no primeiro andar — disse o sargento dela. — Como foi que você conseguiu sair?

Rios delirava por causa da dor e estava entorpecida pelo choque, mas, apesar de tudo isso, ela pensou em mentir porque sabia que aquilo pareceria loucura. Porém, sempre foi uma péssima mentirosa e não importava que não acreditassem nela; poderia muito bem fazer uma *demonstração*.

Era essa sua ideia, pelo menos.

Na verdade, ela não sabia se aquilo daria certo de novo, seja lá o que fosse; não sabia como ligar e desligar aquela coisa, como mandar que ela tornasse uma superfície sólida e quando a deixasse passar — mas, no fim das contas, ela não precisou de nada disso. Seja lá o que aquilo fosse, ela simplesmente sabia o que devia fazer.

Então, demonstrou a ele, passou a mão através da lateral do jipe mais próximo e viu quando os olhos do sargento se arregalaram e ele ficou boquiaberto.

Ela não se lembrava de muita coisa depois disso.

— Cabo Rios.

Ela ergueu o olhar e viu um homem parado na soleira da porta. Ele tinha cabelos grisalhos e olhos cansados.

— Eu sou o diretor dessa instalação. Meu nome é Joseph Stell.

Rios se esforçou para se sentar na cama.

Os médicos enfaixaram tão apertado suas costelas que parecia ainda haver uma casa em cima dela.

— Por favor — disse Stell —, não se esforce demais. — Ele observou o quarto, mas não havia nenhuma cadeira para visitantes, de modo que acabou pairando perto da cama. — Você tem sorte por estar viva, soldado.

— Não param de me dizer isso.

Ele lhe lançou um olhar compreensivo.

— Você acha que foi mais que sorte?

Rios não respondeu. Havia algo calculado naquela pergunta. Não era só conversa fiada. Ele *sabia* o que ela havia contado ao seu superior, o que tinha mostrado a ele.

— Você sabe onde está? — insistiu Stell.

— Eu sei que não é um hospital comum — respondeu Rios. Stell não negou. Ele se limitou a assentir e passar os olhos pelo quarto.

— É um lugar para pessoas iguais a você.

— Para soldados?

— Para EOS.

Ele pronunciou a sigla como se ela devesse saber o significado. Ela não sabia. Sua confusão deve ter ficado aparente, porque ele prosseguiu.

— Poder é uma arma, cabo. E você sabe como armas podem ser perigosas. Faz parte do meu trabalho garantir que esse tipo de arma não machuque ninguém.

Rios balançou a cabeça.

— Olha, eu só estava fazendo o meu trabalho. Eu não sei o que aconteceu lá, o que aconteceu *comigo*, mas estou grata por isso. Salvou a minha vida e me tornou mais forte. Então me deixa voltar e...

— Não posso fazer isso — interrompeu Stell.

— Você planeja me manter presa aqui? — questionou ela.

— Não sei se conseguiríamos fazer isso — admitiu ele. — O mais importante é que eu não sei se precisamos. Espero, cabo Rios, que eu e você possamos chegar a um acordo. É um território bastante desconhecido. Sabe, você é a primeira EO que se entregou.

— E o que eu deveria ter feito?

— A maioria na sua posição decide fugir.

— Por quê? — perguntou Rios. — Eu não sou uma criminosa. — Ela se empertigou, apesar da dor. — Eu passei a minha vida inteira correndo *em direção* à luta. E agora eu deveria parar? Me render? Só porque eu sobrevivi? Não. Eu não concordo com isso.

Para surpresa dela, Stell sorriu.

— Você tem razão. O seu talento faz com que você seja mais forte. Faz com que você seja... adequada para enfrentar um grau diferente de perigo. Se ainda quiser servir ao seu país...

— É tudo o que eu sempre quis — interrompeu Rios.

— Então talvez haja uma maneira de você fazer isso.

Este livro foi composto na tipografia ITC Stone
Serif Std, em corpo 9,5/16, e impresso em papel
off-white no Sistema Cameron da Divisão
Gráfica da Distribuidora Record.